Zum Buch:

Ein wütender Mob tobt in den Straßen Washingtons, nachdem das Baseball-team der Federals knapp die Teilnahme an der World Series verpasst hat. Die nächtlichen Unruhen gipfeln in einem Mord. Lieutenant Samantha Holland ist schockiert, als sie den Fundort der Leiche erreicht: Das Opfer ist einer der Spieler. Mithilfe von FBI-Agent Hill beginnt Sam, ein verschlungenes Netz an Mordmotiven zu entwirren. Dabei müsste Sam sich jetzt ganz besonders um ihre Familie kümmern ...

»Fans von Scandal und House of Cards werden die Fatal-Serie lieben!«

Cindy Gerard, New-York-Times-Bestsellerautorin

Zur Autorin:

Marie Force arbeitete für eine Lokalzeitung, bevor sie sich hauptberuflich dem Schreiben widmete. Ihre Lebensziele sind relativ einfach: Ihre zwei Kinder zu glücklichen Erwachsenen zu erziehen, so lange wie möglich Romane zu ver-fassen und nie in den Nachrichten erwähnt zu werden, weil sie auf der Flucht ist. Zusammen mit ihrer Familie und zwei Hunden lebt die Erfolgsautorin in Rhode Island.

Marie Force

Unbarmherzig ist die Nacht

Roman

Aus dem Amerikanischen von
Christian Trautmann

MIRA® TASCHENBUCH
Band 26135

1. Auflage: Mai 2018
Deutsche Erstausgabe
Copyright © 2018 für die deutsche Ausgabe by MIRA Taschenbuch
in der HarperCollins Germany GmbH, Hamburg

Copyright © 2013 by HTJB, Inc.
Originaltitel: Fatal Mistake
erschienen bei: Carina Press, Toronto

Copyright © 2015 by HTJB, Inc.
Originaltitel: After the Final Epilogue
erschienen bei: Carina Press, Toronto

Published by arrangement with
HARLEQUIN ENTERPRISES II B.V./SARL

Umschlaggestaltung: Bürosüd, München
Umschlagabbildung: www.buerosued.de
Redaktion: Michael Meyer
Satz: GGP Media GmbH, Pößneck
Printed in Germany
Dieses Buch wurde auf FSC®-zertifiziertem Papier gedruckt.
ISBN 978-3-95649-810-7

www.mira-taschenbuch.de

Werden Sie Fan von MIRA Taschenbuch auf Facebook!

1. Kapitel

Besser geht's nicht, dachte Nick Cappuano – ein kühler, frischer Herbstabend im Baseballstadion mit seinen Lieblingsleuten und der Heimmannschaft, den D.C. Federals, auf dem Weg zur allerersten Teilnahme an der World Series. Zu Beginn des neunten Innings lagen die Feds zwei zu eins vorne, bei drei Outs, die noch zwischen ihnen und der großen Show standen.

»Ich kann nicht glauben, dass das wirklich passiert«, sagte Scotty. Der Zwölfjährige schien vor Aufregung zu beben.

»Nur nicht so voreilig.« Als lebenslanger Fan der Boston Red Sox hatte Nick gelernt, in diesen Dingen realistisch zu sein. »So was bringt Unglück.«

»Alles, was sie brauchen, sind drei Outs, und die Sache ist geritzt.«

»Schsch«, warnte Nick ihn und stupste das Kinn des Jungen an, was diesen zum Grinsen brachte. Er lebte jetzt seit zwei Monaten bei ihnen, und es waren die besten zwei Monate in Nicks Leben gewesen. Er und seine Frau Sam hatten einen Adoptionsantrag gestellt, damit der Junge offiziell ein Mitglied der Cappuano-Familie wurde.

Wenn man vom Teufel spricht. Seine wundervolle Frau bahnte sich ihren Weg durch die luxuriöse Loge, die er zusammen mit seinem engen Freund, Senator im Ruhestand Graham O'Connor, für das große Spiel gemietet hatte. Mit einer Wasserflasche in der Hand setzte Sam sich auf Nicks Schoß und legte ihm den Arm um die Schultern.

»Amüsierst du dich, Schatz?«, erkundigte Nick sich.

»Und wie. Freddie und Gonzo wetten bereits auf die World Series.«

»Das sollten sie lieber nicht tun«, meinte Scotty mit ernster Miene. »Nick sagt, damit bringen sie den Feds Unglück.«

»Ist das zu fassen?«, meldete Graham sich zu Wort, als er sich breit lächelnd zu den Cappuanos gesellte. »Es hat nur drei Saisons gedauert, bis sie es in die World Series geschafft haben! Wenn man sich überlegt, dass sie letztes Jahr noch Tickets verschenkt haben, um das Stadion voll zu bekommen.«

»Sag es ihm, Scotty«, forderte Nick den Jungen auf.

»Du wirst ihnen Unglück bringen.«

Graham wuschelte dem Jungen durch die Haare. »Mir gefallen unsere Chancen, den Sack mit Lind auf dem Wurfmal zuzumachen.« Der »Vollstrecker« der Feds, Rick Lind, war einer der Hauptgründe dafür, dass das Team zu Beginn des neunten Durchgangs im siebten Spiel der National League Championship Series so gut dastand. Der hundert Meilen pro Stunde schnelle Fastball des fast zwei Meter großen Werfers war einfach atemberaubend.

»Wenn die Sox es doch auch nur geschafft hätten, dann wäre es noch viel spannender«, beklagte Scotty sich.

Den Sox war Ende September die Luft ausgegangen. »Wir müssen nehmen, was wir kriegen«, sagte Nick.

Lind haute die ersten zwei Schlagmänner der Giants raus, mit sechs dermaßen schnellen Fastballs, dass die Hitter sie nicht einmal kommen sahen. Sam und Nick erhoben sich zusammen mit den anderen Zuschauern im Stadion, um die Heimmannschaft anzufeuern.

»Oh Gott!«, stieß Scotty hervor, ebenfalls auf den Beinen, nachdem jetzt nur noch drei Strikes die Feds von der World Series trennten. »Das ist der aufregendste Abend meines Lebens!« Er hielt inne, schaute zu Nick und runzelte die Stirn.

»Was?«, fragte Nick. Im tosenden Lärm der Zuschauer konnte man schlecht hören, deshalb beugte er sich zu dem Jungen herab.

»Deine Parteitagsrede war noch cooler, und auch das, was

danach passierte.« Es war der Abend gewesen, an dem Scotty ihnen eröffnet hatte, dass er dauerhaft mit ihnen zusammenleben wollte. Auch in Nicks und Sams Leben war das einer der besten Momente gewesen.

Lächelnd legte Nick den Arm um Scotty. »Das hier ist verdammt cool. Es ist in Ordnung, wenn das bei dir an erster Stelle steht.«

Scotty schüttelte den Kopf. »Kommt aber nah ran an den Abend damals.«

»Da hast du recht.«

Scotty blickte liebevoll lächelnd zu ihm auf, dass Nick fast das Herz stehen blieb. Bis Sam und Scotty in sein Leben getreten waren, hatte er keine Ahnung gehabt, dass es möglich sein könnte, so viel für jemanden zu empfinden. Er drückte seinen Sohn an sich, als der dritte Schlagmann der Giants seinen Platz auf dem Schlagmal einnahm und Lind auf seine berühmte komische Art Schwung holte. Wie er auf diese Weise Strikes erzielte, war jedem Baseballfan in Amerika ein Rätsel.

»Er erinnert mich an Bibo auf LSD«, bemerkte Sam trocken und brachte damit alle auf der Tribüne zum Lachen.

Die Fans gerieten außer sich, als dem besten Vollstrecker im Baseball noch zwei Würfe blieben.

Den Aufprall des zweiten Balls im Handschuh des Fängers konnte man bis hinauf in die letzten Zuschauerreihen hören. Nick schaute auf die Anzeigentafel, auf der die Geschwindigkeit des Balls mit 103 Meilen pro Stunde angegeben wurde. *Junge, Junge.* Lind fuhr für dieses letzte Inning seine schwersten Geschütze auf.

Die Lautstärke wurde ohrenbetäubend, als Lind den zweiten Strike erzielte.

Links von Nick befanden sich Sam, ihr Partner Detective Freddie Cruz und dessen Freundin Elin. Außerdem waren Detective Tommy »Gonzo« Gonzales, der seinen Sohn Alex

7

auf dem Arm hielt, sowie Gonzos Verlobte – und Nicks Stabschefin – Christina Billings mit von der Partie. Direkt daneben saßen Sams Dad Skip und dessen Frau Celia, Graham
und seine Frau Laine, Terry O'Connor mit seiner Freundin,
der Gerichtsmedizinerin Dr. Lindsey McNamara. Ebenso war
Lizbeth, die Tochter der O'Connors, mit ihrer Familie zum
Spiel gekommen und auch Sams Schwester Tracy und deren
Familie.

In der Loge genoss auch Sams und Nicks persönliche Assistentin Shelby Faircloth das Match, zusammen mit Nicks
Freund Derek Kavanaugh, der seine kleine Tochter Maeve mitgebracht hatte. Nick freute sich, dass Derek nach dem schrecklichen Verlust seiner Frau Victoria mal wieder unter Leute
ging. Derek unterhielt sich mit Shelby, die Maeve hielt und mit
Derek über die Faxen des Babys lachte. Zu Nicks Erleichterung wirkte sein Freund endlich ein wenig gelöster, nachdem
sein altes Leben zusammengebrochen war.

Die ganze Gruppe lachte und feuerte die Mannschaft an,
und Scotty hüpfte inzwischen auf und ab. Zwar war der Junge
schon immer ein Red-Sox-Fan gewesen, was ihn und Nick von
Anfang an miteinander verbunden hatte, doch wurde er in dieser Saison auch ein großer Fan der Feds. Besonders seit dem
Baseball-Trainingslager, das er im Sommer in der Hauptstadt
besucht hatte und in dessen Rahmen er den Star-Centerfielder
des Teams, Willie Vasquez, kennengelernt hatte.

Willie stand in diesem Moment vornübergebeugt und beobachtete intensiv das Geschehen auf dem Mal, während Lind
ausholte und einen weiteren Ball warf, den der Schlagmann
nicht richtig traf. Die Anspannung im Stadion löste sich ein
wenig, als der Ball in den Zuschauerreihen nahe der linken
Spielfeldseite landete und somit ungültig war. Doch die Anfeu-
erungen begannen von Neuem, kaum dass Lind Schwung holte
und einen Ball mit Effet warf, den der Schlagmann erneut nicht
richtig erwischte.

Nick schaute zu Scotty, der an seinen Nägeln kaute, wobei er auf das Spielfeld unten blickte, auf dem der Catcher, der First Baseman und der Shortstop sich mit Lind auf dem Wurfhügel beratschlagten.

Als Scotty merkte, dass Nick ihn beobachtete, ließ der Junge die Hand sinken. »Das ist so aufregend.«

»Überleg mal, wie die Spieler sich fühlen müssen.«

»Ich bin vermutlich nicht für den Profisport geschaffen.«

Der Junge war immer witzig, was einer der Gründe dafür war, dass Nick und Sam ihn so liebten. »Zum Glück hast du ja noch jede Menge Zeit, um Karriereentscheidungen zu treffen, Kumpel.«

»Stimmt auch wieder.«

Nachdem die Beratung auf dem Wurfhügel beendet war, klatschte Scotty mit den übrigen Zuschauern und feuerte Lind lautstark an.

Während der Pitcher den Batter fixierte, fasste Sam Nicks Arm – fest.

Gebannt verfolgten sie das Geschehen auf dem Feld, als Lind warf. Der Knall, mit dem der Ball auf den Schläger traf, ließ Tausende Menschen den Atem anhalten, während der Batter auf die First Base zurannte und schneller als der Wurf des Shortstop war.

»Das macht nichts«, beruhigte Nick den Jungen und legte ihm die Hand auf die Schulter. »Es ist nur ein Mann drauf.« Er verschwieg, dass die Giants bei einem Homerun die Führung übernehmen würden, denn das sollte Scotty jetzt besser nicht hören. Zu Sam sagte Nick: »Äh, das fängt an, wehzutun.«

»Oh, tut mir leid.« Sie lockerte ihren Griff um seinem Arm, allerdings nur leicht.

Scotty kaute mittlerweile Nägel an beiden Händen, während Lind für den nächsten Batter vier Würfe brauchte und dieser daher auf die First Base vorrücken durfte. Das zeigte, dass Linds legendäre Konzentration doch unter dem unerwarteten Schlag gelitten hatte. Wieder versammelten sich der Catcher, der First Baseman und der Shortstop auf dem Wurfhügel, dieses Mal zusammen mit dem Wurftrainer und Manager Bob Minor.

»Ich kann gar nicht mehr hinschauen«, erklärte Scotty und drehte das Gesicht Nicks Brust zu.

Nick tätschelte dem Jungen den Rücken, in der Hoffnung, ihn damit beruhigen zu können. »Bleib stark, junger Mann. Wir brauchen nur noch ein Out.«

Bei all dem Adrenalin und der Aufregung musste Nick sich selbst mahnen, dass es sich *bloß um ein Spiel* handelte, ein Gedanke, den er jedoch nicht mit Scotty teilte.

»Es wird Zeit, wieder hinzusehen«, meinte Nick, sowie der nächste Batter zum Schlagmal ging.

Scotty richtete seine Aufmerksamkeit zurück auf das Spiel, indem er klatschte und das Team anfeuerte.

Sams Griff um Nicks Arm wurde erneut fester, doch da er es liebte, von ihr gedrückt zu werden, beschwerte er sich diesmal nicht.

Zwei Fouls und drei Würfe später brauchte Nick irgendetwas zum Drücken. Die Spannung im Stadion war beinahe greifbar, besonders nachdem der Läufer es von der Second zur Third Base geschafft hatte, mit einem Hechtsprung, der die Feds komplett überrumpelt hatte.

»Verdammt«, murmelte Scotty und brachte damit die Gefühle der Fed-Fans zum Ausdruck.

Bei Läufern an jeder Ecke und noch einem Out, das zwischen den Feds und der World Series stand, war jeder einzelne Spieler hochkonzentriert und jeder Fan auf den Beinen.

»Komm schon, komm schon, *komm schon*«, rief Scotty, als Lind zum Wurf ausholte.

Ein weiterer Ball, der hinter der Home Plate in den Zuschauerreihen landete.

»Ich weiß nicht, wie lange ich das noch aushalten kann«, stieß Scotty seufzend hervor.

»Das sagt ein Red-Sox-Fan, der nur das erfolgreiche Jahrzehnt erlebt hat«, bemerkte Skip auf der anderen Seite neben Sam.

»Das ist nicht meine Schuld«, verteidigte Scotty sich und brachte damit die anderen erneut zum Lachen.

»Halt einfach durch, Kumpel«, ermunterte Sam ihn, sich zu ihm hinüberbeugend. »Soll ich deine Hand halten oder so was?«

»Nee, meine Hände sind ganz schwitzig.«

»Das stört mich nicht.« Sam hielt ihm die Hand hin, und er ergriff sie dankbar.

Sam und Nick lächelten einander zu, dann pfiff sie ohrenbetäubend. Wer hätte gedacht, dass sie das konnte?

»Komm schon, Lind!«, schrie sie. »Mach es!«

»Ich glaube, wir haben hier einen neuen Fan gewonnen«, wandte Nick sich an Scotty.

»Das haben wir nun davon, dass wir sie den ganzen Sommer lang zu allen möglichen Spielen geschleppt haben.«

»Ich kann euch zwei hören, wie ihr über mich redet.«

Nicks Bemerkung ging unter im Lärm, weil Lind einen weiteren Fastball warf. Das Krachen des Schlägers ließ die Menge verstummen, und der Ball flog in einem hohen Bogen ins Centerfield, wo Willie Vasquez geduldig wartete. Nur weil Nick zur Großbildleinwand schaute, sah er, wie Vasquez für den Bruchteil einer Sekunde den Ball aus den Augen ließ, um einen Blick zum Läufer auf der Third Base zu werfen.

Mehr als diesen Sekundenbruchteil brauchte es nicht, damit die steife Brise den Ball über Willies Kopf hinwegtragen konnte. Es dauerte den weiteren Bruchteil einer Sekunde, bis Willie erkannte, was passiert war. Da hatte der rechte Feldspieler Cecil Mulroney den Ball auch schon erwischt und warf ihn zurück ins Infield. Doch der Schaden war angerichtet. Beide Läufer hatten gepunktet, jetzt lagen die Giants in Führung.

Die vorhin noch laut jubelnden Fans buhten enttäuscht, und von den Tribünen flog Müll hinunter auf das Outfield.

»Das verstehe ich nicht«, sagte Scotty mit Tränen in den Augen. »Wie konnte er den verfehlen? Der war doch erreichbar.«

»Er hat den Ball nicht im Auge behalten«, erwiderte Nick, schockiert von der Wendung der Ereignisse. »Das reicht schon.«

Während das Stadionpersonal den Müll vom Outfield einsammelte, der nach wie vor von den Rängen hinuntergeworfen wurde, lieferte sich die Security Rangeleien mit aufgebrachten Fans auf den Tribünen. Nick war froh, dass er sich in einer Loge befand, weit weg von der im Stadion ausbrechenden Unruhe.

Vasquez stand allein im Centerfield und wirkte benommen nach dem, was gerade geschehen war.

Jemand tippte Nick auf die Schulter, und er drehte sich zu Eric Douglas um, einem der Secret-Service-Agenten, die zu seiner Bewachung eingeteilt waren. Er war schon während seiner sich inzwischen dem Ende nähernden Kampagne zur Wiederwahl von ihnen bewacht worden – seit Sam dem ehemaligen Präsidentschaftskandidaten Arnie Patterson den Mord an Victoria Kavanaugh nachgewiesen hatte, woraufhin dieser geschworen hatte, Rache an ihrer Familie zu nehmen. »Senator, wir würden Sie und Ihre Angehörigen gerne von hier wegbringen«, erklärte Eric.

»Nicht bevor das Spiel zu Ende ist«, erwiderte Nick.

»Wir würden gern jetzt aufbrechen. Nur für den Fall, dass die Situation eskaliert.«

»Ich kann Scotty jetzt nicht von hier wegbringen, Eric.«

Sams Pager meldete sich, genau wie die von Gonzo und Cruz. Sie schaute auf das Display. »Wow, das gesamte MPD ist in erhöhte Alarmbereitschaft versetzt worden.«

»Weswegen?«, erkundigte sich Nick, und ein ungutes Gefühl breitete sich in ihm aus.

»Weil mit Ausschreitungen zu rechnen ist.« Sie zeigte aufs Spielfeld. »Schau nur.«

Unten auf dem Spielfeld marschierten uniformierte Polizisten mit gefährlich aussehenden Waffen auf.

»Taktische Spezialeinheit«, bemerkte Sam mit einem stolzen Unterton in der Stimme.

»Die waren schon hier?«

»Na klar. Wir mussten auf alles vorbereitet sein, falls das Team gewinnt – oder verliert. Die Leute drehen in jedem Fall durch. Die Führung muss echt Ärger erwartet haben, wenn sie die ganze Truppe zusammenruft.«

Sein Mut schwand bei der Vorstellung, die Stadt könnte in Gewalt versinken und seine Frau mittendrin sein.

»Ich werde Christina und Alex nach Hause bringen«, sagte Gonzo zu Sam und war schon dabei, seine Familie aus der Loge zu dirigieren. »Wir treffen uns dann im Hauptquartier.«

»Ich komme auch«, meldete Cruz sich zu Wort, Hand in Hand mit Elin dem Ausgang zustrebend. »Danke für die großartigen Plätze, Nick.«

»Ich muss los«, erklärte Sam, gab Nick einen Kuss und umarmte Scotty. »Nimm es nicht zu schwer, Kumpel. Was auch passiert, nächstes Jahr haben wir eine neue Chance.«

»Ja, ich weiß. Danke, dass ihr mich zum Spiel mitgenommen habt. Es war aufregend, dabei zu sein – egal, wie es ausgeht.«

»Das ist die richtige Einstellung«, lobte sie ihn. »Wir sehen uns zu Hause.«

»Äh, Mrs. Cappuano«, schaltete Eric sich ein. »Es wäre uns lieber, wenn Sie bei uns blieben.«

»Davon bin ich überzeugt.« Sam setzte ihr typisches Grinsen auf, bei dem sich ihre Grübchen zeigten. »Aber ich habe einen Job zu erledigen, und Sie auch. Sie können sich um meine Leute kümmern, ich werde auf mich selbst aufpassen.«

Nick bemühte sich wirklich, sie nicht in ihrer Arbeit zu behindern, doch er hatte ein ungutes Gefühl wegen dem, was in der Stadt im Falle einer Niederlage der Feds geschehen könnte. »Sam ...« Der harte Blick, mit dem sie ihn bedachte, ließ ihn verstummen, ehe er den Gedanken aussprechen konnte. »Pass da draußen auf dich auf, Babe.«

»Tue ich immer.«

Nick ließ sie nicht aus den Augen, während sie sich von ihrem Dad und Celia verabschiedete und ihre Schwester in die Arme schloss. Am liebsten wäre er ihr gefolgt, um sie zum Bleiben zu überreden. Aber wenn, wie so oft, die Pflicht rief, dann ging Sam.

»Senator?« Erics zweite Anfrage klang drängender als die erste.

Nick schaute auf das Spielfeld, dessen Outfield inzwischen mit Müll übersät war. Sicherheitsleute des Teams geleiteten Willie Vasquez zum Unterstand der Mannschaft, vermutlich um ihn aus dem Gefahrenbereich zu bringen. Wussten die Fans denn nicht, dass die Feds drei Outs mehr hatten und nur einen Lauf zum Ausgleich oder zwei zum Sieg brauchten? Sie konnten es immer noch schaffen.

Er blickte zu Scotty, der die Szenen auf dem Spielfeld mit einer Mischung aus Verwirrung und Kummer verfolgte. »Ich verstehe das nicht. Warum machen sie das? Die Feds haben doch noch drei Outs. Das Spiel ist nicht vorbei.«

»Ich begreife es auch nicht, Kumpel. Hör zu, Eric möchte mit uns das Stadion verlassen, für den Fall, dass es Ärger gibt.«

»Bevor das Spiel zu Ende ist?«

»Ja, er will, dass wir jetzt gehen.«

»Werden sie das Spiel beenden können?«

»Wenn sie es schaffen, die Fans zu beruhigen. Wir können uns den Schluss zu Hause im Fernsehen angucken.« Plötzlich hatte Nick es eilig, hier herauszukommen – vor allem, um Scotty wegzubringen.

»Okay.« Scotty warf einen letzten Blick auf das Spielfeld, ehe er sich von Nick zum Ausgang führen ließ.

Die anderen Gäste folgten ihnen zum Fahrstuhl, den der Secret Service für ihren Aufbruch gesichert hatte. Wie sie das schafften – und die vielen anderen Dinge, die sie mit scheinbar müheloser Kompetenz hinkriegen –, faszinierte Nick immer wieder aufs Neue.

»Ich werde dafür sorgen, dass Shelby sicher nach Hause kommt«, bot Derek leise an, sodass nur Nick ihn in der allgemeinen Unterhaltung im Fahrstuhl hören konnte.

»Oh, danke, das wäre großartig. Ihr zwei scheint euch heute Abend gut amüsiert zu haben.«

Derek schaute zu Maeve, die ihre spuckenasse Faust im Mund hatte. »Wie ging das mit dem Amüsieren noch mal?«

Nick fühlte mit seinem trauernden Freund. »Es ist jedenfalls schön zu sehen, dass du wieder unter Leute gehst.«

»Danke für die Einladung. Ich wollte keine Spaßbremse sein.«

»Bist du nicht. Du weißt, dass wir alle dir nur helfen wollen, so gut wir können.«

»Und dafür bin ich euch auch dankbar. Ich habe keine Ahnung, was ich ohne meine Freunde und meine Familie in den vergangenen Monaten getan hätte.«

»Hast du dir schon Gedanken darüber gemacht, ob du wieder arbeiten willst?« Derek war stellvertretender Stabschef von Präsident Nelson, der, genau wie Nick, im nächsten Monat zur Wiederwahl stand.

»Nach der Wahl, sofern er gewinnt und mich zurückhaben will. Momentan kann ich mir jedoch nicht einmal vorstellen, wieder mitzumischen.«

Nick schlug dem Freund aufmunternd auf den Rücken. »Er wird gewinnen, und er will dich zurück. Das hat er dir auch schon gesagt.«

Derek zuckte mit den Schultern. »Bin mir nicht sicher, ob ich noch mit dem Herzen dabei wäre.«

»Nimm dir Zeit und triff vorerst keine großen Entscheidungen.«

»Das raten mir alle.«

Nick beobachtete über Dereks Schulter, wie Shelby mit Maeve Kuckuck spielte und das kleine Mädchen damit zum Lachen brachte.

Ihr Lachen entlockte ihrem Vater die Andeutung eines Lächelns. »Das Leben geht weiter, was?«

»Du wirst darüber hinwegkommen, Derek.«

»Erzähl mir das nur immer wieder, dann glaube ich es eines Tages vielleicht.«

»Alles klar.«

2. Kapitel

Die Agenten des Secret Service führten Nick und seine Freunde geschickt zu ihren Fahrzeugen. Nick und Scotty wurden zu dem großen schwarzen SUV geleitet, in dem man sie seit zwei Monaten herumfuhr. Nick beobachtete, wie der Junge sich anschnallte, und war amüsiert darüber, wie rasch er sich nicht nur in seine neue Familie eingelebt, sondern auch an die Bewachung rund um die Uhr gewöhnt hatte.

»Das tut mir alles leid, Kumpel.«

»Was alles?«

»Dass wir das Spiel vor dem Ende verlassen mussten. Der Secret Service und der ganze Ärger.«

»Das ist doch klasse. Meine neuen Freunde in der Schule denken, dass ich jemand Wichtiges bin, weil mir überallhin Leibwächter folgen.«

»Stimmt das?«

»Ja. Also mach dir keine Sorgen, ich finde es cool.«

»Würdest du es mir sagen, wenn es anders wäre?«

Scotty überlegte einen Moment. »Ja, wenn ich der Meinung wäre, dass du etwas daran ändern könntest. Ist ja nicht so, als wärst du begeistert davon, dass der Secret Service ständig um uns herum ist.«

Nick hatte sein Missfallen über die Bewachung deutlich zum Ausdruck gebracht. »Es ist wahnsinnig nervig. Ich wusste meine Freiheit gar nicht zu schätzen, bis sie mir genommen wurde.«

»Stell dir vor, wie es als Präsident wäre.«

»Ja.« Daran hatte er oft gedacht, seit der Parteitag stattgefunden hatte und die beharrlichen Gerüchte aufgekommen waren, er könne in vier Jahren für das Amt des Präsidenten kandidieren.

»Hast du dich jemals gefragt …?«, setzte Scotty an. »Ach, schon gut, vergiss es.«

»Was gefragt?«

»Die Leute reden, weißt du?«

Nick musterte ihn misstrauisch. »Und? Was sagen diese *Leute* denn so?«

»Dass mein neuer Dad vielleicht eines Tages Präsident wird. Wie das wohl wäre. Du weißt schon, für mich.«

Scotty war so süß und aufmerksam, nicht unähnlich dem Zwölfjährigen, der Nick einst gewesen war. Nick hatte in der ständigen Angst gelebt, seine Großmutter würde seiner überdrüssig werden und ihn ins Heim stecken. Deshalb hatte er sich meistens vorbildlich benommen. »Und was antwortest du ihnen, wenn sie dich fragen?«

»Dass ich keine Ahnung habe. Woher soll ich wissen, wie das ist, bevor es passiert?«

»Gutes Argument. Würdest du es gern herausfinden?«

Scottys große braune Augen wurden noch größer. »Wirst du es machen?«

»Das weiß ich noch nicht. Aber wie du schon gesagt hast, es gibt viel Gerede. Darum überlege ich natürlich schon, wie es wäre.«

»Was meint Sam dazu?«

Nicks Lachen klang tief und rau. »Meistens stopft sie sich die Finger in die Ohren und singt: ›Lalala, ich kann dich nicht hören.‹«

Scotty prustete los. »Ich sehe sie richtig vor mir, wie sie das tut. Es ist wegen ihres Jobs, oder?«

»Zum Teil. Wenn jemand sich an den Einschränkungen, die das mit sich bringt, stören würde, dann sie. Es würde sie verrückt machen, wenn ihr den ganzen Tag lang jemand folgt. Ich kann mir beim besten Willen nicht vorstellen, dass sie so lebt.«

»Stimmt.«

»Aber da ich ohne sie nicht leben kann … Ach, was soll's. Das ist eh alles rein hypothetisch.«

»Was ist das, ›hypothetisch‹? Was bedeutet das?«

»Es bedeutet, dass es höchstwahrscheinlich sinnlos ist, darüber zu reden, wenn es ohne Sams Zustimmung gar nicht geschehen wird.«

Die Trennscheibe wurde heruntergefahren, und Eric drehte sich auf dem Beifahrersitz zu ihnen um. »Verzeihen Sie die Verspätung, Senator. Wir stecken im Verkehr fest.«

»Gibt es Neuigkeiten vom Spiel?«

»Es ist vorbei. Die Feds sind gegen Ende des neunten Innings untergegangen.«

Scotty gab ein gequältes Stöhnen von sich. »Wir waren so nah dran.«

»Über dieses Spiel wird man noch jahrelang sprechen«, meinte Eric mitfühlend.

»Armer Willie«, sagte Scotty. »Er muss furchtbar niedergeschlagen sein.«

»Das ist er sicher«, pflichtete Nick ihm bei.

»Ich werde ihm einen Brief schreiben. Wenn wir zu Hause sind, werde ich ihm schreiben, dass ich ihm nicht die Schuld gebe. Solche Sachen passieren, sogar Major-League-Baseballspielern.«

Nicks Herz floss über vor Liebe. »Ich finde, das ist eine ausgezeichnete Idee, Kumpel.«

Sie lächelten einander auf eine Weise zu, die Nick sehr dankbar für den Jungen machte, der jetzt sein Sohn war. Bald würde die Adoption offiziell sein. Nick konnte diesen Tag kaum erwarten.

Sam traf im Hauptquartier ein. Sie war genervt, weil sie an einem Abend zur Arbeit gerufen wurde, den sie eigentlich mit ihrer Familie hatte verbringen wollen. Ihnen waren so wenige freie Abende vergönnt, besonders während Nicks Wahlkampf, daher war ihr jeder einzelne sehr kostbar. Missmutig betrat sie nun das Lagezentrum, in dem sich Chief Farnsworth, Deputy Chief Conklin sowie Detective Captain Malone mit den Lieutenants besprachen, die die Spezialkräfte und die Streifenpolizisten leiteten.

Sie setzte sich auf einen Platz neben den Detectives Dani Carlucci und Giselle »Gigi« Dominguez, den beiden ihr unterstellten Officern von der Nachtschicht. »Das ist vielleicht ein Mist, was?«, sagte Sam.

»Kann man wohl sagen, Lieutenant«, bestätigte Gigi. »Und alles nur wegen eines blöden Baseballspiels.«

»Die Leute sollten sich mal derartig aufregen über Obdachlosigkeit oder andere wichtige Dinge«, fügte Dani hinzu.

»Das Gleiche habe ich zu Christina gesagt«, bemerkte Gonzo, der sich hinter sie setzte.

Freddie kam zusammen mit den Detectives Arnold, McBride und Tyrone herein.

»Die ganze Bande ist vollständig versammelt«, stellte Sam fest, jedem einzelnen ihrer Detectives zunickend.

»Die Feds haben das Spiel verloren«, verkündete Farnsworth und löste damit allgemeines Stöhnen aus. »Unsere Spezialkräfte überwachen die Zuschauer in und um das Stadion, gemeinsam mit dem FBI und anderen Polizeikräften, die in Bereitschaft sind, falls wir sie brauchen. Und ich bin davon überzeugt, dass wir sie heute Abend brauchen werden. Also hören jetzt alle Deputy Chief Conklin zu, der die Einteilung vornimmt.«

Conklin nannte die spezielle Funkfrequenz, auf der die Einsatzkräfte während der Nacht kommunizieren sollten, und erwähnte, dass die Überwachungskameras der Polizei wachsende Unruhen im Stadionbereich zeigten. Dann ging er die Teamliste durch und gab die Einsatzbefehle aus. Jeder bekam an einem Abend wie diesem, an dem sich die Frustration der

Menge über ein verlorenes Baseballspiel in der Stadt entlud, einen Streifenpolizisten zugeteilt. »Das wär's, Leute«, schloss Conklin, nachdem er seine taktischen Anweisungen gegeben hatte. »Lasst uns da rausgehen und vorsichtig sein.«

Sam wartete, bis die anderen den Raum verlassen hatten, und wandte sich dann an ihre Vorgesetzten. Ihr Partner Freddie Cruz bildete mit McBride und Tyrone ein Team und warf Sam beim Hinausgehen einen fragenden Blick zu.

»Sie haben jemanden vergessen«, meinte Sam zu Conklin.

»Nein, habe ich nicht.« Er sah zu Farnsworth. »Ich überlasse das Ihnen.«

Farnsworth wartete, bis Conklin und Malone gegangen waren, ehe er Sam direkt ansah.

»Was gibt es denn?«, wollte sie wissen.

»Ich brauche Sie hier in der Kommandozentrale.«

»Bei allem gebührenden Respekt, Sir, das ist Bullshit. Verraten Sie mir endlich, was los ist.«

Der Blick seiner stahlgrauen Augen wurde hart. »Ich könnte Sie auf Ihr unbotmäßiges Verhalten aufmerksam machen, Lieutenant Holland. Wieder einmal.«

»Könnten Sie, machen Sie aber nicht. Worum geht es wirklich? Warum werde ich wie ein kleines Kind behandelt?«

»Sie kennen den Grund.«

»Arnie Patterson sitzt im Gefängnis! Das ist doch lächerlich! Der Secret Service bewacht meinen Mann und meinen Sohn, und ich werde von Einsätzen ferngehalten.«

»Weil Sie sich weigern, die Drohungen ernst zu nehmen. Ob Sie es nun glauben oder nicht, Patterson hat jede Menge Unterstützer. Ihre Ermittlungen haben deren Träume zerstört, ihn im Weißen Haus zu sehen. Und die geben *Ihnen* die Schuld.«

»Äh, hallo, er ist ein Mörder und Betrüger – *er* hat die Träume seiner Anhänger zerstört.«

»Sie wissen das, und ich weiß das. Aber versuchen Sie denen das mal klarzumachen.«

Arnies Jünger hatten sich nach seiner Verhaftung im Internet und den sozialen Medien zusammengetan, um den Detective zu denunzieren, der Arnie Patterson und dessen Söhnen den Mord an Victoria Kavanaugh nachgewiesen hatte. Der Großteil der Boshaftigkeiten galt Sam, die den Fall aufgeklärt hatte, auch wenn das FBI letztlich die Verhaftung vorgenommen hatte.

»Bis sich der Zorn gelegt hat, ist der Außendienst für Sie gestrichen«, erklärte Farnsworth.

»Auch wenn es einen Mord gibt?«

»Das sehen wir, wenn es so weit ist.«

»Ich brauche einen hübschen vertrackten Mordfall, in den ich mich verbeißen kann. Es ist Wochen her, dass ich an einer richtig guten Sache gearbeitet habe.«

»Sie sind krank, Holland, wissen Sie das?«

»Das verletzt jetzt aber meine Gefühle.«

»Welche Gefühle?«, erwiderte er mit einem Lachen. »Helfen Sie in der Zentrale, helfen Sie bei der Einsatzleitung, helfen Sie bei den Berichten und setzen Sie ohne mein Wissen keinen Fuß vor die Tür dieses Gebäudes. Verstanden?«

Der Mann, den sie früher »Onkel Joe« genannt hatte, kehrte ihr gegenüber nur selten den Vorgesetzten heraus. Tatsächlich ließ er sie bei ihren Ermittlungen so manches durchgehen. Und weil er sich oft genug entgegenkommend zeigte, würde auch sie sich nun entgegenkommend verhalten. Zumindest vorläufig. Denn ewig konnte sie sich nicht in Watte packen lassen, ohne verrückt zu werden.

»Na schön«, sagte sie zu seinem Rücken, als er den Raum verließ. »Aber nach diesem Abend werden wir uns mal über meine gestutzten Flügel unterhalten.«

Er winkte, zum Zeichen dafür, dass er sie gehört hatte. Frustriert trat Sam gegen einen Mülleimer. Sie hasste es, aus Sorge um ihre Sicherheit abgeschoben zu werden. Warum traute ihr niemand zu, auf sich selbst aufpassen zu können? Schließlich war sie seit fast dreizehn Jahren Polizistin! Und nun wurde sie in einer der spannendsten Nächte seit Jahren zur Schreibtischarbeit verdonnert. Das war einfach nicht fair.

Trotzdem ließ es sich nicht ändern, und deshalb verdrängte sie ihre Frustration, um in Erfahrung zu bringen, wo sie gebraucht wurde. In der Funkzentrale zogen die Monitore sie magisch an, auf denen immer wieder zu sehen war, wie der Ball über Willie Vasquez' Kopf hinwegflog, während die Kommentatoren über einen Moment sprachen, der in die Geschichte des Baseball eingehen würde – genau wie Bill Buckners berühmter Patzer, der die Boston Red Sox einen Sieg in der World Series 1986 gekostet hatte. »Das hier ist vielleicht noch übler als Buckner«, bemerkte einer der Kommentatoren grimmig.

Sam schaute auf den nächsten Bildschirm, auf dem die Polizeieinsatzkräfte sich vor dem Stadion formiert hatten. Andere Bilder zeigten einen brennenden Wagen, ein umgekipptes Auto, eine eingeschlagene Fensterscheibe und den wütenden Mob in den Straßen.

Und das alles wegen eines verdammten Baseballspiels.

Sie schluckte ihre Bestürzung über die Ereignisse in ihrer Stadt ebenso herunter wie ihre Unfähigkeit, irgendetwas dagegen unternehmen zu können. Angestrengt stürzte sie sich in die Arbeit in der Zentrale, die überlaufen war von Leuten, die durch zunehmend zornige Polizisten hereingebracht wurden.

Um den Lärm der vielen Stimmen und die beunruhigenden Fernsehbilder auszublenden, stopfte Sam sich Ohrstöpsel in die Ohren und ließ sich von Bon Jovi aus dem Chaos entführen, während sie Berichte tippte und sich auf diese niedere Tätigkeit konzentrierte, die Hunderte von Verhaftungen mit sich brachte.

Eine Stunde später weckte ein Handgemenge zwischen einem Mann in einer dunkelblauen Jacke mit einem großen gelben FBI-Aufdruck und einem renitenten Verhafteten ihre

Aufmerksamkeit. Sam nahm die Ohrstöpsel heraus und ging hin, um ihre Hilfe bei der Überwältigung des Mannes anzubieten.

Als der FBI-Mann sich umdrehte und sie in die bernsteinfarbenen Augen von Special Agent Avery Hill blickte, erschrak Sam. »Agent Hill«, sagte sie zögernd, nachdem es ihnen gelungen war, den Verhafteten in den Bereich zur Aufnahme der Personalien zu bringen. »So sieht man sich wieder.«

»Unter ungünstigen Umständen.«

»Gibt es andere in unserem Job?«

Das entlockte dem Mann, der sich mit seiner Schwärmerei für sie nicht sonderlich bedeckt gehalten hatte, ein sexy Lächeln. Sam räusperte sich, entsetzt und verlegen wegen ihrer plötzlichen Nervosität. Sie hasste die Wirkung dieses Mannes auf sie, denn schließlich hatte sie nicht das geringste Interesse an ihm.

»Was machen Sie hier?«, fragte sie. »Ich dachte, Sie wären an die Westküste zurückgekehrt oder in die Äußere Mongolei gereist, nachdem wir den Fall Kavanaugh abgeschlossen hatten.«

»Das war der Plan«, erwiderte er in diesem weichen Südstaatenakzent, bei dem die unerschütterlichste Frau schwach werden konnte. Allerdings nicht Sam. Sie redete sich ein, dass sie immun war. »Director Hamilton hatte andere Pläne für mich.« Sein selbstironisches Lächeln brachte ein faszinierendes Grübchen in seiner linken Wange zum Vorschein. »Darf ich Ihnen den neuen Leiter der Abteilung Kriminalpolizeiliche Ermittlungen im FBI-Hauptsitz vorstellen?«

»Oh.« Sam war wie vom Donner gerührt von dieser Neuigkeit. »Also bleiben Sie in der Stadt?« Noch dazu näher als zu seiner Zeit in Quantico. Na toll. *Warte, bis Nick davon erfährt.* Er hatte Hills Interesse an Sam schon bei seiner allerersten Begegnung mit dem Agenten registriert und war alles andere als glücklich darüber.

»Scheint so.« Er deutete auf den Kerl, den er hereingebracht hatte. »Ich habe den Officern Beckett und Dempsey angeboten, den Transport zu übernehmen. Ihr Wagen war schon voll. Die müssten gleich mit den Formularen aufkreuzen.«

»Papierkram haben wir heute Abend reichlich.«

»Ich bin überrascht, Sie hier anzutreffen, anstatt draußen im Einsatz.«

»Dann sind wir schon zwei«, gab sie zwischen zusammengebissenen Zähnen zurück. »Arnie Patterson und seinen verdammten Drohungen habe ich es zu verdanken, dass man mir die Flügel gestutzt hat.«

»Oh, das ist übel.«

»Was Sie nicht sagen. Sie haben mir geholfen, ihn festzunageln. Aber Sie bedroht er nicht.«

»Tja, Sie sind eben berühmter als ich.« Er grinste dreist.

»Sie können mich mal.«

Er hob die Brauen und schien das Angebot zu überdenken. »Hm, ich mache mich lieber wieder auf den Weg. Es heißt, der Präsident schickt die Nationalgarde, um die Meute unter Kontrolle zu bringen. So etwas habe ich in meinem ganzen Leben noch nicht gesehen.«

»Und alles nur wegen eines Baseballspiels.«

»Ich weiß. Es ist verrückt.«

»Meinen Glückwunsch zur Beförderung.«

»Danke.« Er ging zum Haupteingang, drehte sich aber noch einmal um und erwischte Sam, als sie ihm hinterherschaute.

Wie peinlich.

»Darf ich Sie etwas fragen?« Sein Blick wurde intensiv auf jene Weise, die er so gut beherrschte.

»Warum nicht?«

»Ihre Assistentin Shelby.«

»Was ist mit ihr?«

»Vor einer Weile fragte sie mich, ob ich Lust hätte, mit ihr einen Kaffee zu trinken. Da ich nun hierbleibe, habe ich mir überlegt, diese Einladung vielleicht anzunehmen.«

Sam hatte keine Ahnung, was sie dazu sagen sollte. »Oh.«

»Wäre das ein Problem für Sie?«

»Ich ... ähm ... ich wüsste nicht, wieso.« Hauptsache Shelby hielt ihn möglichst weit fern von ihr und Nicks Haus. Dann wäre es absolut in Ordnung. Oder? Sam nahm sich vor, das möglichst bald mit ihrer Assistentin zu klären.

Er nickte ihr zu. »Wir sehen uns.«

»Sicher«, antwortete sie, während er hinaus in die Nacht trat. »Wir sehen uns.« Auf dem Weg zurück zu ihrem Arbeitsplatz, wo sie Verhaftungsberichte tippte, versuchte sie, die Neuigkeiten über den lästigen Agenten Hill zu verdauen. Sie hatte ihn längst mit neuen Fällen an der Westküste gewähnt. Stattdessen hielt er sich nicht nur in der Stadt auf, sondern wollte auch noch mit ihrer Assistentin ausgehen.

Das ist unangenehm nah, dachte sie bei sich.

Ein paar Minuten später kehrte Hill ins Hauptquartier zurück und wirkte ein bisschen erschüttert. Er marschierte direkt in das Großraumbüro, in dem Sam gerade arbeitete. »Lieutenant, ich muss Sie doch einmal privat sprechen, bitte.«

»In meinem Büro.«

Schweigend gingen sie ins Dezernat. Sam deutete auf ihr Büro, und nachdem sie beide eingetreten waren, schloss sie die Tür hinter ihnen. »Was gibt es?«

»Ich habe eben einen Anruf von meinem Freund Ray Jestings erhalten, dem Besitzer der Feds.«

»Sie sind mit dem Typen befreundet, dem die Feds gehören?«

»Wir sind zusammen in Charleston aufgewachsen. Er hat Elle Kopelsman geheiratet.«

Sam stieß bei der Erwähnung des Namens einer der prominentesten Familien Washingtons einen leisen Pfiff aus. Die Kopelsmans kamen dem, was Washington als Äquivalent zu einer königlichen Familie zu bieten hatte, am nächsten. Als Besitzer der Zeitung *Washington Star* hatte Harlan Kopelsman jahrelang unermüdlich versucht, Major-League-Baseball in die Hauptstadt des Landes zu holen, und war mitten in der ersten Saison des Teams an einem Herzinfarkt gestorben.

Elle war Harlans Tochter, eine stadtbekannte Blondine, die sich einen Ruf als Dame der Gesellschaft und Wohltäterin erworben hatte. Nach dem Tod ihres Vaters übernahm sie den *Star*, während ihr Mann sich um die Leitung des Baseballteams kümmerte.

»Wie dem auch sei. Ray hat mir erzählt, dass Vasquez' Frau außer sich ist, weil sie ihn nicht erreichen kann, und laut Aussage seiner Teamkameraden hat er das Stadion schon vor einer Weile verlassen.«

»Die haben ihn ohne Security gehen lassen? Spinnen die?«

»Offenbar wollte er keine Bewacher, und angesichts der Zustände im und ums Stadion wollte Ray nicht mit ihm darüber diskutieren.«

»Können Sie mir Baujahr, Modell und Kennzeichen seines Wagens durchgeben? Ich werde unsere Leute nach ihm Ausschau halten lassen.«

»Ich hatte gehofft, dass Sie das sagen würden. Ich besorge Ihnen die nötigen Informationen.«

Während er Jestings anrief, überlegte Sam, wie sie eine Suche nach dem vermissten Baseballspieler in Gang bringen sollte, ohne zur Unruhe in der Stadt beizutragen.

»Okay«, meinte Hill, nachdem er das Telefonat beendet hatte. »Es handelt sich um einen schwarzen Lincoln MKZ.« Er nannte ihr das Autokennzeichen.

Sam gab alles an die Zentrale weiter und bat darum, nach dem Fahrzeug fahnden zu lassen.

»Keine Fahndung nach ihm?«, wollte Hill wissen, als sie auflegte.

»Sie kennen die Regeln bei vermissten Erwachsenen. Bevor sie nicht vierundzwanzig Stunden vermisst sind, können wir nicht viel tun – es sei denn, wir haben es mit einer Person mit psychischen Problemen oder dergleichen zu tun. Möglicherweise ist er bloß untergetaucht, bis sich die Emotionen gelegt haben. Verdenken könnte ich es ihm nicht.«

»Ohne seiner Frau oder seinem Team Bescheid zu geben, wo er sich aufhält?«

»Vielleicht wollte er nicht, dass sie es wissen. Wahrscheinlich schämt er sich schrecklich und leckt seine Wunden.«

»Glauben Sie das wirklich?«

Genervt von diesem Katz-und-Maus-Spiel stemmte Sam die Hände in die Hüften. »Warum verraten Sie mir nicht einfach, was *Sie* glauben, Agent Hill?«

»Ich glaube, dass dieser Typ ganz allein für die Niederlage der Feds auf ihrem ersten Weg in die World Series verantwortlich ist. Ich glaube, dass es viele Leute in der Stadt gibt, die ihn liebend gern in die Finger bekommen würden. Ich glaube außerdem, die Tatsache, dass er vermisst wird und seine Frau ihn nicht erreichen kann, spricht dafür, dass er in irgendwelchen Schwierigkeiten steckt.«

»Wenn wir verlauten lassen, dass er vermisst wird, könnte das alles noch schlimmer machen.«

»Sie vertrauen Ihren Leuten nicht, dass sie den Deckel draufhalten?«

»Ich wünschte, ich könnte allen vertrauen, aber dafür ist die Versuchung einfach zu groß. Momentan scheue ich mich wegen der angespannten Lage in der Stadt sogar, auch nur eine Suchanfrage nach dem Mann zu stellen. Es braucht sich bloß ein Streifenpolizist bei seiner Freundin zu verplappern, und im Nu wird auf Twitter und bei Facebook verbreitet, dass Willie vermisst wird. Ich muss abwägen, was das Beste für Willie und für die Stadt ist.«

»Werden Sie zu dieser Entscheidung auch dann noch stehen, wenn ihm etwas passiert?«

Sam dachte einen Moment darüber nach. »Ich nehme an, das werde ich müssen. Ich werde meine Detectives nach ihm

Ausschau halten lassen, aber zu mehr bin ich im Augenblick nicht bereit.«

»Ich werde ebenfalls die Augen nach ihm offen halten.«

»Hill …«

»Das können Sie mir nicht verbieten, Lieutenant. Sie sind nicht meine Vorgesetzte.«

Lächelnd schüttelte sie den Kopf. »Sie klingen wie mein Neffe Jack. Das ist sein Lieblingsspruch seiner Mutter gegenüber.«

»Wie alt ist er?«

Sam bereute sofort, etwas Privates preisgegeben zu haben. »Fast sechs.«

Er verzog das Gesicht. »Na, es ist eine Weile her, seit ich zuletzt mit einem Sechsjährigen verglichen wurde.«

»Ich wollte damit nur zum Ausdruck bringen, dass Sie vorsichtig sein und kein Risiko eingehen sollen. Es geht verrückt zu da draußen.«

»Wow, Lieutenant, das klingt ja fast, als würden Sie sich Sorgen um mich machen.«

»Ich habe schon genug Papierkram hier, da brauche ich Ihren blutigen Leichnam nicht auch noch.«

Er grinste. »Ich bin gerührt von Ihrer Besorgnis. Ich melde mich bei Ihnen, falls ich etwas in Erfahrung bringe. Gilt das auch umgekehrt?«

Sie nickte kurz, obwohl es normalerweise gegen ihre Überzeugung ging, Informationen mit dem FBI zu teilen. In diesem Fall jedoch schien es nur fair zu sein, da Hill sie über Vasquez' mögliches Verschwinden informiert hatte.

Sie traten hinaus in die Lobby und trennten sich dort ohne ein weiteres Wort. Doch wie jedes Mal hinterließ die Begegnung bei Sam das Gefühl, ein wenig aus der Fassung geraten zu sein und neben sich zu stehen. Als sie ihn einmal mit seinem Hang, sie anzustarren, konfrontiert hatte, hatte er zugegeben, dass er sich zu ihr hingezogen fühlte.

Zwar war diese Anziehung definitiv einseitig, trotzdem war es komisch zu wissen, dass er eine Schwäche für sie hatte. Vielleicht würde sie Shelby einen kleinen – oder größeren – Schubser in seine Richtung geben. Was immer nötig war, um sein Interesse von ihr auf jemand anderen zu lenken, bevor sein Anstarren ihr noch mehr Ärger mit Nick einbrachte.

Sie schickte eine Nachricht an alle ihre Detectives, in der sie ihnen mitteilte, Willie Vasquez habe das Stadion ohne Bewacher verlassen und sei weder für seine Familie noch für sein Team erreichbar. Sie bat die Kollegen, Ausschau nach ihm zu halten, jedoch nichts über sein mögliches Verschwinden verlauten zu lassen. Es war gar nicht nötig, ihnen die Dringlichkeit von Diskretion zu erläutern. Sie trugen ihre Polizeiabzeichen nicht ohne Grund.

Sam verdrängte die Begegnung mit Hill und ihre Sorge um Willie Vasquez, stopfte sich die Ohrstöpsel wieder in die Ohren und drehte Bon Jovi voll auf, um ihre beunruhigenden Gedanken zu übertönen. Die ganze Nacht tippte sie am Computer, bis sie vom langen Sitzen dermaßen verspannt war, dass sie aufstehen und sich strecken musste. Durch die Türen des Haupteingangs sah sie die ersten pink- und orangefarbenen Schimmer, die den Himmel färbten und das Ende einer gefühlt endlosen Nacht des Chaos, der Gewalt, der Verhaftungen und der Schreibtischarbeit ankündigten.

Jemand aus der Funkzentrale rief sie zu sich. »Was ist denn?«, fragte sie.

»Möglicherweise ein Mord.« Der Kollege reichte ihr ein Blatt Papier mit einer Adresse an der Ecke Independence und Seventh. »Leiche im Müllcontainer.«

»Verstanden.« Sam schaute sich um, entdeckte aber keinen Vorgesetzten. Wenn sie Chief Farnsworth nicht finden konnte, konnte sie ihn auch nicht fragen, oder? »Geben Sie mir zehn Minuten, um von hier wegzukommen, bevor Sie es noch jemandem erzählen, ja?«

»Ja, Ma'am.«

Die können mich vielleicht von den Straßenunruhen fernhalten, dachte sie auf dem Weg zu ihrem Büro, um ihre Jacke, ihr Funkgerät und ihre Schlüssel zu holen. Aber Mord war ihre Sache. Niemand würde sie daran hindern, sich um einen Mordfall zu kümmern. Auf dem Weg hinaus aus dem Gebäude durch den Eingang zur Gerichtsmedizin – wo die geringste Chance bestand, von ihrem überaus wachsamen Polizeichef erwischt zu werden – rief Sam Freddie an.

»Was für eine Nacht«, klagte er, ohne sie zu begrüßen. »Ich war in meinem ganzen Leben noch nicht so müde.«

»Dann treib mal lieber ein bisschen Koffein auf, denn wir haben möglicherweise einen Mord.«

Er stöhnte so laut, dass Sam das Telefon vom Ohr weghalten musste. »Wir treffen uns Independence Ecke Seventh, hinter Air and Space.«

»Bin in fünfzehn Minuten da. Ich dachte, du darfst draußen nicht mitmischen.«

Sie verkniff sich einen fiesen Kommentar, der ihr schon auf der Zunge lag. Schließlich war es nicht seine Schuld, dass man sie von der Straße geholt hatte. Dabei reagierte sie für gewöhnlich gern ihren Frust an ihrem Partner ab. »Darf ich auch nicht.«

»Du fährst trotzdem hin?«

»Ja.« Diese knappe Antwort musste ihn provozieren, aber glücklicherweise sprang er nicht darauf an. »Wir sehen uns dort.«

Als sie das Telefonat beendete, signalisierte ihr Handy eine Nachricht von Nick, die sie sofort las.

Lassen die dich irgendwann mal gehen?

Hab gerade einen Mord reingekriegt, schrieb sie ihm zurück.

Ach Mist. Dann wohl bis irgendwann.

Sorry, antwortete Sam. *Wie geht's dem Jungen?*

Geknickt, freut sich aber schon auf die nächste Saison.

Sag ihm, dass ich ihn lieb habe und wir uns heute Abend sehen. Dich auch.

Sekunden später kam Nicks Antwort. *Ich liebe dich auch, Babe. Sei vorsichtig da draußen.*

Immer.

Das sagte sie üblicherweise, doch nachdem sie sich jetzt um einen Sohn kümmern musste, hatte sie noch mehr Grund, auf sich aufzupassen. Trotz der Monate, seit der Junge erklärt hatte, er wolle bei ihnen leben, musste Sam sich noch an die Tatsache gewöhnen, dass er nun auf Dauer ein Mitglied der Familie war. Vor der Last der Verantwortung hatte sie ein bisschen Angst gehabt, aber die hatte sich als unbegründet erwiesen. Stattdessen erfüllte es sie mit Stolz und gab ihrem Leben einen neuen Sinn, nach dem sie sich seit Jahren gesehnt hatte.

Vielleicht würde sie nie ein eigenes Kind haben. Seit Scotty in ihr und Nicks Leben getreten war, schien diese Sehnsucht nicht mehr so akut zu sein. Sie wünschte bloß, sie hätten ihn schon viel früher kennengelernt, dann hätten sie mehr Zeit miteinander gehabt. Nichtsdestotrotz würden Sam und Nick jeden Moment, den sie mit dem Jungen bekommen konnten, dankbar annehmen.

Auf der Fahrt vom Hauptquartier zur Independence Avenue konnte Sam persönlich die Schäden in Augenschein nehmen, die die Unruhen hinterlassen hatten. Die Straßen waren mit Müll und zersplittertem Glas übersät, und Rauchschwaden hingen über der Stadt. Sam hatte gehört, dass die Feuerwehr in dieser Nacht einen Rekord an Notrufen erhalten hatte.

Es schmerzte Sam, den angerichteten Schaden zu sehen und die friedlichen Bürger, die sich vorsichtig wieder hinauswagten, um aufzuräumen.

Da läuft etwas grundsätzlich falsch in einer Gesellschaft, die den Ausgang eines Spiels so wichtig nimmt, dachte Sam und wurde immer wütender durch das, was sie sah. Qualmende Autowracks, manche auf die Seite gekippt, blockierten ihren Weg und zwangen sie, einen Umweg zu ihrem Zielort zu machen.

Dreißig Minuten nach Verlassen des Hauptquartiers erreichte sie die Independence Avenue und parkte so nah wie möglich an der Rückseite vom National Air and Space Museum, das zum Smithsonian-Komplex gehörte. Sie zeigte den Schutzpolizisten, die den Fundort bewachten, ihre Dienstmarke und wurde durchgewunken.

»Was ist passiert?«, erkundigte sie sich beim Patrol Sergeant.

»Ein paar meiner Leute haben Sachen von der Straße eingesammelt und wollten sie entsorgen. Dabei fanden sie das.« Er signalisierte ihr, ihm zu einer Reihe von Müllcontainern zu folgen, die hinter dem hoch aufragenden Museumsgebäude standen.

Sam scheuchte einige Möwen auf, als sie sich dem geruchsintensivsten der vier Container näherte und hineinschaute. Ein Mann lag darin mit dem Gesicht nach unten. »Habt ihr ihn angefasst?«

»Nur um seinen Puls zu fühlen.«

Da sie ihn nicht identifiziert hatten, würde Sam das erledigen müssen. Das Opfer war gut gekleidet, der Qualität seines grauen Anzugs nach zu urteilen. Sam zog aus der Gesäßtasche ein Paar Latexhandschuhe. »Habt ihr die Gerichtsmedizin schon verständigt?«, fragte sie und suchte auf dem Gehsteig nach Blutspuren, ohne welche zu finden.

»Sind unterwegs.«

»Gut. Heben Sie mich mal rauf.«

Der Polizist stutzte. »Wie bitte?«

»In den Container«, erwiderte sie genervt. Ihren Kollegen musste sie nie etwas erklären. Die wussten immer, was sie wollte. Deshalb waren sie auch Detectives, und dieser Typ ging Streife. »Sie machen so«, sagte sie und verschränkte ihre Finger. »Ich stelle meinen Fuß da rein, und dann heben Sie mich über die Kante. Waren Sie nie klein, Sarge?«

»Sehr witzig«, grummelte er. »Tut mir leid, dass mich noch nie ein Lieutenant darum gebeten hat, ihm in einen Müllcontainer zu helfen.«

»Es gibt für alles ein erstes Mal«, konterte sie breit grinsend. »Der Spaß hört einfach nie auf in diesem Job.«

»Sie haben eine komische Vorstellung von Spaß, Lady.«

»Das höre ich öfters. Bereit?«

Mit skeptischer Miene verschränkte er die Finger und beugte sich herunter, damit Sam ihren Fuß in seine Hände stellen konnte. Dann hob er sie schwungvoller hinauf, als Sam erwartet hatte, sodass sie regelrecht in den Container flog, zum Glück nicht auf die Leiche. Unwillkürlich fragte sie sich, ob der Sergeant seine Freude daran hatte, sie in den riesigen Mülleimer zu schmeißen. Und da hieß es, ein höherer Rang hätte seine Vorteile. Von wegen.

Der Gestank faulenden Abfalls stieg ihr sofort in die Nase und raubte ihr fast den Atem. Wenn sie vor Kurzem etwas gegessen hätte, wäre es jetzt mit Sicherheit wieder hochgekommen. Vorsichtig griff sie in die Gesäßtasche des Opfers, um seine Brieftasche herauszuziehen. Da die nicht fehlte und noch voller Bargeld war, kam Raub als Motiv wohl nicht infrage. Sie legte ihm die Finger auf den Hals, der sich kalt anfühlte. Er lag offenbar schon eine Weile hier.

Sie klappte die lederne Brieftasche auf und atmete vor Schreck tief ein, was sie wegen des Gestanks im selben Moment bereute.

»Wer ist es?«, wollte der Sergeant wissen.

Mit einem flauen Gefühl im Magen betrachtete Sam den Führerschein und konnte nicht glauben, was sie da sah.

»Lieutenant?«

Sie hob den Kopf und schaute den Sergeant direkt an. »Ich will, dass alle von hier verschwinden. Versiegeln Sie diese Gasse auch für Ihre Kollegen und bringen Sie die Gerichtsmedizinerin umgehend her, sobald sie eintrifft.«

»Wird gemacht.« Er entfernte sich, um ihre Befehle auszuführen. Allein mit dem Leichnam von Willie Vasquez, trauerte Sam um den Baseballspieler. Sie fühlte mit seiner Familie sowie allen Fans, die ihn geliebt hatten – besonders mit ihrem eigenen Sohn, der sich seinen Tod sehr zu Herzen nehmen würde.

»Ach Willie«, flüsterte sie. »Warum hast du den Ball bloß aus den Augen gelassen?«

3. Kapitel

Freddie Cruz traf einige Minuten später ein und amüsierte sich darüber, Sam so vorzufinden. »Ich wünschte, ich könnte ein Foto vom Lieutenant im Müllcontainer für das Schwarze Brett im Morddezernat machen.«

»Hör auf mit dem Geplapper und sieh dir lieber mal an, um wen es sich bei unserem Opfer handelt.« Über den Rand des Containers hinweg reichte sie ihm Willies Brieftasche.

Freddie warf einen Blick darauf, dann sah er Sam verdutzt an. »Verdammt.«

»Dies wäre ein guter Zeitpunkt für ein echtes Schimpfwort, Detective.«

»Scheiße.«

»Schon besser.«

»Auf dem Weg hierher habe ich WFBR gehört, und mehr als ein Anrufer meinte, er würde sich Willie gern vorknöpfen. Man hörte deutlich die Wut heraus.«

»Interessant. Diesen Aspekt werden wir genauer untersuchen müssen.« Sam sah zu, wie er die Geldbörse in einen Beweismittelbeutel steckte. Danach überprüfte sie, ob sich sonst noch etwas in Willies Taschen befand, das sich für die Ermittlungen als nützlich erweisen könnte. Doch die vorsichtige Durchsuchung der Jacken- und Hosentaschen ergab nichts. »Schon irgendwas von Lindsey zu sehen?«

»Noch nicht. Soll ich dir da raushelfen?«

»Ich werde bei ihm warten, bis sie hier ist. Hast du dein Handy dabei?«

»Ja«, antwortete er misstrauisch. »Wieso?«

»Gib mal her. Ich habe meines im Auto gelassen.«

»Muss ich?«

Sie betrachtete ihn verstört.

»Na ja, entschuldige bitte, dass ich mein Telefon nicht im Müll haben will«, sagte er, gab es ihr aber trotzdem.

Sie musste Hill anrufen, doch Freddie würde dessen Nummer nicht haben. Also würde sie den Anruf erst machen können, sobald sie ihr eigenes Telefon wiederhatte. »Ich will auch nicht im Müll sein, und dennoch bin ich es. Wo finde ich Gonzos Nummer in diesem Ding?«, wollte sie wissen und tippte auf dem Display herum, während sie sich bemühte, auf dem Müllberg das Gleichgewicht zu halten. Um ein Haar wäre ihr das Handy aus der Hand gefallen, aber sie fing es rechtzeitig auf und grinste Freddie frech an.

»Lass es *nicht* fallen. Falls doch, schuldest du mir ein neues.«

»Ja, ja. Gonzo? Jetzt?«

Er erklärte ihr, wo sie Gonzos Nummer finden konnte.

»Ich verstehe nicht, warum diese blöden Dinger Smartphones genannt werden. Nie komme ich mir so dumm vor wie bei der Benutzung eines solchen Gerätes.«

»Dazu könnte ich jetzt *einiges* sagen.«

»Schlauerweise tust du es jedoch nicht.«

»Nur für dich und dein altes Klapphandy existiert das 2G-Netzwerk noch.«

»Das konntest du dir nicht verkneifen, was?«

»Nö.«

Am anderen Ende klingelte und klingelte es. Gerade als sie aufgeben wollte, meldete Gonzo sich.

»Was gibt's, Cruz?«, fragte er.

»Ich bin's, Sam.«

»Oh, Lieutenant. Tut mir leid. Was ist los?«

»Wir haben einen Mordfall. Willie Vasquez.«

»Da leck mich doch einer.«

Das war die Ausdrucksweise, die sie von ihren Kollegen bei einer solchen Gelegenheit erwartete. »Streng vertraulich vorläufig. Ich bin nicht scharf darauf, dass es zu neuen Unruhen in der Stadt kommt.«

»Natürlich. Klar. Was kann ich tun?«

»Ich weiß, du hast eben eine Überstundennachtschicht hinter dich gebracht, aber Cruz hat mir erzählt, dass das Spiel im Radio analysiert wird. Du musst dir den Sporttalk heute Morgen anhören ... Was über das Spiel gesagt wird, über ihn, über die Fans. Merk dir jeden, der in seinen Äußerungen zu aggressiv wirkt, wenn du verstehst, was ich meine.«

»Mach ich. Was noch?«

»Grab mal ein bisschen in seinem Leben. Ich brauche die üblichen nützlichen Informationen, einschließlich seiner Finanzen.«

»Geht klar. Wo hast du ihn gefunden?«

»In einem Müllcontainer hinter dem Air and Space.«

»Wow«, erwiderte Gonzo. »Ihn in den Müll zu werfen. Das ist ein Statement, was?«

»Und ob. Durchgeknallter Sport in diesem Land. Völlig außer Kontrolle.«

»Was du nicht sagst. Ich kümmere mich darum und melde mich, wenn ich etwas gefunden habe. Farnsworth hat deine Auszeit beendet und dich wieder laufen lassen?«

»Äh, nicht direkt.«

Gonzos dunkles Lachen brachte Sam zum Lächeln. »Herrlich«, sagte er.

»Mach dich an die Arbeit.« Sie beendete das Gespräch und gab Freddie das Telefon zurück, der es behutsam entgegennahm und anschließend in die Jackentasche steckte. »Wo bleibt McNamara bloß?«

»Hier bin ich!«, rief Lindsey. »Tut mir leid wegen der Verspätung. Auf den Straßen herrscht Chaos. Was haben wir hier?«

Sam setzte Lindsey ins Bild und bat anschließend Cruz, der Gerichtsmedizinerin in den Container zu helfen.

Während sie über die Kante stieg, rümpfte Lindsey die Nase. Ihr Pferdeschwanz hüpfte hin und her, als sie neben Sam landete. Sie machte eine Reihe Bilder von dem Opfer. »Helfen Sie mir, ihn umzudrehen.«

Sam hielt wegen des Gestanks den Atem an, während sie die Füße des Opfers nahm. Lindsey packte ihn bei den Schultern. Sein Gesicht wies keinerlei Verletzungen auf, doch auf seinem ehemals weißen Hemd war ein riesiger Blutfleck.

Lindsey schoss weitere Fotos. »Sieht wie eine Stichwunde aus«, bemerkte die Gerichtsmedizinerin und schaute genauer hin.

»Nur eine?«

»Das kann ich erst mit Sicherheit sagen, wenn ich ihn im Leichenschauhaus habe.«

»Keine Abwehrverletzungen an den Händen«, stellte Sam fest. »Auch sonst keine sichtbaren Verletzungen.« Nachdem sie seine Hände zur Beweissicherung in Papiertüten gesteckt hatte, gab Lindsey ihrem Team das Zeichen, die Bahre und den Leichensack zu bringen. »Schaffen wir ihn hier raus.«

Sam und Lindsey hoben Willie mit Cruz' Hilfe aus dem Container und gaben ihn in die wartenden Hände zweier Mitarbeiter der Gerichtsmedizinerin.

Einer von ihnen war ein junger Mann mit blonden Haaren und blauen Augen, die ihm förmlich aus dem Kopf traten, als er das Opfer erkannte.

Sam ersuchte auch Lindsey und ihr Team um Geheimhaltung. »Erzählen Sie niemandem davon. Und damit meine ich: absolut niemandem.«

»Ja, Ma'am«, antwortete der blonde junge Mann unsicher. Er und sein Partner zogen den Reißverschluss des Leichensacks zu.

Sam stützte sich auf der Kante des Müllcontainers ab und sprang hinunter in die Gasse, wobei sie knapp Cruz verfehlte, der geistesgegenwärtig auswich. Er hatte den Abtransport von

Willies Leiche beobachtet und sie nicht kommen sehen. Sie grinste, als er vor ihrem Geruch zurückwich.

»Lass einen Streifenwagen kommen, der mich nach Hause bringt, damit ich mich umziehen kann«, bat sie ihren Partner.

»Muss ich dich begleiten?«

Sie gab ihm ihren Schlüssel. »Sobald du mein Handy aus meinem Wagen geholt hast, kannst du ihn zum Hauptquartier fahren.«

»Dem Himmel sei Dank.« Er lief davon, um einem der Streifenpolizisten die Nachricht zu überbringen.

Sam reichte Lindsey die Hand, um ihr aus dem Container zu helfen.

Als die Gerichtsmedizinerin wieder festen Boden unter den Füßen hatte, zog sie ihre Latexhandschuhe aus. »Das wird eine große Sache.«

»Ist das nicht immer so?«

»Manche Fälle sind größer als andere.«

»Auch wieder wahr.« Sam erstellte in Gedanken eine To-do-Liste, die sie schwer auf Trab halten würde. Sie hatte einen kniffligen Mordfall herbeigesehnt, in den sie sich verbeißen konnte. Vielleicht stimmte wirklich etwas nicht mit ihr, aber sie lebte nun mal für diesen Mist.

Bevor sich die Identität des Opfers herumsprechen konnte, musste sie mit ihren Vorgesetzten klären, ob die Lage in der Stadt unter Kontrolle war, damit keine erneuten Unruhen und gewalttätigen Auseinandersetzungen aufflammen konnten. Sobald sie Kontakt mit Farnsworth aufnahm, würde sie womöglich wieder zu einer Auszeit verdonnert. Das durfte sie nicht zulassen. Über dieses Dilemma grübelte sie, während sie mit Lindsey aus der Gasse hinaus in die Independence Avenue ging.

»Ich fahre nach Hause, um mich umzuziehen. Wir sehen uns dann demnächst in der Gerichtsmedizin.«

»Ich mache mich gleich an die Arbeit«, versprach Lindsey.

»Danke, Doc.«

Lindsey wirkte betroffen. »Wenn man bedenkt, dass er sich gestern um diese Zeit auf das wichtigste Spiel seiner Karriere vorbereitet hat … Und jetzt ist er tot.«

»Traurige Vorstellung, dass ein einziger Fehler in einer herausragenden Karriere zu diesem tragischen Ereignis geführt hat.«

»Irgendein wütender Fan wollte ihm vermutlich eine Lektion erteilen.«

»Wahrscheinlich«, sagte Sam, obwohl sie bei Mordermittlungen gelernt hatte, stets über das Offensichtliche hinauszusehen. »Wir treffen uns später im Hauptquartier.«

»Ja, bis dann.«

Nachdem Lindsey auf der Beifahrerseite des Vans der Gerichtsmedizin eingestiegen und dieser davongebraust war, rief Sam Cruz zu sich. »Bestell die Spurensicherung her und lass sie alle Müllcontainer gründlich durchsuchen, auch die Mülleimer in der Umgebung. Wir suchen nach der Tatwaffe, höchstwahrscheinlich ein Messer. Und vergiss nicht – die Sache muss vorerst unbedingt unter Verschluss bleiben.«

»Ja, Ma'am«, erwiderte Cruz brav wie immer. Doch sie konnte sich darauf verlassen, dass er den Tatort absicherte, bis die Kollegen von der Spurensicherung eintrafen. Er gab ihr das Handy aus ihrem Wagen. »Wir treffen uns in einer Stunde im Hauptquartier.« Als sie sicher war, dass er die Lage wirklich im Griff hatte, lief sie zu dem glücklichen Streifenpolizisten, den Cruz für ihre Heimfahrt auserkoren hatte.

Sobald sie auf dem Rücksitz des Streifenwagens saß, mit einem äußerst missmutigen Polizisten am Steuer, der sie bei sämtlichen offenen Fenstern nach Hause fuhr, rief sie Hill an.

»Was gibt's?«, meldete er sich.

»WV ist tot«, informierte sie ihn und sprach dabei so leise wie möglich, damit der Streifenpolizist es nicht mitbekam.

»Was? Ich kann Sie nicht hören.«

41

»Die Person, über die wir heute Nacht gesprochen haben …
tot.«

»Ach du Scheiße. Im Ernst?«

»Ja.«

»Wie?«

»In die Brust gestochen und in einen Müllcontainer hinter
dem Air and Space geworfen.«

»Oh Gott.«

»Ich bin auf dem Heimweg, um zu duschen, nachdem wir
ihn aus dem Müll gehievt haben. Danach fahre ich ins Hauptquartier. Ich könnte Ihre Hilfe bei der Befragung des Teams
gebrauchen.«

»Klar, ich kann Ihnen helfen.«

»Ich bespreche mit meinen Vorgesetzten, wie wir in dieser
Sache vorgehen wollen, dann melde ich mich wieder bei Ihnen.«

»Danke, dass Sie mich informiert haben.«

»Tut mir leid, sagen zu müssen, dass Sie diesmal recht hatten.«

»Darüber bin ich alles andere als glücklich.«

»Seinem Zustand nach zu urteilen, ist er schon seit einer
Weile tot.«

»Wo können wir da bloß ansetzen mit unseren Ermittlungen?« Hill klang müde.

»Ich habe nicht die leiseste Ahnung, aber wir werden es hinkriegen. Wie immer.«

Gonzo kam in seinem Apartment an, das er mit seiner Verlob-
ten Christina Billings und seinem kleinen Sohn bewohnte.
Alex kroch zur Tür, als er Gonzo hereinkommen hörte. Das
Krabbeln war neu. Es war schwieriger geworden, ihn im Auge
zu behalten, seit er sich allein bewegen konnte. Trotzdem fand
Gonzo es faszinierend, ihn größer werden und sich entwickeln
zu sehen.

»Dada«, krähte Alex und hob die pummeligen Ärmchen.

Gonzo schmolz dahin, als er den dunkelhaarigen kleinen Jungen, der genauso aussah wie er, hochhob und herumwirbelte.

»Vorsichtig«, mahnte Christina, die in einem ihrer sexy Kostüme, die sie als Nicks Stabschefin zur Arbeit trug, aus dem gemeinsamen Schlafzimmer kam. Ihre blonden Haare hatte sie mit einem eleganten Knoten gebändigt, den Gonzo gern aufmachte, wenn sie nach einem langen Tag in Capitol Hill oder auf Wahlkampftour nach Hause kam. »Er hat den Bauch voller Haferflocken, die überall auf dir verteilt nicht so gut aussehen würden.«

»Ohhh«, sagte Gonzo zu Alex. »Mama rettet den Tag.« Statt den Kleinen weiter herumzuwirbeln, kitzelte er ihm den Bauch, was ihn zum Glucksen brachte. »Ich liebe dieses Lachen.«

»Und du stellst erstaunliche Bemühungen an, es ihm zu entlocken«, bemerkte Christina, während sie lächelnd in ihre himmelhohen High Heels schlüpfte.

»Soll ich ihn zu Ang bringen?«, fragte Gonzo. Sams Schwester Angela passte tagsüber auf Alex auf.

»Das liegt auf meinem Weg. Es macht mir nichts aus, ihn dort abzusetzen.« Sie ging zu ihm, streichelte Gonzos stoppelige Wange und küsste ihn.

Alex machte ein Kussgesicht, das sie beide zum Lachen brachte.

»Lange Nacht, was?«, erkundigte Christina sich.

»Sehr lang und noch nicht vorbei.« Weil er ihr absolut vertraute, erzählte er ihr von Willie.

»Oh mein Gott, das ist nicht dein Ernst!«

»Leider doch.«

»Gott«, sagte sie noch einmal. »Was ist bloß los mit dieser Welt?«

»Das alles aufzuschreiben würde eine lange Liste ergeben, und du musst dich auf den Weg machen.«

Bei ihrem wehmütigen Gesichtsausdruck fragte Gonzo sich, was sie wohl dachte, doch dann zog Alex ihn an den Haaren, denn er wollte seine Aufmerksamkeit. Gonzo küsste den Hals seines Sohnes, bis der wie verrückt kicherte. »Du musst unbedingt wieder zu Ang und den Kindern, Kumpel.«

»Jack«, sagte Alex. Der Name von Angelas Sohn war sein allererstes Wort gewesen, sehr zur Belustigung aller. Nicht »Mama« oder »Dada« – zuerst kamen die Freunde.

»Du siehst Jack nach der Schule, aber Baby Ella wird da sein«, meinte Gonzo und reichte Alex an Christina weiter. »Danke, dass du dich um ihn gekümmert hast.« Er fühlte sich schuldig, weil der Job ihn so viele Stunden von zu Hause fernhielt.

»Du weißt, dass ich ihn genauso liebe wie du.«

»Ich weiß.« Er küsste ihre Wange, dann ihre Lippen. »Wir brauchen einen Abend allein. Bald.«

»Da bin ich ganz deiner Meinung. Nenn mir Zeit und Ort, Detective.«

»Ich werde mir was einfallen lassen.«

»Wirst du nachher hier sein?«

»Irgendwann muss ich mal schlafen, doch ich werde auch von hier aus eine Weile arbeiten heute. Ich weiß noch nicht, wie das terminlich weitergeht. Melde dich, falls ich Alex von Angela abholen soll.«

»Wir haben heute Abend mal keine Wahlkampfveranstaltung, also könnte ich zu einer humanen Uhrzeit zu Hause sein. Ich schreibe dir eine Nachricht.«

»Hört sich gut an. Hab euch lieb.«

»Wir dich auch«, sagte sie auf dem Weg zur Tür hinaus mit seinem Sohn auf dem Arm. Sie hatte sich sehr ins Zeug gelegt für Alex – und für ihn –, seit sie erfahren hatte, dass er mit einer Frau, mit der er exakt einmal zusammen gewesen war, einen Sohn gezeugt hatte. Lori Phillips. Der Name hatte ihm kaum etwas gesagt, als er zum ersten Mal von dem Baby gehört hatte.

Jetzt bescherte er ihm wegen des drohenden Sorgerechtsstreits Albträume.

Viele Einzelheiten der Geschichte hatte er Christina bisher nicht erzählt, damit sie sich mitten in Nicks Kampagne zur Wiederwahl nicht unnötig Sorgen machte. Sie hatte genug um die Ohren. Bei dem Gedanken an Lori fiel ihm die Nachricht ein, die er gestern von Andy, seinem Anwalt, bekommen hatte. Gonzo hatte den Rückruf aufgeschoben, da er vor dem Baseballspiel in solch guter Stimmung gewesen war und einfach keine schlechten Nachrichten von Andy hören wollte.

Nun rief er ihn an, denn er konnte das Gespräch nicht ewig hinauszögern, sosehr er sich das auch wünschte.

»Hey, Tommy«, begrüßte Andy ihn eine Minute später. »Loris Anwalt hat sich endlich gemeldet. Anscheinend hat sie erfolgreich einen Entzug gemacht, ihre Beziehung mit Rex beendet und ist in eine Zweizimmerwohnung gezogen.«

Jede dieser Informationen traf Gonzo wie ein Messerstich ins Herz. Er machte sich keine Illusionen darüber, warum Lori hart daran arbeitete, ihr Leben wieder in den Griff zu bekommen.

»Tommy? Bist du noch da?«

»Ich bin da. Und warte auf die richtig schlechte Nachricht.«

»Hier kommt sie: Sie beabsichtigt, das volle Sorgerecht einzuklagen.«

Die Luft entwich seinen Lungen, seine Knie gaben nach, und Gonzo ließ sich aufs Sofa sinken. »Das kann nicht dein Ernst sein. Er lebt jetzt seit sechs Monaten bei mir. In der ganzen Zeit hat sie kaum Interesse an ihm gezeigt.«

»Ich glaube, das stimmt nicht ganz. Einige Monate lang war sie schließlich in der Entzugsklinik.«

»Und in der Zwischenzeit sind wir eine Familie geworden. Meine Verlobte ist für den Jungen eine Mutter geworden.«

»Technisch gesehen ist sie nicht seine Mutter, und das wisst ihr beide auch.«

»Trotzdem ...«

»Ich weiß. Glaub mir, ich sehe das definitiv von deinem Standpunkt, nur bleibt die Tatsache bestehen, dass Lori seine biologische Mutter ist und daher Rechte hat.«

»Rechte«, wiederholte Gonzo verächtlich. »Was ist mit den Rechten meines Sohnes?«

»Er hat natürlich auch welche, und das wird das Gericht berücksichtigen.«

»Du glaubst also, es wird vor Gericht verhandelt werden?«, fragte Gonzo, wobei er ein flaues Gefühl im Bauch hatte.

»Ja, das glaube ich. Es sei denn, du und Lori werdet euch anders einig.«

Das war höchst unwahrscheinlich, da Gonzo seit Monaten nicht mehr mit dieser Frau gesprochen hatte.

»Wie möchtest du weiter vorgehen?«, wollte Andy wissen. »Ich könnte ein Treffen mit Lori und ihrem Anwalt vereinbaren, damit ihr die Chance bekommt, euch gütlich zu einigen.«

»Rätst du mir dazu?«

»Es ist immer ratsam, die Dinge freundschaftlich zu regeln, falls das irgendwie möglich ist. Vielleicht findet ihr eine Lösung, mit der ihr beide leben könnt, ohne dass die Sache vor Gericht landet.«

»Ich will nichts weniger als das volle Sorgerecht.«

»Du solltest dich darauf einstellen, dass sie das Gleiche will.«

»Sie kann unmöglich so gute Argumente haben wie ich. Immerhin bin ich der Elternteil, der sich die ganze Zeit um den Jungen gekümmert hat.«

»Mag sein, aber sie ist die Kindesmutter, und das Gericht wird mit den Veränderungen, die sie in ihrem Leben vorgenommen hat, zufrieden sein. Es beweist ihre guten Absichten.«

»Wo waren denn ihre guten Absichten, als mein Sohn ihr nicht einmal wichtig genug war, um ihm nach der Geburt einen

Namen zu geben?« Gonzo konnte nicht verhindern, dass sich Bitterkeit in seinen Ton schlich.

»Soll ich ein Treffen vereinbaren?«

Gonzo dachte einen langen Moment darüber nach und wägte das Für und Wider ab. »Ja, mach nur. Versuch einen Termin nach der Wahl zu vereinbaren. Bis dahin hat Christina nämlich genug andere Sorgen.«

»Ich werde sehen, was ich tun kann, und melde mich wieder. Kopf hoch, okay?«

»Ich werde mir Mühe geben. Danke, Andy.«

»Kein Problem. Wir hören uns bald wieder.«

Gonzo legte sein Telefon auf den Couchtisch und nahm einen der Teddybären, mit denen Alex schlief. Der Duft von Babyshampoo und Puder daran trieb ihm die Tränen in die Augen. Der Gedanke an eine langwierige, teure gerichtliche Auseinandersetzung mit Lori machte ihn noch müder, als er ohnehin schon war. Dabei wollte er doch nichts weiter als ein friedliches Leben mit Christina und Alex und jedem weiteren Kind, mit dem sie möglicherweise noch gesegnet sein würden. War das denn zu viel verlangt?

Anscheinend, dachte er bitter. Er konnte diesen One-Night-Stand nicht bereuen, der im letzten Winter völlig unerwartet Alex in sein Leben gebracht hatte. Damals war er vor allem verblüfft darüber gewesen, dass er einen Sohn mit einer Frau haben sollte, an die er sich kaum erinnerte. Jetzt konnte er sich keinen Tag, geschweige denn sein Leben vorstellen, ohne dass dieser Junge darin im Mittelpunkt stand. Er würde mit allen ihm zur Verfügung stehenden Mitteln um das Kind kämpfen, damit die Familie zusammenblieb.

Die Vorstellung, Christina berichten zu müssen, dass ihnen womöglich ein Kampf mit der leiblichen Mutter bevorstand, schmerzte ihn.

Sie hatten sich alle beide der Fantasie hingegeben, Alex könnte in dem Glauben aufwachsen, dass Christina seine

Mutter war. Und warum hätten sie sich das nicht vorstellen sollen? Die biologische Mutter hatte ja nicht das geringste Interesse an dem Jungen gezeigt.

Christina verhielt sich erstaunlich mit dem Kind und begegnete ihm mit der gleichen Hingabe, die sie Gonzo entgegenbrachte. Sie waren gerade erst zusammengekommen, als Lori die Bombe mit Alex platzen ließ, doch Christina hatte von Anfang an mitgezogen. Es sei ganz einfach, sagte sie stets, sie liebe ihn, und sie liebe seinen Sohn.

Gonzo stand auf, schaltete das Radio an und stellte den Sender WFBR ein, der den Feds gehörte. Dann ging er in die Küche, um sich eine Kanne Kaffee zu kochen. Die würde auch dringend nötig sein, wenn er nach einer Nacht ohne Schlaf noch eine Weile wach bleiben wollte. Am Laptop recherchierte er über Willie Vasquez' Leben, während er im Radio den Hasskommentaren wütender Fans lauschte. Immer wieder drifteten seine Gedanken jedoch zu dem kleinen Jungen ab, den er liebte, und dem drohenden Kampf darum, dass das Kind dort bleiben konnte, wohin es gehörte.

4. Kapitel

Sam kam rechtzeitig nach Hause, um Nick noch anzutreffen, der gerade zum Kongress aufbrechen wollte. Als sie zur Tür hereinkam, erschien das sexy Grinsen, das sie so liebte, auf seinem attraktiven Gesicht. »Das ist eine nette Überraschung«, sagte er und ging mit offenkundigen Absichten auf sie zu.

Sie hob die Hände, um ihn auf Abstand zu halten, und fing gleich im Flur an, die stinkende Kleidung auszuziehen. »Scotty und Shelby?«

»Sind vor zehn Minuten los.«

Sie legte das Holster mit ihrer Dienstwaffe auf den Flurtisch neben ihre Dienstmarke und die Handschellen.

Staunend verfolgte Nick ihren Striptease. »Welchem Umstand habe ich diese unerwartete Show zu verdanken?«

»Ich bin in einen Müllcontainer gesprungen.«

»Ernsthaft?«

»Ja. Darin hat irgendwer Willie Vasquez abgelegt, nachdem er ihn zuvor erstochen hat.«

Ihr Mann wurde blass und schnappte erschrocken nach Luft. »Nein …«

»Ich fürchte doch.«

»Um Himmels willen. Scotty …«

»Ich weiß. Das war auch mein erster Gedanke.« Sie sammelte ihre Kleidung und ihre Turnschuhe auf. »Verzeih mir, aber ich muss dringend duschen.«

»Natürlich«, meinte er, schon ganz in Gedanken, die Nachricht verarbeitend. »Geh nur.«

»Komm mit rauf.«

Er schaute auf seine Uhr, dann folgte er ihr die Treppe hinauf zu ihrem Schlafzimmer, wo sie ihre Sachen in die Waschmaschine im angrenzenden Badezimmer stopfte. Sie gab die doppelte Menge Waschmittel dazu und stellte das heißeste Waschprogramm ein.

Danach drehte sie das heiße Wasser in der Dusche an. »Ich beeile mich«, versprach sie ihrem Mann.

»Mir wäre es lieber, du würdest gründlich duschen.«

Das brachte Sam zum Lachen, als sie unter den Wasserstrahl trat und anfing, jeden Zentimeter ihres Körpers zu schrubben. Das letzte Mal hatte sie ihre Haut so intensiv geschrubbt, nachdem Clarence Reese sich das Gehirn rausgepustet hatte, während sie neben ihm gestanden hatte. Die Erinnerung an jenen schrecklichen Tag ließ sie erschauern, und sie konzentrierte sich lieber wieder auf den aktuellen Fall.

Wo sollte sie nur mit ihren Ermittlungen im Mord an Willie anfangen, wenn jeder in der Hauptstadtregion ein Motiv hatte? Schließlich hatte sein Patzer am Abend zuvor die Heimmannschaft den sicheren Sieg gekostet.

Während sie den Conditioner in ihre langen Haare einmassierte, dachte sie über diese und andere Fragen nach – einschließlich der, ob es ihr überhaupt gestattet war, an diesem Fall zu arbeiten. Dafür würde sie als erfahrenster Detective des Mordderzenats in dieser Stadt kämpfen. Farnsworth wäre verrückt, einen potenziell derartig explosiven Fall jemand anderem anzuvertrauen als ihr. Der Chief konnte zwar stur sein, aber er war nicht verrückt.

Als sie aus der Dusche stieg, fühlte sie sich gestärkt und war bereit, für Willie Vasquez den Kampf mit ihren Vorgesetzten aufzunehmen. Wer immer diesen Baseballstar getötet hatte, würde es mit ihr zu tun bekommen. Sie würde den Täter jagen, und sie würde ihn finden.

Nick saß auf ihrem gemeinsamen Bett, als sie im weißen Bademantel, ein Handtuch um den Kopf gewickelt, aus dem Badezimmer kam.

Obwohl keiner von ihnen die Zeit hatte, setzte sie sich neben ihn und nahm seine Hand. »Ist alles in Ordnung mit dir?«

»Ich denke an Scotty«, antwortete Nick.

»Habe ich auch schon.«

»Besteht die Möglichkeit, dass er in der Schule davon erfährt?«

»Das glaube ich nicht. Wir geben es nicht bekannt, bevor wir Willies Familie informiert haben und uns über das weitere Vorgehen einig sind.«

»Ich hole Scotty nach Schulschluss ab, damit er es von niemand anderem hört.«

»Hast du denn Zeit dafür?« Sein Terminplan war der reinste Wahnsinn angesichts der näher rückenden Wahl.

»Nein, aber ich fahre trotzdem hin. Ich werde Shelby Bescheid geben.« Er sah ihr ins Gesicht. »Da ist noch etwas, was ich dir sagen muss.«

»Das klingt beunruhigend.«

»Ist es eigentlich nicht, aber ich habe das Gefühl, dass es dir nicht gefallen wird.«

Sie wappnete sich für das, was immer er ihr gleich mitteilen würde. »Schieß los.«

»Ich habe heute Morgen einen Anruf vom Weißen Haus erhalten.«

»Es haut mich immer noch um, mit jemandem verheiratet zu sein, der solche Sachen sagt.«

Das angedeutete sexy Grinsen, bei dem ihr oft genug ganz schwummrig wurde, erschien auf seinem Gesicht. Nicht dass ihr wirklich schwummrig wurde. Das passierte knallharten Cops nicht. »Konzentrier dich, Babe.«

Sie richtete den Blick auf seine glatt rasierten Wangen, auf die sich an den Spitzen ringelnden braunen Haare, die aufregenden braunen Augen und den sinnlichen Mund. Alles in allem ein verdammt attraktives Gesicht. »Okay, sorry.«

»Nelson unternimmt Ende der Woche eine kurze Reise. Er hat mich eingeladen, ihn zu begleiten.«

Seine Worte durchdrangen ihren Verstand. »Eine kurze Reise wohin?«

»Das darf ich nicht verraten.«

»Nicht einmal mir?«

»Niemandem.«

»Fliegt er nach Afghanistan?«

»Das kann ich dir nicht sagen, Sam. Tut mir leid. Ich würde es gern. Ich weiß, du erzählst mir ständig Sachen, die ich eigentlich nicht wissen darf. Aber ich kann das nicht, weil die Sicherheit des Präsidenten auf dem Spiel steht. Ich hoffe, du verstehst das.«

Sam brauchte seine Bestätigung des Reiseziels nicht. Virginia hatte im vergangenen Jahr erhebliche Verluste im Kriegsgebiet hinnehmen müssen. Da lag es nahe, dass Präsident Nelson eine Kongressdelegation dieses Bundesstaates mitnahm.

»Wie werdet ihr reisen?«

»Mit der Air Force One.« Seine Augen leuchteten bei diesen Worten. »Wie cool ist das denn?«

»Ziemlich cool«, bestätigte sie, obwohl sie innerlich bei der Vorstellung fröstelte, dass ihr geliebter Mann in ein Kriegsgebiet flog, noch dazu in einem riesigen Flugzeug, auf dem die Flagge der Vereinigten Staaten von Amerika prangte. »Ist das nicht gefährlich?«

Er dachte kurz darüber nach, wahrscheinlich auf der Suche nach einer Antwort, ohne zu viel preiszugeben. »Ein bisschen vielleicht, aber die Reise ist ja streng geheim. Niemand wird davon erfahren. Selbst die Reporter, die uns begleiten, werden den Zielort erst kennenlernen, wenn sie dort eintreffen.« Er legte den Kopf schief und musterte sie. »Was denkst du?«

»Es macht mir eine Höllenangst, mir nur vorzustellen, dass du an einen gefährlichen Ort fliegst.«

»Ich werde im sichersten Flugzeug der Welt reisen, Babe. Kein Grund zur Sorge.«

»Na klar«, erwiderte sie. »Wenn du das sagst.«

Er legte den Arm um sie und zog sie an sich.

Sie schmiegte die Nase an seinen Hals und atmete den Duft des Eau de Toilette ein, das er vor Kurzem aufgetragen hatte. Es war ihr einer der liebsten Düfte in der Welt. »Würdest du zu Hause bleiben, wenn ich dich darum bitte?«

»Nein, das würde ich nicht.«

»Es macht mir Angst.«

»Und ich habe jedes Mal Angst, wenn du zur Tür hinausgehst, weil ich weiß, dass es dort draußen Leute gibt, die dich allein wegen deiner Dienstmarke hassen. Ganz zu schweigen von deinem Psycho-Ex, der dich hasst, weil du mich liebst. Es versetzt mich in Panik, dass schon auf dich geschossen werden kann, wenn du dir bloß einen Bagel kauftst.«

Nick drückte zärtliche Küsse auf die verblassende Narbe in ihrem Gesicht, die sie während eines von ihr vereitelten Raubüberfalls im Sommer davongetragen hatte. Als sie an den Kerl herangeschlichen war, hatte er sie mit der Pistole geschlagen und ihr so eine klaffende Wunde zugefügt.

»Es gefällt mir nicht, wenn du deine viel größeren Ängste gegen meine angeblich kleinere, unbedeutende Furcht aufrechnest.«

Er lachte tief und rau und gab ihr einen weiteren Kuss auf den Kopf. »Ich bin mir noch gar nicht sicher, ob ich mitkommen kann. Dafür muss ich einige Wahlkampfveranstaltungen verschieben.«

War es falsch von ihr, darauf zu hoffen, dass ihm das unter Umständen nicht gelang? »Aber du willst gehen, richtig?«

»Babe ... Es ist der Präsident. Und die Air Force One. Ja, ich will mitreisen. Natürlich nicht nur wegen des supercoolen Flugzeugs. Wohin wir fliegen und weshalb ... Es ist wichtig, sonst würde ich es niemals tun.«

»Ich verstehe.«

»Wirklich?«

»Noch nicht, doch ich werde versuchen, so weit zu sein, wenn du aufbrichst.«

»Während du unter der Dusche warst, habe ich über Scotty nachgedacht. Nach dem Mord an Willie sollte ich vielleicht bei ihm bleiben.«

»Es ist bloß eine kurze Reise, oder?«

»Es heißt, wir würden insgesamt etwa vierzig Stunden unterwegs sein.«

»Vierzig Stunden komme ich allein klar mit allem.«

Er drückte sie erneut an sich und küsste sie. »Du bist die beste aller Ehefrauen.«

»Wir wissen beide, dass das nicht stimmt.«

»Na ja, du bist die beste Ehefrau, die ich je hatte.«

Sam lachte und boxte ihn auf den Arm, als sie aufstand. »Ich bin da so hineingeraten. Du und deine Bewacher, könnt ihr mich auf dem Weg zum Kapitol beim Hauptquartier absetzen?« Das war ein Umweg, doch sicher würde er das tun, wenn er konnte.

»Gern, aber wo ist dein Wagen?«

»Cruz erwartet mich dort damit. Ich wollte den Wagen nicht mit meinem Gestank verpesten.«

»Und wie bist du nach Hause gekommen?«

»Ich habe einen Streifenwagen vollgestunken.«

»Du bist ja ein Herzchen.«

»Ja, nicht?«

»Ich warte unten auf dich.«

»Ich beeile mich.« Im Schlafzimmer auf der anderen Seite des Flurs, das als Sams Kleiderschrank fungierte, fand sie ordentlich zusammengefaltete Jeans im Regal, das jetzt den Hosen vorbehalten war. Diese ungewöhnliche Ordnung ließ sie innehalten. Wer war dafür verantwortlich? Ah, Tinker Bell!

Sam musste Shelby unbedingt sagen, dass sie ihren Ordnungssinn anderswo ausleben sollte. Sie mochte nämlich ihre Unordnung genau so, wie sie war. Sie nahm einen Wollpullover sowie Socken und Wanderstiefel, die ihr Outfit vervollständigten. Wenn sie schon Überstunden machte, dann wenigstens in bequemer Kleidung.

Sie lief nach unten, wo sie Nick mit jemandem reden hörte. Er war in der Küche mit Shelby und ging mit ihr zusammen eine ihrer berühmten Listen durch.

»Morgen«, begrüßte sie Sam. »Kaffee?«

»Ja, bitte.« Es war sehr angenehm, dass bereits frisch gekochter Kaffee auf sie wartete. Das musste sie Shelby zugutehalten. »Kein Aufräumen meines Kleiderschranks, Tinker Bell.«

»Da drin habe ich doch kaum etwas gemacht.«

»Die Jeans waren zusammengefaltet.«

»Ach du Schande«, meinte Nick mit gespieltem Entsetzen. »Das haben Sie nicht getan!«

»Doch, habe ich«, bestätigte Shelby und tat zerknirscht. Die zierliche blonde Frau trug einen pinkfarbenen Jogginganzug, der an ihr absolut modisch wirkte. »Ich bitte um Verzeihung. Es wird nicht wieder vorkommen.«

»Gut«, murmelte Sam, nicht amüsiert. »Bereit zum Aufbruch?«, wandte sie sich an Nick.

»Wann immer du so weit bist. Ich hole Nick nach der Schule ab«, erklärte er dann Shelby. »Ich werde ihn für ein paar Stunden mit ins Büro nehmen.«

»Das wird ihm gefallen.«

»Welchem Kind würde das nicht gefallen?«, bemerkte Sam. »Die ständige Gesetzgebung und die Hinterhältigkeit.« Sie erschauerte. »Wie aufregend.«

Shelby lachte hinter vorgehaltener Hand.

Nachdem er seiner Frau einen gespielt strengen Blick zugeworfen hatte, verschwand Nick im Wohnzimmer. »Gehen wir, Lieutenant.«

Sam nutzte den Moment allein mit Shelby und raunte ihr zu: »Sie haben Agent Hill gefragt, ob er mit Ihnen ausgehen will?«

Diese Frage schien Shelby zu schockieren. »Woher wissen Sie das?«

»Ja oder nein? Haben Sie?«

»Kann sein. Jetzt verraten Sie mir, woher Sie das wissen.«

»Möglicherweise hat er es mir gegenüber erwähnt.«

»Sie haben ihn getroffen? Wo?«

»Bei der Arbeit. Wo sollte ich ihn wohl sonst getroffen haben?«

»Ich wette, er sah toll aus.«

»Ich weigere mich, darauf auch nur einzugehen. Eventuell werden Sie bald von ihm hören.«

»Du liebe Zeit! Im Ernst? Erzählen Sie mir ganz genau, was er gesagt hat.«

»So lustig diese Rückkehr zur Highschool auch wäre, ich habe Arbeit zu erledigen. Halten Sie ihn jedenfalls weit, weit fern von hier. Haben Sie mich verstanden?«

»Warum mögen Sie ihn nicht?«

»Nun komm schon, Sam!«, rief Nick.

»Weit fern. Mehr sage ich nicht.« Sam verließ den Raum, bevor Shelby die Unterhaltung fortsetzen konnte. Sie schnappte sich ihre Jacke, band sich das Pistolenhalfter um, steckte ihre Dienstmarke und das Notizbuch in die Gesäßtasche und lief zur Tür hinaus.

Nick wartete bereits in dem schwarzen SUV mit den getönten Scheiben. Einer der Agenten wartete auf dem Gehsteig auf sie und hielt ihr die Tür auf.

Als sie einstieg, telefonierte Nick gerade mit Christina.

Sam schnallte sich an, während sie schon losfuhren. Auch wenn sie sich oft über die mangelnde Aufregung in seinem Büro lustig gemacht hatte, liebte sie es doch, ihn im Senator-Modus zu erleben. Er beriet sich mit seiner Stabschefin über die Einladung des Präsidenten zu diesem Kurztrip.

»Das werde ich dir mitteilen, wenn ich da bin«, meinte er mit einem Seitenblick zu Sam.

»Wieso erfährt sie, wohin du fährst, und ich nicht?«, wollte Sam wissen.

Nick nahm das Handy vom Mund weg. »Weil sie eine Sicherheitsfreigabe vorweisen kann und du nicht.«

»Dann muss ich mir eine besorgen.« Agent Hill hatte ihr seine Sicherheitsfreigabe regelrecht unter die Nase gerieben und als Argument benutzt, um sich an den Ermittlungen im Fall Kavanaugh zu beteiligen. Trotz seines Anstarr-Problems war er kein schlechter Kerl und Sam bei diesem Fall eine große Hilfe gewesen. Nicht dass sie ihrem Mann das jemals auf die Nase binden würde. Bei Agent Hill sah der rot.

Sie schaute auf die Uhr in ihrem Telefon. Es war eine Stunde her, seit sie Willie gefunden hatten, und es würde noch eine ganze Weile dauern, bevor Lindsey irgendwelche Informationen für sie hatte. Also würde sie mit Willies Heimatadresse beginnen und dann zusammen mit Hill zum Stadion fahren. Wie immer würden die Medien ihr im Nacken sitzen, sobald sich der Mord an Willie herumgesprochen hatte, doch mit den Reportern würde sie schon fertigwerden. Sie würde mauern, solange es ging, wie sie es stets tat.

Nick beendete das Telefonat mit Christina und steckte das Handy in seine Jacketttasche. »Worüber denkst du nach?«

»Wo ich mit der Suche nach einem Mörder anfangen soll, wenn jeder in der Stadt ein Motiv hat.«

»Das ist eine harte Nuss, aber du wirst sie knacken. Machst du ja immer.«

»Wenn man mich lässt.«

»Warum sollte man nicht?«

»Farnsworth will mich nicht im Außendienst haben, solange Arnies Leute frei herumlaufen.«

»Da bin ich, ehrlich gesagt, absolut auf seiner Seite, Babe. Unter Arnies Gefolgsleuten gibt es leider viele Bekloppte, um es mal milde auszudrücken. Denen ist durchaus zuzutrauen, dass sie auf dich schießen, um ihn zu rehabilitieren.«

»Das mag ja alles sein, aber Arnie sitzt im Gefängnis. Wir haben ihn geschnappt und eingetütet.«

Nick lachte. »Diesen Ausdruck kannte ich vor dir auch nicht.«

»Da kannst du mal sehen, wie ich deinen Horizont erweitere.«

Er legte die Hand auf ihren Oberschenkel. »Apropos erweiterter Horizont ... Hast du mal darüber nachgedacht, was wir neulich besprochen haben?«

Seit sie Willie Vasquez in einem Müllcontainer gefunden hatte, waren ihre Gedanken um wenig anderes gekreist. »Ein bisschen.«

»Und?«

»Ich weiß es noch nicht.«

»Möchtest du erneut darüber sprechen?«

»Irgendwann.«

»Ich dränge dich nicht, Babe. Das weißt du, oder?«

»Ich fühle mich auch nicht gedrängt.«

»Gut.« Er drückte ihren Schenkel und nahm seine Hand weg. »Das will ich nämlich auf keinen Fall.«

Ihr Körper kribbelte bei der Erinnerung an ihr letztes Intermezzo auf dem Dachboden, den er als eine Art Nachbildung der Flitterwochen auf Bora Bora eingerichtet hatte. Im Lauf des Sommers war ihr Sexleben noch aufregender geworden als ohnehin schon, und seitdem hatten sie viel experimentiert. »Ich weiß.« Sie zögerte und wählte ihre Worte sorgsam. »Ich muss dir etwas sagen.«

»Was denn?«

Obwohl es gegen ihre Natur war, rechtzeitig Informationen zu teilen, die potenziell für Ärger sorgten, hatte sie auf die harte Tour lernen müssen, dass es besser war, ihrem Mann die Wahrheit zu sagen. Das ersparte ihr eine Menge Streitereien.

»Hill ist zum Leiter der Abteilung Kriminalpolizeiliche Ermittlungen befördert worden. Er ist dauerhaft nach D. C. gezogen. Er ist mit dem Besitzer der Feds, Ray Jestings, aufgewachsen, deshalb werden wir ihn bei diesen Ermittlungen um Hilfe bitten. Ich wollte dir gegenüber nur ganz offen sein, was seine Beteiligung angeht, damit es deswegen zwischen uns keine Probleme gibt.«

Nicks Miene blieb unverändert, doch presste er die Lippen zusammen, ein sicheres Zeichen für seine Verärgerung.

Als sie das Hauptquartier erreichten, brachten die Agenten den SUV vor dem Haupteingang zum Stehen. »Danke, dass du mir das mit Hill erzählt hast.« Er sah sie an, mit seinen erstaunlichen haselnussbraunen Augen, die direkt in ihre Seele zu schauen schienen. »Du hast ganz schön was dazugelernt.«

»Was heißt das?«

»Vor nicht allzu langer Zeit hättest du so etwas für dich behalten und darauf gehofft, dass ich von eurer erneuten Zusammenarbeit nichts erfahre. Ich wünschte zwar, er würde verschwinden und nie mehr zurückkommen, aber ich bin trotzdem froh, dass du es mir gesagt hast.«

»Selbst ein alter Hund wie ich lernt noch ein paar neue Tricks dazu. Ich bin lernfähig.«

Er verdrehte die Augen und lachte. »Du und lernfähig? Das möchte ich erleben.« Er gab ihr einen Kuss. »Ich liebe dich.«

Sie tätschelte sein Gesicht und erwiderte den Kuss, obwohl sie direkt vor dem Hauptquartier standen, also innerhalb ihrer Keine-Zärtlichkeiten-Zone. Die getönten Scheiben des SUV garantierten jedoch ihre Privatsphäre.

»Ich liebe dich auch«, erklärte Sam. »Bis irgendwann. Pass nachher gut auf unser Kind auf. Der Junge wird eine Schulter zum Anlehnen brauchen.«

»Die wird er bekommen, solange er sie braucht.«

»Da kann er sich glücklich schätzen.«

»Ich bin derjenige, der sich glücklich schätzen kann. Sei vorsichtig und pass auf dich auf.«

»Mach ich, keine Sorge.«

»Ich? Mir Sorgen machen? Geh an die Arbeit, Babe.«

Selbst nach fast einem Jahr des Zusammenseins hasste sie es, ihn zu verlassen. Aber sie hatte einen Job zu erledigen und er auch. Daher stieg sie aus dem Wagen und winkte, als der SUV Richtung Kapitol davonbrauste.

5. Kapitel

Sam ging über den Vorplatz, der von Reportern wimmeln würde, sobald der Mord an Willie bekannt wurde.

Im Kopf hielt sie bereits eine Pressekonferenz ab und überlegte, wie sie der Presse gegenübertreten sollte, ohne neue Unruhen heraufzubeschwören. Ganz in Gedanken lief sie gegen eine weiße Hemdbrust, an der ein goldenes Abzeichen prangte. *Verdammter Mist.*

»In mein Büro, Lieutenant. Sofort.«

Sam stöhnte genervt und folgte dem Chief in dessen Büro, das hinter der Funkzentrale lag.

Die Sekretärin des Chiefs lächelte mitfühlend, als Sam an ihrem Schreibtisch vorbeikam, was Sam den bevorstehenden Tadel mit noch mehr Sorge erwarten ließ.

Farnsworth stand mit versteinerter Miene an der Tür, und Sam ging an ihm vorbei.

Sie erschrak, als die Tür hinter ihr zugeworfen wurde.

»Welchen Teil meines Befehls, dieses Gebäude nicht ohne mein Wissen zu verlassen, haben Sie nicht verstanden, Lieutenant?«, donnerte er los.

»Ich habe Sie gesucht, konnte Sie aber nicht finden.«

»Da ich die ganze Nacht hier war, würde ich mal behaupten, dass Sie nicht sehr gründlich gesucht haben.«

»Ich wollte Sie nicht mit etwas behelligen, um das ich mich gut allein kümmern kann«, erwiderte sie.

»Und so sind Sie in einem Müllcontainer bei einer Leiche gelandet.«

»Ja. Es handelt sich bei der Leiche um Willie Vasquez.«

Seine Miene wurde für einen Moment völlig ausdruckslos,

ehe seine übliche Ausstrahlung zurückkehrte. »Sie nehmen mich auf den Arm.«

»Ich wünschte, es wäre so.«

»Du meine Güte.« Auf einmal wirkte er erschöpft und genauso alt, wie er mit seinen sechzig plus war. »Wir haben die Lage gerade erst wieder unter Kontrolle, und jetzt das.«

»Ich werde zuerst bei ihm zu Hause vorbeischauen und danach im Stadion, um mit der Teamleitung zu sprechen.«

»Ich will nicht, dass Sie an dem Fall arbeiten, Sam. Geben Sie ihn an einen Ihrer Kollegen weiter.«

»Sir, bei allem Respekt …«

»Ich sagte, geben Sie den Fall ab.«

»Und was soll ich tun, bitte schön? Im Büro sitzen und Däumchen drehen?«

»Es gibt genug im Innendienst für Sie zu tun.«

»Sie wissen, dass das nicht stimmt. Ich kann eine Ermittlung dieser Dimension nicht durchführen, ohne da draußen zu sein und meinen Job zu machen.«

Er trat hinter seinen Schreibtisch und setzte sich. Auf seinen mächtigen Schultern schien das Gewicht der Welt zu lasten.

»Du weißt, dass ich auf mich aufpassen kann, Onkel Joe«, sagte sie mit leiser Stimme, zum ersten Mal, seit sie unter seinem Kommando stand, seinen alten Kosenamen benutzend.

»Irgendetwas passiert dir immer.«

»Und dennoch sitze ich hier und gehe dir jeden Tag auf die Nerven.«

»Anders würde ich es gar nicht haben wollen. Das weißt du.«

Ihre seltene sentimentale Anwandlung war zweifellos der langen Nacht geschuldet, die sie hinter sich hatten. Trotzdem hatte Sam keine Skrupel, das zu ihrem Vorteil zu nutzen. »Ich weiß außerdem, dass ich dir etwas bedeute, und dafür bin ich sehr dankbar. Aber du musst mich meine Arbeit tun lassen. Ich bin der qualifizierteste Detective und kann am ehesten einen solchen Fall bearbeiten. Das ist dir ebenso klar wie mir.«

Sam beobachtete, wie er zu einer Entscheidung zu gelangen versuchte, und dabei fiel ihr auf, dass er tatsächlich gealtert war, seit sie das letzte Mal genauer hingeschaut hatte. Wann war das geschehen? Diese Beobachtung beunruhigte sie auf seltsame Weise. Männer wie ihr Dad und Onkel Joe sollten eigentlich immer jung bleiben und so lange leben, wie Sam sie brauchte, nämlich ewig.

»Ich glaube, ich habe dir nie erzählt, dass Marti und ich keine Kinder bekommen konnten«, sagte er, was sie noch mehr beunruhigte. »Wir hatten dich und deine Schwestern, unsere Nichten und Neffen ... In gewisser Weise seid ihr alle unsere Kinder gewesen. Ich denke, wir haben das ganz gut hinbekommen, du und ich, das Persönliche vom Beruflichen zu trennen. Aber wenn du meinst, dass es mir leichtfällt, dich da draußen solchen Gefahren auszusetzen, dann kennst du mich schlecht, Sam. Da bedroht jemand einen meiner Officer – und zugleich auch mein Kind, noch dazu eines meiner Lieblingskinder. Vergiss das nicht.«

Sie starrte ihn an, verblüfft, gerührt und unsicher, was sie darauf antworten sollte, was nicht sehr häufig vorkam. »Ich ... ich werde das nicht vergessen. Das werde ich nie vergessen.«

»Sorg dafür, dass du es wirklich nicht vergisst.« Sichtlich erschöpft und resigniert fuhr er sich durch die drahtigen grauen Haare. »Nimm dir den Fall Vasquez vor, berichte direkt an mich, pass auf dich auf und geh keine dummen Risiken ein. Verstanden?«

»Ja, Sir.«

Wegen dem, was er gesagt hatte, weil er schon viel länger ihr Onkel Joe war als ihr Chief und weil sie ihn liebte, ging sie um den Schreibtisch herum, legte die Hände auf seine Schultern und gab ihm einen Kuss auf die Wange. »Ich habe dich auch lieb.«

Als sie den Raum verlassen wollte, sagte er: »Ich habe nie gesagt, dass ich dich lieb habe.« Sein schroffer Ton passte wieder besser zu dem, was sie von ihm gewohnt war.

»Brauchtest du auch nicht.« Sie lächelte auf dem ganzen Weg ins Dezernat.

Bereit, den Kampf für Willie aufzunehmen, betrat Sam das Morddezernat, das sie jedoch leer vorfand, abgesehen von Cruz, der in seinem Bürosessel saß und tief und fest schlief. Stimmte da etwas nicht mit ihr, weil es ihr ein fieses Vergnügen bereitete, dem Sessel einen Tritt zu geben, sodass er gegen die Wand des Büroabteils krachte? Freddies Gesichtsausdruck, als er hochschreckte und gleichzeitig realisierte, dass sie ihn beim Schlafen erwischt hatte, war jedenfalls unbezahlbar.

»Auf geht's, Dornröschen«, sagte sie. »Es gibt Arbeit für uns.«

»Das hat dir Spaß gemacht, was?«

»Ich weiß nicht, wovon du sprichst. Wo sind alle hin?«

»Nach Hause ins Bett, wenn sie schlau sind.«

»Bist du nicht der Glückliche, der mit dem Lieutenant zusammenarbeiten soll?«

»Oh ja, und wie glücklich ich mich da schätzen kann. Brauchst du denn gar keinen Schlaf, so wie wir anderen Normalsterblichen?«

»Ich kann noch genug schlafen, wenn ich tot bin. Bis dahin lass uns mal in der Leichenhalle vorbeischauen.«

»Wenn man von mir verlangt, dass ich vierundzwanzig Stunden durcharbeite, brauche ich etwas zu essen. Richtiges Essen. Keine Sojasprossen und Kraut und solches Zeug, das du als Essen bezeichnest.«

Er brauchte eine Dosis Fett für sein inneres Gleichgewicht. Da sie ihn topfit haben wollte, gab sie nach. »Ich werde für dein Essen sorgen, wenn wir das Leichenschauhaus hinter uns haben.«

»Das wird Wunder wirken auf meinen Appetit.«

In der Gerichtsmedizin trafen sie Lindsey, die, assistiert von ihrem Stellvertreter Dr. Byron Tomlinson, Willies Leiche obduzierte.

»Geben Sie mir etwas – egal, was«, bat Sam, als sie mit Cruz im Schlepptau den Sezierraum betrat. Ihr Kollege warf einen Blick auf den Y-förmigen Schnitt in Willies Brust und wandte sich ab.

»Soweit ich es bis jetzt beurteilen kann, haben wir es mit einer einzigen Stichwunde in der Brust zu tun, die seine Aorta verletzt hat«, erklärte Lindsey.

»Schauen Sie sich den Winkel an.« Byron deutete auf die Wunde. »Dem Eintrittswinkel nach zu schließen, müsste der Täter Linkshänder sein.«

»Könnte er von hinten angegriffen worden sein?«, fragte Sam.

»Sehr unwahrscheinlich«, antwortete Lindsey. »Ich denke, es handelte sich um eine etwa sechzehn bis zwanzig Zentimeter lange Klinge. Mit einem Stich von hinten erwischt man kaum die Aorta. Ich gehe davon aus, dass der Angreifer von vorn kam und ihm einen Stich beibrachte, der ihn sehr schnell das Bewusstsein verlieren ließ.«

»Und es muss eine ziemliche Sauerei gewesen sein«, fügte Byron hinzu. »Die verletzte Schlagader muss beim Herausziehen des Messers wie ein Geysir gesprudelt haben.«

»Hoffen wir, dass die Spurensicherung uns eine Mordwaffe präsentiert.« Sam griff nach ihrem Telefon und rief den Patrol Lieutenant an, dann murmelte sie einen Fluch, als sie nur seine Mailbox erreichte.

»Das wäre schon hilfreich«, bestätigte Lindsey. »Wir führen jetzt die toxikologische Analyse und andere Labortests durch. Wir melden uns, falls wir etwas finden.«

»Danke, Doc. Wir sind unterwegs, also rufen Sie mich bitte auf dem Handy an.«

»Ich dachte, Sie stehen unter Hausarrest«, meinte Lindsey.

»Nicht mehr.«

Leise lachend und kopfschüttelnd zeigte Lindsey mit dem Daumen nach oben. »Ich habe keine Ahnung, wie Sie das anstellen, Holland.«

»Charme, Doc. Es liegt nur am Charme.«

Bevor Cruz ihr aus der Gerichtsmedizin nach draußen folgte, schnaubte er vernehmlich, was Sam mit einem strafenden Blick quittierte und sie fragen ließ: »Stimmt was mit deiner Nase nicht?«

»Nichts, was durch ein wenig Schlaf nicht schnell behoben wäre.«

»Gib nicht vor, dass du schlafen würdest, wenn ich dich nach Hause schicke.« Er und seine Freundin Elin verbrachten ihr halbes Leben damit, es wie die Karnickel zu treiben. Zumindest hatte es den Anschein, wenn er verschlafen und benommen an jedem neuen Tatort aufkreuzte, egal, zu welcher Tages- oder Nachtzeit.

»Ich würde schlafen.« Er zeigte ihr jenes träge, lässige Grinsen, das die Frauen verrückt machte – andere Frauen als sie natürlich. »Hinterher.«

»Igitt. Verschon mich mit den Details und fahr mich nach Georgetown.«

»Was ist in Georgetown?«

»Willies Wohnung.«

»Du hast mir was zu essen versprochen.«

»Das wird's auch geben. Bald. Wir müssen die Familie informieren, und das schaffe ich nicht mit vollem Magen.«

»Stimmt. Ich auch nicht.«

Er verstand. Es gab nichts, was sie beide mehr hassten, als Angehörigen berichten zu müssen, dass einer der Ihren ermordet worden war.

»Wie lautet die Adresse?«, erkundigte er sich, während er Sams Wagen vom Parkplatz lenkte.

Sam konsultierte ihr Notizbuch, in das sie einige Daten aus dem Führerschein in Willies Brieftasche geschrieben hatte. »3032 K Street, Northwest. Was hast du mit Willies Brieftasche gemacht?«

»Als Beweismittel aufgenommen, alles fotokopiert und anschließend die Brieftasche samt Bargeld darin im Beweismittelschrank eingeschlossen.«

»Gut. Hol mir Gonzo ans Telefon.«

»Haben Sie sonst noch einen Wunsch, während ich Sie herumkutschiere, Eure Hoheit?«

»Das wäre vorerst alles, aber danke der Nachfrage.«

Er prustete los und tat, wie ihm geheißen. Eine halbe Minute später erklang Gonzos Stimme aus dem Lautsprecher.

»Rede mit mir«, forderte Sam ihn auf. »Was hast du bis jetzt?«

»Du musst aufhören, mich mit Cruz' Handy anzurufen. Das macht mich kirre.«

Trotz der schrecklichen Aufgabe, die vor ihnen lag, sah Sam Freddie breit lächelnd an.

»Du versüßt ihr nur den Tag, wenn du solche Sachen sagst«, erklärte Cruz seinem Freund.

»Kann ich mir vorstellen.«

»Wo bist du im Augenblick?«, fragte sie.

»Gleich beim Hauptquartier.«

»Bitte Malone, herauszufinden, wem die Kameras im Bereich hinter dem Air and Space und den angrenzenden Gebäudeteilen gehören. Ich nehme an, die Kameras sind vom Smithsonian, nicht von uns, daher brauchen wir richterliche Beschlüsse. Ich will auch so viel Filmmaterial wie möglich aus dem Stadion, besonders vom Parkplatz der Spieler. Außerdem alles, was du aus dem Bereich Potomac Avenue kriegen kannst.«

»Verstanden. Mach ich.«

»Was hast du über Vasquez in Erfahrung gebracht?«

»Ich fahre mal rechts ran, damit ich meine Notizen zurate ziehen kann.« Keine Minute später begann er: »Geboren in Santo Domingo in der Dominikanischen Republik am 10. Februar 1985. Die Eltern sind Carlos und Belinda Vasquez. Willie war schon als Kind ein herausragender Baseballspieler und wurde direkt nach der Highschool von den San Diego Padres verpflichtet. Er spielte in verschiedenen Teams der National League, bevor er kurz vor Ende des Transfermarktes in der ersten Saison 2010 in die Major League aufstieg und in die Mannschaft der Feds kam. Seitdem er bei den Feds spielte, hat sich sein ganzes Talent entfaltet: Er hatte einen Batting Average von .325 im Jahr 2010 und .337 im Jahr 2011. Diese Saison war seine bisher beste mit 42 Homeruns, 102 Runs Batted In und 162 Hits. Zweimal war er ein All-Star und wäre höchstwahrscheinlich in naher Zukunft in die Hall of Fame aufgenommen worden.«

Sam machte sich Notizen, während Gonzo Willies Leistungen auf dem Spielfeld herunterrasselte.

»Seit fünf Jahren verheiratet mit Carmen Peña Vasquez. Zwei Kinder – Miguel, vier, und Jose, zwei.«

»Shit«, murmelte Sam und bemerkte, wie Freddie das Lenkrad fester umklammerte.

»Ja, Riesenscheiße.«

»Finanzen?«

»Hab ich noch nicht. Viele seiner Konten sind in der Dominikanischen Republik. Ich habe denen Nachrichten geschickt.«

»Was sagen sie im Radio?«, wollte Sam wissen.

»Die Leute sind extrem sauer. Die Leute auf WFBR, dem Radiosender der Feds, schüren das Feuer noch.«

»Ab einem gewissen Punkt müssen wir denen mal einen Besuch abstatten.«

»Das kann ich machen, wenn du willst.«

»Das wäre hilfreich. Erledige das bis halb sieben, dann mach

Schluss. Treffen morgen früh im Hauptquartier um Punkt sieben.«

»Geht klar. Ich melde mich, falls ich auf etwas stoße. Äh, Lieutenant, kann ich dich wegen etwas sprechen, das nichts mit dem Fall zu tun hat?«

»Natürlich.«

»Nicht über die Freisprechanlage, wenn es dir nichts ausmacht. Nichts für ungut, Cruz.«

»Kein Problem.« Freddie stellte sein Handy entsprechend ein und reichte es Sam.

»Was gibt's denn?«

»Ich wollte dir bloß sagen, dass ich in den nächsten Wochen eventuell Urlaub brauche. Die Sache mit Alex' leiblicher Mutter scheint vor Gericht zu landen.« Er berichtete ihr von den jüngsten Entwicklungen.

»Das tut mir leid, Gonzo. Das ist Mist.«

»Ja. Ich habe Christina noch nicht viel erzählt, wegen des Wahlkampfes und weil sie so viel zu tun hat. Ich wäre dir daher dankbar, wenn du es noch eine Weile für dich behältst.«

Sie begriff, dass er sie darum bat, besonders Nick gegenüber nichts verlauten zu lassen. »Ich verstehe. Lass es mich wissen, wenn ich irgendwie helfen kann.«

»Möglicherweise brauche ich Leumundszeugen, angefangen mit einem dekorierten Lieutenant und ihrem Mann, dem Senator.«

»Was immer wir für dich tun können, machen wir gern. Du musst nur fragen.«

»Danke. Es ist in Ordnung, Cruz zu erklären, was los ist. Ich kann jede Unterstützung gebrauchen, aber ich wollte dich bloß über die Auszeit informieren.«

»Ich werde es ihm erzählen. Und mach dir wegen der freien Tage keine Gedanken. Das kriegen wir schon hin.«

»Danke, Sam. Ich melde mich wieder, nachdem ich beim Radiosender war.«

»Bis dann.«

Sie gab Freddie das Handy zurück.

»Alles in Ordnung?«, fragte er.

»Er meinte, ich könnte dir ruhig verraten, dass ihm unter Umständen ein hässlicher Kampf ums Sorgerecht mit Alex' Mutter bevorsteht.«

»Ach du Schande. Kann sie das? Monate später auftauchen und Ansprüche geltend machen?«

»Sie ist Alex' Mutter, und laut Gonzo hat sie sich ziemlich viel Mühe gegeben, ihr Leben wieder auf die Reihe zu bekommen.«

»Er hat bestimmt große Angst.«

»Ein bisschen, und er will erst nach der Wahl mit Christina darüber sprechen.«

»Ich werde schweigen, keine Sorge.«

»Du könntest aber mit ihm darüber reden. Er wird seine Freunde brauchen.«

»Mach ich.« Er fuhr auf den Parkplatz und zeigte dem Wachmann seine Dienstmarke. »Detective Cruz und Lieutenant Holland. Wir wollen zu Mrs. Vasquez.«

»Mit welchem Anliegen?«

»Das ist privat.«

Der Wachmann studierte die beiden Dienstmarken, bevor er sie Freddie zurückgab. Dann wandte er sich an Sam: »Sie sind der Cop, der mit dem Senator verheiratet ist.«

»Ernsthaft? Das wusste ich gar nicht. Lassen Sie uns rein. Jetzt.«

»Kein Grund, gleich gereizt zu sein. Jemand vom Sicherheitsdienst wird Sie in der Lobby empfangen und zum Wohnsitz der Vasquez' geleiten.«

»Ausgezeichnet.«

Freddie fuhr das Fenster hoch und wartete darauf, dass sich die Schranke hob. Schließlich fuhr er weiter.

»Ich war nicht gereizt«, meinte Sam.

»Bist du nie.«

»Warum glauben die Leute, mir ständig sagen zu müssen, mit wem ich verheiratet bin?«

»Vielleicht, weil sie befürchten, du könntest es sonst vergessen?«

»Tja, das wäre natürlich immer möglich.«

Das Geplänkel half, sie von der schrecklichen Aufgabe abzulenken, die sie gleich erwartete. Freddie hielt auf einem Besucherparkplatz und stellte den Motor aus, machte jedoch keinerlei Anstalten, aus dem Wagen zu steigen.

»Ich hasse das«, sagte er.

»Ich auch. Aber noch weitere fünf Minuten hier herumzusitzen wird es nicht besser machen. Bringen wir es hinter uns, und danach widmen wir uns endlich wieder den Ermittlungen.«

Ein weiterer Security-Clown empfing sie in der Lobby, die mit dem Marmor und den Pflanzen sehr opulent wirkte. Dieser Mann trug einen gut geschnittenen schwarzen Anzug und einen Kopfhörer in Form eines Ohrstöpsels. Während Sam sich fragte, ob der Kerl sich mit diesem Ohrstöpsel noch wichtiger fühlte, bemerkte sie noch zwei Männer und eine Frau, alle in Anzügen, alle mit Ohrstöpseln und Funkgeräten. Das ist reichlich viel offensichtliche Security für ein Apartmentgebäude der Superreichen, dachte Sam und überlegte, wer denn wohl noch dort wohnte.

»Hier entlang«, forderte der zu ihrer Begleitung abgestellte Sicherheitsbedienstete sie auf. »Wir waren der Ansicht, dass es nur eine Frage der Zeit ist, bis wütende Fans herausgefunden haben, wo Mr. Vasquez wohnt. Deshalb haben wir die Sicherheitsmaßnahmen heute verstärkt.«

Sam war froh, dass er nicht ihre Zeit verschwendete und ihre Arbeit zu behindern versuchte, wie Leute von privaten Sicherheitsdiensten das oft taten. »Wahrscheinlich keine schlechte Idee.«

»Geht es Mr. Vasquez gut?«, erkundigte er sich mit echter Besorgnis.

»Es steht mir nicht zu, darüber zu sprechen.« Er würde bald genug erfahren, dass es Mr. Vasquez alles andere als gut ging.

»Ich verstehe.« Er führte sie an einem Empfangstresen vorbei zu einer Reihe von Fahrstühlen und benutzte in einem einen Schlüssel, um ins oberste Stockwerk hinauffahren zu können. Der Lift machte kein Geräusch, während er nach oben zum Penthouse sauste, das die siebte und achte Etage einnahm.

»Bitte warten Sie hier«, wies er die beiden an, nachdem sich die Kabine zu einem Flur mit zwei Türen hin geöffnet hatte. Der Security-Mann ging zur linken Tür und klopfte leise an. Er sprach mit gedämpfter Stimme mit dem Bediensteten, der aufgemacht hatte, ehe er Sam und Freddie heranwinkte. Man führte sie in einen Palast mit einer atemberaubenden Aussicht auf Washington Harbor, Georgetown, die Key Bridge sowie den Arlington National Cemetery auf der anderen Seite des Flusses. Das Dienstmädchen geleitete sie in ein Wohnzimmer und kündigte an, Mrs. Vasquez zu holen.

»Wow«, flüsterte Freddie mit Blick auf die luxuriöse Wohnung. »Baseball hat es sehr, sehr gut mit ihm gemeint.«

»Aber echt.«

Eine hübsche, zierliche junge Frau mit dunklen Haaren und vom Weinen geröteten Augen kam ins Zimmer gelaufen. »Sind Sie vom Team?« Ihr lateinamerikanischer Akzent war unverkennbar. Sie sah eher aus wie ein Teenager, nicht wie eine Ehefrau und Mutter. »Haben die Sie geschickt? Haben Sie meinen Willie gefunden?«

»Carmen Vasquez?«, fragte Sam.

»Ja.« Sie ging zu Sam und ergriff verzweifelt ihren Arm. »Sagen Sie mir, dass Sie ihn gefunden haben. Bitte sagen Sie es.«

Sam wünschte sich in diesem Moment, an irgendeinem anderen Ort auf dieser Welt zu sein. »Setzen Sie sich.«

72

»Nein, ich will mich nicht hinsetzen. Ich will wissen, was los ist.«

Ein kleiner dunkelhaariger Junge watschelte ins Zimmer, eine Decke hinter sich herziehend. Seiner Größe nach zu urteilen, musste es Miguel sein, der ältere der beiden Söhne. »Mama … *Qué te pasa? Por qué estás triste? Dónde está papá?*«

Seine Mutter hob ihn auf die Arme, flüsterte ihm etwas zu und gab ihn an das Dienstmädchen weiter.

Sam schaute zu Freddie und bemerkte die unerträgliche Traurigkeit, die sie selbst empfand, in seinem Gesicht. Im Lauf der Jahre hatte sie gelernt, es rasch auszusprechen und hinter sich zu bringen. Doch diesmal blieben ihr die Worte im Hals stecken.

Freddie spürte ihre Qual und schaltete sich ein. *»Señora Vasquez, lo siento pero tengo que decircle que su marido fue encontrado asesinado.«*

Carmen stieß einen Schrei aus und klammerte sich an Freddies Brust fest. *»Por favor dime que no es verdad. No, no, no.«*

»Lo siento. Ojalà pudiera.«

Glücklicherweise stand Freddie nah genug bei ihr, um sie aufzufangen, als Carmen ohnmächtig wurde. Behutsam legte er sie auf ein Sofa.

»Holen Sie das Dienstmädchen«, befahl Sam dem Security-Mann, der die Szene entsetzt verfolgt hatte. Er musste nicht Spanisch sprechen, um zu verstehen, was passiert war. »Bringen Sie einen kalten Waschlappen und ein Glas Wasser. Beeilen Sie sich!«

Als Carmen allmählich wieder zu sich kam, war der Security-Mann mit den gewünschten Sachen zurück.

Freddie tupfte Carmen mit dem Waschlappen das tränenüberströmte Gesicht. *»Toma una respiración profunda.«*

»Por favor, dime que no es verdad.« Ihre Stimme war kaum mehr als ein Flüstern.

»Lo siento.«

»*No*«, schluchzte Carmen und brach erneut zusammen. »*Por favor, no.*« Sie schaute zu Sam und wechselte zum Glück die Sprache. »Er kann nicht tot sein. Nicht mein Willie. Es war nicht seine Schuld. Er hat einen Fehler gemacht. Menschen machen ständig Fehler. Wie können sie ihn deswegen umbringen?«

»Das weiß ich nicht«, antwortete Sams ehrlich. »Aber ich versichere, wir werden alles in unserer Macht Stehende tun, um herauszufinden, was passiert ist.« Sie konnte sich gerade noch verkneifen, der Frau zu versprechen, dass sie den Mörder finden würden. Zum ersten Mal in ihrer bewegten Karriere hatte sie einen Fall, bei dem Tausende, vielleicht sogar Hunderttausende ein Motiv für einen Mord hatten.

Carmens Blick war fest auf Sam gerichtet. »Ich kenne Sie, oder? Sind wir uns schon einmal begegnet?«

Sam schüttelte den Kopf. »Ich bin mit Senator Cappuano aus Virginia verheiratet. Wahrscheinlich kennen Sie mich daher.«

»Ja, wir haben Sie beim Parteitag gesehen. Willie hat Ihren Mann bewundert.«

»Und mein Sohn hat Ihren Mann bewundert. Er war sehr nett zu ihm während des Camps im Sommer.«

»So ist mein Willie.« Von Neuem stiegen ihr Tränen in die Augen. »Er ist zu allen nett und tut niemandem etwas.« Mit wässrigen braunen Augen sah sie Sam an. »Wie …?«

»Man hat ihn in die Brust gestochen. Die Gerichtsmedizinerin glaubt, dass er sehr schnell gestorben ist.«

Mit der Hand vor dem Mund, um ihre Schluchzer zu dämpfen, schüttelte Carmen Vasquez den Kopf, als wollte sie einfach nicht wahrhaben, was Sam ihr gerade erzählt hatte.

»Gibt es jemanden, den wir für Sie anrufen sollen? Eine Freundin oder ein Familienmitglied?«

Carmen brauchte einen Moment, bis sie sich gesammelt hatte. Sie wischte sich die Tränen ab und setzte sich ein wenig aufrechter hin. »Gestern noch hätte ich Ihnen eine ganze Liste mit Freunden geben können, hauptsächlich Willies Teamkameraden und deren Frauen oder Freundinnen. Als er gestern Abend nicht nach Hause kam, rief ich sie alle an, um zu fragen, ob sie wüssten, wo er sich aufhält. Aber niemand meldete sich. Der Einzige, der meinen Anruf entgegennahm, war Ray Jestings.«

»Wann haben Sie zum letzten Mal mit Willie gesprochen?«, wollte Freddie wissen.

»Vor dem Spiel. Er rief ungefähr zwanzig Minuten vor Beginn an.«

»Brachte er da irgendwelche Sorgen oder Bedenken wegen des Spiels zum Ausdruck, mal abgesehen vom Stress der Playoffs?«, erkundigte Sam sich.

»Nein, er war den ganzen Tag sehr ruhig. Entschlossen. Konzentriert. Er verbrachte den Vormittag mit den Jungs, spielte mit ihnen und brach gegen zwei Uhr zum Stadion auf.«

»Sind Sie zum Spiel gegangen?«

Carmen verneinte. »Mein jüngster Sohn war krank, deshalb bin ich mit beiden Jungs zu Hause geblieben.« Sie machte eine Pause, und wieder füllten sich ihre Augen mit Tränen. »Jetzt bin ich froh, dass ich nicht dort war. Ich war so aufgewühlt, als es passierte. Ich weiß, wie schrecklich er sich gefühlt haben muss, und als sie anfingen, mit Müll nach ihm zu werfen ...«

Sam quälte der Gedanke, ihr berichten zu müssen, dass man ihn in einem Müllcontainer gefunden hatte. Bisher hatten sie dieses Detail für sich behalten.

»Hatte er Probleme mit irgendwem aus dem Team?«

»Nein, alle mochten ihn. Sie ernannten ihn sogar zu einem der Mannschaftskapitäne in dieser Saison. Darauf war er sehr stolz. Er hat so lange so hart dafür gearbeitet ... Und dann machte er einen Fehler. Einen einzigen. Und dafür hat ihn jemand umgebracht?«

»Wir wissen noch nichts Genaues«, erwiderte Sam einschränkend.

»Aber das ist der Grund! Sie haben ihn umgebracht, weil er diesen Ball nicht gefangen hat! Wie soll ich meinen Jungs erklären, dass ihr Papa sterben musste, weil er einen Ball nicht gefangen hat?«

Sam wollte sich lieber nicht vorstellen, wie ihr eigener Sohn auf den sinnlosen Tod des Baseballspielers reagierte. Wie würde es erst Willies Söhnen ergehen? Sie setzte sich neben Carmen und nahm ihre Hand. »Ich mache das schon eine ganze Weile, lange genug, um die schlimmsten Seiten der Menschheit kennengelernt zu haben – und die besten. Was ich nie verstanden habe, ist, wie jemand einem anderen Menschen das Leben nehmen kann. Ich hoffe, nie den Punkt in meiner Karriere zu erreichen, an dem ich das nachvollziehen kann. Ich habe außerdem gelernt, dass die offensichtlichsten Motive oft gar nichts mit dem zu tun haben, was wirklich geschehen ist. Es besteht durchaus die Chance, dass das Ganze niemals einen Sinn für Sie ergeben wird. Wenn wir unseren Job gut machen, werden Sie erfahren, wie es passiert ist, aber den genauen Grund werden Sie möglicherweise nie kennen.«

»Was soll ich denn jetzt machen? Er war mein Leben. Willie und unsere Jungs. Sie sind meine Welt.« Als sie in sich zusammensackte, legte Sam ihr den Arm um die Schultern, was sie bei Fremden nur sehr selten tat.

»Ich muss wissen, ob Willie ein Handy besaß.«

»Ja, er hatte es stets bei sich, für den Fall, dass ich ihn erreichen muss.«

»Wir haben es bei ihm nicht gefunden, deshalb brauchen wir die Nummer.« Sam nahm den Arm von Carmens Schulter, um mitzuschreiben, während Carmen ihr die Nummer diktierte.

»Können wir Ihre oder seine Familie verständigen?«, wollte Freddie wissen. »Es wird Ihnen sicher lieber sein, dass sie von den Ereignissen erfahren, bevor sein Tod in den Medien verbreitet wird.«

»Ich rufe meinen Bruder an«, meinte Carmen, die allmählich

vor den Tatsachen zu kapitulieren schien. »Er wird es Willies Familie beibringen und herkommen, um mir beizustehen.«

»Wo befindet er sich?«, fragte Freddie.

»In der Dominikanischen Republik.«

»Wenn Sie möchten, dass ich bis zu seiner Ankunft bei Ihnen bleibe, dann werde ich das gerne tun«, erklärte Freddie und warf Sam einen Blick zu.

Nach einer Nacht ohne Schlaf waren sie am Ende ihrer Kräfte und würden bald Feierabend machen müssen. Carmen nickte kurz.

»Soll ich Ihren Bruder für Sie anrufen?«, bot Freddie an.

»Ja, bitte. Ich glaube nicht, dass ich die Worte herausbringe.«

»Ich werde es für Sie aussprechen«, sagte Freddie.

Bevor Sam ging, nahm sie Freddie beiseite. »Du bist hungrig hergekommen. Soll ich dir was herschicken lassen?«

Er winkte ab. »Danke, ich habe meinen Appetit verloren.«

Das konnte sie nachvollziehen. »Sobald der Bruder hier ist, fahr nach Hause. Morgen um sieben treffen wir uns im Hauptquartier. Du hast das gut gemacht mit ihr, Detective.«

»Freut mich, dass du das so siehst. Innerlich bin ich gestorben.«

»Ich auch.«

Er gab ihr den Wagenschlüssel. »Wohin fährst du?«

»Zum Stadion.«

Auf der Fahrt zum Stadion der Federals, das nach einem Kreditkartenunternehmen benannt war, von dem Sam noch nie gehört hatte und dessen Namen sie sich auch nie merken konnte, rief sie die Zentrale an. »Lieutenant Holland hier. Ich muss den Schichtleiter der Schutzpolizei sprechen.«

»Einen Moment bitte, Lieutenant.«

Sie wartete eine ganze Weile und lauschte seltsamer Instrumentalmusik, die in ihr den Wunsch nach Ohrstöpseln weckte. Endlich wurde sie verbunden.

»Stahl.«

Wäre sie nicht gefahren, hätte sie die Augen himmelwärts verdreht. »Ich habe nach der Schutzpolizei gefragt, nicht nach der Abteilung für Interne Ermittlungen.«

»Was wollen Sie, Holland?«

»Den Schichtleiter der Schutzpolizei sprechen.«

»Den haben Sie am Apparat.«

»Was machen Sie denn dort?«

»Bin für den Lieutenant eingesprungen, der wegen der Unruhen die ganze Nacht gearbeitet hat. Nicht dass Sie das was angeht.«

»Oh, stimmt ja. Ihr Typen von Interne Ermittlungen musstet keine Überstunden machen wie wir anderen. Ich hoffe, Sie konnten gut schlafen, während unsere Stadt auseinandergenommen wurde.«

»Gibt es einen Grund für diesen Anruf? Wenn nicht, habe ich nämlich noch Besseres zu tun …«

»Halten Sie den Mund und passen Sie auf.« War es möglich, zu *hören*, wie jemand violett anlief? Sam lächelte über die Bilder, die sie vor ihrem geistigen Auge sah. »Ich brauche eine gründliche Durchsuchung des gesamten südwestlichen Quadranten der Stadt, von der Potomac Avenue bis zur Independence. Wir suchen eine große Menge Blut. Wird man kaum übersehen können.«

»Und Sie erwarten von mir, dass ich unsere ohnehin stark eingeschränkten Kräfte auf diese absurde Suche für Sie schicke?«

»Wir müssen den Tatort eines Mordes ausfindig machen, Sie dämlicher Idiot. Schicken Sie die Schutzpolizei los oder ich hetze Ihnen Farnsworth auf den Hals.«

»Na klar, Sie brauchen ja bloß mit den Fingern zu schnippen, und schon springt er. Schlafen Sie mit ihm, Holland? Das würde nämlich einiges erklären …«

Bevor er weitere Bemerkungen loswerden konnte, die Sam

nur dazu bringen würden, zu verstehen, weshalb jemand einen Mord beging, beendete sie das Gespräch. »Verdammter Bastard.« Zur Sicherheit rief sie anschließend ihren Vorgesetzten und Mentor Detective Captain Malone an.

»Holland? Ich hörte, Sie haben einen Mordfall.«

»Warum um alles in der Welt leitet das Rattengesicht Stahl die Schicht der Schutzpolizei?«

»Ihnen auch einen guten Morgen. Er ist eingesprungen. Wir sind personell heute extrem unterbesetzt, nachdem alle die ganze Nacht hindurch gearbeitet haben.«

»Warum können die nicht noch den ganzen Tag arbeiten? Wir machen das schließlich auch.«

»Nicht alle bei der Polizei haben Ihre Hingabe an den Job, Lieutenant.«

»Behandeln Sie mich gerade herablassend, Captain?«

»Wäre ich wohl so dumm? Was kann ich für Sie tun?«

Sie berichtete ihm, was sie bis jetzt über den Mord an Vasquez wusste – was nicht viel war – und welche Hilfe sie von der Schutzpolizei benötigte.

»Ich werde mich darum kümmern«, meinte er. »Wir müssen uns darüber unterhalten, wie wir mit dieser Geschichte an die Öffentlichkeit gehen.«

»Das ist die andere Sache, über die ich mit Ihnen sprechen wollte. Mein nächster Halt sollte das Stadion sein. Aber wenn ich dem Team einen Besuch abstatte, werden die Bescheid wissen. Andererseits würde ich gern die Reaktionen sehen, wenn die Mannschaftskameraden die Nachricht erfahren. Also habe ich mir überlegt, dort hinzufahren und allen die Neuigkeit zu überbringen, während Sie sich um die Medien kümmern. Übrigens nehme ich Agent Hill mit. Er kennt den Besitzer des Teams, Jestings, und kann mir vielleicht ein bisschen den Zugang erleichtern.«

»Der Plan gefällt mir, doch ich würde ihn gern vom Chief genehmigen lassen. Ich rufe Sie in zwanzig Minuten zurück.«

»Ich warte so lange. Können Sie mich zu Archelotta durchstellen?«

»Bleiben Sie dran.«

Der Lieutenant der IT-Abteilung und außerdem der einzige Officer, mit dem Sam eine kurze Beziehung gehabt hatte, meldete sich nach dem dritten Klingeln. »Archelotta.«

»Hey, ich bin's, Holland.«

»Wie läuft es? Hab gehört, du hast einen neuen Mord.«

»Ja, Willie Vasquez.«

»Nicht dein Ernst. Mann!«

»Kannst du mal versuchen, ein Signal von seinem Handy zu bekommen? Er hatte es nicht bei sich, als wir ihn fanden.«

»Natürlich. Was immer ich für dich tun kann.«

Sam nannte ihm die Nummer.

»Ich melde mich, sobald ich etwas habe. Könnte allerdings eine Weile dauern. Es heißt, die Mobilfunkdienste sind in einigen Gegenden infolge der Unruhen gestört.«

»Wir begnügen uns mit dem, was wir kriegen können.«

»Alles klar. Wir bleiben in Verbindung.«

Da sie Zeit hatte, hielt sie an, um sich ein Sandwich und eine äußerst seltene Cola light zu gönnen. Dies war genau der richtige Zeitpunkt für eine Dosis Koffein. Dreißig Stunden ohne Schlaf setzten ihr allmählich zu. Während sie im Wagen aß, rief sie ihren Dad an.

»Wir haben uns schon gefragt, wann wir von dir hören«, meldete sich ihre Stiefmutter Celia. »Lange Nacht?«

»Sehr lang und noch nicht vorbei. Wir arbeiten immer noch.«

»Du meine Güte. Was für eine schreckliche Sache! Und das alles bloß wegen eines Baseballspiels.«

Celia würde sich wundern, was noch alles wegen des Baseballspiels passiert war. »Das sehe sich genauso. Ist mein Dad gerade in der Nähe?«

»Bleib dran, Schätzchen.«

Sam lächelte über den Kosenamen. Es gefiel ihr, von der lie-

80

benswerten Pflegerin bemuttert zu werden, die ihren gelähmten Vater am Valentinstag geheiratet hatte. Sie dachte an ihre Mutter, die vor Kurzem wieder in ihrem Leben aufgetaucht war und die Kluft überbrücken wollte, die nach Sams Highschool zwischen ihnen entstanden war. Damals hatte ihre Mutter ihren Dad wegen eines anderen Mannes verlassen. Manche Gräben konnten einfach nicht geschlossen werden, zumindest redete Sam sich das gern ein. Und solange sie das glaubte, musste sie sich mit dem Wunsch ihrer Mutter, Zeit miteinander zu verbringen, nicht auseinandersetzen.

»Lieutenant«, sagte nun Skip. »Wie läuft es?«

»War schon besser. Nachdem letzte Nacht die Stadt auseinandergenommen wurde, haben wir Willie Vasquez in einem Müllcontainer hinter dem Air and Space gefunden.«

»Na komm …«

»Traurig, aber wahr. Stich ins Herz.«

»Um Himmels willen.«

»Musste es eben seiner Frau beibringen. Schlimm.«

»Ist es immer, mein Mädchen. Ich beneide dich nicht darum.«

»Zum ersten Mal habe ich einen Mord, für den die ganze Stadt ein Motiv hat.«

»Das ist eine harte Nuss, aber ich habe Vertrauen in dich. Du wirst der Sache auf den Grund gehen. Armer Scotty. Der wird am Boden zerstört sein.«

»Ich weiß. Nick holt ihn von der Schule ab und nimmt ihn den Nachmittag über mit ins Büro.«

»Es wird ihm helfen, mit seinem Dad zusammen zu sein.«

»Es hilft mir jedenfalls, mit meinem zusammen zu sein, auch wenn es nur ein paar Minuten sind.«

»Ach, Kind, du verstehst es wirklich, deinen alten Vater zu rühren.«

Sam musste über die raue Stimme grinsen, die ihr ein wenig Kraft und Zuversicht gab. »Ich komme morgen früh vorbei.«

»Ich werde da sein. Sag deinem Jungen, er soll vorbeischauen, wenn er wieder da ist.«

»Mach ich.«

»Sag mir, wie ich dir bei diesem Fall helfen kann.«

»Auch das werde ich tun. Wir reden später.«

Malone rief zehn Minuten später als geplant zurück. Sam war dabei, im Auto einzudösen. »Ich habe mit dem Chief gesprochen«, meinte er. »Er hat grünes Licht gegeben. Schicken Sie mir eine Nachricht, sobald Sie beim Team sind, dann werden wir die Pressekonferenz einberufen. Wir setzen überall in der Stadt Leute ein, für den Fall, dass es erneute Unruhen gibt. Und wir schicken die Spurensicherung zum Stadion. Sobald Sie uns mitteilen, dass Sie mit dem Management des Teams reden, werden die sich die Umkleidekabine und alle anderen Orte vornehmen, an denen Vasquez sich nach dem Spiel möglicherweise aufgehalten hat. Auf diese Weise kann sich niemand auf die Spurensicherung vorbereiten. Sollte jemand etwas zu verbergen haben, werden unsere Leute es herausfinden. Klingt das gut?«

Es hörte sich auf jeden Fall danach an, als würde es weitere Stunden dauern, bis sie sich endlich hinlegen konnte. »Ja. Ich mache mich jetzt auf den Weg zum Stadion. Ich muss allerdings auf Hill warten, also geben Sie mir eine halbe Stunde.«

»Geht klar.«

»Und bevor Sie an die Öffentlichkeit gehen, reden Sie mit Cruz, um sicherzustellen, dass Vasquez' Familie in der Dominikanischen Republik informiert ist.«

»Mach ich.«

Sam beendete das Telefonat und rief Hill an, der einverstanden war, sich mit ihr auf dem VIP-Parkplatz vor dem Stadion zu treffen. Sie fuhr zum Stadion und bereitete sich während der Fahrt in Gedanken auf das vor, was sie dem Teambesitzer und dem Management sagen würde. Sie schaute auf die Uhr. Halb drei. Nick würde Scotty gerade von der Schule abholen und ihm die unfassbare Nachricht über Willie beibringen. Sam würde alles geben, was sie besaß – einschließlich der goldenen Marke, für die sie so hart gearbeitet hatte –, um ihrem geliebten Jungen jeden Schmerz zu ersparen.

So ist das also, wenn man Mutter ist. Sie litt bereits bei der Vorstellung mit ihm, wie niedergeschlagen er sein würde, wenn er von Willies Tod erfuhr. Nick würde sich heute Nachmittag um ihn kümmern, und gemeinsam würden Sam und er den Jungen trösten.

6. Kapitel

Nick wartete vor den Toren der Eliot-Hine-Schule und beobachtete die nach Schulschluss aus dem Gebäude strömenden Schüler. Als Scotty ihnen im Sommer gesagt hatte, dass er gern ganz bei ihnen bleiben wolle, war ihnen nur wenig Zeit geblieben, das vorübergehende Sorgerecht beim Jugendamt zu beantragen und zu entscheiden, welche Schule er besuchen sollte.

Nick und Sam hatten immer wieder das Für und Wider einer öffentlichen und einer Privatschule diskutiert. Sie hatten beide eine öffentliche Schule besucht, daher neigten sie stark dazu, auch Scotty auf einer anzumelden. Doch die Sorge um seine Sicherheit hatte sie veranlasst, sich auch einige der bekannteren Privatschulen der Stadt anzusehen.

Nach einigen schlaflosen Nächten und langen Debatten über ihre erste große elterliche Herausforderung hatten sie beschlossen, Scotty selbst die Entscheidung zu überlassen, denn sie waren zuversichtlich, dass er auf all den von ihnen in Augenschein genommenen Schulen zurechtkommen würde. Er hatte erklärt, Privatschulen seien zu vornehm für ihn, und darum gebeten, die gleiche Schule besuchen zu dürfen wie die anderen Kids aus Capitol Hill. Nick konnte mit der Begründung des Jungen sehr gut leben.

Jetzt wartete er an der Stelle, an der Shelby den Jungen jeden Tag abholte und an der Nick ihn in der ersten Schulwoche täglich erwartet hatte, bis er sicher gewesen war, dass Scotty sich eingewöhnt hatte. Um jeden Tag ab halb drei frei zu sein, war enormes Jonglieren mit den Terminen nötig gewesen, aber das hatte Nick gern in Kauf genommen.

Er hatte lange darauf gewartet, Vater zu werden und die Familie zu haben, die er nun so sehr liebte. Zwar hing er an der Karriere, die er von seinem verstorbenen besten Freund John O'Connor übernommen hatte, aber die Familie kam an erster Stelle. Immer.

Scotty trat inmitten einer Gruppe von Jungen aus der Schule. Sie unterhielten sich, lachten, schubsten sich gegenseitig. Was Kinder eben machten, nachdem sie einen langen Tag im Klassenraum eingesperrt gewesen waren. Scotty hatte ein breites Grinsen im Gesicht, und Nick lächelte, während er den Jungen beobachtete, erfreut darüber, dass Scotty rasch Freunde gefunden hatte.

Eigentlich hätte ihn das nicht überraschen sollen. Scotty besaß eine Ausstrahlung, die andere in ihren Bann zog. Das war eine Gabe, die er mit Nick gemeinsam hatte. Auch er hatte stets sehr schnell Freunde gefunden, trotz der entbehrungsreichen, strengen Erziehung durch die Großmutter, die nur widerstrebend für ihn gesorgt hatte. Seine Freunde und deren Familien waren seine Rettung gewesen, und mit den meisten Freunden, mit denen er in Lowell, Massachusetts, aufgewachsen war, hielt er bis heute Kontakt.

In kurzem, aber respektvollem Abstand folgten Scotty die zu seiner Bewachung abgestellten Agenten. Sie entdeckten Nick sofort und nickten ihm zu. Die Gegend um die Schule war ein Durcheinander aus ankommenden und abfahrenden Bussen, Minivans, Schülerlotsen, Fußgängern und Fahrrädern.

Nick winkte Scotty und freute sich über das strahlende Gesicht des Jungen, als der ihn erblickte. Gab es denn etwas Besseres als die überraschte und zugleich begeisterte Miene seines Sohnes, als dieser begriff, dass Nick ihn abholte? Abgesehen von Sam hatte niemand Nick je so geliebt, wie Scotty es tat.

Der Junge verabschiedete sich von seinen Freunden und lief zu Nick, ohne sich darum zu kümmern, ob die anderen Jungen es sahen oder nicht. In einem oder zwei Jahren würde das eine

Rolle spielen, doch im Augenblick war Nick glücklicher Empfänger öffentlicher Zuneigungsbekundungen.

»Das ist eine Überraschung!«, rief Scotty.

»Ich dachte, du hast vielleicht Lust, einen Nachmittag im Kongress zu verbringen.«

»Das wäre cool.« Er hatte Nick schon mehrmals zur Arbeit begleitet, um das Büro und die Mitarbeiter kennenzulernen. »Was ist der Anlass?«

»Darüber reden wir im Büro.« Bevor Scotty weitere Fragen dazu stellen konnte, sagte Nick: »Hattest du einen guten Tag?«

»Langweilig, wie immer.« Das behauptete er jeden Tag, und inzwischen war es zu einem Scherz zwischen ihnen geworden.

»Komm schon«, meinte Nick und gab ihm einen Stupser, während er Scotty auf die Rückbank des SUV half. Scottys Bewacher würden in einem zweiten SUV folgen. Nick sehnte sich nach dem Tag, an dem er allein durch die Stadt fahren konnte, und hoffte darauf, dass nach der Wahl die Bewachung enden würde. »Ich bin sicher, dass es auch interessant war.«

»Na ja, ich habe ein Wort gehört, das ich noch nicht kannte.«

»In welchem Fach?«

»Beim Mittagessen«, erwiderte Scotty grinsend. »Bestes Fach des ganzen Tages.«

Lachend stieg Nick nach ihm ein. Scottys Ranzen landete geräuschvoll im Fußraum.

»Welches Wort war es denn?«

»Blowjob. Was bedeutet das?«

Nick fiel vor Schreck fast aus dem Wagen. »Wer um alles in der Welt hat das benutzt?«

»Dieser Ethan, der immer so tut, als wüsste er alles. Er redete von seinem Football, den jemand ihm geklaut hat, und dass, falls derjenige den Ball nicht zurückgeben würde, er ihm einen Blowjob verpassen würde. Die anderen Jungs lachten, aber ich wusste nicht, was das heißt, und ich wollte nicht, dass sie mich für dumm halten. Deshalb wollte ich dich fragen.«

Verdammt, dachte Nick. *Was soll ich darauf bloß antworten?* »Nun, zunächst einmal hat es nichts mit Football zu tun.«

»Womit dann?«

»Es ist, äh, eher etwas Sexuelles.«

Scotty verzog das Gesicht auf eine Weise, die Nick fast zum Lachen brachte. »Igitt, eklig.«

»Genau. Und deshalb willst du es vielleicht lieber noch gar nicht wissen.«

»Doch, das will ich.«

»Glaub mir, Kumpel, das bezweifle ich.«

»Bitte. Ich hasse es, wenn alle anderen etwas wissen und ich nicht. Da komme ich mir blöd vor.«

Lag denn an diesem Nachmittag nicht schon ein ausreichend großes Minenfeld vor ihm? Und jetzt das! In solchen Dingen sehnte er sich nach Sams pragmatischer Herangehensweise. Wo war sie, wenn er sie brauchte? Er sagte sich, dass Scotty zwölf war, bald dreizehn, also sicher alt genug – oder bald alt genug –, um die Wahrheit über gewisse Sachen zu erfahren. Ob Nick mit seinen sechsunddreißig Jahren alt genug für eine derartige Unterhaltung war, stand auf einem ganz anderen Blatt.

»Du bringst mich echt dazu, es auszusprechen, was?«

»Ich fürchte ja«, entgegnete Scotty mit diesem hinreißenden Lächeln, das Nick gleich bei ihrer ersten Begegnung für den Jungen eingenommen hatte.

»Das ist, wenn ein Mädchen dich küsst, du weißt schon … da unten.«

Zum ersten Mal, seit Nick gezwungen war, Personenschutz zu akzeptieren, war er froh, nicht selber fahren zu müssen. Dadurch kam er in den Genuss, zu sehen, wie Scottys Augen fast aus den Höhlen traten, als er begriff. »Komm schon, Mann. Das tun die nicht wirklich, oder?«

»Doch, machen die. Wenn du Glück hast.«

87

»Oh mein Gott, das ist das Ekligste, was ich je gehört habe!«

Nick verkniff sich ein Grinsen, das Scotty bestimmt nicht gutgeheißen hätte. Eines Tages wirst du das nicht mehr denken, hätte er am liebsten gesagt, riss sich jedoch zusammen.

»Und so was magst du?«

Nick wäre jetzt gern woanders gewesen. Nichts in seinem bisherigen Leben hätte ihn auf dieses Gespräch vorbereiten können. »Ich berufe mich auf den fünften.«

»Was bedeutet das?«

»Damit ist der fünfte Zusatz zur Verfassung gemeint – das Aussageverweigerungsrecht. Ich weigere mich, dir zu antworten, weil es mir einfach zu peinlich ist.«

»Das heißt, es gefällt dir tatsächlich. Das ist abstoßend. Was stimmt nicht mit dir?«

»Äh, nichts.«

»Doch.«

Nick traten die Tränen in die Augen, so sehr bemühte er sich, nicht hysterisch loszuprusten. Er konnte es kaum erwarten, Sam diese Unterhaltung zu schildern. »Hör zu, Kumpel, ich habe dir die Wahrheit erzählt, weil du mir eine aufrichtige Frage gestellt hast. Und ich will dir immer die Wahrheit sagen. Allerdings solltest du in der Schule nicht mit den anderen Kids darüber sprechen, okay?«

»Aber jetzt weiß ich etwas, was die nicht wissen.«

»Stimmt schon, doch ein großer Junge behält solche Sachen für sich. Und ich glaube, du bist ein ziemlich großer Junge.«

»Glaubst du wirklich?«

»Ich hätte es dir nicht erklärt, wenn ich der Meinung gewesen wäre, dass du noch zu klein für dieses Thema bist.«

Scotty strahlte vor Freude über dieses Kompliment, was ein warmes Gefühl in Nick erzeugte.

»Warum hast du mich abgeholt?«, fragte der Junge. »Ist etwas passiert?«

»Niemandem aus unserer Familie.«

»Wem denn?«

»Lass uns im Senate Dining Room ein Eis essen und in Ruhe darüber reden.«

»Okay.«

Stets intuitiv, fügte Scotty sich, als sie das Kapitol erreichten und von ihren Leibwächtern zum Restaurant geführt wurden, das an diesem frühen Nachmittag weitgehend verlassen war. Auch nachdem sie Eisbecher bestellt hatten, blieb Scotty ungewöhnlich still. »Gibt es Probleme mit der Adoption?«

Diese Frage traf Nick wie ein Pfeil ins Herz. Machte Scotty sich darüber Gedanken? »Nein, Kumpel. In der Hinsicht ist alles in Ordnung. Die Sozialarbeiter befürworten sie, und nun warten wir nur noch auf den Gerichtstermin, um es offiziell zu machen.« Aufgrund seiner politischen Prominenz hatte man Nick einen schnellstmöglichen Termin zugesichert. Das war das erste Mal, dass er seinen Status und seinen Einfluss bewusst eingesetzt hatte, und er konnte es sehr gut mit seinem Gewissen vereinbaren, es für diesen guten Zweck getan zu haben. »Hast du dir deswegen Sorgen gemacht?«

Scotty zuckte mit den Schultern. »Eigentlich nicht.«

Nick wartete, bis der Junge ihn wieder ansah, und erkannte die Wahrheit in dessen Gesicht.

»Na ja, ein bisschen schon«, räumte er schließlich ein.

Er nahm Scottys Hand und hielt sie fest. »Du musst nicht besorgt sein, das verspreche ich dir. Gäbe es einen Grund, würde ich es dir sagen.«

»Würdest du? Ich dachte nämlich, du würdest es mir nicht erzählen, damit ich mir keine Sorgen mache.«

»Ich will nicht, dass du dir Sorgen machst, aber ich verspreche dir hier und jetzt, dass ich dich wegen wichtigen Themen wie diesem nicht anlügen werde – und wenn du mich nach wichtigen Themen fragst, wie zum Beispiel …«

»Blowjobs?«, ergänzte Scotty und verzog dabei das Gesicht auf eine Weise, die schon eher zu ihm passte.

»Ja, das auch«, entgegnete Nick und verzog seinerseits das Gesicht, was Scotty zum Lachen brachte.

Zum Glück kam in diesem Augenblick das Eis, und es blieb Nick erspart, erneut auf dieses Thema eingehen zu müssen.

»Was ist denn nun los?«, fragte Scotty zwischen zwei Löffeln voll Eis mit heißer Karamellsoße und Schlagsahne.

Nick stocherte in seinem Eis herum, denn angesichts dessen, was er Scotty gleich beibringen musste, konnte er nichts essen. »Weißt du noch, als ich dir sagte, du seist ein großer Junge?«

»Ja.«

»Manchmal, wenn man groß ist, geschehen Dinge, die nicht leicht zu verstehen oder zu erklären sind.«

»Ist das jetzt so ein Fall?«

»Ja, und es fällt mir wirklich schwer, es dir zu erzählen. Willie Vasquez wurde heute Morgen tot aufgefunden.«

Nie würde Nick den Moment vergessen, in dem Scotty den Inhalt dieser Worte erfasste. Mit lautem Klappern fiel dem Jungen der Löffel aus der Hand. Als die Tränen kamen, stand Nick auf. Scotty warf sich mit solch herzzerreißendem Schluchzen in seine Arme, dass Nick selbst die Tränen in die Augen stiegen.

Der Kellner trat an den Tisch, doch Nick hob die Hand, damit er zurückblieb und Nick sich ganz auf Scotty konzentrieren konnte.

»Es tut mir leid, Kumpel. Ich weiß, wie sehr du ihn bewundert hast.«

Nach langem Schweigen löste sich der Junge von Nicks Brust und hob sein tränenüberströmtes Gesicht. »Ist es passiert, weil er den Ball verfehlt hat?«

»Wir wissen noch nichts. Sam arbeitet an dem Fall, und sie wird alles tun, um herauszufinden, was vorgefallen ist.«

»So viele Leute sind wütend auf ihn. Die Kids in der Schule haben heute darüber geredet. Ich habe ihnen zu erklären versucht, dass es nicht seine Schuld war, aber sie meinten, jemand, der professionell Baseball spielt, sollte einen einfachen Flugball fangen können. In gewisser Hinsicht stimme ich ihnen ja zu, aber ich habe auch mit Willie gelitten.«

»Ein Baseballspieler, selbst ein Profi, ist auch nur ein Mensch, und Menschen machen nun mal Fehler.«

»Du nicht.«

»Sicher, ich auch«, erwiderte Nick überrascht. »Andauernd.«

»Wann denn zum Beispiel?«

Nick suchte nach einer Situation, von der er dem Jungen getrost erzählen konnte. »Willst du den größten Fehler wissen, den ich in meinem Leben begangen habe?«

Scottys Augen waren nach wie vor feucht, das Gesicht vom Weinen gerötet, aber er nickte, und Nick berichtete gern von seiner Reue, wenn es dazu beitrug, dass sein Sohn sich besser fühlte.

»Ich bin Sam zum ersten Mal begegnet, sechs Jahre bevor wir geheiratet haben. Wir hatten eine richtig gute Zeit zusammen. Sie gab mir ihre Telefonnummer, und ich rief sie an, weil ich sie wiedersehen wollte. Als sie mich nicht zurückrief, war ich sehr enttäuscht und nahm an, dass sie mich nicht wiedersehen will. Wie sich herausstellte, stimmte das aber gar nicht.«

»Wie hast du es herausgefunden?«

»Als ich sie Jahre später wiedertraf, haben wir darüber gesprochen. Der größte Fehler, den ich jemals gemacht habe, war, sie damals nicht aufzusuchen und zu fragen, warum sie nicht zurückgerufen hat. Ich bedaure, dass wir deshalb so viel Zeit verloren haben. Du siehst, jedem unterlaufen Fehler, selbst mir und Profibaseballspielern.«

»Eins der Kids im Heim meinte immer: ›Shit happens.‹ Ich weiß, dass das so eine Art Schimpfwort ist, das wir nicht benutzen sollen, aber …«

»Es stimmt. Shit passiert wirklich – und manchmal sogar ohne einen Grund wie diesen Ball, der gestern Abend über Willies Kopf hinweggesaust ist.«

»Und jetzt ist er wahrscheinlich deshalb tot.«

»Sam würde dir erklären, dass diese Schlussfolgerung zu offenkundig ist. Aber wer weiß schon, was wirklich geschehen ist?«

»Ich bin froh, dass sie diejenige ist, die den Fall aufklärt. Wenn jemand es schafft, dann sie.«

»Da gebe ich dir recht. Ich muss dich um einen Gefallen bitten: Du darfst nicht darüber reden, was mit Willie passiert ist, ehe die Polizei es bekannt gegeben hat. Sam hat entschieden, dass ich es dir erzählen soll, damit du es nicht von anderer Seite erfährst. Ich bin sicher, es wird nicht mehr lange dauern, bis die ganze Stadt darüber spricht – wenn sie es nicht längst tut.«

»Ich verstehe. Ich werde nichts sagen.«

Nick tätschelte ihm den Rücken und gab ihm einen Kuss auf die Stirn. »Es war schlimm, dir das beibringen zu müssen.«

»Ich weiß.«

»Möchtest du dein Eis aufessen?«

Scotty schüttelte den Kopf. »Mir ist nicht mehr nach Eis.«

»Mir auch nicht.«

Hill erwartete sie, als Sam auf den VIP-Parkplatz fuhr. Als er herkam, um die Wagentür für sie zu öffnen, wollte sie ihm sagen, er solle das lassen. Aber er war ein echter Südstaaten-Gentleman und dachte sich wahrscheinlich gar nichts dabei, einer Frau die Tür aufzuhalten, wo sie das doch sehr gut selbst tun konnte.

»Haben Sie schon schlafen können?«, erkundigte er sich.

»Nein. Sie?«

Sie zeigten dem Sicherheitsdienst ihre Ausweise und wurden durchgelassen.

»Nein«, antwortete Hill. »Verdammte Geschichte, was?«

»Was ist die Steigerung von ›verrückt‹?«

»Unfassbar.«

Sam hielt Ausschau nach der Spurensicherung, konnte jedoch niemanden vom Team entdecken. Wahrscheinlich befanden sich alle auf der anderen Seite des Gebäudes. »Das ist ein gutes Wort.«

»Ein Typ verpasst einen fliegenden Ball und ist zwölf Stunden später tot? Da frage ich mich, in was für einer Welt wir eigentlich leben.«

Bevor er ihr eine weitere Tür aufhalten konnte, machte sie sie selbst auf und betrat das palastartige Foyer. »Sie und ich wissen nur zu gut, in was für einer Welt wir leben.«

»Auch wieder wahr.« Er schien sich gut auszukennen, denn sie gelangten in einen Teil des Stadions, der eher der Lobby eines eleganten Bürogebäudes glich. Am Empfangstresen nannte er seinen Namen und bat darum, Ray Jestings sprechen zu dürfen.

»Er empfängt momentan keine Besucher«, erklärte die junge Frau am Empfang. »Ich richte ihm aber gern etwas von Ihnen aus, wenn Sie eine Nachricht hinterlassen wollen.«

Hill sah Sam an, und in einem Moment des völligen Einklangs – fast so wie zwischen ihr und Cruz – legten sie beide ihre Dienstmarken auf den Tresen, direkt nebeneinander.

Der Blick der Frau sprang zwischen den Marken hin und her. »FBI und Metro PD«, sagte Hill. »Lassen Sie uns rauf zu ihm.«

»Ich muss zuerst anrufen.«

»Machen Sie es kurz«, forderte Sam sie auf. »Wir haben nicht den ganzen Tag Zeit.«

Die Rezeptionistin eilte in ein Hinterzimmer, behielt die beiden jedoch von dort aus durch die Glasscheibe im Auge, während sie telefonierte.

Sam schaute sich im Empfangsbereich um, der mit lebensgroßen Fotos von Federals-Spielern, einem Bild des Stadions sowie einem Porträt des gut aussehenden jungen Besitzers des Teams geschmückt war.

»Was ist, wenn wir herausfinden, dass Ihr Freund aus der Kindheit den Mord an Vasquez befohlen hat, nachdem er das wichtigste Spiel in der Geschichte des Vereins vermasselt hat?«

Hill lachte leise. »Wollen Sie damit meine Professionalität infrage stellen, Lieutenant?«

»Niemals.«

»Klar ... Wollen Sie meine Hilfe oder nicht?«

»So ungern ich das auch zugebe, aber ich brauche bei diesem Fall jede Hilfe, die ich bekommen kann.«

Die Rezeptionistin kehrte etwa zwei Sekunden, bevor Sam ihr gefolgt wäre, zurück. Sam spürte, wie ihre Kräfte sie verließen. Sie musste möglichst viel erledigen, ehe ihr Tank völlig leer war.

»Sie können jetzt hinauf in Mr. Jestings Büro.«

»Wow, danke«, sagte Sam. »Und um zu dieser vorhersehbaren Entscheidung zu gelangen, waren zehn Minuten nötig?«

»Es tut mir leid«, erwiderte die junge Frau mit zitterndem Kinn. »Wir sind alle sehr aufgebracht heute, vor allem Mr. Jestings.«

Herrgott noch mal, dachte Sam, während sie Hill zum Fahrstuhl ohne Knöpfe folgte. Offensichtlich hatte der nur ein Ziel.

»Das arme Mädchen«, bemerkte Hill, als der Lift sie nach oben brachte. »Die haben Sie regelrecht in ein zitterndes Wrack verwandelt.«

»Ich hasse Rezeptionistinnen. Die stehen ständig zwischen mir und den Leuten, mit denen ich reden will.«

»Sie sind unendlich amüsant, Holland.«

»Muss ich Sie daran erinnern, dass es Ihnen nicht gestattet ist, von mir amüsiert zu sein?« Wenn er sich schon wieder in ihrer Nähe aufhalten würde, wollte Sam wenigstens frühzeitig die Grenzen abstecken.

Sein Lächeln erstarb. »Nein, das ist nicht nötig. Mir ist Ihr glücklicher Ehestand schmerzlich bewusst.«

Dass Hill das Wort »schmerzlich« benutzte, löste bei Sam ein gewisses Unbehagen aus. Sie betraten die Büroräume des Managements der Feds. Während sie Hill in einen Flur voller Erinnerungsstücke an das Team folgte, an dessen Ende die nächste Rezeption wartete, schrieb Sam rasch eine SMS an Malone, in der sie ihm mitteilte, dass sie ins Innerste des Heiligtums vorgedrungen waren.

Diesmal stand ein Mann hinter dem Empfangstresen, der etwa Mitte zwanzig war und aussah, als habe er geweint. »Agent Hill«, meinte er. »Es ist schön, ein freundliches Gesicht an einem traurigen Tag wie diesem zu sehen. Wir waren so nah dran. So verdammt nah.«

Er hat keine Ahnung, dass auf das Team viel größere Probleme zukommen als ein verlorenes Spiel, schoss es Sam durch den Kopf.

»Ziemlich derbe Niederlage«, gab Hill zurück. »Kann ich Ray sprechen? Ich werde seine Zeit nicht lange in Anspruch nehmen.«

»Ja, natürlich. Ich habe ihn bereits darüber informiert, dass Sie auf dem Weg nach oben sind.« Er sah Sam an, dann wieder Hill.

»Das ist Detective Lieutenant Holland vom Metro PD.«

»Die Frau des Senators.«

Während sie Carmen Vasquez noch bereitwillig ihren Ehestatus bestätigt hatte, nervte es sie jetzt. Sie war gern Nicks Frau, doch im Beruf wollte sie lieber für ihre Leistungen bekannt sein, anstatt dafür, mit wem sie verheiratet war. »Bin ich? Wusste ich gar nicht.«

Der junge Mann musterte sie befremdet. »Gehen Sie hinein. Er erwartet Sie.«

Im Vorbeigehen klopfte Hill dem jungen Mann auf die Schulter. »Nächstes Jahr.«

»Das sagen wir uns schon den ganzen Vormittag.«

In einem der größten Büros, die Sam je gesehen hatte, saß

Ray Jestings wie ein Häufchen Elend in einem gigantischen Chefsessel hinter seinem Schreibtisch und starrte hinaus auf das Stadion zu seiner Rechten. Jenseits des Parks reichte die Aussicht über das Kapitol hinaus bis nach Maryland.

»Hey, Ray.«

»Avery.« Jestings stand auf und kam hinter seinem Schreibtisch hervor, um seinen alten Freund zu umarmen. Er war groß und schlank, mit dunklen Haaren, die zu ergrauen begannen. Er sah aus, als hätte auch er nicht viel Schlaf bekommen. »Was bringt dich hierher?«

»Dies ist Lieutenant Holland vom Metro PD. Ich fürchte, wir kommen mit schlechten Nachrichten.«

»Ich weiß nicht, ob ich noch weitere schlechte Nachrichten verkrafte.« Er sprach mit dem gleichen honigweichen Südstaatenakzent wie Avery.

»Es ist viel schlimmer als ein verlorenes Spiel«, sagte Sam, was ihr einen tadelnden Blick von Hill einbrachte. Vielleicht war sie nach der langen schlaflosen Nacht ein bisschen gereizt.

»Was ist los, Avery?«, fragte Ray, der nun abwechselnd Hill und Sam betrachtete.

»Tut mir leid, dir das mitteilen zu müssen, aber Willie Vasquez wurde heute Morgen ermordet aufgefunden«, erklärte Hill.

Ray starrte sie beide an, als ob er zu verstehen versuchte, was sein Freund ihm gerade eröffnet hatte.

»Ray? Willst du dich nicht lieber setzen?« Hill legte Ray den Arm um die Schultern und führte ihn zu einer Sitzgruppe mit Aussicht auf das Stadion unten.

»Jemand hat Willie umgebracht?« Ray schien von dieser Nachricht ehrlich schockiert und betroffen zu sein.

»Ich fürchte ja«, bestätigte Avery. »Es tut mir schrecklich leid.«

»Die Leute waren wütend wegen dem, was gestern Abend passiert ist. Doch dass jemand ihn gleich umbringt …«

Ein Klopfen an der Tür ging dem Eintreten von Rays Sekretär voraus, bleich und mit großen Augen. »Mr. Jestings, überall im Gebäude sind Polizisten, die Zutritt zu den Räumen verlangen.«

Ray funkelte Sam mit zusammengekniffenen Augen an. »Ich führe hier ein sauberes Unternehmen, Lieutenant.«

»Wenn das der Fall ist, haben Sie ja nichts zu befürchten. Lassen Sie meine Leute rein, damit die ihre Arbeit tun können.«

Er nickte seinem Sekretär zu, der hinauseilte und die Tür hinter sich schloss.

»Sie können suchen, wo Sie wollen, aber Sie werden nichts finden, was dieses Unternehmen in Verbindung bringt mit dem, was Willie zugestoßen ist. Er ist ein wertvolles Mitglied dieses Vereins.«

»Auch nach dem, was gestern Abend geschehen ist?«, hakte Sam nach.

»Ganz besonders nach dem, was gestern Abend geschehen ist. Niemand wollte den Sieg mehr als Willie. Er war ein ehrgeiziger Wettkämpfer, ein überragender Athlet und Teamkamerad. Wir alle haben mit ihm gefühlt, doch niemand fühlte sich so elend wie er. Der arme Junge war nach dem Spiel in Tränen aufgelöst.« Er ließ den Kopf in die Hände sinken. »Ich kann nicht glauben, dass er tot ist.«

»Ich würde gern mit Ihrem Geschäftsführer, dem Teammanager, dem Sicherheitsdirektor und mit allen anderen sprechen, die nach dem Spiel gestern Zugang zu Willie hatten.«

Jestings schaute Hilfe suchend zu Hill.

»Lass sie raufkommen«, meinte Hill. »Je mehr du bei den Ermittlungen kooperierst, umso weniger müssen wir dich und dein Team behelligen.«

»Mich und mein Team? Du kennst mich, Avery. Du weißt, dass ich niemals jemandem wehtun könnte – erst recht nicht einem Baseballspieler, den ich mochte und den ich respektiert habe.«

»Und der Ihr Team um den Sprung in die World Series gebracht hat«, ergänzte Sam.

Erneut musterte Ray sie wütend. »Und Sie glauben, das wäre mir wichtiger als ein Mann, der eine Frau und zwei kleine Kinder zu Hause hat? Sie glauben, ein Sieg der Mannschaft sei mir wichtiger als seine Gesundheit und Sicherheit?«

»Ich kenne Sie ja überhaupt nicht. Sie müssen mir schon verzeihen, wenn ich die Antworten auf diese Fragen zum jetzigen Zeitpunkt noch nicht habe. Aber Ihr Freund Hill hat recht. Je mehr Sie kooperieren, desto weniger Zeit werden wir hier verbringen müssen, statt dort draußen denjenigen zu jagen, der diese Tat begangen hat.«

Nach einem Moment spannungsgeladenen Schweigens erhob sich Ray, trat an seinen Schreibtisch und machte einen Anruf. In müder Haltung lehnte er sich dabei gegen den Tisch. »Aaron, würden Sie bitte Bob und Jamie zu mir raufschicken? Danke.« Er kehrte zum Sofa zurück. »Ich habe unseren Manager Bob Minor und unsere Physiotherapeutin Jamie Clark gebeten, zu uns zu kommen. Sie waren gestern Abend länger mit Willie zusammen als ich. Unser Geschäftsführer Garrett Collins ist heute nicht da, und der Sicherheitschef Hugh Bixby ist momentan mit der Polizei beschäftigt.«

»Sie waren nach dem Spiel mit Willie zusammen?«, fragte Sam und nahm sich vor, Collins zu Hause aufzusuchen.

»Nur kurz. Er war untröstlich. Wir hielten die Reporter von der Umkleidekabine fern, damit ihm deren Fragen erspart blieben.«

»Schildern Sie mir genau die Ereignisse von dem Augenblick an, als Willie von der Security vom Spielfeld geführt wurde«, forderte Sam ihn auf. »Ich muss wissen, wer bei ihm war, was gesagt wurde, wann er das Stadion verließ und wie.«

»Bob und Jamie werden mehr dazu sagen können als ich. Ich war nach dem Spiel nur kurz mit ihm im Trainingsraum.«

»Wer waren seine Freunde im Team?«, wollte Hill wissen.

»Auch dafür ist Bob der bessere Ansprechpartner. Nach meiner Beobachtung verstand Willie sich mit allen gut. Seine Teamkameraden respektierten und bewunderten ihn. Wir alle. Waren Sie schon bei Carmen?«

»Ja«, bestätigte Sam. »Mein Partner und ich waren bei ihr. Ihr Bruder ist auf dem Weg aus der Dominikanischen Republik hierher.«

Ray schloss die Augen, konnte jedoch nicht verhindern, dass eine Träne über seine rechte Wange rollte. Er wischte sie fort und machte die Augen wieder auf. »Sie und Willie hingen sehr aneinander. Ich kann mir nicht mal vorstellen, was sie gerade durchmacht. Wir werden ihr mit Mitteln aus dem Team unter die Arme greifen.« Er wandte sich an Hill. »Ich bin schon mein ganzes Leben im Geschäft, aber etwas Derartiges ist noch nie passiert. Ich habe keine Ahnung, was ich jetzt tun soll.«

»Zuallererst musst du uns bei den Ermittlungen unterstützen«, erklärte Hill. »Und sorg dafür, dass alle anderen in deinem Unternehmen das auch tun.«

»Selbstverständlich. Das versteht sich von selbst.«

»Mr. Jestings, wissen Sie von jemandem, der vor dem gestrigen Fehler etwas gegen Willie hatte? Jemand, mit dem er Streit oder Probleme hatte?«

»Nein. Wie ich bereits sagte, er war sehr beliebt. Da kommt Bob. Den können Sie fragen. Er wird Ihnen das Gleiche erzählen.«

Der grauhaarige Manager war ziemlich stämmig und hatte ein rotes, von der Sonne verbranntes Gesicht. Er trug ein Baseballcap der Feds, eine Teamjacke und dazu Jeans. »Warum sind hier überall Cops?«, wollte Bob von Ray wissen.

Der Teambesitzer deutete auf Sam und Avery. »Das sind FBI Special Agent Avery Hill, ein alter Freund von mir aus Charleston, außerdem MPD Lieutenant Holland.«

Bob schüttelte beiden die Hand und setzte sich neben Ray. »Was können wir für Sie tun?«

»Mr. Minor«, sagte Sam. »Ich bedaure sehr, Ihnen mitteilen zu müssen, dass Willie Vasquez heute Morgen tot aufgefunden wurde.«

»*Was?* Tot?« Bob sah zu Ray, der düster nickte. »Oh mein Gott. Was ist passiert?«

»Er wurde in die Brust gestochen«, antwortete Sam.

»Wo ist das passiert?«

»Wir geben derzeit noch keine Einzelheiten preis.«

»Wir haben das Recht, zu erfahren, was mit unserem Freund und Kollegen geschehen ist«, erwiderte Bob, in dessen blauen Augen ein Anflug von Zorn aufflackerte.

»Und wir haben das Recht, unsere Ermittlungen zu schützen«, konterte Sam. Sie liebte es, wenn die Leute auf ihre Rechte pochten, so als ob die über den Rechten der Opfer stehen würden. In Sams Welt stand gar nichts über dem Recht des aktuellen Opfers. »Wir müssen jeden einzelnen Schritt von Mr. Vasquez nachvollziehen – von dem Zeitpunkt, als er durch das Sicherheitspersonal vom Spielfeld geführt wurde, bis zu dem Moment, in dem er das Stadion verließ.«

Ray stand erneut auf und ging zum Telefon. »Aaron, bringen Sie Hugh herauf, ja?«

»Mr. Minor«, meinte Sam zu dem Manager, »als wir mit Mrs. Vasquez sprachen, erzählte sie uns, sie habe wiederholt versucht, Sie und die anderen Spieler gestern Abend zu erreichen, als ihr Mann nicht nach Hause kam. Sie berichtete, niemand außer Mr. Jestings habe sich gemeldet, was sie zu der Vermutung veranlasste, dass Willies Freunde ihm wegen seines Fehlers den Rücken gekehrt hätten.«

Bobs Gesicht wurde noch röter als ohnehin schon. »Das ist nicht wahr! Ich habe gestern Abend *siebenhundert* Anrufe erhalten. Das ist eine Sieben mit zwei Nullen. Vor dem Spiel habe ich mein Telefon ausgeschaltet und erst heute Morgen wieder eingeschaltet. Wenn Carmen Vasquez mich angerufen hat, dann erfahre ich erst jetzt davon. Ich bin mir sicher, unsere

Spieler waren mit dem gleichen Problem konfrontiert – ein Ansturm von Anfragen ihres Managements, der Medien und mitfühlender Freunde.«

»Wie erklären Sie sich, dass auch keine der Ehefrauen Carmens Anruf entgegengenommen hat?«

»Lieutenant«, sagte er in herablassendem Ton, der Sam sofort auf die Nerven ging. »Die Leute waren aufgebracht wegen dem, was im Spiel passiert ist. Willies Fehler hat das Team um die Teilnahme an der World Series gebracht. Sosehr wir ihn auch mochten, das ist eine Tatsache. Alle waren sehr aufgebracht.«

»War jemand wütend genug auf ihn, um ihn umzubringen?«

Er behielt die Fassung, doch seine Empörung über ihre Frage war unmissverständlich. »Niemand aus meinem Team war wütend genug, um ihn umzubringen.«

Nach einem Klopfen an der Tür trat eine große blonde Frau ein. Ihre blauen Augen waren gerötet vom Weinen. Wie alle anderen in der Stadt nahmen diese Menschen hier ein verlorenes Baseballspiel einen Tick zu ernst. »Man hat mir ausgerichtet, dass du mich sprechen willst?«, wandte sie sich an Ray.

Er stellte Jamie Clark Sam und Hill vor. »Jamie ist die Physiotherapeutin des Teams.« Er fragte Sam: »Soll ich es ihr sagen?«

»Nur zu.« Das machte eine Person weniger, der Sam es beibringen musste.

»Was sagen?«, wollte Jamie wissen und schaute von Ray zu Bob.

»Willie ist letzte Nacht ermordet worden«, erklärte Ray.

Ihre Beine gaben nach. »Nein. Nein, nein, *nein*.«

Ray fing sie auf, und Bob eilte herbei, um auf dem Sofa Platz für Jamie zu schaffen.

Sam nahm Blickkontakt zu Hill auf. Interessant, dachte sie. Jamie hatte auf die Nachricht exakt so reagiert wie Carmen Vasquez. Allerdings, das war sehr interessant. Inzwischen arbeitete sie lange genug mit Hill zusammen, um zu wissen, dass auch ihm ihr Verhalten seltsam vorkam. Das verriet die Art und Weise, wie er auf Jamies heftige Reaktion einging, ebenso wie das angedeutete skeptische Stirnrunzeln.

»Miss Clark«, sagte Sam, nachdem jemand etwas Wasser für die Frau gebracht hatte. »Unser herzliches Beileid. Wie Sie sich vorstellen können, müssen wir viele Dinge im Zuge unserer Ermittlungen klären, und da wäre es für uns hilfreich, alles zu erfahren, was Sie uns über Mr. Vasquez' Verhalten berichten können, nachdem er vom Spielfeld geführt worden ist.«

Sie zupfte ein Taschentuch aus der Box, die Ray ihr hinhielt, und wischte sich die Tränen ab. »Ich weiß nicht genau, was zwischen dem Spielfeld und dem Trainingsraum vorgefallen ist, aber nach dem Spiel gestern Abend war ich mit Willie zusammen. Möglicherweise war ich das letzte Mitglied der Feds, das ihn lebend gesehen hat.«

»Warum sagen Sie das?«, wollte Sam wissen.

Nachdem sie sich eine weitere volle Minute genommen hatte, um ihre Fassung zurückzugewinnen, antwortete Jamie mit leiser Stimme: »Willie laborierte in dieser Saison an Beschwerden in der Oberschenkelmuskulatur, deshalb arbeiteten wir in den vergangenen Monaten eng zusammen und wurden Freunde. Für gewöhnlich fuhr ich nach den Spielen mit der Metro nach Adams Morgan, wo ich wohne. Diesmal bot Willie an, mich zu fahren, weil die Stadt nach dem Spiel durchdrehte.« Ihre Stimme brach, und sie kämpfte erneut mit den Tränen. »Es muss ungefähr zwei Stunden nach Spielende gewesen sein, als wir aufbrachen. Die Team-Security brachte uns zu seinem Wagen. Brauchen Sie auch Informationen zu seinem Wagen? Er hatte sich vor einigen Wochen erst einen neuen Lincoln gekauft.«

»Haben wir«, erwiderte Sam. »Trotzdem danke.«

»Als Sie aufbrachen«, schaltete Hill sich ein, »befanden sich da noch viele Menschen vor dem Stadion?«

»Einige, doch die Tumulte hatten sich zu dem Zeitpunkt schon vom Stadion wegbewegt.«

»Niemand außer dem Sicherheitspersonal sah Sie also mit ihm wegfahren?«, hakte Sam nach.

Sie schüttelte den Kopf. »Ich habe niemanden bemerkt, den ich kannte, als die Security uns hinausbegleitete.«

»Keine traurigen Fans, die einen Blick auf Willie zu erhaschen hofften?«, fragte Sam.

»Mir ist niemand aufgefallen. Das heißt aber nicht, dass da keiner war. Ich war auf Willie konzentriert. Er war so aufgewühlt. Ich habe mir Sorgen gemacht, ob er fahren kann. Er beruhigte mich jedoch und sagte, er würde mich sicher nach Hause bringen.«

»Sprach er von seiner Frau oder seiner Familie?«, wollte Hill wissen.

»Er meinte, er sei traurig, ihnen als Versager gegenüberzutreten zu müssen. Ich versuchte ihm klarzumachen, dass er kein Versager sei, dass er eine überragende Saison gespielt habe und niemand ihm wegen eines Fehlers die Schuld geben würde. Er antwortete, dass sie ihm natürlich die Schuld geben sollten. Wem denn sonst? Nichts, was ich sagte, schien ihn trösten zu können.«

»Helfen Sie mir, etwas zu verstehen, Miss Clark«, bat Sam sie. »Da ist ein bei seinen Mannschaftskameraden allseits beliebter und respektierter Baseballspieler. Und trotzdem verlässt er lieber mit Ihnen das Stadion anstatt mit einem seiner angeblichen Freunde aus dem Team. Erklären Sie mir, warum er mit Ihnen zusammen war und nicht mit den anderen Spielern.«

Sam spürte, dass die Frau liebend gern etwas Schnippisches erwidert hätte, sich allerdings zusammennahm – vermutlich wegen der beiden Polizisten und der Anwesenheit ihrer Chefs. »Nach dem ... Fehler kam Willie vom Spielfeld und ging direkt in den Trainingsraum. Er betrat die Umkleidekabine erst, nachdem alle anderen schon weg waren. Er schaffte es nicht, seinen Teamkameraden unter die Augen zu treten. Als das Spiel endete, kehrte ich in mein Büro im Trainingsraum zurück. Dort fand ich ihn, deshalb blieb ich bei ihm, bis er zum Aufbruch bereit war. Ich hielt das für das Beste. War es doch, oder, Bob?«

Er tätschelte ihr mit einer fast väterlichen Geste das Knie. »Es war richtig so. Ray und ich waren nach dem Spiel kurz bei ihnen im Trainingsraum. Aber wir mussten uns beide um andere Dinge kümmern, und da Willie ohnehin nicht zu trösten war, gingen wir wieder, um uns mit der Presse und dem Rest des Teams auseinanderzusetzen.«

»Ich frage mich, warum man Willie ohne Personenschutz gehen ließ«, wandte Sam sich an Ray.

»Er wollte keine Eskorte nach Hause. Er meinte, dies sei seine Stadt und die Leute seien seine Fans, vor denen er sich nicht verstecken wollte.«

»Warum bestanden Sie nicht darauf?«, fragte Sam.

»Es ging ja alles ziemlich turbulent zu«, meinte Ray. »Die Fans machten Randale. Jeder unserer Security-Mitarbeiter hatte alle Hände voll mit dem Geschehen im und um das Stadion zu tun. Und ich hatte auch größere Sorgen als eine Diskussion mit einem Spieler, der meine Hilfe nicht wollte. Glauben Sie mir, jetzt wünsche ich mir, ich hätte darauf bestanden.«

»Ich würde mich gern einen Moment allein mit Miss Clark unterhalten, bitte«, erklärte Sam.

»Warum?«, wollte Ray wissen.

»Darum.«

Als ihm dämmerte, dass Sam ihm den Grund für ihren Wunsch nicht verraten würde, stand er auf und gab Minor ein Zeichen, ihm zu folgen.

Nachdem die beiden Männer den Raum verlassen hatten, richtete Sam ihre Aufmerksamkeit auf Jamie. »Sie sprachen über Ihre berufliche Beziehung zu Mr. Vasquez und Ihre Hilfe bei seinen verschiedenen Verletzungen. War Ihr Verhältnis rein professionell?«

Die Frau sah zwischen Hill und Sam hin und her. »Ich bin mir nicht ganz sicher, worauf Sie hinauswollen. Ich sagte doch, wir sind Freunde geworden. Wir haben die ganze Saison eng zusammengearbeitet.«

»Was ich wissen will«, präzisierte Sam, während sich bei ihr gleichzeitig bleierne Müdigkeit bemerkbar machte, »ist, ob Sie eine Liebesbeziehung zu Mr. Vasquez unterhielten.«

Jamie wurde knallrot, ihre Augen weiteten sich.

Als sie schließlich antwortete, stieß sie die Worte eher hervor, statt sie zu sprechen. »Er war *verheiratet* und hatte *Kinder.*«

»Und?«

»Und die Antwort auf Ihre abstoßende Frage lautet: Nein, wir hatten keine über den rein professionellen Aspekt hinausgehende Beziehung, von persönlichen Gesprächen während unserer Trainingsessions mal abgesehen.«

»Persönliche Gespräche worüber?«

»Das Team, seine Performance auf dem Spielfeld, seine Muskelschmerzen, seine Kinder. Das Übliche halt, worüber Leute reden.«

»Die Unterhaltungen drehten sich nur um ihn und seine Familie et cetera?«

»Meistens, ja.«

»Sind Sie verheiratet?«, fragte Sam.

»Nein.«

»Verlobt oder in einer Beziehung?«

»Ich weiß nicht, was das damit zu tun haben soll, was Willie passiert ist.«

»Das entscheiden wir.«

»Nichts von beidem.«

»Gingen Ihre Gefühle für Mr. Vasquez über Ihre rein berufliche Beziehung hinaus?«

Plötzlich brach Jamie von Neuem in Schluchzen aus, das ihr das Reden unmöglich machte. Sam hätte sie am liebsten angeschrien, die Frage zu beantworten, damit sie endlich von dort verschwinden konnten. Stattdessen musste sie warten, bis Jamie wieder sprechen konnte.

»Er bedeutete mir etwas als Freund«, brachte sie zwischen den Schluchzern hervor. »Er war mein Freund.«

»Sie können die anderen wieder hereinlassen«, wandte Sam sich an Hill.

Er erhob sich und machte die Tür für Ray und Bob auf.

»Was geschah, nachdem Sie das Stadion verlassen hatten?«, erkundigte Hill sich, als alle sich wieder gesetzt hatten.

»Der Verkehr und die Menschenmengen waren schlimm. Es war absehbar, dass es unheimlich viel Zeit kosten würde, mich zu fahren, deshalb stieg ich an einer Metrostation aus.«

»An welcher?«, wollte Sam wissen.

»Ich, äh ... ich glaube, es war L'Enfant Plaza.«

Sam nahm sich vor, das Überwachungsvideo der Umgebung um die Metrostation anzufordern. »Was würden Sie sagen, um welche Uhrzeit er Sie abgesetzt hat?«

»Es war kurz vor Mitternacht. Ich befürchtete, den letzten Zug nicht mehr zu erwischen, doch Willie meinte, die hätten wahrscheinlich ohnehin Verspätung wegen des Spiels.«

»War er angesichts der Unruhen um Ihre Sicherheit besorgt?«

Sie bejahte. »Er wollte mich nicht absetzen, aber ich wusste, dass er es eilig hatte, zu Carmen nach Hause zu kommen, und deshalb bestand ich darauf. Mir wäre nicht im Traum eingefallen, dass er in Gefahr sein könnte.«

»Haben Sie ihn wegfahren sehen?«, fragte Sam.

Jamie überlegte. »Nein, ich bin zur Station gegangen, ohne mich noch einmal umzudrehen.«

Sam reichte ihr eine Karte. »Falls Ihnen noch etwas einfällt, was wir wissen sollten, können Sie meine Mobilfunknummer anrufen.« Sie stand auf, und Hill folgte ihrem Beispiel.

»Ihr haltet uns auf dem Laufenden, oder?« Rays Frage war vorrangig an Hill gerichtet.

»Wir tun unser Bestes«, versprach der FBI-Agent. »Wenn du deine Leute bitten könntest, bei unseren Ermittlungen zu kooperieren, würden wir viel Zeit sparen.«

»Du hast mein Wort darauf, dass ihr deren volle Kooperation bekommen werdet.«

»Ihr Geschäftsführer«, sagte Sam, ihre Notizen konsultierend.

»Garrett Collins«, meinte Ray. »Was ist mit ihm?«

»Sie erwähnten, er sei heute nicht hier. Würden Sie uns bitte seine Adresse geben, damit wir mit ihm sprechen können?«

Ray drückte einen Knopf auf seinem Schreibtisch. »Ich werde Aaron veranlassen, sie Ihnen zu geben.«

»Und Ihr Sicherheitschef?«

»Hugh Bixby«, antwortete Ray.

Aaron kam herein.

»Können Sie bitte Garretts Adresse heraussuchen? Und wo um alles in der Welt ist Hugh?«

»Er ist mit der Polizei in der Umkleidekabine«, antwortete Aaron, dessen Blick nervös durch den Raum huschte.

»Ich werde auf ihn warten, um mit ihm zu reden, wenn Sie Collins übernehmen«, wandte Hill sich an Sam.

»Gut, eine Befragung schaffe ich noch, bevor ich zusammenklappe. Wir treffen uns um sieben im Hauptquartier?«

»Ich werde da sein.«

Sam ging zur Tür, blieb jedoch stehen, als sich der Boden unter ihren Füßen bewegte. Im nächsten Moment war Hill da, umfasste ihren Arm und verhinderte auf diese Weise, dass sie hinfiel.

»Das war's, Lieutenant«, erklärte er und führte sie zum Fahrstuhl. »Die Schicht ist vorbei.«

Sam befreite sich aus seinem Griff. »Lassen Sie mich los. Mir geht's gut.«

Die Lifttür öffnete sich, und sie traten ein. »Ihnen geht es überhaupt nicht gut. Ich werde Sie nach Hause fahren.«

»Auf keinen Fall.«

»Seien Sie nicht dumm. Sie sind zu müde und werden Ihren Kollegen nur noch mehr Arbeit bescheren, indem Sie auf dem Heimweg einen Unfall bauen. Ich fahre Sie, und anschließend komme ich hierher zurück und rede mit Bixby.«

Ihre Sicht verschwamm, und ihre Muskeln verweigerten ihr den Dienst bei ihrem verzweifelten Versuch, ihn abzuschütteln. »Was ist mit Collins?«

»Um den kümmere ich mich ebenfalls.«

»Wir müssen die Bilder von den Überwachungskameras an meine Leute von der Nachtschicht, Carlucci und Dominguez, übergeben.«

»Ich werde dafür sorgen, dass sie sie bekommen, und ihnen erklären, wonach sie suchen sollen.«

»Nein, das machen Sie nicht. Ich kümmere mich selbst um meine Leute.«

»Meinetwegen. Wie Sie wollen.«

»Was ich in diesem Augenblick will, ist ein großer Streit, nur fehlt mir dazu die Kraft.«

»Wir können den Streit morgen austragen. Ich freue mich schon darauf.«

Er begleitete sie zu seinem Wagen, hielt ihr die Beifahrertür auf und schloss sie, nachdem Sam eingestiegen war. Als er vorn zur Fahrerseite ging, dachte sie an ihr eigenes Auto und wollte fragen, ob es in Ordnung war, es über Nacht auf dem Parkplatz stehen zu lassen. Doch das würde Energie kosten, die sie momentan einfach nicht aufbrachte.

Fest entschlossen, wach zu bleiben, bis sie zu Hause war und ins Bett fallen konnte, lehnte Sam den Kopf an die gepolsterte Kopfstütze. Das war ein Fehler, denn sie bekam erst wieder etwas mit, als Hill die Wagentür auf ihrer Seite öffnete und Anstalten machte, sie vom Sitz zu heben.

»Hände weg!«, rief sie und schlug nach ihm. »Ich kann selbst gehen.«

»Gut.«

»Ja, es geht mir gut. Danke fürs Mitnehmen.«

»Wollen Sie, dass ich Sie morgen früh abhole?«

»Nein, ich will nicht, dass Sie mich morgen früh abholen. Verschwinden Sie. Sie hätten verschwinden sollen.«

»Es tut mir leid, wenn meine Beförderung Ihnen Unannehmlichkeiten bereitet hat.«

»Es hat mir Unannehmlichkeiten bereitet, und jetzt hauen Sie um Himmels willen ab, bevor mein Mann heimkommt und glaubt, dass Sie in sein Territorium eindringen – wieder einmal.«

»Mal ehrlich, Sam, wir sind doch erwachsen. Ich dringe nirgendwo ein.«

»Erzählen Sie ihm das.« Sam mahnte sich im Stillen, endlich mit dem Reden aufzuhören und reinzugehen, ehe sie diese Situation noch unangenehmer machen konnte, als sie ohnehin schon war.

Ihre Haustür ging auf, und Shelby kam heraus, in einem pinkfarbenen Jogginganzug und glitzernden pinkfarbenen Laufschuhen. Sie lief über die Rampe hinunter auf den Gehsteig.

»Agent Hill«, begrüßte sie Sams Begleiter strahlend lächelnd. »Schön, Sie wiederzusehen.«

»Gleichfalls.«

»Ist alles in Ordnung mit Ihnen, Sam?«, erkundigte Shelby sich und musterte sie eingehend.

»Wird schon wieder, sobald ich ein wenig geschlafen habe. Später.« Sam schleppte sich die Rampe hinauf und ins Haus, wobei sie die Tür für Shelby einen Spaltbreit offen ließ. Dann trottete sie die Treppe hinauf und steuerte auf die Dusche zu.

Bevor sie ins Bett fiel, rief sie Nick an, um zu erfahren, wie sein Gespräch mit Scotty gelaufen war.

»Hey, Babe. Wir sind auf dem Heimweg«, sagte er. »Wo bist du?«

»Zu Hause und noch ungefähr zwei Minuten bei Bewusstsein. Wie geht es dem Jungen?«

»Inzwischen besser, aber wir hatten ein gutes Gespräch. Nicht dass ich ihm durch irgendwelche Worte den Sinn des Ganzen begreiflich machen kann.«

»Ich bin sicher, du warst toll. Mein Dad wollte ihn sehen. Würde es dir etwas ausmachen, noch bei ihm vorbeizuschauen, wenn ihr hier seid?«

»Nein, kein Problem. Du glaubst nicht, worüber wir außerdem gesprochen haben.«

»Was denn?«

»Das spare ich mir auf, bis du hellwach bist«, erwiderte er lachend, damit sie wusste, dass es sich nicht um etwas Ernstes handelte.

»Ich freue mich schon darauf, es zu hören. Richte ihm bitte aus, dass es mir leidtut, dass ich ihn heute Abend nicht mehr sehe. Aber ich kann nicht länger wach bleiben.«

»Das ist in Ordnung. Leg dich hin und schlaf. Ich liebe dich, Babe.«

»Ich dich auch.« Mit letzter Kraft schob sie ihr Telefon in das Aufladegerät auf dem Nachttisch und schaltete den Fernseher ein, um zu erfahren, was über Vasquez berichtet wurde. Sie zwang sich, die Augen offen zu halten, als sie erkannte, dass Farnsworth gerade erst mit der Pressekonferenz begann, die Sam längst beendet gewähnt hatte. Es musste irgendeine Verzögerung gegeben haben.

Die Kameras zeigten Chief Farnsworth, der blass und erschöpft wirkte, als er auf den Platz vor dem Eingang des Hauptquartiers trat. Die lokalen Medien hatten sich eingefunden und warteten wie eine Meute hungriger Hunde auf einen fleischigen Knochen. Jedes Mal, wenn Sam in deren Nähe kam, richteten sich ihre Nackenhaare auf, als wäre sie ein angriffslustiger Hund. Und ein angriffslustiger Hund gegen einen hungrigen Hund, das war nie eine gute Kombination. Was für eine Erleichterung, sich diesmal nicht mit denen auseinandersetzen zu müssen.

Der Chief betrat das Podium. »Um halb neun heute Morgen wurde eine Leiche im Bereich des National Air and Space Museum an der Independence Avenue, Ecke Seventh Avenue, gefunden. Das Opfer, ein Lateinamerikaner Ende zwanzig, hatte einen Stich in die Brust bekommen. Der Mann wurde inzwischen identifiziert als Willie Vasquez.«

Er verstummte angesichts des erschrockenen Raunens, das durch die Menge ging.

Und dann bestürmten die Reporter ihn mit Fragen.

Sam wusste aus Erfahrung, dass er wegen des Durcheinanders der vielen Stimmen niemanden richtig verstehen konnte.

Er hob die Hände, um alle zum Schweigen zu bringen. »Wie Sie sich bestimmt vorstellen können, liegt eine gewaltige Aufgabe vor uns. Wir müssen herausfinden, wo Mr. Vasquez ermordet wurde und von wem. Die ganze Stadt war wegen eines Fehlers bei einem Baseballspiel wütend auf Mr. Vasquez. Unser Ziel wird es sein, den Mörder möglichst schnell der Justiz zuzuführen und gleichzeitig erneute Gewaltausbrüche in der Stadt zu verhindern. Ich werde jetzt einige Fragen entgegennehmen.«

»Wissen Sie schon, wann er ermordet wurde?«, meldete sich Darren Tabor vom *Washington Star* zu Wort.

»Noch nicht. Dr. McNamara und ihr Team versuchen in diesem Augenblick den Todeszeitpunkt einzugrenzen.«

»Können Sie uns mehr über den Fundort erzählen?«, wollte ein anderer Reporter wissen.

»Noch nicht.«

»Wurde das Team schon informiert?«

»Ja.«

»Wie viele Verhaftungen gab es im Lauf der Nacht?«

»Die letzte Zahl, die ich hörte, belief sich auf über dreihundert. Wir haben zahlreiche Anklagen erhoben, die von Brandstiftung und Vandalismus bis zu mutwilliger Sachbeschädigung reichen. Unsere Spezialeinsatzkräfte und die Kollegen vom MPD, dem FBI und der Nationalgarde halfen, die Unruhen unter Kontrolle zu bekommen, ehe sie noch weiter um sich greifen konnten.«

Er machte eine Pause und schien seine Worte sorgfältig zu wählen. »Ich möchte hinzufügen, dass ich es, abgesehen von der Trauer über Mr. Vasquez' Tod, äußerst schockierend finde, dass angebliche Fans unseres Baseballteams auf die unglückliche Niederlage mit roher Gewalt reagiert haben. Ich hege die Hoffnung, dass die Bürger unserer Stadt in Zukunft vorher nachdenken, ehe sie ihre Frustration über ein Baseballspiel abreagieren. Das ist alles.«

»Gut gesprochen, Sir«, murmelte Sam, schaltete den Fernseher aus und nahm ihr Telefon, um Carlucci und Dominguez den Einsatzbefehl zu erteilen. Sie bekam Gigi an den Apparat. »Hör zu«, sagte Sam und berichtete mit geschlossenen Augen von der Videoüberwachung und davon, wonach sie Ausschau halten sollten. Für die beiden Detectives würde es eine lange, öde Schicht werden, aber es musste gemacht werden. »Sorg dafür, dass der Streifendienst weiter nach Blutspuren und dem Wagen sucht.«

»Wir kümmern uns darum, Lieutenant.«

»Danke.« Sie beendete das Gespräch und sank hinab in die Tiefe.

7. Kapitel

»Ist alles in Ordnung mit Sam?«, fragte Shelby den aufregenden Avery Hill, der Sam mit einem seltsamen Ausdruck auf dem Gesicht hinterherschaute.

»Die wird schon wieder, wenn sie ein bisschen geschlafen hat. Ihr wurde schwindelig, deshalb habe ich sie gefahren.«

»Das war nett von Ihnen. Und? Wie geht es Ihnen?«

»Ganz gut. Und Ihnen?«

»Großartig. Ich liebe meinen neuen Job.«

»Und wie läuft Ihr anderes ›Projekt‹?«

Shelbys Miene verfinsterte sich bei der Erinnerung an ihr Gespräch vor einiger Zeit, als er im Zuge einer Ermittlung ihren Reproduktionsmediziner befragt hatte und nebenbei erfahren hatte, dass sie ein Baby zu bekommen versuchte. »Leider keine Neuigkeiten.«

»Das tut mir leid.«

Sie zuckte mit den Schultern. »Es wird passieren, wenn es passieren soll.« An die Alternative mochte sie nicht denken. Auf die eine oder andere Weise würde sie Mutter werden. Scotty um sich zu haben hatte die Sehnsucht ein wenig gedämpft. Allerdings musste sie sich jeden Tag ins Gedächtnis rufen, dass er nicht ihr Kind war. »Sam meinte, Sie hätten vielleicht Lust, sich irgendwann mal auf einen Kaffee mit mir zu treffen.«

»Äh, klar, wenn Sie möchten.«

»Ich dachte, Sie wollten wegziehen.«

»Das war der Plan, doch dem Direktor schwebte etwas anderes vor, was mich vorläufig in der Stadt halten wird.«

»Ich bin froh, dass Sie bleiben.«

»Oh. Tja, ich sollte mich wieder an die Arbeit machen.«

»Danke, dass Sie Sam nach Hause gebracht haben.«

»Kein Problem.«

Shelby sah sich mit einem seltenen Moment der Unentschlossenheit konfrontiert. Sollte sie ihn zu einem Date drängen oder ihn ziehen lassen und es beim nächsten Mal erneut probieren? Er war so gut aussehend. Traumhaft. Diese Augen, diese Haare, dieser Akzent ... Am liebsten hätte sie sich auf ihn gestürzt. Bei diesem Gedanken hätte sie fast angefangen zu kichern.

»Na ja, wir sehen uns«, sagte er.

»Wollen Sie meine Telefonnummer nicht?«, fragte sie. Die Worte waren heraus, bevor sie darüber nachdenken konnte, ob es eine gute Idee war, noch aufdringlicher zu sein als ohnehin schon.

Er musterte sie mit ausdrucksloser Miene – so lange, dass es ihr unangenehm wurde. »Klar«, meinte er schließlich. »Das wäre gut.«

»Sie haben ja auch lange genug darüber nachgegrübelt.«

»Das liegt nicht an Ihnen ...«

Shelby konnte sich ein Lachen nicht verkneifen. »Das müssen Sie sagen, *nachdem* wir miteinander ausgegangen sind. Nicht vorher.«

Das entlockte ihm immerhin ein kleines Lächeln, was Wunder wirkte für seine ernsten Züge. »Das muss ich mir merken.«

Sie zog ihr Handy hervor und rief die Textfunktion auf. »Wie lautet Ihre Nummer? Ich schicke Ihnen meine.«

Er nannte ihr seine Telefonnummer.

»Hab ich. Der nächste Schritt kommt von Ihnen, Agent Hill.«

»Ich weiß Ihre ehrliche Erläuterung der Spielregeln sehr zu schätzen.«

»In meinem fortgeschrittenen Alter werde ich die Spielchen zwischen Mann und Frau allmählich müde. Ich mag es offen und ehrlich.«

»Das ist ziemlich erfrischend.«

Shelby lächelte und wollte gerade eine weitere geistreiche Bemerkung folgen lassen, als Nicks Secret-Service-Bewacher in die Ninth Street einbogen und die beiden schwarzen SUVs am Bordstein hielten.

Avery blieb neben ihr stehen und beobachtete, wie die Agenten Nick und Scotty begleiteten, nachdem die zwei aus dem ersten Wagen gestiegen waren.

Nick warf einen Blick auf Avery, und sein normalerweise freundliches Gesicht verhärtete sich vor Unmut.

Was hat das denn zu bedeuten? dachte Shelby, während Nick und Scotty auf sie zukamen.

»Was machen Sie hier, Hill?«, wollte Nick wissen.

»Senator, ich freue mich auch, Sie zu sehen. Ich habe Ihre Frau nach Hause gefahren.«

»Warum musste sie gefahren werden?«

»Weil sie völlig k. o. war. Ich hielt es nicht für sicher, sie fahren zu lassen.«

Nick musterte den anderen misstrauisch. »Stimmt das?«

Averys Lippen bildeten vor beherrschter Wut eine schmale Linie, und Shelby merkte, dass er liebend gern etwas erwidert hätte, sich jedoch zusammennahm.

»Wie war es im Kapitol, Kumpel?«, erkundigte Shelby sich bei Scotty, in der Hoffnung, die Spannung zu lösen.

»Das war cool! Wir haben Eis gegessen im Senate Dining Room.«

»Wow, das klingt gut.«

»Ich muss wieder an die Arbeit«, meinte Avery. »Wir sehen uns.«

»Hill?«, rief Nick dem Agenten hinterher.

»Ja?«

»Danke, dass Sie Sam hergebracht haben.«

»Kein Problem.«

Nachdem Avery in seinen Wagen gestiegen und davongefahren war, wandte Shelby sich an Nick. »Was war das denn?«

»Ich mag diesen Typen nicht.«

»Wie kommt's?«, wollte Shelby wissen, überrascht von der ungewöhnlichen Feindseligkeit, die sie bei ihm wahrnahm.

»Einfach so.«

»Man sollte einen Grund haben, wenn man jemanden nicht mag«, erklärte Scotty seinem Dad.

»Ich habe auch meine Gründe.«

Shelby hätte zu gern erfahren, was für Gründe das waren, beschloss aber, nicht weiter nachzufragen – vor allem, weil Scotty sie beide genau beobachtete. Sie legte den Arm um den Jungen, der jetzt schon fünf Zentimeter größer war als sie. »Bereit fürs Abendessen?«

»Was gibt es?«

»Wie wäre es mit Spaghetti?«

»Astrein.« Diese Antwort hatte sie erwartet, nur schwang diesmal nicht die Begeisterung mit, die er sonst für italienisches Essen aufbrachte.

»Geh und wasch dir die Hände. Ich komme gleich nach.«

Scotty nahm seinen Ranzen von Nick und trottete mit gesenktem Kopf die Rampe zum Haus hoch.

»Wie geht es ihm?«, fragte Shelby Nick.

»Haben Sie das von Willie Vasquez gehört?«

»Nein, was ist mit ihm?«

»Es kam gerade durchs Radio, deshalb kann ich es Ihnen wohl getrost erzählen. Er ist letzte Nacht ermordet worden.«

»Oh nein! Gütiger Himmel.«

»Scotty hat es schwer getroffen. Er hielt sehr viel von Willie, besonders nachdem er ihn in einem Baseballtrainingslager im vergangenen Sommer kennengelernt hatte.«

»Was für eine Tragödie. Und alles nur, weil er einen Flugball nicht gefangen hat.«

»Sam würde uns jetzt ermahnen, keine Schlüsse zu ziehen, solange wir noch nicht mehr wissen.«

»Arbeitet sie an dem Fall?«

Er bejahte. »Sobald sie genug geschlafen hat, wird sie an der Sache wieder dran sein.«

»Darf ich noch über etwas anderes mit Ihnen reden?«

»Klar.«

»Agent Hill hat mich gefragt, ob ich mit ihm Kaffee trinken gehe.« Sie musste Nick ja nicht auf die Nase binden, dass vielmehr sie vor einiger Zeit diejenige gewesen war, die Hill gefragt hatte. »Würde es Sie stören, wenn ich es tue?«

»Nein, nein, machen Sie das ruhig. Amüsieren Sie sich. Unbedingt.« Er ging auf das Haus zu. »Ich schaue mal lieber nach Scotty.«

Verwirrt von Nicks widersprüchlichen Aussagen folgte Shelby ihm hinein. Männer, dachte sie und überlegte, ob sie wohl jemals verstehen würde, wie die tickten.

Die WFBR-FM-Studios befanden sich neben dem Stadion in der Potomac Avenue. Als »Feds Baseball Radio« übertrug der Sender alle Spiele des Teams und brachte regelmäßig Interviews mit den Spielern und dem Management. WFBR war in den vergangenen drei Saisons ein wichtiger Teil der Präsenz des Teams in der Stadt geworden.

Am Empfangstresen bat Gonzo darum, den Geschäftsführer zu sprechen, und wurde in das Büro von James Settle geführt. Er stellte sich vor und zeigte seine Dienstmarke.

»Was kann ich für Sie tun, Detective?«, wollte Settle wissen.

»Willie Vasquez wurde heute Morgen ermordet aufgefunden.«

Settle starrte Gonzo an, als hätte er nicht richtig gehört. »Himmel«, flüsterte er. »Wie?«

»Ein Stich in die Brust.«

»Was können wir tun?«

»Wir haben heute Morgen die Big-Ben-Show gehört und würden gern mit ihm reden.«

»Ich werde mal hören, ob er noch im Haus ist.«

Während Settle telefonierte, betrachtete Gonzo die Erinnerungsstücke des Teams in den Regalen und an den Wänden.

»Er ist auf dem Weg nach oben«, sagte Settle schließlich. »Er steckt doch nicht in irgendwelchen Schwierigkeiten, oder?«

»Ich würde mit ihm gern über einige der Anrufer von heute Morgen sprechen.«

Sie warteten in unbehaglichem Schweigen, bis Big Ben den Raum betrat. Seinem Namen alle Ehre machend, war Ben Markinson groß und kräftig, mit lockigem Wuschelkopf und wildem Bart. »Du wolltest mich sehen, Jim?«, fragte er mit einer Stimme, die fürs Radio gemacht war.

Settle deutete auf Gonzo. »Das ist Detective Gonzales vom Metropolitan Police Department. Er hat ein paar Fragen an dich wegen der Sendung heute Morgen.«

Mit in die Hüften gestemmten Händen funkelte Big Ben Gonzo finster an. »Weswegen denn?«

»Willie Vasquez wurde heute Morgen ermordet aufgefunden.«

»Ach ja? Hat er sich wohl selbst zuzuschreiben nach dieser armseligen Vorstellung gestern Abend.«

Gonzo starrte ihn fassungslos an. »Sie halten Mord für eine angemessene Bestrafung dafür, dass er einen Flugball nicht gefangen hat?«

»Einen *leichten* Flugball.«

»Verzeihen Sie«, sagte Gonzo spöttisch. »Natürlich, einen leichten Flugball.«

Ben trat von einem Fuß auf den anderen. »Na ja, ich sage nicht, dass er es verdient hat, zu sterben. Aber meine Güte, Detective, wie konnte er denn bloß *diesen* Ball nicht erwischen?«

»Da ich mich nicht auf dem Spielfeld befand, als der Ball geschlagen wurde, kann ich Ihnen darauf keine Antwort geben. Niemand weiß doch, was ihm in genau diesem Moment durch den Kopf ging, oder?«

»Vermutlich nicht«, brummte Ben zerknirscht.

»Viele Ihrer Zuhörer hatten heute Morgen eine Menge dazu zu sagen.«

»Die waren alle sauer – und das zu Recht.«

»Waren einige von denen wütend genug, um einen Mord zu begehen?«

»Woher zum Geier soll ich das wissen? Ich rede mit vielen von denen ständig in meiner Sendung, aber ich kenne die doch nicht persönlich.«

»Haben Sie denn mal jemanden von denen getroffen?«

»Hier und da bei Veranstaltungen, aber woher soll ich wissen, ob sie ihn umgebracht haben oder nicht?«

»Sind regelmäßige Anrufer darunter, die Sie schon kennen?«

»Eine Menge.«

Gonzo hielt ihm seinen Notizblock samt Kugelschreiber hin. »Ich wäre Ihnen sehr verbunden, wenn Sie eine Liste der Anrufer erstellen würden, die heute Morgen besonders wütend gewirkt haben.«

»Na sicher, ich hab ja auch reichlich Zeit.«

»Gib ihm, was er braucht, Ben«, mischte Settle sich ein.

Ben ging mit dem Notizblock an den Konferenztisch und setzte sich umständlich hin. »Du könntest ebenso gut Marcy heraufbitten.« Zur Erklärung wandte er sich an Gonzo: »Das ist meine Produzentin.«

»Ich rufe sie an«, meinte Settle.

Gonzo nahm Ben gegenüber Platz und richtete sich darauf ein, noch eine Weile dort zu sein.

Da Garrett Collins in der Nähe von Sams Zuhause wohnte, nämlich in der Sixth Street, beschloss Hill, auf dem Weg zum Stadion dort haltzumachen und mit ihm zu reden. Als Geschäftsführer kontrollierte Collins alles, was mit den Spielern und ihren Verträgen zu tun hatte. Das Gleiche galt für das Trainerteam. Die Person, die das Team aufgestellt hatte, das einer Meisterschaftssaison so nahe gekommen war, war vermutlich am wütendsten von allen, dass Willie den Ball nicht gefangen hatte.

Aber war er wütend genug gewesen, um einen Mord zu begehen? Das würde sich noch zeigen.

Collins wohnte in einer Straße mit modernsten Backstein-Reihenhäusern. Avery parkte vor der Nummer 26, hinter einem schwarzen Mercedes SUV mit Feds-Aufkleber auf der Heckscheibe. Ihm fiel auf, dass im Haus sämtliche Jalousien heruntergelassen waren, so als wollte der Bewohner das Tageslicht aussperren. Hill stieg die Stufen zum Eingang hinauf und klingelte.

Da niemand aufmachte, probierte Avery es mit dem Türklopfer aus Metall. Nachdem auch das zu keinem Ergebnis führte, rief er Ray Jestings auf dessen privatem Handy an.

»Avery? Hast du Neuigkeiten für mich?«, meldete Ray sich.

»Dein Geschäftsführer macht nicht auf. Kannst du versuchen, ihn dazu zu bringen, mich hereinzulassen?«

»Ja, mach ich.«

»Sag ihm noch nichts wegen Willie. Das will ich tun.«

»Okay.«

»Danke.«

Avery lehnte sich gegen das schmiedeeiserne Geländer, die Arme vor der Brust verschränkt. Während er gegen die Müdigkeit ankämpfte, die ihn inzwischen leicht benommen machte, dachte er daran, wie Nick Cappuano ihn vorhin auf dem Gehsteig angesehen hatte. Als wollte er ihn am liebsten auf der Stelle ausweiden. Avery vermutete, dass sie aneinandergeraten wären, wenn der Junge seinen Vater nicht genau beobachtet hätte.

Erschöpft fuhr er sich durch die Haare. Trotz seiner Bemühungen, sie zu vergessen, war er noch genauso fasziniert von der wundervollen Sam Holland wie bei ihrer ersten Begegnung, lange bevor er gewusst hatte, dass sie mit einem der beliebtesten Senatoren des Landes verheiratet war.

Und nun hatte er versuchsweise ein Date mit Sams Assistentin. Fantastisch. Das machte die ohnehin komplizierte Situation noch schwieriger.

Das Geräusch von Schlössern, die im Haus entriegelt wurden, veranlasste Avery, Haltung anzunehmen.

Garrett Collins sah übel aus. Anders konnte man ihn nicht beschreiben, als er die Tür aufmachte.

»Mr. Collins, ich bin Special Agent Avery Hill vom FBI.« Er zeigte Collins seine Dienstmarke, der sie misstrauisch betrachtete.

»Was kann ich für Sie tun?«

»Darf ich eine Minute hereinkommen?«

»Äh, das ist eher keine gute Idee.«

»Warum denn?«

»Es ist ein bisschen unaufgeräumt.«

»Ach, ich bin mir sicher, ich habe schon Schlimmeres gesehen.« Da Collins weiterhin zögerte, fügte Avery hinzu: »Entweder Sie lassen mich hinein oder ich verhafte Sie, und wir fahren in die Innenstadt. Ihre Entscheidung.«

Diese Ansage erzeugte den ersten Lebensfunken in den Augen des anderen. »Mich verhaften? Weswegen, verdammt noch mal?«

»Zuallererst wegen des Mordes an Willie Vasquez.« Avery warf ihm das hin, um die Reaktion des Mannes zu sehen.

»Willie ist tot?«, fragte Collins mit kaum hörbarer Stimme.

»Kann ich jetzt reinkommen, oder sollen wir das in meinem Büro besprechen?«

Widerstrebend, zumindest kam es Avery so vor, trat Collins zurück und ließ ihn in ein Wohnzimmer, das völlig verwüstet war. Spiegel, Lampen, der Fernseher … Nichts war verschont geblieben. An der Wand lehnte ein hölzerner Baseballschläger, was Avery zu der Annahme verleitete, dass dieser benutzt worden war, um die maximale Zerstörung anzurichten.

Avery schaute Collins an. »Was um alles in der Welt ist hier passiert?«

»Ich war ein wenig … frustriert, als ich vor einer Weile nach Hause kam.«

»Und da haben Sie Ihr eigenes Zuhause zu Kleinholz gemacht?«

»Besser, als auf die Leute loszugehen, die mich in die Stimmung gebracht haben, Sachen zu zerstören. Meinen Sie nicht?«

»Ja, vermutlich.«

»Was ist mit Willie geschehen?«

»Er bekam einen Stich in die Brust. Mehr geben wir momentan an Informationen nicht heraus. Haben Sie ihn gestern Abend nach dem Spiel gesehen?«

»Nein, habe ich nicht.« Collins sagte das mit zusammengebissenen Zähnen, und es war nicht schwer, zu schließen, dass Willies Patzer zu dieser Zerstörungsorgie geführt hatte.

»Haben Sie mit ihm gesprochen?«

»Nein.«

»Haben Sie versucht, ihn zu erreichen?«

Avery folgte Collins weiter durchs Haus in die Küche, wo der Gastgeber Anstalten machte, Kaffee zu kochen. Er hielt eine Kanne hoch und fragte Avery, ob er welchen wolle.

»Zu einem Koffeinkick sage ich nicht Nein«, meinte Avery.

»Ich habe nicht versucht, ihn zu erreichen, weil ich ihm nichts zu sagen hatte. Sechzehn Millionen Dollar pro Jahr, und alles, was er tun musste, war, diesen *gottverdammten Ball zu fangen*.« Collins drehte sich zu Avery um. »Wie konnte er diesen leichten Flugball nicht kriegen? Der Kerl ist ein Kandidat für die Hall of Fame, verdammte Kacke.«

»War.«

»Bitte?«

»Er *war* ein Kandidat für die Hall of Fame.«

»Ja«, räumte Collins seufzend ein. »Er war es. Er brauchte noch ein paar Saisons, um dahin zu kommen.« Er schaltete die Kaffeemaschine ein. »Verstehen Sie mich nicht falsch. Es tut mir leid, dass er tot ist. Er war ein netter Kerl. Ich mochte ihn.

Ich respektiere, was er ins Spiel und ins Clubhouse eingebracht hat. Aber ich bin stocksauer, dass er diesen leichten Ball nicht gefangen hat. Ich werde nie begreifen, wie das passieren konnte.«

»Wussten Sie von irgendwelchen Problemen, die er auf dem Spielfeld oder abseits davon gehabt hat?«

»Er kämpfte schon die ganze Saison mit Problemen im Oberschenkel, hatte es aber unter Kontrolle. Haben Sie mit Jamie gesprochen?«

»Ja, vorhin«, antwortete Avery. »Sie war völlig am Boden, als sie die Nachricht erfuhr. Angesichts ihrer Reaktion fragten wir uns, ob da mehr war zwischen Willie und ihr.«

»Wie meinen Sie das?«

»Lief da etwas zwischen den beiden?«

»Das weiß ich nicht. Sie verbrachten viel Zeit miteinander«, erklärte Collins. »Es gab auch Gerede, aber die Leute reden nun mal.«

»Wissen Sie sonst noch von irgendwelchen Problemen in Willies Leben?«

»Ich begreife nicht, warum Sie solche Fragen stellen, wo doch wohl klar sein dürfte, dass irgendein wütender Fan ihn umgebracht hat.«

Avery nahm von Collins einen Becher mit stark duftendem schwarzem Kaffee entgegen. »Wir werden nicht dafür bezahlt, das Offensichtliche zu schlussfolgern. Können Sie mir irgendetwas sagen, was für unsere Ermittlungen von Bedeutung sein könnte?«

»Carmens Bruder hatte Schwierigkeiten in der Dominikanischen Republik. Willie holte ihn ein paarmal auf Kaution aus dem Gefängnis, aber dann schickte er kein Geld mehr, was Carmens Familie wütend machte. Marco stieß ein paar Drohungen gegen Willie aus.«

»Was für Drohungen?«

»Solche, die Willie dazu bewogen, ein richterliches Verbot

gegen den Kerl zu erwirken, um ihn von seiner Familie fernzuhalten.«

»Ist der Schwager denn hier gewesen?«

»Ich glaube, es gab im letzten Winter einen heftigen Streit, während der Spielpause. Ich kenne die Einzelheiten nicht, doch ich wurde darüber unterrichtet, dass er persönliche Probleme mit seinem Schwager habe und der Sicherheitsdienst informiert sei – für den Fall, dass der Typ sich Willie im Stadion zu nähern versuche.«

Avery machte sich Notizen, während Collins sprach.

»Wollen Sie nach dem, was letzte Nacht passiert ist, wirklich den Schwager unter die Lupe nehmen?«, meinte Collins. »Am Ende werden Sie ja doch herausfinden, dass es jemand aus Wut über unsere Niederlage getan hat, die Willie zu verantworten hatte.«

»Wir prüfen alle Aspekte. Wie lange blieben Sie noch im Stadion, nachdem das Spiel zu Ende war?«

»Ich war bis gegen fünf heute Morgen dort.«

»Was haben Sie in dieser Zeit gemacht?«

»Bob Minor und ich haben uns den Medien gestellt. Das war spaßig. Wie eine Wurzelbehandlung ohne Betäubung. Anschließend verbrachte ich einige Zeit in der Umkleidekabine beim Team, dann traf ich mich mit Ray Jestings, dem Teambesitzer.«

»Sind Sie jemandem begegnet, der wegen Willies Patzer so wütend war, dass er bereit war, ihm Gewalt anzutun?«

Collins starrte ihn ungläubig an. »*Alle* wollten ihm Gewalt antun. Die Leute waren stocksauer.«

»War jemand sauer genug, diesem Drang nachzugeben?«

»Ich würde gern denken, dass das nicht der Fall war. Aber wer weiß? So nahe waren wir noch nie an der World Series. Die Leute wollten es so sehr.«

»War irgendwer auffallend konkret in Bezug auf Willie?«

»Rick Lind war ziemlich sauer. Der hat uns zwei Outs gebracht und brauchte noch eins von Willie, aber der ließ ihn im Stich.«

Avery schrieb Linds Namen auf und machte einen Kreis darum. »Wenn Ihnen sonst noch etwas einfällt, was von Bedeutung sein könnte, rufen Sie mich an.« Er überreichte ihm seine Visitenkarte und trank seinen Becher aus. »Danke für den Kaffee.«

»Kein Problem.«

Auf dem Weg durch das zerstörte Wohnzimmer knirschte Glas unter seinen Schuhen. Er mochte Sport wie jeder andere, doch das hier sprengte jeden Rahmen. Wer zertrümmerte denn sein eigenes Zuhause wegen eines Baseballspiels? Diese Frage beschäftigte ihn auf der ganzen Fahrt zurück zum Stadion, wo er mit Hugh Bixby sprechen wollte.

Im Foyer vor dem Verwaltungsbereich des Stadions fragte Avery dieselbe Rezeptionistin wie zuvor nach Bixby.

»Mal sehen, ob ich ihn finden kann«, sagte sie.

Um die Wartezeit zu überbrücken, rief Avery seinen Deputy an, Special Agent George Terrell. Da Avery bei der Beförderung zum Leiter der Abteilung vorgezogen worden war, gab es zwischen ihnen bei aller Professionalität und Kollegialität doch einen unterschwelligen Groll.

»Was gibt's?«, meldete Terrell sich.

»Wir helfen dem MPD im Fall Vasquez.«

»Wie sind wir denn da hineingeraten?«

»Ich kenne Ray Jestings, den Teambesitzer, deshalb habe ich unsere Unterstützung angeboten. Bei einer ganzen Stadt mit einem Motiv brauchen die jede Hilfe, die sie bekommen können.«

»Stimmt auch wieder.«

»Der Geschäftsführer des Vereins erwähnte, Vasquez habe vor etwa einem Jahr ein Problem mit seinem Schwager Marco Peña gehabt. Könntest du dich darum mal kümmern?«

»Klar.«

»Der Geschäftsführer hat außerdem erwähnt, dass es einen richterlichen Beschluss gab, damit der Typ sich von Vasquez und dem Stadion fernhält.«

»Ich werde sehen, was ich herausfinden kann.«

»Danke.«

Die Leitung war tot, und Avery steckte das Telefon wieder in seine Jackentasche. Er und sein Stellvertreter würden nie beste Freunde werden. Aber sie konnten zusammenarbeiten, wenn es nötig wurde. Es war nicht Averys Schuld, dass Direktor Hamilton ihn statt Terrell befördert hatte. Avery hoffte, dass Terrell das auch irgendwann begreifen würde.

»Mr. Bixby hält sich in der Umkleidekabine auf«, informierte die Rezeptionistin ihn.

»Wie komme ich dorthin?«

»Warten Sie, ich hole jemanden, der mich an der Rezeption vertritt, und begleite Sie.«

Zehn Minuten später führte die junge Frau ihn durch ein Labyrinth aus Gängen und Treppen hinunter zu einem Tunnel. Vor einer roten Tür tippte sie einen Zugangscode ein.

In der Umkleidekabine war die Spurensicherung mit der Untersuchung der Spinde und der Ausrüstung beschäftigt, unter der Aufsicht eines Mannes in Hemd und Krawatte. Er hatte kurz geschorene blonde Haare, und seine Figur verriet, dass er früher einmal Athlet gewesen sein mochte. Seinem roten Gesicht nach zu urteilen, war Mr. Bixby ziemlich aufgebracht.

»Verzeihen Sie, Mr. Bixby ...«, meinte die Rezeptionistin zu dem Mann.

»Was wollen Sie? Ich habe zu tun.«

Die junge Frau wich vor diesem harschen Tonfall unwillkürlich zurück. »Das ist Special Agent Hill vom FBI.«

Das FBI-Akronym half – wie üblich. Bixby ließ die Hände von den Hüften sinken, und seine Miene entspannte sich ein wenig. »Vielleicht können Sie mir ja verraten, was zur Hölle hier eigentlich los ist.«

Zur Rezeptionistin gewandt sagte Avery: »Danke, dass Sie mir den Weg gezeigt haben.«

»Gern geschehen.« Sie eilte davon, als hätte ihr jemand Feuer unterm Hintern gemacht.

Avery fand es interessant, dass sie von Bixby eingeschüchtert war. »Sie haben noch nicht mit Mr. Jestings gesprochen?«

»Er hat angerufen, aber ich hatte mit den Cops zu tun, die hier in mein Stadion eingefallen sind, deshalb habe ich den Anruf verpasst.«

»Willie Vasquez wurde ermordet.«

»Ermordet.«

»Das habe ich gerade gesagt.«

»Wie?«

»Stich in die Brust.«

Bixby betrachtete die Szene in der Umkleidekabine. »Darum geht's also.«

»Ja.«

»Wonach suchen Sie?«

»Das wissen wir erst, wenn wir es gefunden haben.«

»Wenn Sie andeuten wollen, dass ein Mitglied unseres Vereins etwas damit zu tun hat …«

»Ich deute überhaupt nichts an. Ich ermittle in einem Mordfall und beginne mit dem Ort, an dem Mr. Vasquez zuletzt lebend gesehen wurde. Wann haben Sie ihn zum letzten Mal gesehen?«

Bixby stieß die Luft aus. »Ob Sie es glauben oder nicht, das war, als er den Ball verfehlt hat. Danach war ich schwer damit beschäftigt, meine Leute auf genau das vorzubereiten, was dann auch tatsächlich passierte.«

»Waren Sie die ganze Nacht hier?«

Er nickte. »Ich bin die ganze Zeit hier gewesen.« Er sah Avery an. »Und warum ermittelt das FBI in dieser Sache?«

»Wir haben dem Metro PD unsere Hilfe angeboten, und sie haben angenommen. Es ist eine ziemlich schwierige Aufgabe, einen Mörder zu finden, wenn die gesamte Stadt ein Motiv hat.«

»Darauf wette ich. Brauchen Sie mich noch? Ich muss meine Mitarbeiter darüber informieren, was geschehen ist.«

»Im Augenblick nicht, aber ich wäre Ihnen dankbar, wenn Sie sich für die Dauer unserer Ermittlungen zur Verfügung halten.« Avery gab ihm eine Visitenkarte. »Rufen Sie mich an, falls Ihnen etwas einfällt, was wichtig sein könnte.«

»Das werde ich.« Er betrachtete die Visitenkarte. Dann schaute er sich um, als wollte er sich vergewissern, dass niemand sie hören konnte, und sagte zu Avery: »Wenn ich Ihnen etwas verrate, was ich aufgeschnappt habe, bekomme ich keinen Ärger, oder?«

»Ich werde mein Möglichstes tun, um das zu verhindern. Versprechen kann ich allerdings nichts.«

Bixby überlegte eine Weile und schien mit sich zu ringen. »Letzte Nacht«, begann er schließlich langsam, »nachdem der Staub sich gelegt hatte, hörte ich einen meiner Leute über Lind reden.«

»Was ist mit ihm?«

»Er war stocksauer auf Vasquez. Ernsthaft wütend. Offenbar zog er darüber her, dass *er* seinen Job gemacht habe und Vasquez die Sache hätte klarmachen müssen. Die Niederlage würde man Lind in die Schuhe schieben, dabei müsste Vasquez die Schuld bekommen. Solche Sachen.« Er zeigte auf umgeworfene Stühle in einer Ecke der Umkleidekabine, von denen einer aussah, als ob er gegen die Betonwand geschleudert worden war. »Angeblich hat Lind Feuerholz aus dem Stuhl gemacht. Unter anderem.«

Avery schaute von seinem Notizbuch auf. »Unter anderem?«

»Ich habe nicht alles mitbekommen, was gesagt wurde.«

»Könnten Sie diejenigen, deren Gespräch Sie belauscht haben, bitten, hier herunterzukommen?«

»Das könnte mir besagten Ärger einbringen.«

»Es tut mir leid, aber dies ist eine Mordermittlung. Was soll ich machen?«

Seufzend nahm Bixby sein Funkgerät, das an seinen Gürtel geklemmt war, und bestellte mehreren Leuten, alles stehen und liegen zu lassen und in der Umkleidekabine zu erscheinen. »Die sind gleich da.«

Avery und Bixby warteten in verlegenem Schweigen und sahen den Detectives von der Spurensicherung dabei zu, wie sie jeden Zentimeter des Raumes durchkämmten. Sieben Minuten später kamen vier Männer durch den Tunnel. Sie waren von unterschiedlicher Größe, alle jedoch muskelbepackt, und sie wirkten verärgert, weil man sie von ihrer Arbeit weggeholt hatte.

»Was ist denn?«, wollte einer wissen.

Hill gab Bixby mit einem Kopfnicken zu verstehen, dass er die Leute in Kenntnis setzen durfte. »Das ist Agent Hill vom FBI. Er hat mich gerade darüber informiert, dass Willie Vasquez ermordet wurde.«

Die vier Männer tauschten Blicke.

»Was hat das mit uns zu tun?«, erkundigte sich derselbe Mann wie eben. Offenbar war er der Sprecher der Gruppe.

»Wie heißen Sie?«, fragte Avery ihn.

»Jim«, antwortete er zögernd und schaute zu Bixby, der ihm zunickte.

»Jim. Und wie weiter?«

»Morris.«

»Ich habe gehört, wie du gestern Abend über Lind geredet hast«, erklärte Bixby. »Darüber, wie stinksauer er auf Vasquez war.«

»Du glaubst doch nicht …«

»Wir glauben gar nichts«, schaltete Avery sich ein. »Wir wollen bloß wissen, was Sie vielleicht von dem mitbekommen haben, was Lind über Vasquez gesagt hat.«

»Er war scheißwütend, und das zu Recht.«

»Können Sie mir genauer erklären, was Sie Lind sagen hörten über Vasquez oder was Sie ihn tun sahen?«, bat Avery den Mann.

»Wird er davon erfahren, dass wir mit Ihnen gesprochen haben?«, wollte Jim wissen. »Ich will nicht, dass er wütend auf mich ist.«

»Das müssen Sie verstehen, Agent Hill«, sagte Bixby. »Unser Job ist es, das Stadion ebenso zu sichern und zu beschützen wie die Spieler und dafür zu sorgen, dass die Fans hier in Sicherheit die Veranstaltung genießen können. Daher läuft es unserer Überzeugung zutiefst zuwider, mit einem Außenstehenden über einen der Spieler zu reden.«

»Ich verstehe und respektiere Ihren Standpunkt. Aber ein Mann ist ermordet worden – ein Mann, der eine Frau und zwei kleine Kinder hinterlässt, die sich darauf verlassen, dass sie Antworten von uns bekommen. Sollten Sie also etwas wissen, was uns helfen könnte, den Angehörigen diese Antworten zu geben, ist dies nicht der geeignete Zeitpunkt, um sich darüber Sorgen zu machen, dass jemand anschließend wütend auf Sie sein könnte.«

»Er meinte, wenn er eine Waffe hätte, würde er Vasquez persönlich über den Haufen schießen«, meldete sich ein anderer zu Wort.

»Ihr Name?«

»Kyle Davidson.«

Avery notierte sich den Namen. »Sie haben gehört, dass Lind diese Worte sagte?«

»Ja, Sir. Er lief in der Umkleidekabine auf und ab, Türen knallend und fluchend. Er war völlig außer Kontrolle. Deshalb bat Minor uns, nach unten zu gehen, für den Fall, dass es Ärger gibt.«

Interessant, dass Minor den Zwischenfall mit Lind während unseres Gesprächs nicht erwähnt hat, dachte Avery. Er machte sich eine weitere Notiz.

»Mussten Sie eingreifen?«

Kyle schüttelte den Kopf. »Wir hielten uns bereit, falls wir gebraucht werden würden, doch Lind kriegte sich wieder ein, bevor wir einschreiten mussten.«

»Machten noch andere Spieler ihrem Unmut Luft?«, fragte Avery.

»Cecil Mulroney war auch ziemlich stinkig«, meinte Jim. »Er ist der Left Fielder, der den Ball auffing, nachdem Vasquez ihn verpasst hatte.«

Avery wusste, wer Mulroney war, unterbrach den anderen jedoch nicht.

»Der sagte ständig, er könne es nicht fassen, dass Willie den Ball verfehlt hat, und dass er wieder in der Little League spielen solle, um zu lernen, wie man einen Ball fängt.«

»Hat irgendeiner von Ihnen Vasquez nach dem Spiel gesehen?«, erkundigte Avery sich.

»Ich«, erwiderte Kyle. »Ich gehörte zu den Sicherheitsleuten, die ihn vom Spielfeld führten.«

»Wurde dabei irgendetwas gesprochen?«

Er verneinte. »Was gab es auch zu sagen? Wir führten ihn hier herein, er verschwand gleich im Trainingsraum und knallte die Tür hinter sich zu.«

»Sind Sie ihm danach noch einmal begegnet?«

»Nein, er kam nicht mehr raus, bis ich ins Stadion gerufen wurde, um die Fans in den Griff zu bekommen.«

»Er blieb also ohne Schutz zurück?«

»Er befand sich in einem abgeschlossenen Raum. Ich glaubte nicht, dass er dort in Gefahr sein könnte.« Kyle sah zu Bixby, dann zu Avery. »Es ist doch nicht hier passiert, oder?«

»Nein«, antwortete Avery. »Wir konnten seine Spur bis zur Metrostation L'Enfant Plaza verfolgen. Er fuhr mit Miss Clark dorthin und setzte sie ab, damit sie noch einen Zug erwischen konnte.«

Jim und Kyle tauschten verstohlene Blicke, die Avery jedoch nicht entgingen.

131

»Möchten Sie dem noch etwas hinzufügen?«, hakte er nach.

»Die zwei waren ziemlich eng«, bemerkte Jim. »Verbrachten viel Zeit miteinander und arbeiteten angeblich an seinen Problemen mit dem Oberschenkel. Die Leute haben schon geredet.«

»Und was haben die Leute gesagt?«, wollte Avery wissen.

»Na, dass die beiden sich ziemlich nahegestanden haben. Es hieß, da sei mehr zwischen ihnen.«

»Vermuteten Sie eine Liebesbeziehung oder dergleichen?«

»Ich habe nie irgendwas vermutet«, antwortete Jim und hob dabei die Hände. »Ich habe nur gesagt, dass die anderen etwas vermutet haben.«

»Die anderen dachten, sie hätten was miteinander«, erläuterte Bixby. »Aber meines Wissens hat sie nie jemand darauf angesprochen.« Er zuckte mit den Schultern. »Sie sind beide erwachsen, und wenn sie was miteinander haben wollten, wen juckt's, solange es ihre Arbeit nicht beeinträchtigte.«

»Wenn es herausgekommen wäre, hätte das eine Menge Ärger für Willie und das Team bedeuten können«, meinte Avery. »Es fällt mir schwer, zu glauben, dass die Affäre allgemein bekannt war und sich niemand darum scherte.«

»Möglicherweise war es dem Management nicht egal«, räumte Bixby ein. »Aber wir werden nicht dafür bezahlt, dass wir uns darum scheren, wen die Spieler flachlegen. Wäre das der Fall, wäre unser Job wohl noch viel komplizierter, als er es ohnehin schon ist.«

Die anderen Männer nickten zustimmend.

»Die Spieler waren in der Hinsicht also schwer beschäftigt?«, erkundigte Avery sich.

Auf diese Frage folgten weitere nervöse Blicke.

»Es herrscht kein Mangel an Frauen, die daran interessiert sind, Zeit mit den Spielern zu verbringen«, erklärte Bixby zögerlich.

»Sehr diplomatisch ausgedrückt«, entgegnete Avery. »Wir belassen es vorerst mal dabei. Sollte es nötig sein, behalte ich

mir jedoch das Recht vor, näher auf dieses Thema einzugehen.«
Er zog Karten für die vier Männer aus der Tasche. »Wenn Sie
glauben, dass sonst noch etwas für unsere Ermittlungen von
Bedeutung sein könnte, rufen Sie mich bitte an.«

»Ihr Jungs könnt wieder an eure Arbeit gehen«, sagte Bixby.

»Danke, dass Sie mir Ihre Zeit geopfert haben.«

Als sie wieder allein waren, wandte Bixby sich an Avery:
»Werden Sie wegen dieser Geschichte mit Lind sprechen?«

»Wir werden uns ganz sicher mit ihm unterhalten müssen.«

»Werden Sie ihm verraten, dass wir Sie darauf gestoßen haben?«

»Ich sehe keine Veranlassung dazu, das zu erwähnen. Bestimmt gab es eine Menge Zeugen für seinen Ausbruch. Jeder
hätte uns davon berichten können.«

»Gut.« Bixby schien sehr erleichtert zu sein. »Das ist wirklich gut.«

»Haben Sie aus irgendeinem Grund Angst vor Mr. Lind?«

»Nicht physisch, falls Sie das meinen. Aber er hat hier großen
Einfluss. Das Management hört auf ihn. Wenn er wollte, könnte
er mir und meinen Mitarbeitern Schwierigkeiten machen.«

»Ich verstehe. Ich werde alles tun, um Ihre Namen aus dem
Gespräch herauszuhalten.«

»Dafür wäre ich Ihnen dankbar, und meine Leute auch.«

Avery schüttelte Bixby die Hand. »Haben Sie eine Visitenkarte, für den Fall, dass ich noch einmal Kontakt zu Ihnen aufnehmen muss?«

Bixby nahm eine Karte aus seiner Brieftasche. »Werden Sie
mich auf dem Laufenden halten?«

»Nach besten Kräften.«

»Danke.«

»Hill?«

»Ja?«

»Lind … er ist ein Hitzkopf. Er tickt nicht ganz sauber,
wenn Sie mich fragen.«

»Gut zu wissen. Noch mal danke für Ihre Hilfe.« Avery verließ die Umkleidekabine und folgte den Ausgang-Schildern durch das Labyrinth aus Gängen, bis er schließlich den Parkplatz erreichte. Dummerweise war es nicht der Parkplatz, auf dem er sein Auto abgestellt hatte. Als er außen um das Stadion herumging, dachte er daran, wie viel sich in vierundzwanzig Stunden verändern konnte. Die Stille in diesem Moment war das krasse Gegenteil zum Wutgebrüll der Fans, das auf Vasquez' unglücklichen Patzer gefolgt war.

Avery war nicht bei dem Spiel dabei gewesen, aber er hatte es im Fernsehen in seinem Hotelzimmer verfolgt. Irgendwann würde er sich darum kümmern müssen, einen dauerhaften Wohnsitz in der Hauptstadt zu finden. Nach diesem Fall, nahm er sich im Stillen vor. Dann würde er sich eine Wohnung besorgen.

Er rief das MPD an und bat die Zentrale, ins Dezernat durchgestellt zu werden.

»Detective Dominguez.«

»Hier spricht Agent Hill. Ich habe mich gefragt, ob ich ein paar Informationen loswerden kann, die bei der Vasquez-Ermittlung hilfreich sein könnten.«

»Selbstverständlich. Was haben Sie?«

»Wir müssen Garrett Collins, den Geschäftsführer, überprüfen lassen, einschließlich seiner Finanzen. Dasselbe gilt für Rick Lind, einen der Pitcher.«

»Sonst noch jemand?«

Avery dachte einen Moment darüber nach. »Ja, Jamie Clark, die Physiotherapeutin, und Bob Minor, den Manager.«

»Machen wir.«

»Gibt es bereits Informationen über Vasquez' Finanzen?«

»Noch nicht. Die Verbindungen zu den Banken in der Dominikanischen Republik scheinen unterbrochen zu sein. Wir arbeiten daran.«

»Hat das Material von den Überwachungskameras schon etwas erbracht?«

»Auch noch nicht.«

»Was ist mit seinem Wagen? Wurde der inzwischen gefunden?«

»Nach dem suchen wir noch genauso wie nach den Blutspuren.«

»Na, dann lasse ich euch mal weiterarbeiten. Danke für das Update.«

»Kein Problem. Danke für die Hinweise. Werden Sie zum Meeting um sieben da sein?«

»Ja.«

»Gut, bis später.«

So gern er sich mit Rick Lind unterhalten hätte, wollte er doch zuerst mit Sam sprechen. Morgen war auch noch ein Tag, und es war schon bald sieben Uhr in der Früh. Da er dringend Nahrung und Schlaf brauchte, stieg er in seinen Wagen und fuhr »nach Hause« zu seinem Hotel.

8. Kapitel

Als Nick Scotty endlich ins Bett gebracht hatte, war es zehn Uhr. Nach einem Besuch bei Celia und Skip hatte Nick den ganzen Abend mit seinem Jungen verbracht und über Willie und darüber, was mit ihm passiert war, gesprochen. Scotty war ein sehr sensibler Junge, in vieler Hinsicht schon weise, und Nick hatte ihm so viele Fragen beantwortet, wie er konnte. Doch einige Fragen würden wohl nie zufriedenstellend beantwortet werden, selbst wenn es Sam und ihrem Team gelingen sollte, die Puzzleteile zusammenzufügen und zu rekonstruieren, was mit Willie geschehen war.

Nick hatte eine dicke Mappe mit Unterlagen mit nach Hause genommen, die er vor den morgigen Sitzungen durchsehen musste, doch als Scotty endlich die Fragen ausgegangen waren, hatte er keine Kraft mehr gehabt. Er nahm sich vor, morgen früh vor den Sitzungen rasch hineinzuschauen.

Christina hatte den gesamten Tag damit zugebracht, die Wahlkampftermine zweier kompletter Tage umzulegen, damit Nick den Präsidenten bei seinem Top-Secret-Besuch der Truppen in Afghanistan begleiten konnte. Angesichts des Mordes an Vasquez und Sams Ermittlungen – sowie Scottys Trauer – wünschte Nick, er hätte diese Reise nicht zugesagt. Er wollte nicht unterwegs sein, wenn daheim so viel los war, aber er hatte einen Job zu erledigen. Er durfte die Chance nicht ungenutzt lassen, die in Afghanistan stationierten Truppen aus Virginia zu besuchen.

Nie würde er Sam gegenüber dieses kleine bisschen Angst zugeben, das er verspürt hatte, als Nelsons Stab ihm die Reise vorgeschlagen hatte. In einem riesigen Flugzeug, auf dem überall die US-Flagge zu sehen war, in ein Kriegsgebiet zu fliegen hatte er sich bisher eher nicht vorstellen können. Allerdings bestand sein ganzes Leben derzeit aus Momenten, die er sich vorher nicht hatte vorstellen können, und in der Air Force One mitzufliegen würde eine weitere unvergessliche Sache in einem an unvergesslichen Ereignissen reichen Jahr sein.

Er duschte und rasierte sich, bevor er sich zu Sam ins Bett legte und sich an sie schmiegte. Er wünschte, sie würde aufwachen, doch er wollte sie nicht stören. Seine Hand berührte einen Wollpullover, und da bemerkte er erst, dass sie noch in ihren Klamotten war. Offenbar war sie so müde gewesen, dass sie sich nicht einmal mehr ausgezogen hatte. Immerhin hatte sie ihre Schuhe abgestreift.

Er hielt den Atem an, da sie sich umdrehte und die Finger nach ihm ausstreckte, im Schlaf irgendetwas murmelnd. Nick schlang den Arm um sie und strich mit der anderen Hand über ihre Haare. »Schsch, es ist alles in Ordnung, Babe«, flüsterte er.

»Wie spät ist es?«

»Fast elf.«

»Oh, Gott sei Dank. Ich dachte, es ist schon Zeit zum Aufstehen.«

»Tut mir leid, wenn ich dich aufgeweckt habe.«

»Hast du nicht. Das war meine Blase.«

»Warum gehst du nicht und kümmerst dich darum, während ich dir deinen Platz im Bett warm halte?«

»Okay.« Sie stand auf und schleppte sich ins Badezimmer. Nachdem sie wenige Minuten später zurückkehrte, war Nick bereit für sie.

»Zieh doch mal deine dicken Sachen aus, damit du es bequemer hast.«

»Machst du mich gerade an?«

»Diesmal nicht«, erwiderte er lachend.

»Das ist enttäuschend.«

»Du brauchst Schlaf dringender als Sex.«

137

»Wer sagt das?«

Er half ihr aus dem Pullover und den Jeans. »Dein Ehemann, der stets weiß, was am besten für dich ist.« Nachdem sie nackt war bis auf die Unterwäsche, machte er ihr wieder Platz im Bett.

Sie schlüpfte zu ihm unter die Decke und kuschelte sich an ihn. Sowie sich ihre warmen, nackten Brüste an seinen Oberkörper pressten, fiel Nick auf, dass sie die Unterwäsche auch bereits abgestreift hatte. Er sagte sich, dass diese Nacht zum Schlafen sei und für nichts anderes. Red dir das nur schön weiter ein, dachte er und streichelte ihren Rücken, während ihre Hand seinen Bauch liebkoste.

Seine Reaktion folgte prompt und vorhersehbar – wie immer, wenn sie nur in der Nähe war. »Samantha ...«

»Was?«

»Schlaf wieder ein.«

»Das werde ich auch. Mir bleiben noch etliche Stunden, bevor ich im Hauptquartier sein muss. Jede Menge Zeit zum Schlafen.« Während sie sprach, ließ sie ihre Finger abwärts wandern, und all seine Bemühungen, Sex aus seinem Kopf zu verbannen, wurden zunichtegemacht, als ihr Handrücken seine Erektion berührte.

»Sam.«

»Ich hab doch gar nichts gemacht.«

»Hast du wohl. Du weißt genau, was du getan hast.«

»Ich kann nichts dafür, dass ich an etwas anderes als an Schlaf denken muss, wenn ich nackt mit dir im Bett liege.«

»Ich hätte unten schlafen sollen, dann hätte ich dich nicht gestört.«

»Nein, hättest du nicht. Du gehörst genau hierher.«

Er drehte sich auf die Seite, um sie anzuschauen, und sie nutzte die Gelegenheit, ihn sinnlich zu küssen.

»Du hast dir die Zähne geputzt«, stellte Nick fest.

»Und?«

»Also war das eine zielgerichtete Attacke.«

»Ich bekenne mich schuldig.«

»Na ja, wenn du dir schon solche Mühe gegeben hast ...«
Was sollte er sonst tun, als ihren Kuss zu erwidern? Sam
grinste dicht an seinen Lippen, und er drückte sie fester an sich.
Doch ganz gleich, wie nah er ihr sein mochte, es war nie nah
genug.

Als könnte sie seine Gedanken lesen, schlang sie die Arme
und Beine um ihn, sodass er gefangen war, an ihre nackte Haut
geschmiegt, ihren Duft nach Vanille und Lavendel einatmend,
der ihn immer wieder aufs Neue erregte. Es war *ihr* Duft, der
Duft seiner Frau, seiner einzigen Liebe.

Ohne den Kuss zu unterbrechen, umfasste er ihre Brüste
und rieb die Spitzen mit den Daumen, was Sam ein Stöhnen
entlockte. Und dann saugte sie an seiner Zunge, was sein Verlangen anfachte. Er drehte sich mit ihr zusammen um, sodass
er auf ihr lag.

Wie jedes Mal empfing Sam ihn, indem sie ihre Beine um
seine Hüften legte. Nie zuvor hatte er sich bei irgendwem so
zu Hause gefühlt wie bei ihr. Ihr Schlafbedürfnis im Hinterkopf behaltend, sorgte er für mehr Tempo, als ihm lieb war,
und drang tief in sie ein, direkt ins Paradies.

Sie unterbrach den Kuss und sog scharf die Luft ein.

»Ist alles in Ordnung?«, erkundigte er sich und verließ sich
darauf, dass seine rigide Selbstbeherrschung lange genug an-
hielt, bis sie geantwortet hatte.

»Hm, und wie. Ich liebe das. Ich liebe *dich*.«

»Ich liebe dich auch. Mehr als alles.«

Sie bewegten sich zusammen, als wären sie seit Jahren ein
Liebespaar, nicht erst seit Monaten. Andererseits hatten sie inzwischen viel Übung, seit sie kurz vor Weihnachten wieder
zusammengefunden hatten. Er beugte den Kopf herunter, fand
ihre Brustwarze und zupfte und saugte daran, was Sam jedes
Mal wild machte.

Sowie sich ihre Muskeln anspannten, wusste er, wie sehr ihr gefiel, was er tat. Also tat er es noch einmal und noch einmal und noch einmal, bis sie gemeinsam zu einem überwältigenden, aufwühlenden Höhepunkt gelangten, der überhaupt nicht mehr enden zu wollen schien. Zumindest fühlte es sich für ihn so an. Er hatte keine Ahnung, was Sam so anders machte als die anderen Frauen, mit denen er geschlafen hatte. Nichts in seinem Leben war vergleichbar mit dem unfassbaren Verlangen, das sie in ihm zu wecken vermochte. Und wenn er tausend Jahre alt wurde, er würde nie genug von ihr kriegen.

»Schlaf ist dermaßen überschätzt«, meinte sie nach einem langen zufriedenen Schweigen.

»Das sagst du immer, und dann kriegst du zu wenig, und wir müssen darunter leiden.«

Sie kniff ihn in den Po, was ihn erschreckte und dazu führte, dass er noch tiefer in sie eindrang. Sam schnappte nach Luft und grub die Nägel in sein Hinterteil, damit er genau dort blieb, wo er war.

»Genug, du sexbesessenes Weib. Heute Nacht bekommst du es nur einmal.«

»Im Ernst?«

»Ja. Ich bin dein Ehemann, ich habe das Sagen.« Ihm war absolut klar, dass diese Worte sie auf die Palme bringen würden – und sie hoffentlich von jedem Gedanken an Sex ablenkten, damit sie weiterschlafen konnte.

»Und ich bin die kleine Frau, die stets tut, was ihr Mann befiehlt.«

Belustigt von ihrer Erwiderung schob er die Hand unter sie und drückte ihre Pobacken zur Erinnerung an andere, noch nicht lange zurückliegende Aktivitäten im Bett. Seit er entdeckt hatte, dass seine wundervolle Frau geradezu den Verstand verlor, wenn er ihr den Hintern versohlte, nutzte er jede Gelegenheit, um die Lust in ihr zu wecken. »Noch nicht, aber wir arbeiten an deinem Gehorsam.«

Dieser Bemerkung folgte ein weiteres Anspannen ihrer Muskeln, was ihm eine steinharte Erektion bescherte, obwohl er eigentlich das Gegenteil hatte erreichen wollen.

Sie lachte, und ihre Lippen streiften sein Ohr, was ihn noch stärker erregte. Möglicherweise wäre es eine gute Idee, endlich zuzugeben, dass er völlig machtlos war, was sie betraf. Aber im Grunde musste er gar nichts zugeben. Sie wusste es ja längst. Wie könnte sie auch nicht, wenn der Beweis mit jeder Sekunde in ihr härter wurde?

Sie ließ ihre Hände über seinen Po gleiten und tauchte mit dem Mittelfinger zwischen seine Backen, was ihm um ein Haar den zweiten Orgasmus bescherte.

»Sam, verdammt, was stellst du mit mir an?«, fragte er, während sie mehrere Male ihren Finger kreisen ließ, ehe sie die Unterseite seiner Hoden streichelte.

»Ich beweise bloß, dass du keineswegs immer das Kommando hast.«

»Als ob es da eines Beweises bedürfte.«

»Betrachte es als kleine Erinnerung.« Sie glitt mit der Zunge in sein Ohr, während sie den Mittelfinger wieder hinaufwandern ließ, um ihn ein bisschen weiter zu reizen. Mit jedem weiteren Monat, der verging, waren sie wagemutiger geworden. Sobald er dachte, es könnte nicht noch aufregender werden zwischen ihnen, bewies sie ihm das Gegenteil, indem sie, wie in diesem Augenblick zum Beispiel, mit der Fingerspitze in ihn eindrang.

Glühende Leidenschaft loderte in ihm auf und trieb ihn dazu, Sam hart und schnell zu nehmen. Und er hatte den Verdacht, dass das von Anfang an ihr Ziel gewesen war. Innerhalb kürzester Zeit kam er erneut, noch intensiver als beim ersten Mal. Glücklicherweise gelangten sie gleichzeitig zum Höhepunkt, denn sie hatte ihm die letzte Kraft geraubt.

Während er auf ihr lag, noch schwer atmend und pulsierend, machte sie das mit seinem Ohr schon wieder, weshalb er beinah um Gnade gewinselt hätte.

»Sag mir Bescheid, sobald du wieder das Kommando haben willst«, flüsterte sie ihm zu und brachte ihn damit zum Lachen.

»Du hast mich in deinen willigen Sklaven verwandelt.«

Das brachte wiederum sie zum Lachen. »Habe ich, nicht wahr?«

»Du weißt genau, was du mit mir gemacht hast.«

»Nichts, was du nicht schon mit mir gemacht hättest.«

»Du weckst in mir den Wunsch nach Rache.«

»Ich bitte darum.«

»Ich werde mir was überlegen.« Er hob den Kopf, der bis dahin auf ihrer Brust geruht hatte, und küsste sie. »Du musst schlafen.«

»Ich weiß«, erwiderte sie und strich ihm die Haare aus der Stirn; diese Geste rührte ihn stets aufs Neue. Niemand hatte ihn je so geliebt wie sie. »Doch wir haben die Zeit sehr sinnvoll verbracht.«

»Du wirst keine Klagen von mir hören.« Widerstrebend zog er sich aus ihr zurück, drehte sich auf den Rücken und nahm auffordernd den Arm hoch.

Sie schmiegte sich an ihn, legte den Kopf auf seine Brust und die Hand auf seinen Bauch. »Begleitest du nun den Präsidenten auf dieser wichtigen Reise?«

»Sieht ganz danach aus.«

»Oh. Okay.«

Er drückte sie fester. »Wird schon alles gut gehen, Babe. Das verspreche ich dir.«

»Wenn du es sagst. Was ist mit dem Jungen?«

»Er ist voller Fragen und noch fassungslos. Es war ein harter Nachmittag und Abend, aber wir haben es bewältigt.«

»Tut mir leid, dass ich nicht da sein konnte, um zu helfen.«

»Er wusste ja, wo du warst und was du tust. Einmal meinte er, er sei froh, dass du nach Willies Mörder suchst, denn wenn jemand den finden könne, dann du.«

»Ich hoffe, ich werde ihn nicht enttäuschen. Wir haben noch einen riesigen Berg Arbeit vor uns. Denn wo sollen wir überhaupt anfangen, wenn so viele Leute einen Hass auf ihn hatten?«

»Ich nehme an, ihr macht es wie immer und wartet darauf, dass irgendein Hinweis auftaucht.«

»Ja, vermutlich. Hoffentlich ist über Nacht ein Hinweis aufgetaucht, der uns morgen in eine Richtung führt.«

Er küsste sie auf die Stirn und streichelte ihr Gesicht. »Und jetzt schalte mal dein Gehirn aus und schlaf eine Weile, wenn du kannst.«

»Mach ich. Doch vorher musst du mir von der lustigen Sache erzählen, die mit Scotty passiert ist.«

Nick lachte. »Du glaubst nicht, wonach er mich gefragt hat.«

»Was denn?«

»Blowjobs.«

Sam hob den Kopf von seiner Brust, und er wünschte sich, das Licht wäre eingeschaltet gewesen, um ihren Gesichtsausdruck sehen zu können. »Willst du mich auf den Arm nehmen? Wo zum Geier hat er das aufgeschnappt?«

»In der Schule, wo sonst?«

»Ich wusste, wir hätten ihn zu den Quäkern schicken sollen. Ich wette, die reden nicht über solche Sachen.«

»Alle Jungs reden über so was, egal, auf welcher Schule sie sind.«

»Er ist zu jung, um an Blowjobs zu denken.«

»Er ist nicht zu jung, doch zum Glück denkt er anders darüber als wir. Als ich ihm nämlich erklärte, was das bedeutet, hat er ziemlich angewidert reagiert.«

»Du hast ihm erklärt, was es bedeutet?«

»Selbstverständlich. Ich kann ihn doch nicht wie ein kleines Kind behandeln.«

»Stimmt auch wieder. Was genau hast du denn erzählt?«

143

»Dass man das so nennt, wenn ein Mädchen einen da unten küsst.«

»Oh nein!« Sie stieß einen Protestlaut aus und presste ihr Gesicht an seine Brust. »Ich sterbe, echt!«

Er fuhr ihr durch die Haare. »Tu das nicht. Ich brauche dich viel zu sehr.«

»Er fand es eklig, ja?«

»Ja. Er meinte, wer auf so was steht, mit dem stimmt was nicht. Worauf ich erwiderte, dass mit mir durchaus alles stimmt.«

»Das hast du nicht! Oh mein Gott, Nick! Jetzt weiß er, dass wir das tun. Besser gesagt, dass *ich* das tue.«

»Na und? Gehört zum Leben. Warum sollen wir so tun, als ob das zwischen uns nicht passieren würde?«

»Du liebe Zeit«, sagte sie seufzend und bettete den Kopf wieder auf seiner Brust. »Ich bin nicht dafür geschaffen, Mutter zu sein.«

»Und ob du das bist«, widersprach er amüsiert. »Die Herausforderung besteht darin, dass wir direkt mit der beginnenden Pubertät konfrontiert sind und uns nicht in den Jahren davor darauf einstellen konnten. Jetzt müssen wir bereit sein, denn das geht schnell und heftig los, ob es uns nun gefällt oder nicht.«

»Ich würde mich gern aus diesen Vokabel-Erläuterungen ausklinken.«

»Kein Problem«, erwiderte er grinsend, »dann kümmere ich mich eben um alles in der Penis-Abteilung.«

»Das wäre schrecklich nett von dir. Warst du sehr erschrocken, als er dich danach gefragt hat?«

»Absolut. Gleichzeitig musste ich mich zusammenreißen, um nicht laut zu lachen. Du hättest mal sein Gesicht sehen sollen, als ich es ihm erklärt habe. Ich wünschte, du wärst dabei gewesen, um mir beizustehen.«

»Na, ich wäre dir keine große Hilfe gewesen, weil ich dauernd gekreischt hätte. Ich hätte nie gedacht, dass ich einmal dankbar dafür sein würde, wegen eines Mordes nicht zu Hause sein zu können.«

Er presste sie an sich, glücklich darüber, sie zu haben, ihren Sohn, ihr gemeinsames Leben. Er hatte alles, wovon er je geträumt hatte, und es war besser, als er sich je hätte ausmalen können. »Ich liebe dich, Babe.«

»Hm, ich liebe dich auch.«

Noch lange nachdem sie eingeschlafen war, lag er wach und genoss es, ihren Kopf auf seiner Brust zu spüren.

Sam wachte eine ganze Weile später von einem Geräusch im Flur auf. Mühsam stieg sie aus dem Bett, zog einen Bademantel an und ging nachschauen. Als sie aus dem Schlafzimmer trat, wäre sie fast über Scotty gestolpert, der zusammengekauert vor der Tür saß.

Sam kniete sich neben ihn und legte die Hand auf seinen Rücken. »Hey, Kumpel, was ist los?«

»Ich hatte einen Albtraum«, sagte er schniefend.

Sie fragte sich, wie lange er dort schon hockte. »Du hättest hereinkommen können.«

»Ich wollte euch nicht stören.«

»Du hättest uns nicht gestört.« Sam nahm ihn in den Arm, woraufhin er sie drückte und herzzerreißend schluchzte. Prompt stiegen ihr Tränen in die Augen. So aufgewühlt hatte sie ihn noch nie erlebt. »Du kannst uns gar nicht stören. Wann immer du uns brauchst, komm rein. Verstanden?«

Er nickte und klammerte sich an sie. In diesem Moment begriff Sam, dass er zwar schnell wuchs, in vieler Hinsicht aber noch ein kleiner Junge war, der nach wie vor eine Mutter brauchte. Liebend gern war sie das für ihn.

»Soll ich dich wieder zurück in dein Bett bringen?«

Er schüttelte den Kopf und drückte sie noch fester.

»Ich bleibe auch bei dir.«

»Echt?«

»Klar. Los, es ist kalt hier draußen.« Sie half ihm auf, brachte ihn ins Bett und deckte ihn mit seiner Red-Sox-Decke zu, für die er sich nach langem Hin und Her zwischen Sport- und Superhelden entschieden hatte. Die Wände seines Zimmers waren mit Postern tapeziert, was in dem staatlichen Heim, in dem er gelebt hatte, verboten gewesen war. Nick hatte auf so vielen Postern bestanden, wie überhaupt an die Wände passten. Im Schein des Nachtlichts wachte Spiderman von der Decke aus über sie. »Rück mal ein Stück, Mister. Jetzt komme ich.«

Er grinste, während sie eine kleine Show daraus machte, in sein Bett zu steigen, und dabei »aus Versehen« ein paar seiner kitzligen Stellen berührte, was ihn erst recht zum Lachen brachte. Sein Lachen war ihr jedenfalls lieber als die Tränen, die für ihn so untypisch waren.

»Kuschele dich an mich, mir ist kalt«, forderte sie ihn auf.

Er schmiegte sich an sie, und Sam umarmte ihn. Ihre Wange ruhte an seinen seidigen Haaren.

»Möchtest du darüber reden?«, fragte sie.

»Nein.«

»Du brauchst keine Angst zu haben. Du bist hier sicher, das weißt du, oder?«

»Ja, das weiß ich.«

»Ging es um Willie?«

»Ja, auch …«

»Es tut mir leid, dass du traurig bist. Was mit Willie passiert ist, sollte niemandem zustoßen.«

»Ich verstehe nicht, wie jemand ihn wegen eines verfehlten Balls töten kann.«

»Ich verstehe es genauso wenig, aber manche Leute steigern sich in solche Sportereignisse hinein. Die verlieren komplett die Kontrolle.«

»Ich habe online gelesen, dass er Kinder hat. Kleine Kinder.«

»Ja«, bestätigte Sam gequält.

»Hast du sie kennengelernt?«

»Eines der beiden. Miguel. Er ist vier.«

»Es ist so traurig, dass er sich an seinen Dad nicht erinnern wird. Meine Mom und mein Grandpa starben, als ich sechs war. Ich erinnere mich kaum an sie. Und er ist erst vier.«

Gerührt von seinem Mitgefühl und seinem Kummer drückte Sam ihn fester an sich. »Ich wünschte, ich könnte dich irgendwie aufmuntern.«

»Das Kuscheln hilft schon.«

Sam lächelte. »Mir auch. Du solltest versuchen, wieder einzuschlafen, damit du morgen nicht superdupermüde bist.«

»Versprichst du mir, dass du nicht gehst?«

»Ich verspreche es. Und ich verrate dir noch ein kleines Geheimnis.«

»Welches?«

Mit verschwörerischem Flüstern sagte Sam: »Du kuschelst viel besser als Nick.« In Wahrheit kuschelte natürlich niemand besser als ihr Mann, doch das brauchte Scotty ja nicht zu wissen.

Er lachte, und genau auf diese Reaktion hatte sie gehofft.

»Das darfst du ihm nicht erzählen«, betonte sie.

»Mach ich nicht. Keine Sorge.« Während er sich merklich entspannte, strich sie in kreisenden Bewegungen über seinen Rücken.

»Sam?«

»Hm?«

»Es ist wirklich schön, wieder eine Mom zu haben.«

Du lieber Himmel, er würde sie noch zum Weinen bringen! »Es ist das absolut Beste, einen Sohn zu haben, der so lieb ist wie du. Ich hatte keinen Schimmer, wie toll Söhne sein können.« Sie küsste ihn auf den Kopf. »Hab dich lieb, Kumpel. Versuch zu schlafen. Ich bin bei dir, versprochen.«

Sie kraulte seinen Rücken noch, lange nachdem er in ihren Armen eingeschlafen war.

Als Sams Wecker um sechs klingelte, merkte Nick, dass er allein im Bett lag. Er fuhr sich durch die Haare, streckte sich und stand auf, um sich eine Jogginghose zu holen, bevor er sich auf die Suche nach seiner Frau machte.

Im Flur sah er, dass Scottys Tür einen Spaltbreit offen stand, und spähte hinein, um nachzuschauen, ob der Junge seine Decke wieder weggestrampelt hatte, wie er das in den meisten Nächten tat.

Zu seinem Erstaunen entdeckte er Sam und Scotty eng aneinandergekuschelt. Beide schliefen tief und fest. Er betrachtete die zwei eine Weile, zutiefst gerührt davon, dass sie bei dem Jungen schlief, den sie beide so sehr liebten. Er betrat das Zimmer und fragte sich, was er letzte Nacht verpasst hatte.

Er beugte sich herunter, um ihr einen Kuss auf die Wange zu geben. »Sam.« Da sie sich nicht rührte, küsste er sie erneut. »Samantha.« Er sprach leise, um Scotty nicht zu wecken.

»Hmm?«

»Es ist sechs, Liebes«, flüsterte er.

»Nein, ist es nicht.«

»Doch«, meinte er leise lachend und strich ihr die Haare aus dem Gesicht. »Was war denn los?«

»Er hatte einen Albtraum. Ich hörte ihn auf dem Flur. Er wollte nicht ins Schlafzimmer kommen, um uns nicht zu stören.«

Scotty schlief weiter, während sie sich gedämpft miteinander unterhielten.

»Der Ärmste. Er hätte doch ruhig reinkommen können.«

»Das habe ich ihm auch gesagt.«

»Wie spät war es?«

»Ich habe keine Ahnung. Vielleicht sollten wir ihn heute Morgen ein bisschen länger schlafen lassen. Shelby kann ihn nachher zur Schule bringen, wenn er wach ist.«

»Klingt gut. Du musst los zu deinem Meeting.«

»Ich habe ihm versprochen, dass ich nicht weggehe.«

»Ich werde ihm sagen, dass du geblieben bist, bis du zur Arbeit musstest. Er weiß, dass du einen Job zu erledigen hast.«

Sichtlich widerstrebend befreite Sam sich aus Scottys Umarmung und erhob sich. Behutsam deckte sie ihn wieder zu und drückte ihm einen Kuss auf die Stirn. »In Zeiten wie diesen hasse ich es, einen Job zu haben, der so viel von meiner Zeit beansprucht.«

Im Flur zog Nick sie in seine Arme. »Ich habe es schon einmal gesagt, und ich sage es noch mal: Ich habe deinen Job immer gehasst.«

»Ich weiß, ich weiß.« Sie stellte sich auf die Zehenspitzen, um ihn zu küssen. »Muss unter die Dusche.«

»Willst du ein bisschen Gesellschaft?«

Sie grinste über seinen Versuch, eine vollkommene Unschuldsmiene aufzusetzen. »Reden wir hier über dich, oder ist da noch jemand anders, den du mir hinterherschickst?«

»Sehr witzig, Samantha.« Er gab ihr einen Klaps auf den Po und dirigierte sie ins Badezimmer, wo er die Tür abschloss – vorsichtshalber. »Apropos jemand anders«, meinte er, während er ihr dabei zusah, wie sie den Bademantel ablegte. Er schob sich die Jogginghose herunter und warf sie auf einen Wäscheberg auf dem Fußboden. »Ich habe deinen Freund Hill gestern Abend getroffen, nachdem er dich nach Hause gebracht hatte.«

»Er ist nicht mein Freund, sondern mein Kollege.« Sie beugte sich in die Dusche, um das Wasser anzustellen, und bot ihm dabei einen spektakulären Blick auf ihren spektakulären Po. »Und er hat mich nach Hause gebracht, weil ich zu müde war, um sicher fahren zu können. Mehr steckte nicht dahinter.«

»Zumindest für dich nicht.«

Sie drehte sich zu ihm um, nackt und wütend und absolut wundervoll. »Was zur Hölle soll das nun wieder bedeuten?«

Er ging zu ihr, legte den Arm um sie und drückte sie fest an sich. »Es bedeutet, dass ich diesen Kerl wirklich nicht mag, wie du sehr wohl weißt.«

»Und wie du sehr wohl weißt, habe ich keinen Einfluss darauf, wen Direktor Hamilton mit der Leitung der Ermittlungen betraut.«

»Nein, hast du nicht, doch wahrscheinlich könnte ich da was drehen.«

Sie starrte ihn mit offenem Mund an, dann verengten sich ihre Augen vor Wut zu schmalen Schlitzen, womit er natürlich gerechnet hatte. »Wage es ja nicht, seine Karriere zu manipulieren! Das ist unter deinem Niveau.«

In diesem Fall war es das nicht, aber klugerweise behielt er den Gedanken für sich, da es ihm bereits gelungen war, sie wütend zu machen. Nick starrte sie ebenfalls finster an und stieg zu ihr unter die Dusche. »Ich hasse es, wenn du mir den Spaß verdirbst.«

»Ich hasse es, wenn du dich wegen nichts wie ein eifersüchtiger Narr verhältst. Und PS: Er ist an Shelby interessiert, nicht an mir.«

»Er ist an *dir* interessiert und geht nur deshalb mit ihr aus, weil sie nah an *dir* dran ist.«

»Erzähl ihr das um Himmels willen bloß nicht. Ich glaube, sie mag ihn wirklich.«

»Irgendwer muss es ja tun.«

»Du bist ein Idiot, weißt du das?« Sie kniff in seine Brustwarzen und zog an seinen Brusthaaren, was ihm die Tränen in die Augen trieb.

»Autsch! Das tut weh!«

»Gut. Mit wem stehe ich denn hier nackt unter der Dusche? Mit ihm oder mit dir?«

»Du solltest besser nicht mit ihm nackt unter der Dusche stehen.«

»Ach, du treibst mich in den Wahnsinn! Benimm dich nicht wie ein eifersüchtiger Blödmann. Das ertrage ich nicht.«

»Und ich ertrage die Vorstellung nicht, dass ein anderer Kerl hinter dir her ist. Das treibt mich in den Wahnsinn.«

»Ich habe es schon einmal gesagt, und ich werde es so lange wiederholen, bis du es endlich kapierst, du großer Dummkopf: Er bedeutet mir *nichts*. Also hör auf, Probleme zu sehen, wo es keine gibt, und schlaf lieber mit deiner Frau, bevor du noch irgendetwas von dir gibst, was dir eine Menge Ärger einbringt.«

»Ich will aber nicht mit meiner Frau schlafen. Die ist bösartig und beschimpft mich.«

Sie verdrehte ihre wundervollen blauen Augen. »Soll das eine Herausforderung sein?«

»Das kannst du auffassen, wie du willst«, erwiderte er mit gespieltem Desinteresse. Er mochte es, ihren Zorn zu wecken. Er füllte seine Hände mit Seife und schloss die Augen, um sein Gesicht zu waschen. Plötzlich spürte er ihre Lippen auf seiner Haut und schluckte prompt Seifenwasser, das er sofort hustend ausspuckte. Nachdem er seine Augen von der Seife befreit hatte, erblickte er Sam, die nun vor ihm kniete. »Oh Mann! Was zum Geier …?«

»All das Gerede von Blowjobs letzte Nacht hat mich inspiriert.«

»Sam, warte …«

»Halt den Mund. Du hattest die Chance, es auf deine Weise zu machen. Aber du hast gesagt, du willst nicht, also habe ich jetzt das Kommando.«

»Sam …« Wow, sie war wirklich gut in dem, was sie da tat, und setzte ihre Zunge und ihre Hände genau richtig ein. Verdammt, sie machte ihn erneut zu ihrem Sexsklaven, indem sie erst sacht ihre Lippen um ihn legte und ihn dann tief in ihren Mund aufnahm. »Shit«, murmelte er und behielt nur mit Mühe die Beherrschung.

Sam umfasste mit der Hand seine Hoden und drückte sanft zu, und damit war es um ihn geschehen. Triumphierend lächelnd erhob sie sich und schaute ihn an. »War keine so große Herausforderung. Nächstes Mal kämpfst du vielleicht ein bisschen härter.«

»Ich werde das im Hinterkopf behalten«, meinte er, noch immer außer Atem, während sie anfing, ihre Haare zu waschen.

»Ich muss los, Senator«, erklärte sie wenig später. »Schönen Tag noch.«

»Sam.«

»Was?«

Er streckte die Hand nach ihr aus. »Komm her.«

Mit skeptischer Miene kam sie näher. »Warum?«

Zärtlich küsste er sie. »Ich liebe dich.«

»Das weiß ich. Ich liebe dich auch, selbst wenn du dich wie ein Idiot aufführst.«

»Hill ist mir völlig egal, und dir auch, das weiß ich.«

»Warum fängst du dann immer wieder mit ihm an?«

»Weil es mir Spaß macht, dich zu ärgern.« Er wackelte mit den Brauen, um seine Worte zu unterstreichen.

Ungläubig starrte sie ihn an. »Moment mal, du hast mich bloß aufgezogen?«

Nick zuckte grinsend die Achseln. »Ach, Babe, das wäre doch wohl schrecklich gemein von mir, oder?«

Sie kniff die Augen zusammen, pikste ihm den Zeigefinger in den Bauch und drehte sich um. »Das bedeutet Krieg!«, rief sie ihm über die Schulter zu.

»Ich freue mich schon darauf.«

In seinem zehnten trockenen Monat wusste Terry seinen neuen Alltag zu schätzen. Er wohnte inzwischen beinah bei seiner Freundin Dr. Lindsey McNamara in Adams Morgan. Er liebte es, neben ihrem wunderschönen Gesicht auf dem Kissen aufzuwachen. An manchen Tagen, so wie an diesem, blieben sie so lange wie möglich im Bett liegen. Sie lachten zusammen, redeten und liebten sich langsam und hingebungsvoll, bis er zwar zutiefst befriedigt war, ihm aber keine Zeit mehr blieb für sein AA-Meeting, das er meistens noch vor der Arbeit besuchte.

Er beschloss, zum Mittags-Meeting in Capitol Hill oder zu einem anderen nach der Arbeit zu gehen, falls er aus dem Büro nicht wegkam. Terry bemühte sich, ein Meeting pro Tag zu schaffen, doch wegen des vollen Terminkalenders während des Wahlkampfes ließ er hin und wieder einen Tag aus. Allerdings nicht viele.

Seine hart erkämpfte Nüchternheit gehörte zu den wichtigsten Dingen in seinem neuen Leben, das um Längen besser war als sein altes nutzloses Dasein. Ihm fehlten die Worte, es zu beschreiben. Und der beste Teil daran war mit Abstand seine Beziehung zu Lindsey, gefolgt von seinem Job als Nick Cappuanos stellvertretender Stabschef.

Nachdem er nun geduscht und sich rasiert hatte, fand er eine Tasche aus der Reinigung in dem Kleiderschrank, in dem Lindsey Platz für seine Anzüge gemacht hatte. Obwohl er nach wie vor eine eigene Wohnung hatte, hielt er sich nur selten dort auf, höchstens mal, um die Blumen zu gießen, die Post zu holen und Rechnungen zu bezahlen.

Er band sich gerade seine rote Seidenkrawatte um, als Lindsey mit frischem Kaffee ins Badezimmer kam. Sie hatte ihn genauso zubereitet, wie er ihn mochte – schwarz mit einer Spur Zucker. »Danke, Schatz. Und danke, dass du meine Sachen aus der Reinigung abgeholt hast. Du bist so gut zu mir.«

Sie tätschelte seine Wange und küsste ihn. »Du bist genauso gut zu mir«, sagte sie augenzwinkernd, was eine nicht allzu subtile Anspielung auf den Bonus-Orgasmus war, den er ihr beschert hatte, ehe er sie aus dem Bett aufstehen ließ.

»Sind die Zeitungen schon gekommen?« Er hatte alle wichtigen Zeitungen abonniert und ließ sie jetzt an ihre Adresse schicken, da er morgens meistens bei ihr war.

»Die liegen auf dem Küchentisch. Was steht auf dem Programm heute?«

»Wir haben nach der Arbeit eine Wahlkampfveranstaltung in Arlington. Es dürfte nicht allzu spät werden, falls du noch Lust hast, irgendwo was zu essen zu holen.«

»Das hört sich gut an. Byron hat heute Morgen Frühschicht, deshalb muss ich ohnehin bis um sieben arbeiten.«

»Perfekt.« Er überraschte sie, indem er den Arm um ihre Taille schlang und sie an seine Brust zog. Sanft knabberte er an ihrem Hals, was sie erschauern ließ. »Habe ich dir heute schon gesagt, dass ich dich liebe?«

»Bloß ein paarmal.«

»Ich lasse nach.«

»Das wollte ich auch schon ansprechen.«

Terry hatte eine solche Beziehung wie diese noch nie geführt. Sie redeten und lachten und nahmen sich gegenseitig auf den Arm. Außerdem liebten sie sich leidenschaftlich und lachten sogar im Bett. Das Fundament dieser Beziehung bildeten gegenseitiger Respekt und Bewunderung. Demütig gab er sich jeden Tag aufs Neue Mühe, sich ihre Liebe zu verdienen. Die Vorstellung, ihre Achtung oder Liebe zu verlieren, sorgte dafür, dass er nüchtern blieb. So einfach war das.

Sie umfasste sein Gesicht. »Ich liebe dich auch.«

Terry schaute in ihre hellgrünen Augen, auf ihre Sommersprossen um die Nase und die rosa Lippen, die nach dem Kuss ganz leicht geschwollen waren. Er wickelte eine rote Strähne um die Faust. »Wenn ich daran denke, wie ich noch vor einem Jahr gelebt habe ... Ich hatte ja keine Ahnung, dass das Leben so wundervoll sein kann.«

»Mein Leben war völlig in Ordnung vorher, aber jetzt ist es noch viel besser als perfekt.«

Sie lächelten einander liebevoll an, sodass er fast seinen Tag voller Meetings und Wahlkampf vergessen hätte. »Nach der

Wahl möchte ich mal eine Woche aus der Stadt verschwinden. Bist du dabei?«

»Ja, bitte. Ich weiß schon gar nicht mehr, wann ich zuletzt Urlaub hatte.«

»Dann lass uns bald etwas buchen. Ich suche etwas heraus.« Er ließ ihr Haar los, sodass es seidig weich durch seine Finger glitt, woraufhin sie seine Hand nahm und ihn in die Küche führte. »Irgendwelche Vorlieben, was unser Urlaubsziel angeht?«

»Heißer Sand. Drinks mit Papierschirmchen. Sehr klares blaues Wasser.«

»Okay«, sagte er, amüsiert über ihre prompte Antwort. Nichts anderes hatte er von ihr erwartet. »Deine Einstellung gefällt mir.«

»Bagel?«, fragte sie und hielt die Tüte von ihrem gemeinsamen Einkauf am Abend zuvor hoch.

»Gern. Danke.« Während er auf den Toaster wartete, überflog er die Schlagzeilen der *Washington Post*, des *Washington Star* sowie der *New York Times*. Er schlug den *Star* auf, um die Nachrichten aus der Politik zu studieren, und ein Artikel auf Seite zwei weckte seine Aufmerksamkeit: *Verbindung zwischen Feuer in Thailand und US-Firma*.

Er las den Bericht über den Brand in einer Fabrik, dem im Sommer mehr als dreihundert junge Frauen zum Opfer gefallen waren. Die Ermittlungen hatten eine Verbindung zum Textilgiganten Lexicore ergeben.

Terry gab einen erschrockenen Laut von sich, als ihm der Name Lexicore ins Auge sprang. »Oh nein«, flüsterte er. »Verdammt.«

Lindsey trug zwei Teller mit Bagels, dick bestrichen mit Frischkäse, zu ihm an den Küchentresen. »Terry? Was ist denn? Was ist los?«

»Erinnerst du dich an das Feuer in Thailand im letzten Sommer, bei dem all diese jungen Frauen umgekommen sind?«

155

Sie nickte. »Waren da nicht die Türen von außen verriegelt oder etwas in der Art?«

»Genau.«

»Grauenhaft. Was ist damit?«

»Die Fabrik gehört zu Lexicore.«

»Die große US-Firma?«

»Exakt die. Mein Dad kennt den Chef des Unternehmens gut und ist Großaktionär. Als mein Bruder starb, hinterließ er Nick eine Lebensversicherung in Höhe von zwei Millionen Dollar, und den größten Teil davon hat er für Nick investiert – unter anderem in Lexicore.«

»Oh nein!«, rief Lindsey entsetzt. »Um Himmels willen.«

»Und nun berichtet die Presse über die Verbindung zu Lexicore. Ausgerechnet jetzt, so kurz vor den Wahlen.« Er zog sein Handy aus der Tasche und suchte die Nummer seines Vaters in seiner Kontaktliste.

»Guten Morgen, mein Sohn«, meldete Graham sich. »Das ist eine nette Überraschung.«

»Dad, wir haben ein Riesenproblem.«

9. Kapitel

Sam erreichte das Hauptquartier kurz vor dem Meeting, das sie anberaumt hatte, und konnte es kaum erwarten, nach einer Nacht mit ausreichendem Schlaf die Ermittlungen wieder aufzunehmen. Trotz der Unterbrechungen während der Nacht fühlte sie sich ausgeruht, mit neuer Energie aufgeladen und entschlossen, echte Fortschritte in dem Fall zu machen.

Ihr erster Halt war das Kommissariat, um mit Carlucci und Dominguez, den Detectives von der Nachtschicht, zu sprechen. »Was habt ihr, Ladys?«

»Guten Morgen, Lieutenant«, begrüßte Carlucci sie, ein Gähnen unterdrückend. »Den Autopsiebericht sowie Fotos von Dr. McNamara, die letzte Nacht hereinkamen. Das Opfer starb infolge einer einzigen Stichwunde in die Brust, die die Aorta verletzte. Die Gerichtsmedizinerin grenzt den Todeszeitpunkt zwischen zwei und vier gestern Morgen ein.«

Sam öffnete den Umschlag, schaute die Fotos durch und überflog Lindseys Bericht. Stirnrunzelnd erkannte sie, dass darin nichts stand, was sie nicht bereits wusste.

»Wir haben uns die ganze Nacht die Bänder der Überwachungskameras angesehen«, fuhr Carlucci fort, »und wir konnten die Szene finden, in der Miss Clark an der Metrostation L'Enfant Plaza abgesetzt wurde. Das Opfer fädelte sich wieder in den Verkehr auf der Maryland Avenue ein, und das war's.«

»In welche Richtung fuhr er?«

»Richtung Georgetown.«

»Was immer auch geschehen sein mag, es passierte zwischen L'Enfant und Georgetown.«

»Das ist aber ein ziemlich großes Gebiet«, bemerkte Dominguez.

»Schon irgendetwas Neues über den Wagen oder die Blutspuren?«

»Weder noch«, antwortete Carlucci. »Aufgrund seiner Befragungen des Teampersonals gestern Abend bat Agent Hill uns, Nachforschungen über einige Leute anzustellen, auch über deren finanzielle Situation.«

Es ärgerte Sam, dass Hill ihren Leuten Aufträge erteilte, doch das laut zu äußern wäre kindisch und kontraproduktiv, deshalb unterließ sie es. »Ist etwas dabei herausgekommen?«

»Der Geschäftsführer Garrett Collins steckt bis zum Hals in Schulden.« Carlucci reichte Sam einen Ausdruck, der eine finanziell düstere Situation dokumentierte.

»Sieh mal an, was haben wir denn hier?«, meinte Sam, die dreiseitige Liste von Kreditinstituten überfliegend. »Der Typ verdient siebenstellige Beträge und bezahlt seine Kabel-TV-Rechnung nicht?«

»Das haben wir auch gesagt.«

Einer Ahnung folgend sagte Sam: »Bringt ihn zur weiteren Befragung her.«

»Was ist mit dem Meeting?«, wollte Dominguez wissen.

»Ihr könnt später dazustoßen, falls das Treffen noch nicht beendet ist. Bevor ihr aufbrecht, druckt mir bitte noch ein Foto vom lebenden Willie aus, im Trikot, ja?«

»Geht klar.«

Carlucci übergab ihr zwei Minuten später das Bild und machte sich mit ihrer Partnerin auf den Weg, um Collins zu holen.

Gleich nachdem die zwei fort waren, betrat Hill das Dezernat. Er sah gut aus in seinem dunklen Anzug mit der lavendelfarbenen Krawatte. Ein anderer Mann hätte mit dieser Krawatte vielleicht feminin gewirkt, doch der Agent hatte absolut nichts Feminines an sich. Erneut sah er Sam auf diese intensive

Weise an, die er so gut beherrschte. »Sie sehen ausgeschlafen aus, Lieutenant.«

»Ausgeschlafen und bereit, loszulegen. Ich habe gerade Carlucci und Dominguez losgeschickt, um Garrett Collins herzubringen.«

Diese Nachricht schien ihn zu verblüffen. »Warum? Ich habe gestern mit ihm gesprochen, und er kam mir absolut nicht verdächtig vor. Außerdem hat er ein überzeugendes Alibi, denn er war nach dem Spiel bis fünf Uhr morgens im Stadion.«

»Das ist nach unserem geschätzten Todeszeitpunkt. Aber er steckt bis zum Hals in Schulden«, berichtete Sam und reichte ihm den Ausdruck zu Collins' Finanzen.

»Holla«, bemerkte Hill, während er die Informationen las.

»Ich fand, das macht eine erneute Befragung sinnvoll.«

»Da stimme ich Ihnen zu. Nachdem ich von Ihnen weggefahren bin, habe ich bei ihm in der Sixth Street vorbeigeschaut. Er hatte mit einem Baseballschläger sein Wohnzimmer zerlegt. Alles war zertrümmert, auch der sehr teuer aussehende Flachbildschirm.«

»Wow. Hat er sich dazu geäußert?«

»Nur dass er seinen Frust lieber an Sachen statt an Menschen auslassen wollte.«

»Diesem Verhalten und seinen Finanzen nach zu urteilen, hat er nicht bloß ein rein berufliches Interesse an diesem Spiel gehabt.«

»Es lohnt sich auf jeden Fall, das genauer zu untersuchen. Collins erwähnte die richterliche Verfügung, die Willie gegen Carmens Bruder erwirkt hatte. Ich habe meinen Deputy gebeten, dieser Sache nachzugehen. Ich werde Sie darüber informieren, was wir finden.«

Sam wusste nicht recht, wie sie zu diesen Einmischungen in ihre Ermittlungen stand, sagte jedoch nichts, da Hill sich schließlich als echte Hilfe erwiesen hatte.

»Wir müssen uns außerdem Rick Lind vornehmen«, meinte er.

»Den Pitcher? Warum?«

»Allen Berichten zufolge war er wütend über Vasquez' Patzer – nicht nur wegen der Niederlage, sondern weil damit auch Linds eigener Rekord zunichtegemacht war.«

»Wie wütend?«

»Er hat einige Möbel in der Umkleidekabine zu Kleinholz verarbeitet und tobte nach dem Spiel eine Weile herum. Vor jeder Menge Zeugen.«

»Wir unterhalten uns nach dem Meeting mit ihm.«

»Macht es Ihnen etwas aus, wenn ich dabei bin?«

Wie sollte sie ihm beibringen, dass es ihr sehr wohl etwas ausmachte? Je weniger Zeit sie mit ihm verbrachte, desto besser – für alle Beteiligten. »Wir übernehmen jetzt. Ich weiß Ihre Unterstützung zu schätzen, aber Sie haben vermutlich Besseres zu tun, als sich mit toten Baseballspielern herumzuschlagen.«

»Im Augenblick nicht. Es läuft gerade ruhig in meiner Abteilung.«

Ehe Sam etwas einfiel, um ihn auf höfliche Weise abblitzen zu lassen, kam Freddie herein. Ihr Kollege wirkte völlig geschafft.

»Hast du überhaupt nicht geschlafen?«, wollte Sam wissen.

»Einige Minuten hier und da. Carmens Bruder, ihre Eltern, Tanten und Cousinen tauchten gegen fünf auf. Ich war die ganze Nacht mit ihr zusammen auf. Und es war eine harte Nacht.«

»Ihr Bruder ist hier? Welcher?«

»Eduardo.«

»Oh«, sagte Sam enttäuscht. Zu schade, dass es nicht Marco war. Das hätte die Dinge für sie einfacher gemacht. »Fahr nach Hause.«

Freddie musterte Hill misstrauisch. Ihr Partner mochte den

Agenten ebenso wenig wie ihr Mann. »Ist schon in Ordnung. Ein paar Stunden halte ich noch durch.«

»Nicht nötig. Wir haben heute wieder ausreichend Leute zur Verfügung. Schlaf dich aus und komm morgen früh wieder.«

»Alles klar. Wenn du dir sicher bist.«

»Bin ich.«

»Tja«, meinte Hill, nachdem Freddie gegangen war, »sieht aus, als bräuchten Sie heute einen neuen Partner.«

»Ja, sieht so aus.« Sie ging zum Konferenzraum, entschlossen, Hill und diese komische Sache zwischen ihnen zu ignorieren, um sich ganz auf die Arbeit zu konzentrieren.

»Lieutenant!«, rief Jeannie McBride ihr hinterher.

»Was ist?«

»Man hat Vasquez' Wagen gefunden. Oder zumindest das, was davon übrig ist.«

»Wo?«

»In der New York Avenue. Die IT erwischte ein Signal seines Handys, das zu seinem Auto führte. Und das wurde anscheinend ziemlich zerfleddert.«

Großartig, dachte Sam. »Die Spurensicherung soll hinfahren und den Wagen untersuchen. Ist der Fundort mit Absperrband gesichert worden?«

»Ja, ich habe darum gebeten.«

»Fahr hin und hab ein Auge auf alles. Ich will nicht, dass Fehler gemacht werden.«

»Alles klar, ich werde mich darum kümmern.«

»Nimm Tyrone mit«, fügte Sam hinzu und meinte damit Jeannies Partner.

Sam betrat den Konferenzraum und steuerte direkt auf die Tafel zu, an die sie Fotos von Willie in seinem Trikot sowie die Bilder vom Müllcontainer und von der Autopsie geheftet hatte. Sie war damit beschäftigt, die zeitliche Abfolge zu ergänzen, während sich der Raum allmählich mit Leuten füllte. Die

Detectives Gonzales und Arnold kamen zusammen mit der Staatsanwältin Charity Miller herein, deren Stilettoabsätze auf dem Fußboden klapperten.

Sam nickte der Staatsanwältin zu, die auch eine gute Bekannte war. »Willkommen, Miss Miller.«

»Hallo, Lieutenant. Ich wollte mir nur den Stand der Ermittlungen anhören.«

»Ich auch«, meldete sich Chief Farnsworth zu Wort, der nun mit Captain Malone eintrat.

»Leg los, Gonzo«, forderte Sam ihren Kollegen auf.

»Ich habe mich mit James Settle getroffen, dem Geschäftsführer von WFBR, sowie mit Ben Markinson, dem Moderator der Radioshow, der gestern Morgen zu einem verbalen Aufruhr aufstachelte. Er gab mir eine Liste mit Leuten, die besonders aufgebracht waren. Da es sich hauptsächlich nur um Vornamen handelt, wird es schwer, die aufzuspüren.«

»Tu, was du kannst, aber investiere nicht zu viel Zeit.« Sam wandte sich an Hill: »Sie können uns berichten, was Sie gestern getan haben.«

»Nachdem der Lieutenant und ich uns mit dem Teambesitzer Ray Jestings, dem Manager Bob Minor und der Physiotherapeutin Jamie Clark getroffen haben, besuchte ich anschließend allein Garrett Collins in dessen Haus in der Sixth Street.« Avery schilderte, in welchem Zustand er Collins' Haus vorgefunden hatte, und ließ auch die später recherchierte finanzielle Situation des Mannes nicht aus.

»Die Finanzen nähren den Verdacht, dass der Mann nicht bloß ein rein berufliches Interesse an dem Spiel hatte«, ergänzte Sam. »Die Detectives Carlucci und Dominguez sind gerade unterwegs, um ihn für ein gründlicheres Gespräch herzubringen.«

»Ich habe mir die Finanzen von Minor und Clark angesehen«, meinte Gonzo. »Bei beiden konnte ich nichts Ungewöhnliches entdecken.«

»Wie steht's mit Vasquez?«, erkundigte sich Sam.

»Wir warten immer noch auf eine Rückmeldung der Banken in der Dominikanischen Republik.«

Sam sah den Chief an. »Wen kennen wir, der da mal ein bisschen Einfluss geltend machen könnte?«

»Vielleicht könnte ich helfen. Ich werde mit Forrester sprechen«, bot Charity an, auf den Bundesanwalt anspielend.

»Geben Sie mir Bescheid«, bat Sam sie.

»Ich habe mich außerdem mit Hugh Bixby getroffen, dem Security-Chef des Teams«, fuhr Avery nun fort. »Und der Geschäftsführer hat gemeint, dass Willie offenbar irgendein Problem mit Carmens Bruder Marco Peña hatte. Es gab da eine richterliche Verfügung, um den Schwager vom Stadion fernzuhalten. Mein Stellvertreter kümmert sich um diese Geschichte.«

»Der Schwager heißt also Marco Peña«, sagte Sam und machte sich eine Notiz wegen der richterlichen Verfügung. »Ich werde mir von Carmen erzählen lassen, was da los war. Wir fahren zu ihr, sobald wir hier fertig sind.«

»Bixby vermittelte mir den Eindruck, als ob es unter den Spielern reichlich Drama wegen Frauen geben würde«, meinte Avery. »Er machte eine Bemerkung, dass eine Armee nötig sei, um den romantischen Großtaten der Spieler nachzuspüren. Möglicherweise gab es noch mehrere solcher richterlichen Verfügungen.«

»Ich könnte herausfinden, ob es weitere gab«, schlug Malone vor.

»Das wäre hilfreich, danke«, sagte Sam. Dann kam ihr ein anderer Gedanke. Sie ging zum Telefon an der Wand und wählte eine interne Nummer. »Hey, Archie, danke für deine Hilfe bei der Suche nach Vasquez' Telefon. Du hast nicht zufällig die Daten ausgelesen, oder?«

»Natürlich habe ich das. Ich wollte dir den Ausdruck eben bringen.«

»Ausgezeichnet«, antwortete Sam. »Danke. Wo ich dich schon mal am Apparat habe: Ich könnte heute ein paar Leute zum Sichten von Filmmaterial aus Überwachungskameras gebrauchen. Wir suchen nach Aufnahmen von Willies Lincoln MKZ oder von ihm selbst. Wir haben nach wie vor keinen Tatort und verfolgen seine Spuren über ein ziemlich weites Gebiet der Stadt. Kannst du jemanden entbehren?«

»Schick den Film rauf, dann setze ich all meine verfügbaren Kräfte daran.«

»Du bist der Beste. Noch mal danke.« Sie legte auf und kehrte zu ihrem Platz am Kopf des Konferenztisches zurück. »Ich liebe es, mit Leuten zusammenzuarbeiten, die immer einen Schritt vorausdenken. Archie hat Willies Handy ausgelesen und bringt uns die Daten.« Zu Detective Arnold sagte sie: »Ich will, dass du dich heute damit beschäftigst. Und bring das noch verbliebene Filmmaterial, das Dominguez und Carlucci nicht geschafft haben, rauf in die IT-Abteilung. Die schauen sich den Rest an.«

»Wird gemacht.«

»Gonzo, du fährst Streife und findest endlich den Tatort. Willie wurde irgendwo zwischen L'Enfant Plaza und Georgetown umgebracht. Sieh zu, ob du irgendetwas entdeckst, das uns weiterbringt.«

»Mach ich.«

»Ich wollte noch einige andere Dinge erwähnen, auf die Bixbys Leute mich gestoßen haben«, meldete Hill sich erneut zu Wort. »Ich habe dem Lieutenant bereits berichtet, dass man Rick Lind befragen sollte. Er war sehr wütend auf Vasquez, zertrümmerte Möbel in der Umkleidekabine und knallte mit den Türen. Er hat wohl gemeint, wenn er ein Gewehr hätte, würde er Vasquez erschießen. Bixby erwähnte außerdem, dass Cecil Mulroney seinen Unmut über Vasquez besonders laut kundgetan hat. Die andere Sache, von der die Security-Leute mir erzählt haben, ist, dass jeder eine mehr als nur berufliche

Beziehung zwischen Vasquez und der Physiotherapeutin Clark vermutete. Niemand unternahm jedoch etwas deswegen.«

»Das wäre wohl ziemlich schlechte Publicity für Willie gewesen, wenn herausgekommen wäre, dass er etwas mit seiner Physiotherapeutin hat«, meinte Farnsworth.

»Das denke ich auch«, pflichtete Hill ihm bei. »Willie hatte den Ruf eines hart arbeitenden Familienmenschen. Eine Affäre hätte sein Image zerstört und seine Sponsorenverträge gefährdet.«

»Apropos Sponsorenverträge«, sagte Sam. »Wir müssen uns anschauen, mit welchen Unternehmen er zusammengearbeitet hat und welche Auswirkungen sein kolossaler Patzer auf diese Deals gehabt hätte. Wenn ich mit Carmen spreche, werde ich in Erfahrung bringen, wer sein Agent und wer sein Manager war. Wir müssen uns außerdem mal eingehender mit Miss Clark über die wahre Natur ihrer Beziehung zu Vasquez unterhalten. Vielleicht zeigt sie sich entgegenkommender, wenn wir sie erwischen, ohne dass ihre Bosse draußen vor der Tür stehen. Zuerst möchte ich aber erneut zu Ray Jestings, um zu erfahren, ob die Gerüchte über die Affäre bis zu ihm vorgedrungen waren. Falls ja, will ich wissen, warum er nichts unternommen hat – und warum er gestern kein Wort darüber verloren hat.«

»Das wüsste ich auch gern«, meinte Hill.

»Dorthin fahren wir zuerst.«

Nick frühstückte mit Scotty, aber Shelby brachte den Jungen zur Schule, damit Nick nicht zu spät zu seiner Fraktionssitzung kam. Inzwischen ging es Scotty ein wenig besser, doch er war noch nicht wieder ganz der Alte.

Er hoffte, dass Scotty seine Verzweiflung über den Mord an Willie in einigen Tagen überwunden haben würde. Allerdings machte er sich Sorgen, der Vorfall könnte Erinnerungen an die dunkle Zeit nach dem Tod seiner Mutter und seines Großvaters geweckt haben. Nick beabsichtigte, Scottys früheren Vormund, Mrs. Littlefield, im Lauf des Tages anzurufen und sie zu fragen, wie sie über die Situation dachte.

Um halb neun betrat er sein Büro, in dem Christina und Terry ihn bereits erwarteten, beide mit finsteren Mienen.

»Was ist los?«, wollte er wissen und legte seine Tasche auf den Schreibtisch, der einst John O'Connor gehört hatte.

»Wir haben ein kleines Problem«, begann Christina.

»Es ist ein großes Problem«, korrigierte Terry sie und erläuterte Lexicores Verbindung zu der Fabrik in Thailand, in der die vielen jungen Frauen im vergangenen Sommer umgekommen waren.

»Was hat das mit mir zu tun?«, fragte Nick.

»Weißt du noch, als du meinen Dad gebeten hast, das Geld zu investieren, das John dir hinterlassen hat?«

Plötzlich wurde Nick klar, worauf das Ganze hinauslief, und ihm wurde schlecht vor Bestürzung. Er sank in seinen Bürosessel und versuchte, die entsetzliche Tragweite zu erfassen. Ihm gehörte ein Teil des Unternehmens, dem wiederum die Fabrik gehörte, in der über dreihundert Frauen bei einem Feuer während der Arbeit, die unter beklagenswerten Bedingungen stattgefunden hatte, ums Leben gekommen waren. »Jesus«, murmelte er.

»Mein Dad ist unterwegs«, meinte Terry. »Er ist völlig außer sich. Er hatte keine Ahnung, dass Lex etwas mit dieser Fabrik zu tun hat, bis es heute Morgen in der Zeitung stand. Laut Trevor«, fuhr Terry fort, den Leiter ihrer Kommunikationsabteilung erwähnend, »wird gerade wie verrückt auf Twitter verbreitet, dass Lexicore diese Fabrik gehörte. Lexicore und Thailand sind momentan die heißen Themen bei Twitter.«

»Was wird passieren, sobald mein Name mit Lexicore in Verbindung gebracht wird?«, fragte Nick und wollte angesichts des Verlustes so vieler Menschenleben nicht an seinen

Wahlkampf, seinen Ruf oder seine Rolle als aufgehender Stern in der Partei denken. Aber wie sollte er nicht an diese Dinge denken, nur noch zwei kurze Wochen vor der Wahl?

»Ich wünschte, ich wüsste es«, erwiderte Terry. »Die gute Nachricht, falls man überhaupt von guten Nachrichten sprechen kann, ist, dass das Geschäftsverhältnis zur thailändischen Fabrik vermutlich für die meisten Lexicore-Investoren eine Überraschung ist.«

»Als Erstes müssen wir die Aktien loswerden«, erklärte Nick.

»Du würdest einen großen finanziellen Verlust erleiden, wenn du das tust«, warnte Christina ihn. »Der Kurs ist abgestürzt, seit die Nachricht heute Morgen veröffentlicht wurde.«

»Wen interessiert denn das Geld? Für mich ist es ohnehin verloren. Ich muss die Aktien verkaufen, bevor die Presse sich auf mich stürzt.«

»Dafür könnte es schon zu spät sein«, verkündete Graham O'Connor, der sichtlich aufgewühlt eintrat. »Das ist alles meine Schuld, Nick. Ich hatte keine Ahnung, dass Lexicore Fabriken in Thailand besitzt. Ich habe es nicht gewissenhaft genug geprüft.«

»Wie viel hast du in Lexicore investiert?«, wollte Terry von seinem Vater wissen.

»Eine Million von Nick«, antwortete Graham zerknirscht. »Und zwei Millionen von meinem Geld.«

Diese Information war für Nick wie ein Schlag in die Magengrube. Die Hälfte des Geldes, das John ihm hinterlassen hatte, war möglicherweise weg.

»Es tut mir schrecklich leid.« Grahams Stimme bebte. »Ich werde es wiedergutmachen, irgendwie.«

»Das Geld ist mir egal.« Nick sah seinen guten Freund nicht gern derartig am Boden zerstört. »Das ist meine geringste Sorge. Viel wichtiger ist die Frage, warum ein US-Unternehmen solche Zustände in seinen Werken gestattet. Meine zweite

167

Frage – und die kommt mit weitem Abstand hinter der ersten – lautet: Was steht uns politisch bevor?«

»Das ist schwer zu sagen«, gestand Terry. »Soweit ich das einschätzen kann, haben wir zwei Optionen. Du könntest die Initiative ergreifen und dich reuig zeigen. Sag, dass du keine Ahnung von der Verbindung zwischen Lexicore und der thailändischen Fabrik hattest und dass du die Aktien sofort abgestoßen hast, als du mit der Tatsache konfrontiert wurdest.«

»Wie sieht meine andere Option aus?«

»Sag nichts. Vielleicht taucht dein Name in dem Zusammenhang nie auf.«

Nick dachte über beide Möglichkeiten nach und die jeweiligen potenziellen Konsequenzen. Seinem Charakter entsprach es, bei all seinen Handlungen ehrlich und offen zu sein. Doch wenn er zugab, Aktien von Lexicore besessen zu haben, konnte ihn das die Wahl kosten. Verschwieg er es und die Presse bekam Wind davon, würde ihn das ebenfalls die Wahl kosten. Schönes Dilemma.

»Lass mich dafür geradestehen«, schlug Graham vor.

»Wie meinst du das?«, fragte Nick.

»Ich werde öffentlich erklären, dass du mir dein Erbe zur Verwaltung anvertraut hast, weil du zu beschäftigt warst, um dich selbst darum zu kümmern. Deshalb hattest du keine Ahnung.«

»Stehe ich dadurch nicht wie ein Tölpel da, weil ich nicht darauf geachtet habe, was aus meinem Geld wird?«

»Ich könnte hinzufügen, dass dich die Art und Weise, wie du zu dem Geld gekommen bist, zu tief berührt hat und du darum gar nicht wissen wolltest, was ich damit mache.«

»Was in gewisser Hinsicht ja auch stimmt«, meinte Nick. Abgesehen von einem flüchtigen Blick auf die monatlichen Auszüge hatte er mit der Verwaltung der Aktienkonten nichts zu tun gehabt.

»Das ist gar keine schlechte Idee«, sagte Terry.

»Mir gefällt die Vorstellung nicht, dass du meine Kämpfe für mich austrägst«, wandte Nick sich an Graham.

»Ich habe nichts zu verlieren.«

»Nur deinen guten Ruf«, erinnerte Nick ihn.

»Ach.« Graham zuckte mit den Schultern. »Wen kümmert es? Ich kandidiere für kein Amt, im Gegensatz zu dir.«

»Ich glaube, Senator O'Connors Idee ist die beste Lösung«, meldete Christina sich zu Wort.

»Ich unternehme morgen eine kurze Reise mit dem Präsidenten«, erklärte Nick. »Wenn wir uns für Grahams Plan entscheiden, lasst uns damit warten, bis ich weg bin. Wenn ich mit dem Präsidenten außerhalb des Landes und nicht zu erreichen bin, wird die ganze Geschichte vielleicht gar nicht groß aufgebauscht.«

»Gute Überlegung«, entgegnete Terry. »Wir können sagen, dass wir nicht autorisiert sind, die privaten Affären des Senators zu kommentieren.«

»Benutz bitte nicht das Wort ›Affäre‹«, riet Graham ihm und lachte schallend.

»Ja, bitte überleg dir ein anderes Wort«, pflichtete Nick ihm bei, »sonst brockst du mir Schwierigkeiten mit meiner Frau ein.«

»Zur Kenntnis genommen.« Zum ersten Mal seit dem Beginn der angespannten Unterhaltung huschte auch über Terrys Gesicht der Anflug eines Lächelns.

»Glaubst du wirklich, das wird funktionieren?«, fragte Nick Graham.

»Etwas Besseres fällt mir nicht ein.«

»Mir auch nicht. Na schön, dann lasse ich dich dafür geradestehen und spreche dir meinen Dank aus.«

»Was soll's, ich habe dich in diese Situation gebracht, also hole ich dich auch wieder da heraus.«

Nick schaute auf seine Uhr. Noch zehn Minuten bis zu seiner Fraktionssitzung.

»Kann ich dich einen Moment allein sprechen, Senator?«, bat Graham ihn.

»Selbstverständlich.« Zu Terry und Christina meinte Nick: »Danke, Leute, für eure Ideen.«

Nachdem sie den Raum verlassen hatten, kam Nick hinter seinem Schreibtisch hervor und setzte sich in den zweiten Besuchersessel neben Graham. »Was gibt es?«

»Ich habe gestern einen Anruf von Thomas' Anwalt erhalten«, berichtete Graham. Er sprach von seinem Enkel, der wegen des Mordes an seinem Vater, Senator John O'Connor, im Gefängnis saß.

»Was hat er gewollt?«

»Thomas möchte mich sehen.«

»Oh. Wow. Wie stehst du dazu?«

»Ich weiß nicht. Ich kann mir nicht vorstellen, was er mir zu sagen hat. Schließlich gibt er mir die Schuld an allem. Wenn ich seinen Vater nicht gezwungen hätte, die Existenz von Thomas und dessen Mutter geheim zu halten, wäre all das nicht geschehen. Verdammt, ich gebe mir ja selbst auch die Schuld. Die drei zu trennen war der größte Fehler, den ich je begangen habe.«

»Sei nicht zu streng mit dir selbst, Graham. Damals herrschten andere Zeiten. Du hast getan, was du damals für richtig hieltest.«

Er sah zu Nick, und zum ersten Mal wirkte er wie ein alter Mann. »Schon damals wusste ich, dass es nicht richtig war, John von seinem Kind fernzuhalten. Trotzdem tat ich es – für mich und für ihn. Ich liebte meine Arbeit. Ich liebte alles daran. Aber ich bin bei dem Versuch, meine Karriere auf Kosten derer zu schützen, die ich liebte, zu weit gegangen. Am Ende bezahlte John für meine Fehler mit seinem Leben.«

Nick beugte sich herüber und legte die Hand auf Grahams Unterarm. »John hat für seine eigenen Fehler bezahlt, nicht für deine. Thomas war wütend, weil sein Vater seine Mutter betrogen hat. Deshalb hat er ihn umgebracht.«

»Aber wenn ich John nicht gezwungen hätte, getrennt von Patricia zu leben, hätten sie vielleicht ein normales Leben führen können, und er hätte nicht das Bedürfnis gehabt, sie zu betrügen.«

»Ich glaube nicht ...« Nick verstummte, aus Respekt vor Graham und dem Wunsch, Johns Vermächtnis zu schützen – für immer.

»Was? Sag es. Was es auch sein mag.«

Seine Worte sorgsam wählend, erklärte Nick: »Ich glaube nicht, dass John einer Frau treu gewesen wäre, nicht einmal Patricia.«

»Mag sein. Ich habe nie verstanden, wie aus ihm ein derartiger Schürzenjäger werden konnte. Wir haben ihn jedenfalls nicht so erzogen.«

»Mir kam es immer so vor, als sei er auf der Suche nach etwas, ohne es je wirklich finden zu können.«

»Er fand zumindest nie das, was dich und Sam verbindet oder was seine Mutter und ich haben. Es macht mich traurig, dass ihm das verwehrt geblieben ist.«

»Er hat ein sehr erfülltes Leben geführt und würde nicht wollen, dass du bei dem Gedanken an ihn traurig bist.«

»Ich weiß. Trotzdem ... Wenn ich mir überlege, dass ich damit gedroht habe, ihn zu enterben, wenn er sich nicht von den beiden fernhält, macht mich das ganz krank. Als hätte ich es jemals übers Herz bringen können, ihn zu enterben.«

Nichts, was Nick sagen könnte, würde helfen, damit Graham sich angesichts dieser lange zurückliegenden Dinge besser fühlte. »Was wirst du nun wegen Thomas tun?«

»Wahrscheinlich werde ich ihn besuchen. Immerhin ist er mein Enkel.«

»Möchtest du, dass ich dich begleite?«

Grahams Miene hellte sich auf. »Das würdest du tun?«

»Selbstverständlich würde ich das.«

»Nach der Wahl«, sagte Graham. »Sorgen wir erst einmal für deine Wiederwahl, danach hören wir uns an, was er will.«

»Klingt vernünftig. Ich sage es nur ungern, aber um neun ist die Fraktionssitzung. Ich muss los.«

Graham stand auf. »Du darfst deine Kollegen nicht warten lassen.« Er legte die Hand auf Nicks Schulter. »Ich hole dich aus diesem Lexicore-Schlamassel heraus und bringe dir dein Geld zurück.«

»Mach dir wegen des Geldes keine Gedanken. Millionär zu sein war nicht annähernd so lustig, wie es gewesen wäre, wenn John noch leben würde und mir geholfen hätte, das viele Geld durchzubringen.«

Graham lächelte. »Ich werde die ganze Situation mit meinem Broker besprechen und dafür sorgen, dass der Rest deines Geldes sicher angelegt ist. Natürlich würde ich es dir nicht übel nehmen, wenn du mir deine Finanzen nicht länger anvertrauen willst.«

»Das wird nicht passieren, also rede gar nicht erst davon.«

»Wohin reist du mit dem Präsidenten?«

»Kann ich dir nicht verraten«, erwiderte Nick grinsend.

»Ah, gut, ich kann mir ausrechnen, welches Ziel am wahrscheinlichsten ist. Daher sage ich nur: Pass auf dich auf. Gott segne dich.«

»Danke.« Nick umarmte ihn. »Pass du auch auf dich auf und richte Laine liebe Grüße aus.«

»Mach ich.«

Sam erlaubte Hill zu fahren, weil sie Zeit brauchte, um über alles nachzudenken, was während des Meetings gesprochen worden war. Auf dem Weg zum Stadion hörten sie Big Ben Markinson auf WFBR, der bei seinen Zuhörern wildeste Spekulationen darüber anheizte, was Willie Vasquez zugestoßen war.

»Tut mir ja leid«, meinte ein Anrufer, »aber der Bastard hat es sich selbst zuzuschreiben. Er hat uns die World Series vermasselt.«

»Und du denkst, dafür hat er den Tod verdient?«, hakte Big Ben nach.

»Sagen wir mal so – niemand wird groß um ihn trauern.«

»Nicht mal seine Frau oder seine zwei kleinen Kinder oder seine Eltern?«

»Du weißt, was ich meine, Ben. Warum wirst du plötzlich so gefühlsduselig? Gestern warst du genauso sauer wie alle anderen auch.«

»Das war, bevor ich wusste, dass jemand den armen Kerl umgebracht hat. Natürlich sind wir alle niedergeschlagen wegen des Spiels, aber Willie ist tot. Ich meine ... Tut mir leid, doch ich finde nicht, dass er wegen eines nicht gefangenen Balls den Tod verdient hat.«

»Du bist weich geworden, Mann.«

»Deine Meinung. Nimm einen anderen in die Leitung, Marcy.«

Der nächste Anrufer war nicht viel verzeihender, drückte jedoch immerhin ein wenig Mitgefühl für Willies Frau und seine Kinder aus.

»Die Leute sind ernstlich nicht bei Trost«, stellte Sam fest. »Echt jetzt.«

Als sie das Stadion erreichten, schickte sie dieselbe Rezeptionistin wie am Tag zuvor hinauf in die Vorstandsetage, mit dem Aufzug ohne Knöpfe.

»Woher weiß der Lift, wohin er fahren soll?«, fragte Sam und studierte das Feld von roten Lämpchen, das für irgendwen irgendeine Bedeutung hatte. Für sie jedenfalls nicht.

»Ich glaube, er hat nur ein Ziel.«

»Überlassen Sie diesmal mir das Reden da drin.«

»Selbstverständlich, Lieutenant. Anders würde ich es gar nicht haben wollen.«

Sie verkniff sich einen Kommentar zu seinem Sarkasmus. Tatsächlich vermisste sie Freddie und sein Geschleime. Morgen würde alles wieder normal laufen.

Die Fahrstuhltüren öffneten sich. Rays Assistent Aaron erwartete sie. »Hier entlang, bitte.«

»Was hat es mit der VIP-Behandlung auf sich?«, wollte Sam wissen.

»Ray bat uns, im Zuge Ihrer Ermittlungen vollständig zu kooperieren«, erwiderte Aaron. »Und das tun wir.«

»Das ist sehr erfrischend«, sagte Sam. »Bei unserer Arbeit wird uns selten Kooperationsbereitschaft entgegengebracht.«

Aaron klopfte einmal und betrat Rays Büro. Ray saß mit Bob Minor an seinem Konferenztisch. Sam war froh, beide dort zu sehen, da sie auch an Minor Fragen hatte.

»Gibt es Neuigkeiten?«, erkundigte Ray sich und sah seinen Freund Hill an. Ray war über Nacht gealtert und wirkte, als hätte er überhaupt nicht geschlafen.

»Nein, aber wir haben noch Fragen«, antwortete Sam.

»Ich habe selbst Fragen. Warum haben Sie meinen Geschäftsführer verhaftet?«

»Er wurde nicht verhaftet, sondern für eine Befragung ins Hauptquartier gebracht.«

»Warum?«, wollte Ray wissen.

»Wir fanden Unregelmäßigkeiten in seinen Finanzunterlagen, für die wir Erklärungen benötigten«, erwiderte Sam.

»Was für Unregelmäßigkeiten?«

»So-gut-wie-pleite-Unregelmäßigkeiten.«

»Wie ist das möglich?«, meinte Ray ungläubig. »Er verdient mehrere Millionen Dollar im Jahr.«

»Das beantwortet bereits eine meiner Fragen.«

»Als ich gestern mit ihm sprach«, sagte Hill, »war die Einrichtung seines Wohnzimmers völlig demoliert. Er ist mit einem Baseballschläger darauf losgegangen. Warum?«

»Mal abgesehen davon, dass er das wichtigste Spiel seiner

174

Karriere wegen eines Patzers eines seiner bestbezahlten Spielers verloren hat?«, konterte Minor spöttisch.

»Könnte Collins auf das Spiel gewettet haben?«, fragte Sam.

Die beiden Männer tauschten Blicke. »Mir liegen keine Informationen darüber vor«, entgegnete Ray.

»Mir auch nicht«, bekräftigte Minor. »Wenn er auf das Spiel gewettet hat, riskierte er damit seinen Job und seine Karriere. Das ist die schnellste Methode, um lebenslang im Baseball gesperrt zu werden.«

Sam wusste, dass mehr hinter der Collins-Geschichte steckte, doch hier würde sie nicht weiterkommen. »Lassen Sie uns über Jamie Clark und ihre Beziehung zu Willie sprechen.«

»Was ist damit?« Ray war sichtlich verblüfft.

»Man erzählte uns, es sei allgemein bekannt gewesen, dass zwischen den beiden mehr war als nur eine Therapeutin-Spieler-Beziehung.«

Ray wirkte schockiert. »Wer hat das behauptet?«

»Das spielt keine Rolle«, meldete Hill sich zu Wort. »War es dir bekannt?«

»Nein«, sagte Ray.

Alle Augen richteten sich auf Minor, der angesichts des durchdringenden Blicks des Teambesitzers nervös wurde.

»Wusstest du davon, Bob?«, wollte Ray wissen.

»Ich habe vermutet, dass da was läuft«, gestand Bob zögernd. »Die haben ziemlich viel Zeit miteinander verbracht.«

Rays Gesicht lief dunkelrot an. »Und du hast nie etwas gesagt?«

»Ich fand, es ging mich nichts an.«

»Ging dich nichts an«, wiederholte Ray. »Als hätten wir einen derartigen Skandal um einen unserer herausragendsten Spieler gebrauchen können, der noch dazu das Image eines hingebungsvollen Familienvaters hatte.«

»Gerade wegen der Familie habe ich ja den Mund gehalten«, verteidigte Bob sich. »Wegen Carmen. Niemand wollte, dass sie wegen der Dummheit ihres Mannes verletzt wird.«

»Ist Miss Clark heute hier?«, erkundigte Sam sich.

»Nein«, antwortete Bob. »Sie hat sich freigenommen.«

»Wir brauchen ihre Adresse.«

»Wofür?«, fragte Bob.

»Was glauben Sie?«, erwiderte Sam, allmählich verärgert über ihn.

»Sie hatte nichts zu tun mit dem Mord«, betonte Bob.

»Und das wissen Sie woher?«

»Ich kenne sie! Sie ist keine Mörderin!«

»Wenn das der Fall ist, hat sie ja nichts zu befürchten. Aber Sie werden verzeihen, wenn Ihre Beteuerungen uns nicht davon abhalten, sie und ihre Beziehung zu Willie genauer unter die Lupe zu nehmen.« Dann wandte sie sich an Ray: »Können Sie mir bitte ihre Privatadresse geben?«

»Selbstverständlich.« Ray griff nach dem Hörer.

»Die von Rick Lind auch, wenn du schon dabei bist«, sagte Avery.

»Was wollen Sie von ihm?«, fragte Bob.

»Wir würden mit ihm zum Beispiel gern über seinen Ausraster in der Umkleidekabine nach dem Spiel reden«, erklärte Sam. »Sie wissen schon, den Ausraster, den Sie in unserem Gespräch gestern zu erwähnen vergaßen.«

Bobs ohnehin rötliches Gesicht lief vor Wut dunkel an. »Er war ja wohl zu Recht wütend! Die Niederlage und der Patzer werden auch ihm angekreidet. Aber das heißt noch lange nicht, dass er Willie getötet hat.«

»Vielleicht nicht, doch es wäre ganz nett gewesen, wenn Sie uns davon berichtet hätten, als wir Sie danach fragten, ob jemand seiner Wut Luft gemacht hat«, argumentierte Sam.

»Ich habe dir gesagt, du sollst kooperativ sein«, meinte Ray, sichtlich unzufrieden mit seinem Manager.

»Ich habe mir nichts weiter dabei gedacht!«, erklärte Bob. »Natürlich war Lind wütend. Viele Leute waren wütend.«

»Einschließlich Mulroney?«, fragte Hill.

»Was haben Sie über den gehört?«, wollte Bob wissen.

»Nur dass er nach dem Spiel einiges über Vasquez zu sagen hatte«, antwortete Hill.

Bob starrte ihn finster an. »Haben Sie auch nur die leiseste Ahnung, was Willie seinen Teamkameraden angetan hat, indem er diesen Ball nicht fing? Haben Sie eine Ahnung davon, wie hart wir alle gearbeitet haben, um überhaupt bis zu diesem Punkt zu kommen? Alles, was er tun musste, war, diesen gottverdammten Ball zu fangen! *Wir zahlen ihm sechzehn Millionen Dollar pro Jahr, damit er den gottverdammten Ball fängt!*«

»Das reicht, Bob«, schaltete Ray sich ein. »Die Leute waren verständlicherweise aufgebracht. Ist doch klar.«

»Mag sein«, räumte Sam ein. »Aber als wir Sie gestern danach fragten, ob jemand besonders hervorstach mit seiner Art und seinen Äußerungen, meinten wir damit genau solche Informationen.«

»Wir entschuldigen uns, es versäumt zu haben, diese Information weiterzugeben«, sagte Ray. »Wir waren entsetzt von der Nachricht über Willies Tod. Der gestrige Tag war hart, um es mal milde auszudrücken. Ich hoffe, Sie akzeptieren es, wenn ich mich für meine Mitarbeiter entschuldige.«

Wie jedem Cop gefiel auch Sam ein bisschen Unterwürfigkeit, aber der Kerl übertrieb. Gerade als sie das laut aussprechen wollte, ging die Bürotür auf, und eine große modeldünne Blondine kam hereingerauscht, als gehöre ihr das Büro. Ah, die Ehefrau, schoss es Sam durch den Kopf. Elle Kopelsman Jestings, Dame der Gesellschaft, Wohltäterin und Zeitungsherausgeberin – ihr gehörte das Büro tatsächlich. Direkt hinter ihr folgten zwei Muskelmänner, die eineiige Zwillinge zu sein schienen. Die zwei Fleischberge postierten sich links und rechts der Tür und behielten Elle im Auge.

Sehr interessant, dachte Sam, dass sie diesen augenfälligen Personenschutz hat.

Die Frau ging zu Hill, der aufgestanden war und sie mit einer Umarmung begrüßte.

»Schön, dich wiederzusehen, Avery.« Sie sprach mit kultivierter, vornehmer Stimme, die reich klang – wenn eine Stimme denn reich klingen konnte. »Schreckliche Umstände.«

»Ich freue mich auch, dich zu sehen, Elle. Ich glaube, du kennst Lieutenant Holland vom Metro PD noch nicht?«

Elle richtete ihre unfassbar blauen Augen auf Sam. »Jeder kennt Lieutenant Holland und ihren äußerst gut aussehenden Ehemann, den Senator.«

Sam war sich nicht sicher, ob sie diese raubtierhafte Art mochte, mit der Elle über Nick sprach. Wenn Sam so über ihn redete, war das eine Sache, aber eine andere Frau ... »Nett, Sie kennenzulernen«, entgegnete Sam und schüttelte ihr die Hand.

»Oh, ich bin ganz *begeistert*, Sie kennenzulernen. Erst letzte Woche habe ich zu Ray gesagt, dass wir Sie und den Senator unbedingt zu einer unserer Dinnerpartys einladen müssen.«

»Wir sind gerade zu sehr damit beschäftigt, einen Mordfall aufzuklären und eine Wahl zu gewinnen, um über gesellschaftliche Veranstaltungen zu reden«, erwiderte Sam.

Ihrer verblüfften Miene nach zu urteilen, war Elle es nicht gewohnt, dass ihre Einladungen zu derartigen Anlässen zurückgewiesen wurden. »Ich bitte um Verzeihung für die Störung. Ich bin hergekommen, um zu erfahren, ob es irgendetwas Neues über Willie gibt. Es ist so eine schreckliche Tragödie.«

»Ja, ist es«, bestätigte Sam. »Wenn es Ihnen nichts ausmacht, würden wir unser Gespräch mit Ihrem Gatten und Mr. Minor zum Abschluss bringen.« Sam würde es niemals zugeben, doch sie genoss den Augenblick sehr, in dem Elle begriff, dass Sam sie zum Gehen aufforderte.

Ray stand auf und begab sich zu seiner Frau. Er legte die Hand auf ihren Rücken und führte sie zur Tür.

»Warum behelligen die dich, wenn klar ist, dass ein verrückter Fan ihn getötet hat?«, fragte Elle laut genug, dass alle sie hören konnten.

»Weil sie gründlich sind, Schatz. Gib uns ein paar Minuten, ich komme gleich.«

»Na schön«, gab Elle in frostigem Ton nach. In ihrer Stimme schwang all das mit, was Sam an reichen Leuten, die glaubten, die Welt gehöre ihnen, am meisten hasste. Sie überlegte, ob der arme Ray, der eigentlich ganz nett wirkte, dafür würde büßen müssen, dass er dreist genug gewesen war, sie aus dem Büro zu geleiten – ein Büro, in das ihr Vater ihn überhaupt erst gesetzt hatte.

Die zwei Muskelpakete folgten ihrer Chefin wie treue Hunde hinaus.

Ray kehrte an seinen Platz hinter dem Schreibtisch zurück. »Entschuldigen Sie die Unterbrechung.«

»War Ihnen das Problem zwischen Willie und seinem Schwager bekannt?«, fragte Sam ihn nun und verspürte keine Lust mehr, weitere Zeit mit Höflichkeiten zu vergeuden.

Die beiden Männer nickten.

»Einer von Carmens Brüdern ist ein Unruhestifter«, meinte Ray. »Er hatte Drogenprobleme und wurde mehrmals verhaftet. Ständig musste Willie ihn auf Kaution aus dem Gefängnis herausholen. Während des Frühjahrstrainings drehte Willie ihm den Geldhahn zu und erwirkte eine gerichtliche Verfügung, um den Schwager von sich, Carmen und den Kindern fernzuhalten. Anscheinend sorgte Willies Weigerung, ihn weiterhin finanziell zu unterstützen, in Carmens Familie für einen großen Riss. Ihre Eltern fanden, sie und Willie sollten dem Bruder helfen.«

»Sorgte es auch für eine Kluft zwischen Willie und Carmen?«, wollte Sam wissen.

»Das weiß ich nicht«, antwortete Ray.

Bob zuckte die Achseln. »Er sprach nicht darüber, abgesehen davon, dass er die Security über die gerichtliche Verfügung informierte.«

»Wie viele Ihrer Spieler haben solche gerichtlichen Verfügungen erwirkt?«

Ray schaute zu Bob, der wieder die Schultern zuckte.

»Ich schätze, jeder von denen hat mindestens eine«, erwiderte Bob. »Wenn ein Spieler eine Nacht mit einer Frau verbringt, ist er am nächsten Tag verheiratet und hat drei Kinder am Hals. Manche von den Frauen verstehen ohne juristischen Nachdruck nicht, dass es vorbei ist.«

Sam setzte ganz oben auf ihre Liste, die Details der gerichtlichen Verfügungen der Mitglieder des Teams zu klären. »Das wäre fürs Erste alles«, erklärte sie und erhob sich. »Ich möchte Sie beide bitten, die Stadt nicht zu verlassen und sich für weitere Fragen zur Verfügung zu halten, sollten diese sich ergeben.«

»Wie lange?«, erkundigte Bob sich.

»So lange, wie es dauert.«

10. Kapitel

Bewaffnet mit den Privatadressen von Jamie Clark, Rick Lind und Cecil Mulroney, verließen Sam und Hill das Stadion und fuhren zu Carmen nach Georgetown. Unterwegs schickte Sam eine SMS an Captain Malone und bat ihn, sich vordringlich um den Bericht über die gerichtlichen Verfügungen zu bemühen.

»Warum hat Elle diesen auffälligen Personenschutz?«

»Seit die Feinde ihres Vaters versucht haben, sie als Kind zu entführen. Boris und Horace sind schon seit Jahren bei ihr.«

Vor dem Haupttor zu Carmens Gebäude waren mehrere Blumensträuße abgelegt worden, und Kerzen flackerten in der Brise. Ein Foto von Willie im Trikot der Feds war an die Backsteinmauer geheftet worden.

»Bisschen mickrige Trauerbekundung«, stellte Sam fest.

»Besonders, wenn man bedenkt, dass wir vor zwei Tagen hier ein Meer von Blumen und Trauernden vorgefunden hätten, wenn ihm da etwas zugestoßen wäre.«

»Ehrlich.«

Die Bewachung rund um den Apartmentkomplex war seit dem Vortag gelockert worden, und man schickte sie gleich zu dem Fahrstuhl, der sie hinauf in Carmens Wohnung im obersten Stockwerk brachte. Ein muskulöser Mann lateinamerikanischer Herkunft öffnete die Tür und musterte die beiden misstrauisch.

»Was wollen Sie?«

»Lieutenant Holland, Metro PD, und Special Agent Hill vom FBI. Wir wollen zu Mrs. Vasquez.«

»Sie empfängt momentan niemanden.«

»Uns schon.« Sam begann einen Anstarr-Wettkampf, den sie gewann, als er sich umdrehte und die Tür offen ließ.

Im Wohnzimmer fanden sie mehrere Erwachsene verschiedenen Alters vor, außerdem die Vasquez-Kinder. Überall auf dem Fußboden verstreut lagen Spielzeuge, und der Couchtisch war beladen mit Essen. Die Erwachsenen sprachen in rasend schnellem Spanisch, dem Sam nicht folgen konnte. Doch die Blicke in ihre und Hills Richtung waren sehr wohl zu verstehen. Diese Leute misstrauten Cops zutiefst.

Der Mann, der ihnen geöffnet hatte, kehrte mit Carmen im Arm zurück. Sie sah Sam und Hill mit glasigen Augen an.

Als die zwei kleinen Jungen ihre Mutter entdeckten, stießen sie Schreie aus und rannten zu ihr. Die Familienmitglieder schnappten sie jedoch und hoben sie auf die Arme, ehe sie Carmen erreichten.

Carmen beobachtete die Szene mit einer gewissen Teilnahmslosigkeit und schaute ihre Kinder erst an, als eines in Tränen ausbrach.

»Hat man ihr Medikamente verabreicht?«, fragte Hill.

»Der Doktor hat ihr etwas gegeben, damit sie schlafen kann.«

»Wie lange ist das her?«, wollte Sam wissen.

»Das war gegen fünf heute Morgen.«

Seitdem war genug Zeit vergangen, entschied sie, um eine vernünftige Unterhaltung mit Carmen führen zu können.

»Wir würden sie gern allein sprechen«, erklärte Sam.

»Ich lasse sie nicht allein«, stellte der Mann mit ausgeprägtem Akzent klar.

»Und Sie sind?«

»Ihr älterer Bruder. Eduardo Peña.«

»Wer sind all diese Leute?«

»Unsere Eltern, zwei Tanten und ein Cousin. Sie sind mit mir zusammen gestern hier angekommen, um Carmen und den Kindern beizustehen.«

Da Sam begriff, dass sie den Bruder nicht loswerden würde, sagte sie: »Na schön. Aber nur Sie. Bringen Sie uns in ein Zimmer, wo wir ungestört reden können.«

»Hier entlang.«

Er führte sie in ein Arbeitszimmer hinter der Küche und setzte seine Schwester auf einen Stuhl, bevor er zurückging und die Tür zumachte.

Carmen starrte mit ausdrucksloser Miene vor sich hin.

Sam setzte sich ihr gegenüber und rückte mit dem Stuhl näher an sie. »Carmen«, begann sie und ergriff die Hand der anderen Frau, die eiskalt war.

Willies Frau schaute Sam mit leeren Augen an. »Wissen Sie, wer meinen Mann umgebracht hat?«

»Noch nicht, aber wir arbeiten wirklich hart daran, um aufzuklären, was passiert ist. Ich muss Ihnen noch einige Fragen stellen und hoffe, dass Sie sich in der Lage fühlen, sie zu beantworten.«

Carmen nickte leicht.

»Sie haben noch einen anderen Bruder?«, setzte Sam an.

»Ja«, bestätigte Carmen. »Marco.«

»Was hat der mit alldem zu tun?«, mischte Eduardo sich in scharfem Ton ein.

»Mr. Peña, wir würden gern mit Ihrer Schwester sprechen«, erinnerte Hill ihn. »Nicht mit Ihnen. Seien Sie still oder verlassen Sie den Raum.«

Dem feindseligen Blick nach zu urteilen, den er Hill sandte, war Eduardo es nicht gewohnt, dass man so mit ihm sprach.

»Willie hatte Probleme mit Marco?«, fragte Sam.

Carmen biss sich auf die Unterlippe und nickte, ihre Augen füllten sich mit Tränen. »Marco steckte in Schwierigkeiten, und Willie half ihm ein paarmal mit Geld und Anwälten. Nach dem jüngsten Vorfall wollte er ihn nicht mehr unterstützen.«

»Welcher jüngste Vorfall?«

»Ich verstehe nicht, was das mit der Sache zu tun hat«, meldete Eduardo sich wieder zu Wort.

Sam sah zu Hill, der den Mann bereits zur Tür bugsierte.

»Sie können mich nicht hinauswerfen! Das ist das Zuhause meiner Schwester. Sie können nicht hier auftauchen und uns herumschubsen. Das ist Schikane.«

»Wenn Sie nicht wegen Behinderung einer polizeilichen Ermittlung verhaftet werden wollen«, meinte Sam, »schlage ich vor, Sie halten den Mund und gehen raus, bevor ich sauer werde.«

»Und das wollen Sie ganz bestimmt nicht«, fügte Hill hinzu. »Sie hat eine rachsüchtige Seite.« Er machte die Tür auf und »half« Eduardo hinaus auf den Flur. »Geben Sie uns ein paar Minuten mit Ihrer Schwester, dann sind wir auch schon wieder weg.«

Eduardo wollte etwas erwidern, doch Hill machte die Tür einfach zu.

Sam richtete ihre Aufmerksamkeit erneut auf Carmen. »Der Vorfall, den Sie ansprachen … Was war passiert?«

»Marco ließ sich mit einigen üblen Leuten ein und hatte bald hohe Schulden bei ihnen. Ich kenne die Einzelheiten nicht, nur dass Willie sich weigerte, ihm noch mal finanziell unter die Arme zu greifen. Marco sagte, sie würden ihn umbringen, wenn er das Geld nicht besorgt, doch Willie gab nicht nach.«

»Waren Sie mit seiner Entscheidung einverstanden?«

»Ich, äh, na ja … Nein. Ich war damit nicht einverstanden. Wir stritten uns deswegen. Ich verstand nicht, warum Willie meinem Bruder nicht helfen wollte. Er hatte doch so viel Geld.«

Sam fand es interessant, dass sie betonte, Willie habe viel Geld, nicht sie beide. »Wie reagierte er, als Sie ihn davon zu überzeugen versuchten, Marco trotzdem zu Hilfe zu kommen?«

»Er wurde wütend. Er sagte, einmal müsse Schluss sein und er schwimme nicht im Geld. Dass er jetzt welches habe, heiße nicht, dass das in zehn Jahren genauso sei. Er meinte, mit Glück könne er noch zehn Jahre spielen, und wenn wir nun alles ausgeben würden, was würde dann später aus uns werden?«

Sam konnte Willies kluge Überlegungen gut nachvollziehen. »Wissen Sie, wie viel er Marco in der Vergangenheit gegeben hat?«

»Fast eine Million.«

Sam musste ihren Schock über die Höhe der Summe verbergen. Wer konnte es Willie verdenken, dass er diesen Blutsauger nicht länger durchschleppen wollte? »Wozu brauchte Marco das Geld?«

»Er hatte einige üble Fehlinvestitionen gemacht.« Carmen schien sich beinah für das mangelnde Urteilsvermögen ihres Bruders zu schämen.

»Hatte er Ärger mit der Polizei?«

Sie nickte. »Er hatte Drogenprobleme. Das war einer der Gründe, weshalb Willie ihm nichts mehr geben wollte. Er befürchtete, Marco würde damit nur Drogen kaufen.«

»Und? Tat er das?«

»Ich weiß es nicht. Willie hat mir seit Jahren verboten, ihn zu sehen.«

»Was passierte, als Willie sich weigerte, ihm noch mehr Geld zu geben?«

»Marco wurde richtig wütend. Meine ganze Familie war wütend auf uns.«

»Das muss die Beziehung zwischen Ihnen und Willie belastet haben.«

Sie senkte den Blick. »Ja.«

»Ich weiß, es ist schwierig für Sie, Carmen, aber ich muss wissen, was in Willies Leben los war, um Leute, die er kannte, als Verdächtige ausschließen zu können.«

»Was müssen Sie wissen?«, fragte Carmen mit bebendem Kinn.

»Haben Sie und Willie sich gestritten?«

Nickend antwortete sie: »Oft. Ich wollte Marco das Geld geben, um das Verhältnis zu meiner Familie wieder zu verbessern.«

»Waren die Streitereien ungewöhnlich für Sie und Willie?«

»Wir stritten nur wegen meines Bruders und wegen des Geldes. Wir hatten so viel davon«, sagte sie, auf den luxuriös eingerichteten Raum deutend. »Was hätte es denn ausgemacht, ihm etwas davon abzugeben?«

»Wie kam es dann zu der gerichtlichen Verfügung?«

»Ich weiß nicht, was das ist.«

»Das ist eine richterliche Anordnung, die Marco zwingt, sich von Ihnen und Willie und Ihrer Familie fernzuhalten.«

»Er ... Ich ... Davon wusste ich nichts.«

Sam hätte sich am liebsten für ihr ungeschicktes Vorgehen geohrfeigt. »Es tut mir leid. Ich nahm an, Sie wüssten davon. Das war taktlos von mir.«

Carmen brach zusammen und schüttelte den Kopf, während ihr die Tränen übers Gesicht liefen. »Er ist vor Gericht gegangen, um meinen Bruder von uns fernzuhalten?«

»Es tut mir schrecklich leid, dass Sie auf diese Weise davon erfahren mussten.«

Sie schüttelte weiterhin den Kopf. »Wie konnte er das tun, ohne mir davon zu erzählen? Marco hat einige Fehler gemacht, aber er ist mein Bruder. Er gehört zur Familie.«

Sam verstand beide Seiten des Problems, schwieg dazu jedoch.

»Ich werde ihn nie mehr fragen können, warum er das getan hat. Das letzte Mal, als ich mit ihm gesprochen habe ...« Sie schluchzte. »Wir stritten wegen des Geldes. Er meinte, wir würden nach dem Spiel darüber reden, doch mir war klar, dass das nicht passieren würde. Er wollte nie darüber reden.«

»Besitzen Sie ein gemeinsames Girokonto?«, erkundigte Sam sich.

»Ja. Warum?«

»Hätten Sie Ihrem Bruder ohne Willies Wissen einen Scheck ausstellen können?«

»Das vermute ich, aber das hätte ich nicht gemacht. Willie wäre sehr wütend auf mich gewesen.«

»Carmen, ich weiß, es ist schmerzlich. Dennoch muss ich Sie fragen, ob Willie Ihnen gegenüber je gewalttätig geworden ist.«

»Nein! Nie! Etwas Derartiges hätte er nicht getan. Er liebte mich. Wir hatten in letzter Zeit eine schwierige Phase wegen Marco, doch davor sind wir immer glücklich gewesen. Immer.«

»Eine letzte Frage. Können Sie mir sagen, wer sein Agent und Manager waren?«

»Sein Agent heißt George McPhearson. Ich versuche mich gerade an den Namen seines Managers zu erinnern. Charlie Soundso. George wird das wissen.«

»Wissen Sie, wie wir George erreichen können?«

»Seine Agentur befindet sich in New York. Ich glaube, sein Unternehmen trägt seinen Namen.«

»Wir werden ihn finden. Danke, dass Sie mit uns gesprochen haben und uns herauszufinden helfen, was mit Willie passiert ist.«

»Glauben Sie, dass Sie denjenigen verhaften werden, der ihn umgebracht hat?«

Unter normalen Umständen wäre Sam zuversichtlich gewesen und hätte Carmen versichert, dass der Täter mit hoher Wahrscheinlichkeit gefasst würde. In diesem Fall jedoch konnte sie das nicht mit Überzeugung äußern. »Das hoffe ich. Wir tun alles, was wir können. Das verspreche ich.«

»Danke.«

Sam und Hill schwiegen im Fahrstuhl, der sie nach unten in die Lobby brachte. Carmen hatten sie in der Obhut ihrer Familie zurückgelassen.

»Der Bruder hat was von einem Gangster«, bemerkte Hill.

»Ich schätze, er ist es gewohnt, seinen Willen zu bekommen. Es gefiel ihm nicht, dass wir ihm gesagt haben, was er zu tun hat.«

»Ja, da haben Sie wahrscheinlich recht.«

»Anscheinend hat sie gleich zwei Gangster-Brüder. Wir sollten uns Marco auch mal genauer ansehen.«

»Da bin ich Ihnen einen Schritt voraus. Mein Deputy hat ihn gestern überprüft, nachdem ich von der gerichtlichen Verfügung gehört hatte.« Hill las eine Nachricht auf seinem Handy und fügte hinzu: »Ich habe gerade eine SMS von George, meinem Deputy, erhalten. Marco hat ein beachtliches Vorstrafenregister in der Dominikanischen Republik. Drogen, Diebstahl, Einbruch, Bandenkriminalität. Ist ein viel beschäftigter Typ. Ich kann es nicht fassen, dass Willie ihm fast eine Million Dollar gegeben hat und der Kerl noch mehr wollte. Dazu braucht es Nerven.«

»Und trotzdem verstehe ich, dass Carmen den Frieden wahren wollte«, wandte Sam ein. »Ihm einfach das Geld geben und alle damit glücklich machen.«

»Willie war klug genug, um an die Zukunft zu denken. Man hört so viele Geschichten über Profisportler, die in jungen Jahren ihren plötzlichen Reichtum durchbringen und später im besten Alter nichts mehr besitzen.«

»Schwer vorstellbar, dass Leute mit so viel Geld irgendwann mal knapp bei Kasse sind.«

»Menschen, die vorher nie Geld hatten, neigen dazu, es mit vollen Händen auszugeben, sobald sie welches haben.«

»Stimmt. Also, wo können wir Marco Peña finden?«

»Wir konnten ihn in der Dominikanischen Republik aufspüren. Mein Deputy konnte für den Zeitraum der vergangenen Woche keine Anzeichen dafür finden, dass er sich nicht dort aufgehalten hat. Zuletzt ist er im April in die USA gereist. Trotzdem sollte jemand von uns hinfliegen und ihn aufsuchen.«

»Ich sage es nur ungern, denn ich habe stets behauptet, nie ein solcher Cop zu werden, aber ich kann nicht. Nick verlässt für ein paar Tage die Stadt, und ich kann meinen Sohn nicht allein lassen. Die Nachricht von Willies Tod hat ihn hart getroffen und ...«

»Ist in Ordnung, Sam. Sie brauchen nichts zu erklären. Ich fliege.«

»Sind Sie sicher? Haben Sie denn Zeit? Technisch gesehen ist es ja nicht einmal Ihr Fall.«

»Der Direktor lässt mir viel Spielraum bei der Entscheidung, an welchen Fällen ich persönlich arbeite und was ich delegiere. Dieser Fall interessiert mich, vor allem wegen meiner Beziehung zu Ray. Es macht mir also nichts aus, zu fliegen.«

»Das wäre eine große Hilfe. Danke.« Und es würde ihrem begrenzten Reisebudget eine größere Ausgabe ersparen. Ihr fiel allerdings auf, dass sie erneut in seiner Schuld stand. Das häufte sich allmählich. Sie fragte sich, wann er jemals im Gegenzug dafür etwas von ihr erwarten würde.

»Kein Problem«, sagte er, während sie in seinen Wagen einstiegen. »Wohin jetzt?«

»Ich möchte Jamie Clark noch einmal sprechen.«

»Wie kommt man am schnellsten von hier nach Adams Morgan?«

»Um diese Tageszeit über die Whitehurst Richtung Rock Creek. Fahren Sie an der Calvert Street ab.«

»Na gut, wie Sie meinen.«

»Ich werde Sie hinführen.« Sam dirigierte ihn, während sie über das Treffen mit Carmen und die nächsten Schritte mit Jamie nachdachte. »Ich mag Carmen. Dass er sie betrogen hat, kann ich mir kaum vorstellen.«

»Ich weiß. Ich würde ihr das ungern beibringen müssen.«

»Das wäre fast schlimmer, als ihr zu erzählen, dass er umgebracht wurde«, sagte Sam. Sie schaute aus dem Seitenfenster auf die vorbeifliegende Stadt und ging in Gedanken alle Informationen durch, die sie bisher zusammengetragen hatten. »Wenn er fremdging, hoffen wir mal, dass wir nicht diejenigen sein werden, von denen sie es erfährt.«

»Falls es wirklich irgendein Fan war, der Rache für den Patzer nehmen wollte, werden wir möglicherweise nie herausfinden, wer es war«, meinte Hill nach längerem Schweigen.

»Der Gedanke ist mir auch schon gekommen. Allerdings gab es genügend Chaos in Willies Leben und in dem der Leute rund um das Team, dass es sich lohnt, sein Umfeld genauer unter die Lupe zu nehmen. Wenn wir bloß unsere Zeit verschwenden, werden wir das schnell genug merken.«

»Ich habe nicht den Eindruck, dass wir unsere Zeit vergeuden.«

»Ich auch nicht«, pflichtete Sam ihm bei. »Als Willie den Ball nicht erwischte, ging für irgendwen irgendwas den Bach hinunter, und das hat diesen Jemand so wütend gemacht, dass er ihn umgebracht hat. Oder aber die ganze Sache hat überhaupt nichts mit dem verfehlten Ball zu tun, und der Patzer bot jemandem lediglich die Gelegenheit, das perfekte Verbrechen zu begehen.«

»Auch eine Möglichkeit.«

»Ich muss mal sehen, wie weit wir mit Collins sind.« Als sie nach ihrem Handy griff, klingelte es. Sie schaute auf das Display und erkannte Darren Tabors Nummer. Ihr erster Impuls war es, den lästigen Reporter zu ignorieren, doch da er in der Vergangenheit gut zu ihr gewesen war, nahm sie den Anruf entgegen. »Ich hab zu tun, Darren.«

»Ich weiß, und es tut mir auch leid, Sie behelligen zu müssen. Ich brauche nur die Bestätigung eines Details, um es in ein Update der Vasquez-Story einbauen zu können.«

»Welches Detail?«

»Ist es wahr, dass er in einem Müllcontainer gefunden wurde?«

Sams Herzschlag verlangsamte sich, während die Wut in ihr hochkochte. »Wer hat Ihnen das erzählt?«

»Sie wissen, dass ich meine Quellen nicht preisgeben kann.«

»Verraten Sie es mir. Sofort, Darren. War es jemand aus dem Hauptquartier?«

»Könnte sein. Es ist also wahr?«

»Passen Sie mal gut auf. Hören Sie?«

»Ja, ja. Erschießen Sie nicht den Überbringer der Nachricht, Lieutenant.«

»Wir haben dieses Detail zurückgehalten, weil wir es später vielleicht noch brauchen. Ich bitte Sie daher aus beruflicher und aus kollegialer Sicht, es nicht zu veröffentlichen. Wir haben seiner Frau auch nichts davon gesagt, und ich fände es schlimm, wenn sie das aus den Medien erfährt.«

»Ach, kommen Sie schon, Sam. Sie machen mir das Leben echt schwer.«

»Wie wäre es damit? Sobald wir den Fall abgeschlossen haben, bekommen Sie die Exklusivstory. Haben wir einen Deal?«

»Oh, na schön. Aber vergessen Sie nicht, dass Sie mir etwas schulden.«

»Das werde ich nicht«, versprach sie aufatmend. »Verraten Sie mir eines, Darren. War Stahl derjenige, der Sie angerufen hat?«

»Dazu sage ich nichts. Sie wissen, dass ich das nicht kann.«

»Na gut. Wir bleiben in Kontakt.« Sie beendete das Telefonat und murmelte: »Scheißkerl.«

»Haben Sie eine undichte Stelle?«, erkundigte Hill sich.

»Eher so was wie eine Ratte«, erwiderte Sam, rief die Zentrale an und bat, umgehend zum Chief durchgestellt zu werden.

»Lieutenant«, meldete sich der Chief. »Haben Sie Neuigkeiten für mich?«

»Noch nicht, aber wir gehen einer Reihe von vielversprechenden Spuren nach.« Das Wort »vielversprechend« war

191

unter Umständen ein bisschen übertrieben, aber das musste sie ihm ja nicht auf die Nase binden. »Der Grund für meinen Anruf ist, dass es erneut eine undichte Stelle im Hauptquartier gibt. Darren Tabor rief mich gerade an und wollte wissen, ob es stimmt, dass wir Willie in einem Müllcontainer gefunden haben. Dieses Detail haben wir bisher unter Verschluss gehalten, für den Fall, dass wir es später brauchen. Ich wüsste also gern, wie das passieren konnte – schon wieder.«

»Ich auch«, entgegnete er in einem Ton, der ihr verriet, dass er ebenfalls wütend darüber war.

»Ihnen ist genauso klar wie mir, dass Stahl dahintersteckt. Er würde mich durch die Sabotage meiner Ermittlungen liebend gern schlecht dastehen lassen. Ich will Ihnen nicht vorschreiben, wie Sie Ihren Job zu machen haben, aber ...«

Sein bellendes Lachen unterbrach ihre Wutrede. »Nur zu, lassen Sie sich nicht von mir aufhalten.«

»Lassen Sie von Archie die Telefonverbindungen überprüfen. Ich wette, der entscheidende Anruf kam von Stahl.«

»Sie halten ihn für dumm genug, aus diesem Gebäude einen Reporter anzurufen?«

»Ich halte ihn für arrogant genug, zu glauben, dass er nie erwischt wird.«

»Da könnten Sie allerdings recht haben.«

»Ich habe in diesen Dingen immer recht. Lassen Sie Archie die Überprüfung durchführen?«

»Ja!«

»Und werden Sie mir berichten, was er herausfindet?«

»Auf keinen Fall.«

»Das ist nicht fair.«

»Das Leben ist nicht fair. Gehen Sie wieder an die Arbeit. Finden Sie den Mörder.«

»Ich bin dabei.« Sie klappte ihr Handy zu. »Ich hoffe, er überführt diesen Mistkerl.«

»Was ist das eigentlich für eine Geschichte mit diesem

Stahl?«, wollte Hill wissen, während er durch den dichten Nachmittagsverkehr navigierte.

»Ich wünschte, das wüsste ich. Er hasst mich aus tiefstem Herzen, und zwar schon immer. Es wurde natürlich nicht besser dadurch, dass ich zum Lieutenant befördert wurde und man mir seinen Posten gab. Er wurde zur Rattenbande versetzt«, erzählte sie, auf die Abteilung Interne Ermittlungen anspielend. »Und seitdem sitzt er mir ständig im Nacken.«

»Sie haben früher unter seiner Leitung gearbeitet?«

»Ja, und das waren gute Zeiten, verglichen mit jetzt. Er hat mich damals bereits genervt, das können Sie mir glauben.«

Hill lachte. »Ich wette, Sie sind ihm ebenfalls ganz schön auf die Nerven gefallen.«

»Ich? Jemandem auf die Nerven fallen? Das trifft mich jetzt aber.«

»Na klar doch«, erwiderte er.

»Er ist echt ein Trottel. Der würde in einer Horde Affen nicht mal seinen eigenen Hintern finden. Und ganz bestimmt sollte er keine Abteilung leiten.«

Lachend erwiderte Hill: »Woher haben Sie denn diesen Spruch?«

»Welchen?«

»Das mit der Affenhorde.«

»Hab ich mir ausgedacht. Aber Sie haben's kapiert, oder?«

»Sie sind vielleicht eine, Holland. Ehrlich.«

»Das bekomme ich öfters zu hören.« Sam wagte einen Blick in seine Richtung und stellte fest, dass er konzentriert auf den Weg achtete. Vielleicht war es doch möglich für sie beide, ihr Verhältnis kollegial zu halten, ohne jegliche Andeutung eines romantischen Interesses. Sie hoffte es sehr, denn wenn Hill in der Stadt blieb, konnte sie diese Art von Drama nicht auch noch gebrauchen.

»Was haben Sie getan, um den Zorn von Lieutenant Stahl auf sich zu ziehen?«

»Tja, zunächst einmal bin ich Skip Hollands Tochter. Die zwei fingen zusammen bei der Polizei an. Mein Dad wurde Deputy Chief, während Stahl über den Rang eines Lieutenant nie hinauskam. Das hat er meinem Dad stets übel genommen. Als ich dann bei der Polizei ziemlich rasch aufstieg, hasste er mich allein schon wegen meines Nachnamens. Es machte die Sache nicht unbedingt besser, dass ich unter seinem Kommando aufsässig war.«

»Ach was. Sie und aufsässig? Kann ich mir gar nicht vorstellen.«

»Halten Sie den Mund. Und ob Sie sich das vorstellen können.«

Als sie das Viertel Adams Morgan erreichten, leitete Sam ihn zu Jamies Apartmentgebäude an der Columbia Road. Sie parkten und gingen hinein.

»Bei der Physiotherapeutin eines Major-League-Baseballteams hätte ich mir etwas Luxuriöseres vorgestellt«, meinte Hill, als sie den dritten Stock erreichten.

»Ich weiß. Das hier ist ganz hübsch, aber nichts Besonderes.«

»Stimmt. Wurden ihre finanziellen Verhältnisse überprüft?«

»Ich konnte nichts Ungewöhnliches finden.«

Sam klopfte an die Tür und legte das Ohr daran, bemerkte drinnen jedoch keinen Laut. Sie klopfte erneut, diesmal mit der Faust, und hörte prompt schlurfende Schritte.

»Wer ist da?«

»Lieutenant Holland!«, rief Sam und hielt ihre Marke vor den Spion. »Und Agent Hill.«

Mehrere Schlösser wurden entriegelt, dann ging die Tür auf. Die Frau, die ihnen gegenüberstand, hatte nur noch wenig Ähnlichkeit mit derjenigen, der sie gestern begegnet waren. Den geschwollenen Augen, der roten Nase und dem unordentlichen Äußeren nach zu urteilen, litt sie Trauer und hatte kaum geschlafen.

»Was machen Sie hier?«

»Wir müssen noch einmal mit Ihnen sprechen«, sagte Sam. »Können wir bitte reinkommen?«

»Äh, ja. Ich denke schon. Ich bin nicht richtig angezogen.«

»Wir werden Ihre Zeit nicht lange in Anspruch nehmen.«

Jamie ließ die beiden eintreten. Das Wohnzimmer war mit einer breiten Couch, einem Zweiersofa und einem kleinen Fernsehschrank eher schlicht eingerichtet. Keine Fotos, kein Nippes, nichts Persönliches von Jamie. Sam überlegte, ob das eins dieser möbliert vermieteten Apartments war.

Sie und Hill setzten sich auf die Couch, während Jamie auf dem Zweiersofa Platz nahm, die Füße unter sich zog und fragte: »Haben Sie herausgefunden, was mit Willie passiert ist?«

»Noch nicht«, gestand Sam. »Wir arbeiten daran. Deshalb wollten wir Sie sprechen.«

»Warum mich?«

»Wir haben von mehreren Leuten aus dem Umfeld des Teams gehört, Sie und Willie hätten eine besonders enge Beziehung gehabt.«

»Na und? Das habe ich Ihnen gestern auch erzählt. Wir waren gute Freunde.«

»Wir haben von anderen gehört, es sei allgemein bekannt gewesen, dass Sie und Willie – wie soll ich das sagen? – sich näherstanden als Freunde.«

Jamies Miene wirkte für einen Moment völlig ausdruckslos, ehe Zorn ihre Wangen rötete. »Die behaupten, wir hätten eine Affäre gehabt.«

»Es gibt Spekulationen in dieser Richtung, ja.«

Eine ganze Weile starrte Jamie schweigend vor sich hin. »Wissen Sie, was mich wahnsinnig macht?«

»Was?«

»Dass Männer und Frauen nicht Freunde sein können, ohne dass das sofort zu falschen Vermutungen führt.«

»Sie bleiben also dabei, dass es keine Affäre gab?«, fragte Sam.

»Ich habe gestern gesagt, dass es keine Affäre gab.«

»Aber da befanden sich Ihre Bosse vor der Tür. Wir hatten gehofft, Sie würden in privater Umgebung ein wenig offener sein.«

»Es gibt nichts zu erzählen! Wir waren Freunde! *Kollegen.* Wir arbeiteten die gesamte Saison hindurch eng zusammen, und das taten wir auch später, als er versuchte, in der Saisonpause fit zu bleiben. Ich verstehe nicht, warum das zu einer Affäre aufgebauscht wird.«

»Die Leute sehen zwei Menschen viel Zeit miteinander verbringen und ziehen ihre Schlüsse daraus«, meinte Hill.

»Es gab keine Affäre. Er hing an seiner Frau und seinen Kindern. Er war mein Freund, und ich liebte ihn. Als Freund, mehr nicht.«

Sam fing an, ihr zu glauben. »Hat er mit Ihnen über seine Frau oder seine Familie oder über Probleme zwischen den beiden gesprochen?«

»Ab und zu. Ich wusste von der Situation mit Carmens Bruder. Das belastete die Ehe. Er wollte ihm das Geld ja geben, nur befürchtete er, das wäre ein Fass ohne Boden. Es musste einfach irgendwann aufhören, verstehen Sie? Und er hatte dem Bruder schon viel Geld gegeben.«

»Wissen Sie, wie viel genau?«, erkundigte Sam sich, einer leisen Ahnung folgend.

»Ich glaube annähernd eine Million.«

»Das ist ein ziemlich persönliches Detail, um es einer Kollegin anzuvertrauen, finden Sie nicht?«, fragte Sam.

»Er war hin- und hergerissen in dieser Sache. Er hatte so hart dafür gearbeitet, dorthin zu kommen, wo er war, und eine solche Menge Geld zu verdienen, von der andere nur träumen können. Und alle in seinem Leben wollten ein Stück von dem Kuchen.«

»Wer denn noch außer Carmens Bruder?«

»Ihre Eltern, der andere Bruder, seine Eltern, seine Ge-
schwister, seine Cousins, die Freunde, mit denen er in der Dominikanischen Republik aufgewachsen war. Das schmerzte
ihn, denn er war nicht der Typ, der zu den Menschen, die er
liebte, Nein sagen konnte. Aber er kam sich zeitweise mehr wie
ein Banker vor, nicht wie ein Baseballspieler. Ich hatte den Eindruck, dass er glaubte, niemand interessiere sich für *ihn*. Die
interessierten sich alle bloß für sein Geld.«

»Schloss das Carmen ein?«

Jamie schürzte die Lippen, als würde sie überlegen, wie viel
sie preisgeben sollte. »Carmen genoss den Luxus, den Willie
ihr gern bot.«

»Aber?«

»Kein Aber.«

»Gehörte sie für ihn zu den Leuten, denen es eher um sein
Geld als um ihn ging?«

»Das weiß ich nicht. So sprach er über sie nicht mit mir.
Als Mutter seiner Kinder begegnete er ihr stets respektvoll.«

»Er liebte seine Kinder.« Sam wollte einschätzen, wie Jamie
auf die Erwähnung von Willies Kindern reagierte.

Ihre Augen füllten sich mit Tränen. »Er betete diese Jungs
an. Er meinte, alles, was er tue, tue er für sie, damit sie ein besseres Leben führen konnten, als er es gehabt hatte.«

»Wuchs er in armen Verhältnissen auf?«

»In äußerst armen. Er hat so hart gearbeitet. Ganz egal, was
irgendwer sagt, er war der am härtesten arbeitende Spieler des
Teams. Niemand wollte diesen Sieg mehr als er. Ich verstehe
nicht … Ich weiß nicht, wie er diesen Ball verfehlen konnte. Es
war schockierend.«

»Wer waren seine Freunde im Team?«

»Bis zu jenem Abend hätte ich geantwortet: alle. Besonders nahe stand er Chris Ortiz. Auch er wurde in ärmlichen
Verhältnissen geboren und stammt aus der Dominikanischen

Republik. Wie Willie fand er dank Baseball den Weg heraus. Die beiden hatten viel gemeinsam.«

»Wissen Sie, wo wir Ortiz finden können?«

»Wahrscheinlich in seinem Winterhaus in Fort Myers. Er fliegt dort immer direkt nach Saisonende hin und kommt erst zum Frühjahrstraining zurück. Ich glaube, ich habe seine Nummer gespeichert. Ich kann nachsehen, wenn Sie möchten.«

»Ja, bitte.«

Jamie verließ den Raum und kehrte eine Minute später mit einem Blatt Papier zurück, das sie Sam reichte.

»Sollte Ihnen noch etwas einfallen, was von Bedeutung sein könnte, rufen Sie mich bitte an«, sagte Sam und gab ihr erneut eine Karte, für den Fall, dass sie die andere von gestern verloren hatte.

»Das werde ich.«

An der Tür drehte Sam sich noch einmal zu Jamie um. »Mein Beileid zum Verlust Ihres Freundes.«

»Danke.«

Als sie wieder im Wagen saßen, meinte Hill: »Wohin jetzt?«

»Zurück zum Hauptquartier, um mit Collins zu reden. Und danach will ich Lind sehen.«

»Sie haben Jamie geglaubt, als sie behauptete, es habe keine Affäre gegeben.«

Sam fand es interessant, dass er das nicht als Frage formulierte, sondern als Tatsache. »Ja, habe ich. Wie steht's mit Ihnen?«

»Ich auch. Aber ich dachte auch: Selbst wenn es eine Affäre gab, warum sollte sie ihn umbringen? Weil er den Ball nicht gefangen hat? Was hätte das mit ihr zu tun gehabt oder mit dem, was zwischen den beiden war oder eben nicht war?«

»Richtig. Mit ihr hatte es nur insofern zu tun, als das Team seine Chance verlor, in die World Series zu kommen.«

»Wir können sie also von der Liste unserer Verdächtigen streichen.«

»Ich bin noch nicht bereit, irgendwen ganz von der Liste zu streichen.« Sam rief im Dezernat an und erreichte Detective Arnold. »Wie sieht es mit den Handydaten aus?«

»Geht nur langsam voran. Viele eingehende Anrufe vor und nach dem Spiel.«

»Und rausgehende Telefonate?«

»Bloß mit seiner Frau.«

»Befindest du dich in der Nähe eines Computers?«

»Ja. Was brauchst du?«

»Die Nummer der Agentur George McPhearson in New York City. Eine Sportler-Agentur.«

»Bleib dran.«

Sam hörte das Klacken der Tastatur, als er die Suche startete.

»Bereit?«, fragte Arnold kurz darauf.

Sie schrieb die Adresse, die er ihr diktierte, in ihr Notizbuch.

»Danke. Melde dich, falls dir bei den Handydaten irgendetwas auffällt.«

»Mach ich.«

Damit beendete sie das Gespräch und tippte die Nummer von McPhearsons Agentur ein.

»Es gibt diese fantastische neue Erfindung namens Smartphone«, meinte Hill. »Damit kann man Telefonnummern suchen und anschließend direkt von der Website anrufen.«

Während sie dem Klingeln am anderen Ende der Leitung lauschte, erwiderte sie: »Warum soll ich mich mit einem Smartphone herumärgern, wenn mir jederzeit smarte Leute zur Verfügung stehen?«

»Agentur George McPhearson«, meldete sich jetzt eine weibliche Stimme. »Mit wem darf ich Sie verbinden?«

»Mit Mr. McPhearson.«

»Der ist zurzeit nicht zu sprechen. Möchten Sie zu seiner Mailbox weitergeleitet werden?«

»Nein. Hier spricht Lieutenant Holland von der Polizei in Washington, D.C. Ich rufe wegen des Mordes an Willie

Vasquez an. Stellen Sie mich zu McPhearson durch. Sofort.«

»Bitte bleiben Sie in der Leitung.«

»Wieder eine Rezeptionistin zerfetzt«, bemerkte Hill neben ihr.

»Meine ganz besondere Gabe.«

»Büro Mr. McPhearson.«

»Lieutenant Holland von der Polizei in Washington, D.C. Es geht um die Mordsache Willie Vasquez. Bitte verbinden Sie mich umgehend mit Mr. McPhearson.«

»Es tut mir leid, aber er befindet sich in einer Besprechung und darf nicht gestört werden.«

»Lassen Sie mich Ihnen erklären, wie das läuft. Hören Sie zu?«

»Äh, ja …«

»Ich werde jetzt auflegen und danach meine Kollegen in New York City anrufen. Die schicken Ihnen zwei uniformierte Polizisten vorbei, die direkt in Mr. McPhearsons grandios wichtige Besprechung marschieren werden. Dann bringen die ihn in Handschellen in Gewahrsam, damit wir ihm die Fragen stellen können, die wir ihm stellen müssen. Es sei denn … *Sie holen ihn auf der Stelle ans Telefon!* Haben Sie irgendwas von alldem nicht verstanden?«

»Bitte bleiben Sie dran.«

Hill lachte hinter dem Steuer leise in sich hinein.

»Hat mich schon wieder in die verdammte Warteschleife geschickt.«

In der Leitung klickte es. »George McPhearson.«

»Ah«, sagte Sam. »Endlich.«

»Es gefällt mir nicht, dass Sie meine Mitarbeiter einschüchtern.«

»Und mir gefällt nicht, von Leuten abgeblockt zu werden, die glauben, dass eine Besprechung wichtiger ist als Gerechtigkeit für einen toten Mann. In meiner Welt ist *nichts* wichtiger als das.«

»Was wollen Sie?«

»Verraten Sie mir, wer Willie Vasquez wegen eines verfehlten Baseballs tot sehen wollte.«

»Abgesehen von jeder einzelnen Person in der Hauptstadt und der gesamten Umgebung?«

»Ja, abgesehen von denen. Sponsoren zum Beispiel oder zornige Agenten, die von einem lukrativen neuen Vertrag profitiert hätten, nachdem Willie die World Series gewonnen hätte. Wir sind daran interessiert, mit solchen Leuten zu sprechen.«

»Wollen Sie mir vorwerfen, ich hätte etwas damit zu tun?«

»Sollte ich?«

»Selbstverständlich nicht! Er war nicht nur mein Klient. Er war auch mein Freund. Es bricht mir das Herz, was mit ihm passiert ist – auf dem Spielfeld und nachher. Er gehörte zu den am härtesten arbeitenden und hingebungsvollsten Athleten, mit denen ich je zusammenzuarbeiten das Vergnügen hatte.«

»Hat Ihre PR-Abteilung Ihnen diesen rührseligen kleinen Text geschrieben, oder ist Ihnen das ganz allein eingefallen?«

»Was zur Hölle ist eigentlich Ihr Problem?«

Sam hielt das Telefon vom Ohr weg, während er hineinbellte, und überlegte, ob er in diesem Ton auch mit ihr gesprochen hätte, wenn sie vor ihm gestanden hätte. Um seinetwillen hoffte sie, dass die Antwort Nein lautete. »Mord ist mein Problem, Mr. McPhearson. Ich will wissen, wer in Willies Umfeld durch einen Sieg der Feds etwas zu gewinnen hatte. Ich denke da an Sponsoren oder gar einen Manager oder eben an einen Agenten, für die ein großer Deal auf dem Weg in die World Series drin gewesen wäre.«

Er schwieg so lange, dass Sam sich bereits fragte, ob er aufgelegt hatte. »Hallo? McPhearson?«

»Ich bin hier.«

»Und?«

»Für uns alle hing einiges von diesem Spiel ab, Lieutenant«, erklärte er in einem müderen, versöhnlicheren Ton. »Hätte das

Team es in die World Series geschafft, hätten Verträge ge-
winkt – nicht nur für Willie, sondern auch für andere Spieler
der Feds.«

»Wen aus dem Team vertreten Sie denn sonst noch?«

»Lind, Mulroney, Hattie, Smith und Ortiz.«

»Wer von denen hatte am meisten zu verlieren?«

»Willie.«

»Und als Nächster?«

»Lind.«

»Haben Sie seit dem Spiel mit ihm gesprochen?«

»Ich habe ihm ein paar Nachrichten hinterlassen, aber noch
nichts von ihm gehört.«

»Was ist mit Ihnen? Viel zu verlieren gehabt?«

»Natürlich. Ich vertrete allerdings auch sechs Spieler der Giants, also ist es für mich in jedem Fall in Ordnung.«

»Drohten irgendeinem Sponsor große Verluste, weil Willie
den Ball nicht gefangen hat?«

»Nicht genug, um ihn deswegen gleich umzubringen. Die
haben mehrere große Namen unter Vertrag, um das Risiko für
sich zu minimieren.«

»Genau wie Agenten, was?«

»Ja, könnte man wohl so sagen.«

»Warum waren Sie nicht bei dem Spiel, an dem viele Ihrer
Klienten teilnahmen?«

»Ich war da und bin gleich im Anschluss zurück nach New
York geflogen.«

Sams Handy piepte und kündigte einen anderen Anrufer an,
den sie jedoch ignorierte. »Was ist mit Willies Manager?«

»Charlie Engal. Er hält sich für einen Monat mit seiner
Frau in Europa auf, wo sie ihren dreißigsten Hochzeitstag
feiern.«

»Während der Play-offs?«

»Als er geheiratet hat, managte er noch keine Baseballprofis.
Was wollen Sie von mir hören?«

»Ich würde Ihnen gern meine Nummer geben, für den Fall, dass Ihnen noch etwas einfällt, was für unsere Ermittlungen relevant sein könnte.«

»Äh, klar. Warten Sie, ich besorge mir etwas zu schreiben. Okay, legen Sie los.«

Sam nannte ihm die Nummer. »Und vielleicht bringen Sie Ihren Mitarbeitern bei, dass sie Anrufe der Polizei gleich zu Ihnen durchstellen.«

»Sie müssen unsere Ignoranz verzeihen. Wir bekommen nicht oft Anrufe von der Polizei.«

Das Handy piepte erneut. Wer auch immer sie zu erreichen versuchte, probierte es gerade erneut. »Diesmal werde ich es Ihnen nachsehen. Aber wenn ich noch mal anrufe und wieder auf eine Mauer stoße, werde ich nicht mehr so nachsichtig sein. Danke für Ihre Zeit.«

Sam beendete das Gespräch, bevor er etwas erwidern konnte. Es gefiel ihr, das letzte Wort zu haben.

»Dem haben Sie's gegeben«, meinte Hill.

»Ich mag es nicht, wenn mir jemand bei meinen Ermittlungen in die Quere kommt. Die denken immer, was sie gerade machen, sei wichtiger als das, was ich tue.« Ihr fielen die Anrufe ein, die sie ignoriert hatte. Sie schaute in die Liste der letzten Anrufer. *Mist.* Sie waren beide von Scottys Schule. Sam rief sofort zurück.

11. Kapitel

»Hier spricht Sam Holland. Ich meine … Cappuano. Sie haben mich angerufen?«

»Ah, ja, Mrs. Cappuano. Ihr Sohn Scotty befindet sich im Krankenzimmer. Er klagt über Bauchschmerzen und bat uns, Sie zu benachrichtigen.«

»Oh, äh, gut. Ich hole ihn gleich ab.«

»Wir werden es ihm ausrichten. Danke.«

»Fahren Sie schneller«, wandte sie sich an Hill. »Mein Sohn ist krank in der Schule. Ich muss zu ihm.«

»Klar.«

Sam bekam selbst Magenschmerzen vor Nervosität. Es gab viele Leute, die sie anrufen konnte, um Scotty abzuholen: Shelby, eine ihrer Schwestern, ihre Stiefmutter, Nick, sogar Scottys Bewacher vom Secret Service hätten ihn nach Hause bringen können. Aber da Scotty darum gebeten hatte, sie zu informieren, kam niemand anderes infrage. An der letzten Ampel vor dem Parkplatz des Hauptquartiers sagte Sam zu Hill: »Sie fliegen in die Dominikanische Republik und gehen der Sache dort nach?«

»Ja.«

»Halten Sie mich auf dem Laufenden.«

»Sie mich auch. Ich hoffe, Ihrem Sohn geht es bald besser.«

»Danke.« Sam stieg aus und lief zum Parkplatz. Sobald sie in ihrem eigenen Auto saß, wählte sie Nicks Nummer, erreichte aber nur seine Mailbox. »Hey, Babe, ich wollte dir bloß mitteilen, dass ich jetzt unterwegs bin, um Scotty von der Schule zu holen. Er hat Magenschmerzen. Ich melde mich wieder. Ich lieb dich.«

Sam nahm einen Umweg über Capitol Hill, um dem Mittagsverkehr auszuweichen. Als sie endlich widerrechtlich vor der Schule parkte und in das Gebäude rannte, war ihr Blutdruck bedenklich hoch. Im Sekretariat telefonierte die Rezeptionistin. Sam unterdrückte den Impuls, auch hier ihre üblichen Rezeptionistinnen-Fähigkeiten auszuspielen – bis sie bemerkte, dass die Frau ein Privatgespräch führte.

»Mein Kind ist krank«, sagte Sam, um sich bemerkbar zu machen.

Die Frau besaß tatsächlich die Nerven, den Zeigefinger zu heben.

Im Ernst? Sam hätte ihr am liebsten den Hörer aus der Hand gerissen – und den Finger gebrochen. Das Einzige, was sie davon abhielt, war die Tatsache, dass Scotty hier weiterhin zur Schule gehen sollte. »Mein Kind ist krank«, wiederholte sie, diesmal lauter.

Die Frau warf ihr einen genervten Blick zu. »Ich muss Schluss machen. Melde mich später noch mal.«

»Wo finde ich das Krankenzimmer?«

»Ich werde Sie dort anmelden. Der Name Ihres Sohnes?«

»Scott Cappuano.« Der Klang ihres neuen Namens brachte Sam zum Lächeln – im Innern. Der Rezeptionistin zuzulächeln lehnte sie schlicht ab.

Die nahm den Hörer des Hausapparats und wählte einen Nebenanschluss an. »Scott Cappuanos Mutter ist hier, um ihn abzuholen.«

Scott Cappuanos Mutter ist hier.

Ihre Knie gaben beinah nach angesichts der Emotionen, die diese harmlosen Worte, die ihr unendlich viel bedeuteten, in ihr auslösten. Da ihr tatsächlich Tränen in die Augen traten, wandte sie sich vom Tresen ab und rang um Fassung. Sie fühlte sich, als würde jemand ihr Herz zusammenpressen. Und dann kam Scotty ins Sekretariat, seinen Schulranzen hinter sich herschleppend. In diesem Moment war nichts mehr wichtig außer

205

dem, was er brauchte. Seine Bewacher vom Secret Service folgten in respektvollem Abstand.

»Hey, Kumpel«, sagte sie und wollte mit ihm zur Tür gehen.

»Sie müssen noch unterschreiben, dass Sie ihn abgeholt haben, Mrs. Cappuano«, informierte die Rezeptionistin sie, auf einen Ordner auf dem Tresen zeigend.

»Oh, richtig.« Sam ließ Scotty los, unterschrieb und führte Scotty hinaus. Draußen atmete sie mehrmals tief durch. Wer hätte gedacht, dass es eine derartig emotionale Angelegenheit sein könnte, sein Kind von der Schule abzuholen? Sie legte ihm den Arm um die Schultern. »Was ist los?«

»Nichts.«

Diese einsilbige Antwort war ganz untypisch für ihn, deshalb blieb Sam stehen und sah ihn an. Entsetzt stellte sie fest, dass Tränen in seinen Augen schimmerten. Sie ergriff seine Schultern und beugte sich herunter, um ihm ins Gesicht sehen zu können. »Was ist los?«

Er schaute zum Schulgebäude. »Nicht hier.«

Von plötzlicher Sorge erfüllt meinte sie: »Komm.« Mit einem vorsichtigen Blick zu den Agenten, die ihnen aus der Schule folgten, führte sie ihn zu ihrem Wagen. Sie hatte ihn bereits angeschnallt und saß selbst im Wagen, ehe die beiden darauf bestehen konnten, Scotty nach Hause zu fahren. »Was ist passiert?«

»Ein paar Kids haben gesagt, Willie sei ein Loser gewesen, weil er den Ball nicht gefangen hat. Sie haben behauptet, er hätte verdient, was mit ihm passiert ist.«

»Oh Mann.« Sie ahnte bereits, worauf das Ganze hinauslief. »Was hast du darauf erwidert?«

»Ich habe ihnen erklärt, dass er einen Fehler gemacht hat, aber niemand es verdient, dafür zu sterben.«

»Da hast du recht.«

»Sie waren anderer Meinung. Dieser eine Junge, Nathan Cleary ...«

»Was ist mit dem?«

»Er hat mich in den Bauch geboxt.«

»*Was?* Ist das dein Ernst? Ich gehe sofort da rein und werde mich mal mit dem Rektor unterhalten.« Ganz zu schweigen von Scottys Bewachern. Wieso hatten die zugelassen, dass ein anderer Junge ihn schlug?

Scotty hielt sie am Arm zurück, um sie am Aussteigen zu hindern. »Nein, Sam. Das geht nicht.«

»Was soll das heißen? Du wurdest in der Schule angegriffen. Da kannst du drauf wetten, dass ich deswegen Stunk mache.«

»Wenn du das tust, werden die anderen Kids mich hassen. Er ist beliebt, und ich bin immer noch neu. Du kannst keinen Stunk machen. Das geht einfach nicht.«

Sam war es nicht gewohnt, dass jemand ihr sagte, sie könne irgendetwas nicht machen – besonders wenn es darum ging, ihre Familie zu beschützen.

»Bitte.«

Dieses eine, mit leiser Stimme gesprochene Wort, so untypisch für ihn, ließ sie innehalten. »Okay, gut. Aber sollte das wieder vorkommen, werde ich mich einmischen.«

»Er hat mich diesmal überrumpelt. Wenn er mich noch einmal schlägt, schlage ich zurück.«

»Ja, das wirst du, und wenn du deshalb von der Schule suspendiert wirst, gehen wir Eis essen und feiern deine erste Suspendierung.«

Das entlockte ihm die Andeutung eines Lächelns.

»Du bist also nicht krank?«, hakte sie nach.

Er schüttelte den Kopf. »Mein Magen tut weh von dem Schlag.«

Alarmiert sagte Sam: »Soll ich dich lieber zu Dr. Harry fahren?«

»*Nein*«, erwiderte er voll vorpubertärer Verachtung.

Ein weiterer Gedanke kam ihr, einer, von dem sie hoffte, dass er ihn aufheiterte. »Möchtest du heute Nachmittag mit mir zur Arbeit kommen?«

Seine Augen wurden groß. »Kann ich dir helfen, herauszufinden, was mit Willie geschehen ist?«

Sie startete den Motor. »Absolut. Ich kann jede Hilfe gebrauchen, Kumpel.«

»Du bist nicht wütend, weil ich vorgegeben habe, krank zu sein, damit du kommst und mich abholst?«

»Ich bin nicht wütend, weil du aufgebracht und durcheinander warst. Aber ich will nicht, dass du mich anrufen lässt, weil du mal Langeweile hast. Verstanden?«

»Ja, verstanden. Ich konnte einfach nicht dableiben, nach dem, was passiert war.«

»Ich hoffe, diesem kleinen Tyrannen Nathan geht der Arsch auf Grundeis, und er hat mächtig Angst, dass er einen Riesenärger bekommt, wenn deine knallharte Cop-Mom erfährt, was er getan hat.«

Scotty prustete los, und das wärmte ihr Herz. »Du kennst vielleicht Schimpfwörter.«

»›Arsch‹ ist doch kein richtiges Schimpfwort.«

»Es ist vulgär. Hat Mrs. Littlefield gesagt.«

Sein früherer Vormund hatte dem Jungen strenge Werte vermittelt, und denen gerecht zu werden erwies sich als Herausforderung für Sam. »Wenn Mrs. Littlefield das sagt, muss es wohl stimmen. Aber in meiner Welt sind Körperteile nicht vulgär.« Während der gesamten Fahrt zum Hauptquartier diskutierten sie über die Vulgarität verschiedener Körperteile und lachten dabei die meiste Zeit. Seine Bewacher folgten ihnen in einem ihrer typischen schwarzen SUVs. Sam bog auf den Parkplatz ein und hielt auf ihrem üblichen Platz. »Bleib hier, Kumpel, ich bin gleich wieder da.«

»Okay.«

Sam stieg aus, ging zu dem SUV und klopfte an die Scheibe.

Die Scheibe wurde heruntergelassen, und dahinter kamen ein weiblicher Agent am Steuer sowie ein männlicher Agent auf dem Beifahrersitz zum Vorschein. Sam konnte sich an die

Namen nicht erinnern, doch die Gesichter kannte sie.

»Darf ich Ihnen eine Frage stellen?«

»Selbstverständlich, Lieutenant«, antwortete die Frau.

»Wie ist es möglich, dass meinem Sohn in den Magen geboxt wird, wenn zwei Bundesagenten ihn bewachen?«

»Wir haben versucht, auf Abstand zu bleiben, damit er wenigstens annähernd normale Erfahrungen machen kann«, berichtete der Mann. »Der Zwischenfall mit dem anderen Jungen eskalierte sehr schnell. Wir bedauern, dass es passiert ist und wir nicht nah genug waren, um es zu verhindern.«

Sam merkte seiner Miene und seinem Ton an, dass es ihm wirklich leidtat. Beiden. »Okay, sorry, ich wollte Sie nicht anfahren. Aber ich muss wissen, dass er ständig in Sicherheit ist, damit ich funktionieren kann.«

»Tut uns leid, dass wir Sie enttäuscht haben«, meinte die Frau. »Es wird nicht wieder vorkommen.«

»Wie heißen Sie?«

Sie tauschten einen nervösen Blick. Zweifellos befürchteten sie, von Sam gemeldet zu werden.

»Ich bin Toni, und er ist Brice.«

»Danke, dass Sie Scotty im Auge behalten, Toni und Brice. Er wird den Nachmittag mit mir verbringen. Sie können es sich gern im Empfangsbereich bequem machen. Hinten, wo wir arbeiten, kann ich Sie allerdings nicht gebrauchen.«

»Wir müssen ihn ständig sehen können, sobald er sich nicht mehr in Ihrem Haus aufhält«, gab Brice zu bedenken.

»Da finden wir sicher eine Lösung, wo doch seine Mutter Polizistin ist.«

Toni schüttelte den Kopf, was ihren Pferdeschwanz hüpfen ließ. »Wir müssen ihn im Blick haben. Ständig.«

»Na schön«, lenkte Sam genervt ein. Sie wusste, wie es war, wenn man einen Job zu erledigen hatte, und dass es oft genug unangenehm für alle Beteiligten sein konnte. »Aber kommen Sie mir bloß nicht in die Quere.«

209

»Wir werden unser Bestes tun, um uns unauffällig zu verhalten«, versprach Brice.

Sam war auf dem Rückweg zu ihrem Wagen, als Nick anrief.

»Hey, Babe«, begrüßte sie ihn.

»Was ist mit dem Jungen?«

»Eine Schlägerei in der Schule.«

»*Was*? Was zum Kuckuck …?«

»Genauso habe ich auch reagiert.« Sie schilderte ihm den Vorfall in der Schule in knappen Worten.

»Wie konnte das passieren? Er hat doch Bewacher.«

»Anscheinend waren sie nicht nah genug an ihm dran, um diese rasch eskalierende Situation zu stoppen.«

»Das ist doch ihr Job!«

»Ich glaube, sie bewegen sich da auf einem schmalen Grat, um einerseits für seine Sicherheit zu sorgen und ihm andererseits die Möglichkeit zu lassen, ein normales Schulleben zu führen. Keine Sorge, ich habe bereits mit denen darüber gesprochen.«

»Das kann ich mir vorstellen«, sagte er, in sich hineinlachend. »Wo ist er jetzt?«

»Bei mir für den Nachmittag. Er wird mir helfen, den Mord an Willie aufzuklären.«

»Hast du denn Zeit dafür?«, fragte er.

»Natürlich habe ich die. Er ist mein Sohn.«

»Ja, das ist er.«

»Es war nur ziemlich komisch alles.«

»Was denn?«, hakte Nick nach.

»Einen Anruf von der Schule zu bekommen, dass er krank sei und darum gebeten habe, dass ich ihn abhole. Und dann ruft die Tussi im Sekretariat das Krankenzimmer an und sagt: ›Scott Cappuanos Mutter ist hier, um ihn abzuholen.‹ Da war ich irgendwie zu Tränen gerührt.«

»Ah, Liebes. Das ist süß. Du bist jetzt eine Mom.«

»Endlich.«

»Ich wünschte, ich könnte dich umarmen.«

»Das wäre schön. Später?«

»Unbedingt. Ich habe noch einen Termin nach der Arbeit, aber es sollte nicht allzu spät werden. Ich könnte nämlich auch eine Umarmung gebrauchen. Es war ein ziemlich beschissener Tag bis jetzt.«

»Was ist los?«, wollte Sam wissen, verblüfft über seine Bemerkung. Er war sonst immer so positiv und gut gelaunt.

»Das erzähle ich dir, wenn wir uns sehen. Hab dich lieb. Richte meinem Jungen aus, dass ich ihn auch lieb habe. Und ich werde den anderen Jungen, der ihn geschlagen hat, verprügeln, wenn er das will.«

Lächelnd erwiderte sie: »Das habe ich ihm auch schon angeboten, und es wurde höflich zurückgewiesen.«

»Bei der nächsten Schulfeier solltest du mal deine Waffe und deine Dienstmarke aufblitzen lassen, damit der andere Junge weiß, mit wem er es zu tun bekommt.«

»Ja, ich glaube, das werde ich machen, Senator. Mir gefällt Ihre Art, zu denken.«

»Ich finde einfach, wir sollten etwas tun.«

»Vielleicht rufe ich die Eltern des Jungen an.«

»Das ist eine gute Idee. Aber achte darauf, dass du sagst: ›Hier spricht Lieutenant Holland vom Metro PD. Ich würde gern mit Ihnen über Ihren Sohn, den kleinen Tyrannen, sprechen.‹«

»Und über eine mögliche Anzeige wegen Körperverletzung.«

Lachend gab er zurück: »Damit solltest du ihre Aufmerksamkeit bekommen. Hey, Scotty könnte mich heute Abend zu meiner Wohltätigkeitsgala begleiten.«

»Das würde er bestimmt gerne. Ich könnte ihn mit seinen Bewachern nach Hause schicken, damit er sich umziehen kann.«

»Ich hole ihn gegen halb sechs ab, dann können wir zusammen hinfahren.«

»Ich werde es ihm ausrichten.«

»Bis bald. Pass gut auf meine Familie auf.«

»Mach ich. Und PS: Ich liebe dich auch.« Sam beendete das Telefonat und öffnete die Beifahrertür für Scotty. »Das war gerade Nick am Telefon. Er hat angeboten, Nathan für dich zu vermöbeln, wenn du das gerne möchtest.«

»So kurz vor der Wahl wäre das keine gute Idee«, erwiderte Scotty trocken, schon ganz der Sohn des Politikers.

Gemeinsam gingen sie auf den Eingang des Hauptquartiers zu. »Mag sein, doch er würde sich danach sicher besser fühlen. Wir würden beide den Jungen gern spüren lassen, wie sich das anfühlt, was er mit dir gemacht hat.«

»Es ist cool, dass ihr zwei wütend deswegen seid.«

»Und wie wir das sind. Was ist die Steigerung von sauer?«

»Äh … Ich suche nach dem richtigen Wort … Zornig?«

»Zornig. Das ist ein gutes Wort. Aber wir brauchen mehr Wumms. Scheißwütend klingt besser.«

»Scheiße ist ein Schimpfwort.«

»Ach was!«

»Doch. Frag Mrs. L.«

Sam seufzte dramatisch. »Deren Standards sind mir echt zu hoch.«

»Was du nicht sagst.« Scotty verdrehte die Augen.

»Nimmst du mich auf den Arm?«

»Ja, ich glaube schon.«

Sie schauten sich grinsend an, und Sam war froh, dass er anscheinend den Trübsinn wegen des Vorfalls in der Schule hinter sich gelassen hatte. »Nick hat sich gedacht, du möchtest vielleicht mit zu seiner Wohltätigkeitsgala in Arlington heute Abend.«

Seine Augen leuchteten. Er genoss jede Sekunde, die er mit Nick verbringen konnte, selbst wenn sie etwas unternahmen, was die meisten Kids langweilig finden würden. »Und wie!«

»Vorher musst du aber nach Hause, um deine Arbeitskleidung anzuziehen«, sagte sie und meinte damit die Kakihosen, Blazer und die Hemden sowie das Sortiment an Krawatten, das sie ihm für seine Auftritte bei Wahlkampfveranstaltungen gekauft hatten. Er hatte die Sachen »Arbeitskleidung« getauft, was Sam und Nick köstlich amüsierte.

»Das ist kein Problem.«

»Ich werde mit deinen Bewachern reden, damit sie dich zum Umziehen nach Hause bringen. Nick meinte, er würde dich gegen halb sechs abholen, damit ihr gemeinsam hinfahren könnt.«

In der Lobby begegneten sie Chief Farnsworth. »Hey, Leute«, begrüßte er sie und musterte die Secret-Service-Agenten, die ihnen folgten. »Wie läuft's?« Er schüttelte Scotty die Hand.

Sam legte die Hände auf Scottys Schultern. »Ich habe einen Deputy für den Nachmittag, wenn Sie einverstanden sind.«

»Natürlich. Alles gut?«

»Er fühlte sich nicht gut in der Schule, doch jetzt geht es ihm schon viel besser. Stimmt's, Kumpel?«

Der liebevolle Blick, mit dem er sie ansah, rührte sie zutiefst. »Mir geht's viel besser.«

»Hast du Lust, dir mit dem alten Onkel Joe anzusehen, was in der Aufnahme los ist? Wir könnten ein Verbrecherfoto von dir machen und deine Fingerabdrücke nehmen.«

»Darf ich, Sam?«, fragte Scotty mit vor Begeisterung glänzenden Augen.

Sam schenkte dem Chief ein dankbares Lächeln. »Sind Sie sicher, dass Sie dafür Zeit haben?«

»Bin ich.«

»Dann viel Spaß und benimm dich«, sagte sie zu Scotty.

»Ich benehme mich immer«, erwiderte er empört.

Ja, dachte sie, während sie hinterherschaute, wie er mit dem Chief davonging, der ihm den Arm um die Schultern gelegt hatte – er war ein guter Junge. Deshalb war es ihm gar nicht in

213

den Sinn gekommen, zurückzuschlagen, als der Tyrann ihn geboxt hatte. Beim nächsten Mal würde er wissen, wie er sich selbst zu verteidigen hatte. Sie würde zwar dafür sorgen, dass es zumindest mit diesem Jungen kein nächstes Mal geben würde, aber es gab immer andere.

Sie kehrte zurück ins Morddezernat, wo sie zu ihrer Überraschung Freddie antraf. »Was machst du hier?«

»Konnte nicht schlafen, deshalb bin ich wieder hergekommen.«

»Du siehst fertig aus.«

»Danke für das Kompliment. Ich habe Arnold bei den Telefonverbindungen geholfen. Kann ich sonst noch was tun?«

»Wir müssen uns mit Garrett Collins unterhalten, außerdem mit Rick Lind, wenn dir danach ist.«

»Von mir aus gern.«

»Gib mir ein paar Minuten, ich finde dich dann.« Sie ging in ihr Büro und überflog den Stapel Nachrichten, die nichts mit dem aktuellen Fall zu tun hatten, weshalb sie sie beiseitelegte.

Ein Klopfen an der Tür ließ sie aufsehen. Es war Lieutenant Archelotta.

»Hast du eine Minute, Sam?«, fragte er.

»Mehr aber auch nicht«, erwiderte sie. »Was gibt's?«

Zu ihrem Erstaunen schloss er die Tür hinter sich. »Ich war vorhin in der Lieutenants' Lounge ...«

»Wir haben eine Lieutenants' Lounge? Wo zum Henker ist die?«

»Im dritten Stock.«

»Warum hat mir das noch keiner erzählt?«

»Steht im Handbuch für Lieutenants.«

»Es gibt ein *Handbuch*?«

»Ehrlich, Sam, du bist chaotisch«, bemerkte er lachend.

»Ja, ich weiß. Also ...«

»Ich hörte Stahl über den Fall Vasquez reden und darüber, dass Willie in einem Müllcontainer gefunden wurde.«

Sam fühlte Wut in sich aufsteigen. »Was hat er darüber gesagt?«

»Dass es symbolhaft sei und ausgleichende Gerechtigkeit. Ich glaube, das waren die Worte, die er benutzt hat. Dann bat der Chief mich, zu überprüfen, ob heute von hier aus Anrufe an den *Washington Star* gingen. Tja, man könnte sagen, dass ich zwei und zwei zusammengezählt habe.«

»Gab es einen Anruf beim *Star*?«, fragte Sam.

»Einen, aus der Lieutenants' Lounge.«

Sam sprang auf. »Wir müssen das Telefon auf Fingerabdrücke untersuchen.«

»Schon geschehen.«

»Ausgezeichnet. Du bist gut, Archie. Wirklich gut.« Die Doppelbedeutung dieser Worte klang nach, bis Sam sich räusperte und ihre schmutzigen Gedanken vertrieb. »Willst du Farnsworth berichten, was du gehört hast?«

»Wenn es dazu führt, Stahl loszuwerden, dann werde ich das ganz bestimmt tun.«

»Wir müssen es richtig anstellen, um die Chance, diesen Bastard dranzukriegen, nicht zu vertun. Lass uns warten, bis du die Ergebnisse wegen der Fingerabdrücke bekommen hast. Danach präsentieren wir dem Chief das ganze hübsche Paket.«

»Guter Plan.«

»Konntest du sehen, mit wem er in der Lounge gesprochen hat?«

»Nein, sonst wäre ich aufgeflogen«, antwortete Archie. »Ich halte dich auf dem Laufenden.«

»Danke für die Information.«

»Gern geschehen. Ich weiß, dass er es auf dich abgesehen hat, seit man dir seinen Posten gegeben hat. Deshalb fand ich, du könntest ein bisschen Munition gegen ihn gebrauchen.«

»Da hast du recht.«

»Ich kann nicht fassen, dass er so blöd war, von einem Apparat in diesem Haus dort anzurufen.«

»Arroganz, schlicht und einfach. Es kam ihm nicht in den Sinn, dass man ihn ertappen könnte.«

»Ich hoffe, wir kriegen ihn dran. Ich hasse Cops wie ihn, die uns alle schlecht aussehen lassen.«

»Geht mir auch so. Danke noch mal, Archie.«

»Jederzeit.«

Bevor sie das Büro verließ, rief sie Gonzo auf seinem Handy an, um seinen Lagebericht zu hören.

»Hey, Lieutenant«, begrüßte er sie. »Was gibt's?«

»Hast du was von draußen zu berichten?«

»Bis jetzt noch nichts. Für die Suche nach den Blutspuren haben wir Streifenpolizisten ausschwärmen lassen.«

»Hast du irgendetwas von Carlucci wegen des Transports von Collins gehört?«

»Nur dass der einen heftigen Wutanfall bekommen hat. Meinte wohl, er habe nichts verbrochen, und plärrte etwas von einem wasserdichten Alibi. Das Übliche.«

»War von Anwälten die Rede?«

»Hat sie nicht erwähnt. Beckett hat Collins in Verhörraum zwei bringen lassen, dort wartet er auf dich.«

»Gut, danke. Halte mich wegen des Bluts auf dem Laufenden.« Sie beendete das Gespräch und kehrte aufs Polizeirevier zurück. »Cruz, reden wir mit Mr. Collins.«

»Bring mich auf den neuesten Stand.«

Sam erzählte ihm von Collins' finanzieller Situation und dem Zustand seines Zuhauses, als Hill ihn am Tag zuvor dort aufgesucht hatte.

»Wer zertrümmert denn seine eigenen Sachen?«, entgegnete Cruz.

»Lass es uns herausfinden.«

Als Sam und Freddie den Verhörraum betraten, sprang Collins auf. »Was zur Hölle soll das? Ich habe doch gestern mit Agent Hill gesprochen ...«

»Setzen Sie sich, Mr. Collins.«

»Ich verlange, zu erfahren, was los ist!«

»Setzen Sie sich, Mr. Collins«, wiederholte Sam ihre Aufforderung, diesmal mit mehr Nachdruck.

Er ließ sich wütend auf den Stuhl sinken.

»Und jetzt fangen wir noch mal von vorn an, ja? Ich bin Lieutenant Holland. Dies ist mein Partner Detective Cruz. Er wird unser Gespräch aufzeichnen.« Sie nickte Freddie zu, der das Aufnahmegerät einschaltete, das auf der einen Ecke des Tisches stand.

Freddie nannte Uhrzeit und Datum. »Lieutenant Holland, Detective Cruz, Befragung von Garrett Collins, Geschäftsführer der D. C. Federals, zur Mordsache Willie Vasquez.«

»Ich hatte nichts mit dem zu tun, was Willie passiert ist! Das habe ich Hill bereits gesagt.«

»Und er war geneigt, Ihnen zu glauben«, meinte Sam.

»Was soll das dann alles?«

»Wir würden gern erfahren, warum der Geschäftsführer eines Major-League-Baseballteams so gut wie pleite ist.« Sie warf den Bericht über seine Finanzen vor ihm auf den Tisch.

»Woher haben Sie diese Information?«

»Wir sind sehr gründlich. Angesichts dieses Finanzberichtes und des Schadens in Ihrem Haus, den Agent Hill gesehen hat, fragen wir uns, was tatsächlich für Sie von diesem Spiel abhing.«

Er wand sich kaum merklich, doch Sam entging es nicht.

»Haben Sie auf das Spiel gewettet, Mr. Collins?«, fragte sie ihn geradeheraus.

»Sie wissen, dass ich das nicht kann. MLB-Spielern und Angestellten der Teams ist es nicht gestattet, auf Spiele zu wetten.«

»Trotzdem hat diese Regel nicht verhindert, dass es in der Vergangenheit geschehen ist, oder?«

»Nein.«

Sam ließ das folgende Schweigen wirken und sandte ihm auf diese Weise die Botschaft, dass sie auf eine Erklärung von ihm wartete.

»Sie verstehen das nicht«, erklärte er schließlich.

»Was verstehe ich nicht?«

»Wir sollten das Spiel gewinnen. Wir hätten das Spiel gewinnen sollen. Er musste bloß diesen Ball fangen. Einfach den Ball fangen. Haben Sie eine Ahnung, was das für uns alle für Konsequenzen gehabt hätte?«

»Welche Konsequenz hätte es für Sie gehabt?«

»Das Team, das ich aufgestellt habe, hätte an der World Series teilgenommen.«

»Und darüber hinaus?«

»Nichts darüber hinaus! Ich brauchte das in jeder nur erdenklichen Hinsicht.«

»Warum?«

»Weil es meine Chance war, die Dinge zum Guten zu wenden! Sie müssen verstehen … Ich brauchte diesen Sieg.«

»Das sagten Sie bereits. Aber den Grund haben Sie uns immer noch nicht verraten.«

Er trank einen Schluck aus dem Glas Wasser auf dem Tisch und wischte sich eine Schweißperle von der Stirn. »Vor einigen Jahren musste ich durch eine ziemlich hässliche Scheidung. Die hat mich finanziell erledigt. Seitdem versuche ich wieder auf die Füße zu kommen.«

»Sie verdienen viel Geld, Mr. Collins. Wieso haben Sie Geldprobleme und können nicht mal Ihren Kabelanschluss bezahlen?«

Er ließ den Kopf in die Hände sinken, und seine Schultern zuckten.

Sam sah zu Freddie und verdrehte die Augen. Er reagierte nicht, was ungewöhnlich war, aber er musste auch sehr erschöpft sein.

»Sind Sie spielsüchtig, Mr. Collins?«, erkundigte Sam sich.

»Ja«, gestand er, gedämpft durch die Hände vor seinem Gesicht.

»Und haben Sie auf den Ausgang der National League Championship Series gewettet?«

Das Gesicht nach wie vor hinter den Händen verborgen, nickte er.

»Wie viel?«

»Mehr, als ich mir zu verlieren leisten konnte. Und jetzt ...«

»Was jetzt?«

»Stecke ich in richtig großen Schwierigkeiten.«

»Was für Schwierigkeiten?«

»Alle möglichen Arten von Schwierigkeiten. Ich muss viel Geld auftreiben und weiß nicht, wie. Andernfalls ...«

»Andernfalls?«

»Das weiß ich nicht genau, und ich möchte es lieber nicht herausfinden.«

»Wer sind die Leute, bei denen Sie Schulden gemacht haben?«

»Wenn ich Ihnen das verrate, bin ich ein toter Mann.«

»Entweder Sie sagen mir, um wen es sich handelt, oder ich lasse Sie gehen, damit die Sie stellen können. Dann finden Sie selbst heraus, was passiert, wenn Sie diese Leute verarschen.«

»Ich kann es Ihnen nicht erzählen, und nach Hause zurück kann ich auch nicht.«

»Haben Sie irgendetwas mit Mr. Vasquez' Tod zu tun?«

»Nein! Was machte es denn für mich nach dem Spiel noch für einen Unterschied, ob er tot oder lebendig war? Ihn umzubringen hätte mein aktuelles Problem nicht gelöst.«

Sam war geneigt, ihm zu glauben, und besaß auch keine Geduld mehr. Sie wandte sich an Freddie: »Detective Cruz, würde Sie bitte dafür sorgen, dass Mr. Collins nach Hause gebracht wird?«

Collins schreckte hoch. »Das können Sie nicht tun! Die werden herausfinden, wo ich war und mit wem ich geredet habe. In dem Moment, als Sie mich in Gewahrsam nahmen, haben Sie mich gebrandmarkt. Wenn Sie mich jetzt nach Hause schicken, werde ich die Nacht nicht überleben.«

»Das ist nicht mein Problem.«

»*Wieso ist das nicht Ihr Problem?*« Spucketröpfchen flogen herum und verfehlten Sams Gesicht, da sie sich wegduckte. »Sind Cops denn nicht dazu da, sich um Menschen zu kümmern?«

»Ich kümmere mich um Menschen – Menschen, die sich selbst helfen, indem sie mir die Informationen geben, die ich benötige. Das sind die Menschen, um die ich mich kümmere.«

»Gut!« Er lehnte sich zurück und schien sich geschlagen zu geben. »Ich werde es Ihnen verraten. Nur bringen Sie mich nicht von hier weg. Bitte!«

Sam erkannte Todesangst, wenn sie sie sah, und dieser Mann hatte eindeutig Angst. »Ich höre.«

»Wenn ich es Ihnen erzähle, versprechen Sie mir dann, mich zu schützen?«

»Ich werde tun, was ich kann. Hängt von der Qualität der Information ab und davon, ob sie glaubwürdig ist oder nicht.«

»Sie ist glaubwürdig. Ich habe einen Buchmacher, der Wetten für mich platziert. Ich habe seinen Namen und seine Telefonnummer.«

Sam schob ihm einen Notizblock mit Kugelschreiber über den Tisch zu. »Schreiben Sie beides auf.«

»Ich weiß die Nummer nicht aus dem Kopf. Ich brauche mein Handy. Man hat es mir weggenommen, als man mich herbrachte.«

Sam erhob sich und ging zu Freddie. »Hol das Handy«, bat sie ihn mit leiser Stimme.

Er nickte und verließ den Raum.

Sam kehrte an den Tisch zurück und nahm den Block, auf den Collins den Namen des Buchmachers geschrieben hatte. Antonio Sandover. Bei dem Namen läuteten ihre Alarmglocken, nur wusste Sam nicht, warum. »Ich bin gleich wieder da«, sagte sie zu Collins, bereits auf dem Weg hinaus.

Auf dem Flur traf sie Malone, der offenbar auf dem Weg zu ihr war. »Ich habe die Information zu den richterlichen Verfügungen anderer Teammitglieder, um die Sie gebeten haben. Hoffentlich hatten Sie nicht vor, heute Abend zu schlafen. Es sind nämlich eine ganze Menge.«

»Sehr gut. Können Sie mir die auf meinen Schreibtisch legen?«

»Gern.«

»Antonio Sandover – warum klingelt da bei mir was?«

»Das FBI hat ihn im Visier. Schutzgelderpressung und andere Delikte. Wir bekamen vor einigen Wochen ein Memo dazu.«

Sam schnippte mit den Fingern. »Das ist es.« Sie zückte ihr Handy.

»Ich habe gesehen, wie der Chief Fingerabdrücke von Ihrem Scotty nimmt«, berichtete Malone grinsend. »Ich habe ein paar Fotos gemacht, die ich Ihnen per E-Mail schicken werde.«

»Oh, cool. Danke.«

»Er ist ein süßer Junge. Immer so höflich.«

»Ich wünschte, das hätte er mir zu verdanken.«

»Da kann er sich vermutlich glücklich schätzen, dass Sie ihn erst relativ spät zu sich genommen haben.«

»Urkomisch, wirklich.«

Malone unternahm keinen Versuch, seine Heiterkeit zu verbergen.

»Sie lachen sich kaputt.« Sam fand Hills Nummer in ihrer Kontaktliste und drückte die Anruftaste. Als er sich meldete, sagte sie: »Erzählen Sie mir etwas über Antonio Sandover.«

»Was ist mit ihm?«

»Ihr vom FBI habt ihn im Visier?«

»Ja, wir bereiten eine Klage vor wegen illegalen Glücksspiels, Schutzgelderpressung und anderen möglichen Straftaten. Warum?«

»Collins hat mit ihm zu tun. Es geht um viel Geld. Er wettet auf NLCS-Spiele.«

»Soll das ein Witz sein? Er riskiert eine lebenslange Sperre im Baseball, indem er auf sein eigenes Team wettet?«

»Offensichtlich. Jetzt hat er Angst davor, was mit ihm passieren könnte, und bettelt uns an, ihn in Gewahrsam zu behalten.«

»Du meine Güte. Wie bringen Leute sich bloß in derartige Schwierigkeiten, vor allem, wenn sie so viel Geld verdienen wie Collins?«

»Wahrscheinlich ist er der Typ, der nie zufrieden ist – egal, wie viel er hat.«

»Wir werden ihn in Schutzhaft nehmen müssen. Er könnte uns nützlich sein. Ich werde mal ein paar Anrufe machen und melde mich gleich wieder bei Ihnen.«

»Danke.« Sam beendete das Telefonat und wandte sich danach an Malone: »Das FBI will ihn drankriegen.«

»Dann könnte der Mord an Willie Collins das Leben gerettet haben?«

»Durchaus möglich.«

»Wir leben in einer seltsamen, verdrehten Welt, Lieutenant.«

»Haben Sie das gerade erst bemerkt, Captain?«

Sie grinsten einander an, dann kehrte Sam zurück in den Verhörraum. »Hier kommt der Deal, Collins: Das FBI sammelt Beweismaterial gegen Sandover. Sie können denen möglicherweise helfen und genießen im Gegenzug Schutzhaft.«

»Denen helfen? Was heißt das?«

»Beim Zusammentragen von Beweismaterial gegen Sandover.«

»Sie haben wohl den Verstand verloren! Wollen Sie mich umbringen lassen?«

»Eigentlich wollte ich dafür sorgen, dass Sie am Leben bleiben. Sie haben zwei Möglichkeiten – helfen Sie dem FBI und begeben Sie sich in Schutzhaft. Oder Sie marschieren hier raus und verteidigen sich selbst, mit unseren besten Wünschen.«

»Das ist alles? Das sind meine Optionen?«

»Das ist alles, was ich habe.«

»Ziemlich beschissene Optionen.«

»Ein kluger Mann wie Sie hätte sich das vielleicht überlegen sollen, bevor er Geschäfte mit einem bekannten Kriminellen macht.«

»Das wäre doch alles nicht passiert, wenn Willie diesen gottverdammten Ball gefangen hätte!«

»Tja, hat er aber nicht. Also, was soll's sein? Arbeiten Sie mit uns zusammen, oder verteidigen Sie sich selbst?«

Collins sackte in sich zusammen. »Wahrscheinlich bin ich so oder so tot. Was spielt das dann noch für eine Rolle?«

»Das FBI wird sich darum kümmern, dass alles Mögliche für Ihre Sicherheit getan wird.«

»Verzeihen Sie, dass ich das nicht allzu beruhigend finde.«

»Ich habe nicht den ganzen Tag Zeit, Mr. Collins. Wie lautet Ihre Entscheidung?«

Er stieß die Luft aus und schien allmählich zu begreifen, dass das Leben, wie er es gekannt hatte, vorbei war. Er ließ die Schultern hängen, und seine Haare fielen ihm in die Stirn. »Ich werde mit dem FBI zusammenarbeiten.«

»Ich gebe das weiter. Bleiben Sie sitzen.«

»Ja, klar. Als hätte ich eine andere Wahl.«

Ausnahmsweise empfand Sam nicht das Bedürfnis, zusätzlich Salz in die Wunde zu streuen. Daher verließ sie den Raum wieder und ging in ihr Büro, wo sie auf Hills Anruf wartete.

Freddie kam mit Collins' Handy herein, das in einer Asservatentüte steckte. »Soll ich ihm das immer noch bringen?«

»Besorg dir Antonio Sandovers Nummer von diesem Telefon.«

Freddie stieß einen leisen Pfiff aus. »Was hat Collins denn mit dem zu schaffen?«

»Baseballwetten, was sonst.«

»Im Ernst? Er wettet auf sein eigenes Team?«

223

»Scheint so.«

»Verdächtigst du ihn, den Mord an Willie begangen zu haben?«

»Nein.« Sam seufzte. Wie angenehm wäre es gewesen, dem Geschäftsführer des Teams, für den es um viel mehr ging, als irgendwer ahnte, den Mord nachweisen zu können. Leider war in ihrer Welt nur weniges angenehm und schon gar nichts einfach. »Er hat Willie nicht umgebracht, weil es für ihn ohnehin nichts mehr geändert hätte. Nein, er ist bloß nach Hause gefahren und hat sein Wohnzimmer zerlegt. Finde die Nummer und leg das Telefon zurück in die Asservatenkammer. Danach treffen wir uns hier, um mit Rick Lind zu sprechen.«

»Einverstanden.«

Sie nutzte die freie Minute, um eine Online-Recherche über Lind zu starten und einige Seiten an Informationen über den Mann auszudrucken. Als Sams Telefon klingelte, nahm sie Hills Anruf entgegen. »Ich höre.«

»Ich schicke meinen Deputy, Special Agent Terrell, um Collins abzuholen. Er wird drei weitere Agenten für den Transport bei sich haben.«

»Ich richte es Collins aus.«

»Um fünf nehme ich einen Flug in die Dominikanische Republik. Sobald ich Marco aufgespürt habe, melde ich mich wieder.«

»Wir machen uns jetzt auf den Weg, um mit Lind zu reden.«

»Ich habe vergessen, zu erwähnen, dass Bixby mir erzählt hat, Lind habe Probleme.«

»Was für Probleme?«

»Wut, zum Beispiel. Man kann ihn schnell auf die Palme bringen.«

»Gut zu wissen. Danke noch mal, dass Sie die Reise machen.«

»Gerne.«

Sie klappte ihr Handy zu, steckte es in die Hosentasche und machte sich auf die Suche nach Cruz.

Auf dem Weg aus dem Hauptquartier schaute sie nach Scotty und dem Chief, um die beiden darüber zu informieren, dass sie losmusste.

Scotty strahlte, als er sie in die Aufnahme kommen sah. »Sam! Schau dir das an!« Er hielt die Hände hoch, um ihr seine schwarzen Fingerkuppen zu präsentieren. »Und hier ist mein Verbrecherfoto.«

»Mensch, du darfst doch nicht *lächeln*, wenn du verhaftet worden bist.«

»Die Prominenten lächeln auf ihren Polizeifotos, weil sie wissen, dass die im Fernsehen gezeigt werden, und da wollen sie nicht wie die letzten Loser rüberkommen.«

»Wer hat dir das denn erzählt?«

»Onkel Joe.«

Sam lächelte dem Chief zu, der so entspannt wirkte wie seit Tagen nicht. »Du musst um halb sechs zu Hause und umgezogen sein, weil Nick dich dann abholt«, erinnerte sie Scotty und blickte zu seinen Bewachern, die ihr zunickten. »Und vergiss nicht, zwischendurch deine Hausaufgaben zu machen.«

»Wird erledigt.« Er umarmte sie. »Danke, dass du mich von der Schule abgeholt hast.«

Während Sam die Umarmung erwiderte, fragte sie sich, ob sie sich irgendwann an die überwältigende Liebe zu diesem Kind gewöhnen würde. »Gern geschehen.« Sie küsste ihn auf den Kopf und ließ ihn los. »Danke, Chief.«

»Es war mir ein Vergnügen«, gab der mit einem liebevollen Lächeln für Scotty zurück.

Der Mann, der nie eigene Kinder gehabt hatte, betrachtete Scotty als Ersatzenkel und freute sich offenbar über diesen Familienzuwachs.

»Wir sehen uns«, verabschiedete Sam sich.

12. Kapitel

Lind wohnte in Potomac, einer vornehmen Gemeinde an der Ringautobahn in Maryland. Sams Recherche zufolge war er verheiratet und hatte drei Kinder – zwei Söhne und eine Tochter. Er hatte das Fördersystem der University of California durchlaufen und war direkt vom College von den San Diego Padres verpflichtet worden. Danach hatte er in mehreren Teams der National League gespielt, ehe er bei den Feds in ihrer ersten Saison als Major-League-Team gelandet war.

Dort fand er seine Berufung als Closer – der auf die letzten Outs spezialisierte Pitcher –, dessen Stern in den letzten zwei Saisons aufstieg.

Während Freddie fuhr, las Sam gründlich die ausgedruckten Seiten und stieß auf eine Verhaftung vor zwei Jahren wegen eines häuslichen Vorfalls, der jedoch keine juristischen Folgen gehabt hatte. Sie rief Malone an, um sich nach Einzelheiten zu erkundigen.

»Bleiben Sie dran«, meinte er, und sie hörte im Hintergrund das Klappern der Computertastatur. »Offenbar hat seine Frau die Polizei verständigt, weil er sie bedroht hat. Die haben ihn in Gewahrsam genommen und über Nacht dabehalten, ihn aber wieder freigelassen, weil seine Frau keine Anzeige erstatten wollte.«

»Interessant. Danke für die Info. Ich werde berichten, was er zu sagen hatte.«

»Klingt gut.«

Freddie lenkte den Wagen weiter durch den Verkehr, und Sam nutzte die Gelegenheit, um sich auch die vielen richterlichen Verfügungen genauer anzusehen, die die Spieler der

Feds erwirkt hatten. Bei den meisten ging es um aufdringliche Frauen, die den Spielern nachstellten. Willies Verfügung gegen seinen Schwager fiel dagegen aus dem Rahmen, da sie sich gegen ein Familienmitglied richtete statt gegen einen Fan.

»Warum bist du so still?«, fragte sie ihren Partner, während sie die Details zu Willies Verfügung gegen Marco Peña überflog.

»Ich bin nicht still. Ich fahre.«

»Doch, du bist still. Was ist los?«

»Nichts.«

»Wenn du sagst, dass nichts los ist, stimmt immer irgendetwas nicht.«

»Nun tu nicht so, als würdest du mich so gut kennen.«

Sam warf ihm einen vernichtenden Blick zu. Sie war sich ziemlich sicher, dass ihn außer seiner Mutter und vielleicht seiner Freundin niemand besser kannte als sie. »Soll ich es dir beweisen?«

»Lass es lieber.«

»Na komm schon, Freddie. Was ist los?«

»Es war eine harte Nacht, das ist alles.«

»Ist dir ihr Schicksal nahegegangen?«, fragte sie, auf Carmen anspielend.

»Natürlich. Sie hat gerade ihren Mann verloren und muss sich in einem Land, das nicht ihre Heimat ist, allein um ihre zwei kleinen Kinder kümmern. Ihre Kinder sind amerikanische Staatsbürger, deshalb ist sie unschlüssig, was sie jetzt, nach Willies Tod, tun soll. Wir haben uns eine Weile unterhalten, während wir auf die Ankunft ihrer Familie warteten. Es war … es war eine lange Nacht.«

Und ihr sensibler Partner fühlte den Kummer der jungen Witwe sicher intensiver, als die meisten anderen es getan hätten. »Es war gut, dass du bei ihr geblieben bist. Das ging weit über deine Pflicht hinaus.«

Er tat ihr Lob mit einem Schulterzucken ab, genau wie sie es erwartet hatte. »Irgendwer musste bei ihr bleiben«, meinte er. »Alle ihre Freunde haben sich von ihr abgewandt, nachdem ihr Mann den Ball nicht gefangen hat.«

»Das hat sie verletzt.«

»Und wie. Die Ehefrauen und Freundinnen halten eigentlich immer zusammen, besonders während der Saison, wenn die Männer dauernd unterwegs sind. Ich hatte den Eindruck, dass die anderen Frauen Carmen Trost boten, während sie ihre Kinder weit weg von ihrer Heimat und ihrer Familie großzog. Aber als sie diese Freundinnen am dringendsten brauchte …«

»Wurde sie von ihnen im Stich gelassen.«

»Ja.«

»Es ist eine in jeder Hinsicht miese Situation.«

»Ich wünschte, ich könnte mehr für sie tun.«

»Bei der Suche nach dem Mörder ihres Mannes zu helfen wird dazu beitragen, dass sie mit der Geschichte irgendwann abschließen kann.«

»Ich kann gar nicht glauben, dass du das Wort ›abschließen‹ benutzt. Du hasst dieses Wort.«

»Stimmt.« Sie hasste das Wort, weil die Familien von Mordopfern nie ganz mit dem abschließen konnten, was geschehen war. Sie lebten für den Rest ihrer Tage im Schatten des Gewaltverbrechens. »Wir tun für sie, was wir können. Wir geben unser Bestes.«

»Ich weiß.«

Das Beste, was er tun konnte, würde ihm selbst nicht genügen, vermutete Sam und schwor sich, ihren Partner in den nächsten Tagen genau im Auge zu behalten. Normalerweise zogen sie eine feine Grenze zwischen ihrem Privat- und ihrem Berufsleben, und irgendwie gelang es ihnen, die Balance zu halten. In Zeiten wie diesen sah Sam in Freddie jedoch mehr den lieben kleinen Bruder, den sie nie gehabt hatte, statt den Partner, den sie ausgebildet hatte und seit Jahren förderte. Nicht dass sie ihm das je verraten würde …

Sie fuhren in das Montgomery County und erreichten Potomac, eine der wohlhabendsten Städte im Land. »Ich staune über die Häuser hier draußen«, bemerkte Sam. »Kannst du dir vorstellen, in einem solchen Anwesen zu wohnen?« Sie zeigte auf eine Tudor-Monstrosität, die in der Hauptstadt einen ganzen Häuserblock eingenommen hätte.

»Nie im Leben.«

»Selbst wenn ich es mir leisten könnte, würde ich nicht so weit draußen leben wollen, wo nichts los ist.«

»Du würdest hier draußen verrückt werden.«

Natürlich wohnte Lind in einer Siedlung mit bewachtem Eingangstor, und natürlich mussten sie sich am Wachhäuschen wieder mit einem Wachmann von einem privaten Sicherheitsunternehmen auseinandersetzen, um hereingelassen zu werden.

»Öffnen Sie einfach das Tor, Barney Fife, bevor ich mich bei Ihrem Vorgesetzten über Sie beschwere«, riet Sam ihm.

»Wer zum Geier ist Barney Fife?«, fragte der junge Mann perplex.

»Machen Sie das verdammte Tor auf. Wir ermitteln in einem Mordfall, und Sie behindern uns.«

»Wenn ich deswegen Ärger bekomme …«

»Sie haben zwei Sekunden, bevor die blöde Schranke meine neue Motorhaubendeko wird.«

Mit finsterem Blick legte der Wachmann einen Schalter um, und die Schranke ging hoch.

Freddie trat aufs Gaspedal und ließ eine kleine Staubwolke zurück.

»Gut gemacht«, lobte Sam ihn. »Ich habe von diesen gottverdammten Wachleuten die Nase gestrichen voll.«

»Führe den Namen des Herrn nicht nutzlos im Munde«, ermahnte er sie, jedoch mit weniger Überzeugung als sonst. Allerdings hätte Sam sich mehr Sorgen gemacht, wenn er es überhaupt nicht gesagt hätte.

»Verzeihung.«

»Du könntest wenigstens versuchen, ein Mindestmaß an Aufrichtigkeit in deine Entschuldigung zu legen.«

»Was? Jetzt entschuldige ich mich auch noch falsch? Dir kann ich es wohl nie recht machen.«

Das freundschaftliche Frotzeln entsprach schon eher dem Verhältnis zwischen ihnen als Freddies bleiernes Schweigen zuvor.

Rick Linds Haus war eine weitere Monstrosität aus Sandstein, mit cremeweißen Ziersockeln und einem eleganten schwarzen Sportwagen in der Auffahrt.

»Park bloß nicht zu nah an dem Ding«, warnte Sam ihn, als Freddie neben dem anderen Wagen hielt. »Die Haftpflichtversicherung des Departments reicht bestimmt nicht mal für die Reparatur eines Kratzers an dieser Karre aus.«

»Ich glaube, das ist der neueste Porsche.«

»Hm, woran erkennst du das?«

»Am Schild auf dem Heck«, meinte er, darauf deutend, während sie aus Sams eckigem, im eigenen Land produzierten Wagen stiegen, der neben dem glänzenden schwarzen Gefährt plump wirkte.

»Mein armes Auto kriegt einen Minderwertigkeitskomplex«, sagte Sam, drückte an der Haustür auf den Klingelknopf und lauschte den Glockenklängen im Innern. »Wie bei Christian Pattersons Haus. Erinnerst du dich noch daran?«

»Ich erinnere mich, wie er am Vormittag im Bademantel die Tür öffnete, weil er sich mit seiner Frau vergnügt hatte.«

»Ich frage mich, ob sie die einmal pro Monat gestatteten Besuche zum ehelichen Vollzug nutzen, nachdem er jetzt im Gefängnis sitzt.«

Freddie lachte. »Klar fragst du dich das.«

Sam klingelte erneut, und wieder ertönten die nervigen Glockenklänge. »Stell dir mal vor, du schläfst, wenn das Gebimmel loslegt. Das muss laut sein wie eine Luftschutzsirene. Oh, wow, da kommt jemand.«

Die Tür schwang auf, und vor ihnen stand eine dürre Frau mit braunen, schulterlangen gelockten Haaren, die aussahen wie frisch frisiert. Sie war adrett gekleidet mit einem maßgeschneiderten pinkfarbenen Oxford-Hemd, engen Jeans, die ihre Figur betonten, und Lederstiefeln.

»Kann ich Ihnen helfen?«

Sie hielten ihre Dienstmarken hoch. »Ich bin Lieutenant Holland, Metro PD. Mein Partner, Detective Cruz. Wir suchen Rick Lind.«

»Tun wir das nicht alle?«, erwiderte die Frau müde seufzend.

Sam und Freddie tauschten einen Blick. »Was hat das zu bedeuten?«, fragte Sam.

»Ich habe von meinem Mann weder etwas gehört noch gesehen seit dem Abend, an dem sie das Spiel verloren haben. Als Sie meinten, Sie seien Cops, hatte ich gehofft, Sie wüssten vielleicht etwas über ihn und seien deshalb hergekommen.«

»Haben Sie ihn als vermisst gemeldet?« Sam überlegte, warum niemand ihr von einer Vermisstenanzeige eines Spielers der Feds berichtet hatte.

»Noch nicht.«

»Warum nicht?«

»Weil er das schon früher gemacht hat. Wenn es nicht nach seinen Vorstellungen läuft, taucht er unter.«

»Für wie lange?«

»Normalerweise für einen Tag oder so. Dies ist bis jetzt der längste Zeitraum.«

»Haben Sie irgendeine Idee, wo er sein könnte?«

»Ich habe jeden angerufen, mit dem er zusammen sein könnte, aber niemand hat ihn gesehen.«

»Wie heißen Sie?«

»Carla Lind.«

Sam schrieb den Namen in ihr Notizbuch. »Ist das sein Wagen?« Sie deutete auf das schwarze Auto.

»Ja, sein ganzer Stolz«, antwortete Carla mit einer Spur Bitterkeit.

»Hätten Sie etwas dagegen, wenn wir für einen Moment reinkommen?«

»Äh, nein.« Sie führte die beiden in eines dieser nutzlosen Wohnzimmer, die angeblich dem Besuch vorbehalten waren, in Wahrheit aber von niemandem genutzt wurden.

»Wie gelangt er an Spieltagen zum Stadion und wieder zurück?«, erkundigte Sam sich, als sie und Freddie auf dem einen und Carla auf einem anderen Sofa saßen.

»Normalerweise fährt er. Diesmal hatte er allerdings einen Fahrdienst engagiert, damit er im Fall eines Sieges trinken konnte.«

»Waren Sie bei dem Spiel?«

»Ja. Meine Kinder und ich waren in der Loge des Teambesitzers, zusammen mit den anderen Familien.«

»Haben Sie Ihren Mann nach dem Spiel gesehen?«

»Nein. Wir gingen unmittelbar nach Willies Patzer. Wir waren besorgt wegen der Krawalle. Wie sich zeigte, war es genau die richtige Entscheidung, gleich zu verschwinden.«

»Ich nehme an, Ihr Mann besitzt ein Handy?«, meinte Sam.

»Ja, auch wenn mir das überhaupt nichts gebracht hat.«

»Wenn Sie ihn anrufen, klingelt es dann oder springt sofort die Mailbox an?«

»Es klingelt.«

Sam schaute Freddie an und fragte Linds Frau: »Könnten wir bitte die Nummer bekommen, Ma'am? Wir lassen es durch unseren IT-Experten orten.«

Carlas Blick wanderte zwischen Sam und Freddie hin und her. »Ich weiß nicht, ob das so eine gute Idee ist.«

»Warum?«

»Wenn er in eine seiner … Launen verfällt, ist es besser, ihn allein zu lassen, bis es wieder vorbei ist.«

»Wenn Ihr Mann in irgendwelchen Schwierigkeiten steckt«,

erklärte Sam, »könnte die Zeit knapp werden, um noch ein Signal zu empfangen, bevor der Akku leer ist.«

Die Ellbogen auf die Knie gestützt, biss Carla sich auf den Daumennagel, während sie ihre Optionen abwägte. »Sie setzen die Nummer nur ein, um herauszufinden, ob mit ihm alles in Ordnung ist?«

»Wofür sollten wir die Nummer sonst benutzen?«

»Ich will bloß nicht, dass er durch das, was immer er gerade tut, in Verlegenheit gebracht wird.«

»Was vermuten Sie denn, was er tut?«, hakte Sam nach.

»Na ja, er neigt zu … riskantem Verhalten, wenn ihn eine dieser Stimmungen überkommt.«

»Inwiefern riskant?«

»Zum Beispiel wird er high.«

»Womit?«

»Kokain«, erwiderte Carla. »Bisher ist es uns gelungen, dieses Problem vor dem Team geheim zu halten, und so würden wir es gern auch weiterhin halten.«

Sam wandte sich an ihren Kollegen: »Detective Cruz, ich glaube, wir haben berechtigten Grund zu der Annahme, um Mr. Linds Sicherheit besorgt zu sein. Deshalb müssen wir sein Handy orten. Würden Sie bitte umgehend Lieutenant Archelotta kontaktieren, um das zu veranlassen?«

»Ja, Ma'am.« Freddie stand auf und verließ das Zimmer.

Carla schaute ihm mit ängstlicher Miene hinterher. »Sie werden Ricky doch nicht sagen, dass ich Sie gebeten habe, ihn aufzuspüren, oder?«

»Ich sehe keinen Grund dazu. Einer seiner Mannschaftskameraden wurde ermordet. Im Zuge der Ermittlungen tauchte Ricks Name mehrfach auf.«

Carla wurde blass. »Wer wurde ermordet? Wovon reden Sie da?«

»Sie haben noch nicht gehört, dass Willie Vasquez nach dem Spiel umgebracht wurde?« Lebte die Frau unter einem Stein?

233

»Oh mein Gott! Nein! Ich wusste ja, dass man das Team nach dieser tragischen Niederlage mit Wut und Hass überschütten würde. Deshalb bin ich in den vergangenen Tagen einfach allem aus dem Weg gegangen. Ich habe weder Anrufe entgegengenommen noch die Nachrichten gesehen. Ich gestehe, dass ich mich ein wenig verkrochen habe.« Sie hob die zitternden Hände vors Gesicht. »Die arme Carmen. Sie muss außer sich sein.«

»So kann man es auch formulieren. Sind Sie mit ihr befreundet?«

»Wir sind gute Bekannte, aber ich habe zu keiner der Ehefrauen ein superenges Verhältnis. Wer hat schon Zeit, wenn er sich um drei Kinder und einen Ehemann mit Problemen kümmern muss?«

»Sie erwähnten seine Stimmungen. Gibt es einen medizinischen Ausdruck dafür?«

»Wahrscheinlich«, antwortete sie und ließ die Schultern ein wenig hängen. »Wir haben jedoch nie eine Diagnose stellen lassen. Als Profisportler mit einem Millionenvertrag und Sponsorenverträgen will man nicht hören, dass man irgendetwas anderes als vollkommen ist. Rick kämpft im Verborgenen gegen seine Dämonen. Wir kämpfen gemeinsam gegen sie.«

»Vor einigen Jahren riefen Sie die Polizei wegen eines häuslichen Vorfalls.«

Ihre freundliche Miene verhärtete sich. »Ich habe nie Anzeige erstattet. Ich verstehe nicht, was das mit dieser Situation zu tun hat.«

»War er damals auch in einer seiner Stimmungen?«

Carla zögerte eine ganze Weile, als ob sie ihre Worte sorgfältig abwägen würde. »Ihm war ein schwerwiegender Patzer unterlaufen, und das warf ihn aus der Bahn.«

»Wie sah das konkret aus?«

»Ein weiterer Kokainexzess und ein paar Nutten – in meinem Haus. Die wollten nicht verschwinden, daher alarmierte ich die Cops. Damit wurde ich zwar die Nutten los, doch ich brauche wohl nicht zu erwähnen, dass mein Mann nicht allzu glücklich darüber war, dass ich unser Privatleben öffentlich gemacht habe.«

Der Vorfall lag einige Jahre zurück. Dennoch bemerkte Sam deutlich, dass die Empörung darüber längst nicht verblasst war.

»Ich muss das fragen, als Ehefrau und als Frau«, meinte Sam dann. »Warum sind Sie noch mit ihm zusammen?«

Sie seufzte. »Weil ich der einzige Grund bin, weshalb er überhaupt noch am Leben ist. Wenn er nicht gerade eine seiner Phasen hat, ist er süß und liebevoll und ein wunderbarer Vater.«

»Sie wissen, dass bei richtiger Medikamentierung ...«

Carla hob die Hand. »Da rennen Sie bei mir offene Türen ein. Seit Jahren dränge ich ihn, sich wegen seiner Krankheit behandeln zu lassen. Aber er hat Angst, dass er damit seine Karriere zerstört. Und angesichts der begrenzten Zeit, die ihm bleibt, um es im Baseball zu etwas zu bringen und möglichst viel Geld zu verdienen, will er es nicht riskieren. Also leben wir mit seinen Dämonen und tun unser Bestes, sie unter Kontrolle zu halten.«

In dem Moment kehrte Freddie zurück. »Archie kümmert sich darum.«

Sam wandte sich wieder an Carla. »Ich muss Sie das fragen ... Willies Patzer führte auch dazu, dass Rick eine Mitschuld an der Niederlage vorgeworfen wurde. Könnte Ihr Mann aufgebracht genug gewesen sein, um auf Willie loszugehen?«

Carla machte den Mund auf, um zu protestieren, doch zunächst kam nichts heraus. Dann: »Sie ... Sie glauben, er hat Willie *umgebracht*?«

»Ich habe lediglich gefragt, ob Sie denken, dass er wütend genug gewesen sein könnte, um auf Willie loszugehen.«

»Ich … ich weiß es nicht. Ich wünschte, ich könnte darauf antworten: Absolut nicht. Aber …« Sie brach ab. »Ich weiß es nicht.«

»Waren die beiden Männer befreundet?«

»Sie waren gute Teamkameraden, verbrachten jedoch außerhalb des Stadions keine Zeit miteinander. Rick war ein ganzes Stück älter als Willie. Abgesehen von Baseball hatten sie nicht viele Gemeinsamkeiten.«

»Sie müssen mir Anhaltspunkte geben, wo wir Rick möglicherweise finden können.«

Carla fuhr sich mehrere Male durch die Haare. »Kommt drauf an. Er könnte in einem schmierigen Hotel in Chinatown abgestiegen sein oder ebenso gut im Ritz.«

»Hoffentlich führt sein Handy uns zu ihm.« Sam schrieb ihre Handynummer auf die Rückseite ihrer Visitenkarte und gab sie Carla. »Falls Sie von ihm hören, rufen Sie mich bitte an. Jederzeit, Tag oder Nacht.«

»Mach ich.«

»Ich werde auch mit der Montgomery County Police sprechen, damit die einen Officer hier postieren, für den Fall, dass Rick wieder nach Hause kommt.«

»Danke.«

»Gibt es jemanden, den Sie anrufen können und der bei Ihnen bleibt, bis wir Licht in die Sache gebracht haben?«, wollte Sam wissen.

»Ich werde meine Schwester bitten. Die wohnt in Bethesda.«

Zufrieden darüber, dass Carla Unterstützung haben würde, stand Sam auf. »Wir bleiben in Verbindung.« Draußen sagte Sam: »Wir müssen eine Fahndung nach Rick Lind herausgeben.«

»Das habe ich bereits an Malone weitergegeben.«

»Gute Arbeit.«

»Außerdem habe ich Kontakt zum Montgomery County aufgenommen, damit sie einen Officer herschicken, der auf Linds Rückkehr vorbereitet ist.«

»Bist du mir eigentlich stets einen Schritt voraus, und ich merke es nicht?«

»Oft.«

»Ich will mit Bob Minor und Ray Jestings sprechen. Ich will wissen, ob dem Team klar war, dass sich ein psychisch kranker Spieler in ihrer Mitte befand.«

»Wie hätten sie das denn nicht merken sollen?«

»Was meinst du damit?«, fragte Sam, ein wenig erschrocken über seine Heftigkeit.

»Ich habe nicht viel Zeit mit meinem Dad verbracht, seit er wieder aufgetaucht ist, aber es ist offensichtlich, dass er irgend-ein Problem hat. Das hätte ich erkannt, selbst wenn ich nichts über seine Geschichte gewusst hätte. Verstehst du?«

»Ja, ich verstehe, was du meinst. Doch dein Dad kommt in-zwischen zurecht, oder?«

»Es scheint so. Allerdings gibt es Momente … da bekommt man seine manische Seite für einen kurzen, flüchtigen Augen-blick zu sehen. Das ist unheimlich. Ich weiß, dass Mom es auch bemerkt, aber wir reden nicht darüber.«

Sie stiegen in den Wagen, und erneut fuhr Freddie. »Machst du dir Sorgen um ihn?«, erkundigte Sam sich, als sie auf dem Rückweg in die Stadt waren.

»Ich bin eher besorgt um meine Mom. Was wird aus ihr, wenn er einen weiteren Zusammenbruch erleidet? Sie ist jetzt so glücklich – glücklicher, als ich sie je zuvor erlebt habe. Ich will nicht, dass ihr das wieder genommen wird.«

»Nimmt er seine Medikamente?«

»Soweit ich weiß, ja. Es ist nicht gerade ein Thema, das beim Abendessen zur Sprache kommt. Ich würde ihn gern danach fragen, doch eine solche Beziehung haben wir nicht.«

»Würde deine Mutter ihn fragen?«

»Auch darüber sprechen wir nicht.«

Sam dachte mit wachsendem Unbehagen über die Situation nach. Es war ein großes Wagnis für Freddie und seine Mutter gewesen, seinen Dad wieder in ihr Leben zu lassen, nachdem dieser die Familie vor über zwanzig Jahren ohne ein Wort verlassen hatte. Bei seiner Rückkehr hatte er gestanden, dass er ihnen seine bipolare Störung verschwiegen hatte. Freddie hatte mit der Situation gehadert und seinen Dad anfangs nur sehr zögernd an sich herangelassen. Sam wollte nicht, dass er erneut verletzt wurde, sollte sein Vater nicht in der Lage sein, die Beziehung aufrechtzuerhalten.

Ihr Handy klingelte, und sie nahm den Anruf von Gonzo entgegen.

»Ich glaube, ich habe deinen Tatort gefunden«, sagte er.

»Wo?«

Er nannte eine Adresse, von der Sam wusste, dass sie nahe dem Office of Personnel Management – dem Amt für Personalverwaltung der Vereinigten Staaten – in der E Street lag.

»Fahr nach Foggy Bottom«, wies sie Freddie an. Dann wandte sie sich an Gonzo: »Absperren. Wir sind in Kürze da.«

»Schon geschehen. Ich warte dort.«

Sam verständigte Lindsey und bat sie, zum Tatort zu kommen, um eine Blutprobe zu nehmen. Mithilfe eines DNA-Abgleichs würden sie feststellen können, ob es Willies Blut war. Danach rief sie Deputy Chief Conklin an, der alle möglichen Kontakte in die Regierung hatte. »Ich brauche die Aufnahmen der Überwachungskameras vor dem OPM und den umliegenden Gebäuden in der E Street Northwest.«

»Ich kümmere mich gleich darum«, versprach Conklin. »Ich nehme an, Sie wollen auch die Spurensicherung dort haben. Ich werde die informieren.«

»Sie sind der Beste. Danke.« Sie beendete das Gespräch und wählte Ray Jestings' Nummer. »Wussten Sie, dass Rick Lind psychisch krank ist?«, fragte sie ohne Einleitung.

»Äh, na ja …«

»Ja oder nein. Wussten Sie es?«

»Ja, ich wusste es.«

»Wer noch?«

»Der Teamarzt Dr. Leonard und die meisten aus dem oberen Management des Teams. Was hat das mit alldem zu tun?«

»Lind wurde nicht mehr gesehen, seit er das Stadion neulich abends verlassen hat.«

»Wer hat Ihnen das gesagt?«

»Mrs. Lind. Sie hat seit dem Spiel nichts von ihm gehört.«

»Warum hat sie uns nicht darüber informiert?«

»Muss ich Ihnen den Grund wirklich nennen?«

Jestings gab ein gequältes Seufzen von sich. »Ich weiß nicht, was Sie von mir hören wollen. Wir wussten, dass er Probleme hat. Wir wussten, dass er diese Probleme im Griff hat. Der Doktor behielt seine Situation genau im Auge. Was hätten wir denn sonst noch machen sollen?«

»Waren seine Mannschaftskameraden im Bilde über seinen Gesundheitszustand?«

»Ihnen war bekannt, dass er zu Wutanfällen neigte, und sie machten einen Bogen um ihn – besonders, wenn er im Spiel patzte.«

Wieder einmal wunderte Sam sich über die Sportkultur. Die Feds hatten die Wahrheit unter Verschluss gehalten und damit möglicherweise Linds Mannschaftskameraden gefährdet, nur weil der Kerl einen unglaublichen Fastball werfen konnte. »Wie kann ich Dr. Leonard erreichen?«

»Der hält sich in seinem Winterdomizil in Jamaika auf. Ich kann ihn bitten, sich mit Ihnen in Verbindung zu setzen, wenn Sie wollen.«

»Ich melde mich wieder, falls ich mit ihm sprechen muss.«

»Was immer wir für Sie tun können.«

»Wir bleiben in Verbindung.« Sam beendete das Telefonat. Dieser Fall regte sie allmählich auf. »Diese Leute sind lächerlich. Die gestatten einem Mann mit erheblichen Aggressionsproblemen, eine der stressigsten Positionen im Team einzunehmen, und verschweigen seinen Mitspielern, dass er an einer nicht gerade unbedeutenden psychischen Erkrankung leidet.«

»Sie wissen es«, erwiderte Freddie. »Wenn sie je Zeit mit ihm verbracht haben, wissen sie, dass etwas mit ihm nicht stimmt. Solange er seinen Job gut macht und seine Wut sich nicht gegen einen von ihnen richtet, ist ihnen sein ›Problem‹ genauso gleichgültig wie dem Management.«

»Nachdem wir uns den Tatort angesehen haben, werde ich Chris Ortiz anrufen. Er war Willies engster Freund im Team. Vielleicht kann der ein wenig Licht in die Beziehungen der Spieler untereinander bringen.«

»Wir verbringen ganz schön viel Zeit damit, das Team und dessen Management zu durchleuchten. Was macht dich so sicher, dass es kein geistesgestörter Fan war, der ihn umgebracht hat?«

»Das könnte sehr gut sein. Doch wie ich Hill gegenüber schon erwähnte, als er mir dieselbe Frage stellte: Es gab genug Chaos in Willies Leben und in dem anderer Leute aus dem Umfeld des Teams, dass ich da einer Ahnung folge.«

»Da bin ich aber froh, dass dein *anderer* Partner genauso denkt wie ich.«

Der Sarkasmus war nicht zu überhören. »Er ist nicht mein anderer Partner, und er ist nicht wie du. Du bist mir viel lieber.«

»Klar, weil du auf mir herumhacken kannst. Mit einem FBI-Agenten ist das nicht so einfach, was? Den kann man nicht so leicht zu seinem willigen Sklaven machen.«

Sam versuchte sich nicht anmerken zu lassen, wie richtig er mit seiner Einschätzung lag. »Du bist nicht mein williger Sklave.« Ihr fiel ein, dass Nick die gleiche Formulierung gebraucht hatte für das, was sie mit ihm im Bett gemacht hatte.

»Oh, bitte. Verschone mich. Das passiert doch jeden Tag.«

»Das ist nicht meine Absicht.«

»Natürlich nicht«, erwiderte er amüsiert.

»Ist es Mist, mit mir zusammenzuarbeiten? Sag die Wahrheit.«

240

»Ach, halt den Mund, Sam. Du weißt, dass ich dich bloß auf den Arm nehme. Jetzt werd mal nicht gleich ernst.«

»Beantworte mir die Frage.«

»Es ist überhaupt nicht Mist, mit dir zusammenzuarbeiten, aber es gefällt dir schon, ein bisschen auf mir herumzuhacken. Ist mir egal, was du sagst. Du wirst mich jedenfalls nicht vom Gegenteil überzeugen.«

»Das ist eben unser Ding. Unser Groove.«

»Es ist ein guter Groove, und ich würde nichts daran ändern wollen.«

»Nein?«

»Natürlich nicht. Wir passen gut zusammen. Wir machen unsere Arbeit gut.«

»Ja, stimmt. Es gibt niemanden, den ich lieber als Partner hätte. Das weißt du, oder?«

»Nicht mal Hill?«

»Den schon gar nicht. Er ist ein guter Polizist, aber er ist kein Freddie Cruz.«

»Ach, menno«, sagte er lachend.

»Kann ich dir etwas anvertrauen, was du niemandem erzählen darfst? Schwör auf einen Stapel Bibeln. Nicht mal mit Elin darfst du darüber reden.«

»Du weißt, dass du mir vertrauen kannst.«

»Ja, das weiß ich. Das hier ist jedoch echt heikel.«

»Raus damit.«

»Ich glaube, Nick fliegt morgen mit dem Präsidenten nach Afghanistan.«

Freddie richtete den Blick von der Straße kurz auf sie. »Du *glaubst* es?«

»Er darf mir nicht verraten, wohin die Reise geht, deshalb habe ich meine eigenen Schlüsse gezogen.«

»Wow. Das ist cool. Er wird in der Air Force One mitfliegen.«

»Das ist der Teil, den er am aufregendsten findet.«

»Wer nicht?«

»Ich zum Beispiel. Ich würde lieber zu Hause bleiben, statt ins Präsidentenflugzeug zu steigen – oder überhaupt in ein Flugzeug.« Sie machte eine lange Pause. »Die Vorstellung von ihm in diesem riesigen Zielobjekt mit den Stars and Stripes auf der Seite ...«

»Ich bin sicher, die zählen auf das Überraschungsmoment, um sie heil dort hineinzubringen.«

»Zweifellos. Mir macht auch weniger das Hineinkommen Sorge, sondern vielmehr das Herauskommen. Sobald ich daran denke, bricht mir der kalte Schweiß aus.«

»Es geht bestimmt alles gut, Sam. Mensch, es ist der Präsident. Der Typ hat mehr Schutz als irgendjemand sonst.«

»Trotzdem ...«

Er legte seine Hand auf ihre und drückte sie. »Es wird alles gut gehen, und die Reise wird Wunder wirken für seinen Wahlkampf und seine Karriere.«

»Ich weiß.« Seine Worte trösteten sie, genau wie seine Hand auf ihrer. »Danke, dass ich es dir erzählen konnte.«

»Jederzeit.«

Sie hielten in der E Street gegenüber vom OPM-Gebäude. Mehrere Streifenwagen parkten am Straßenrand, und Sam war froh, den Van der Gerichtsmedizin zu sehen. »Hoffen wir mal, dass das unser Tatort ist«, meinte sie, während sie und Freddie sich unter dem gelben Absperrband duckten, das einer der Polizisten für sie hochhielt.

Lindsey kniete auf dem Boden und nahm eine Probe aus einer riesigen Blutlache, die bereits dunkler geworden war, nachdem sie eine Weile den Elementen ausgesetzt gewesen war.

»Was ist die gute Nachricht, Doc?«

Lindsey richtete sich auf und machte eine Reihe von Fotos. »Die Konsistenz ist so, wie ich es nach über vierundzwanzig Stunden erwarte. Und die Menge passt zu einer verletzten

242

Aorta. Die DNA wird den Beweis erbringen. Ich bringe die Probe ins Labor und mache Dampf.«

»Dafür wären wir Ihnen sehr dankbar.«

Als Lindsey sich entfernte, trat Lieutenant Haggerty, Leiter der Spurensicherung, zu Sam. »Was haben wir hier?« Er schaute auf die Blutlache. Als ehemaliger Marine war er kompakt gebaut und trug sein braunes Haar kurz geschoren.

»Wir hoffen, es handelt sich um den Willie-Vasquez-Tatort. Können Sie Ihre Leute veranlassen, die Gegend gründlich abzusuchen? Ich würde was drum geben, wenn wir endlich die Mordwaffe fänden.«

»Wir werden mal sehen, was wir finden. Was hat es mit dem Verschwinden von Lind auf sich?«

»Da sind wir uns noch nicht sicher.«

»Ist er ein Verdächtiger im Mordfall Vasquez?«

»Auch das wissen wir nicht. Ich werde Sie beizeiten informieren. Halten Sie mich auf dem Laufenden über Ihre Suche.« Als sie weggehen wollte, klingelte ihr Handy. »Was ist denn jetzt schon wieder, Darren?«

»Ich habe im Polizeifunk gehört, dass Sie nach Lind fahnden.«

»Und?«

»Ist er ein Verdächtiger im Mordfall Vasquez?«

Sams Kopf begann zu kribbeln und zu pulsieren – ein Zeichen dafür, dass sie schnellstmöglich ihr Migränemedikament nehmen musste. »Kein Kommentar.«

»Wir bringen die Tatsache, dass die Polizei ihn sucht. Das ist ja eine öffentliche Information.«

»Tun Sie, was Sie tun müssen.«

»Darf ich den Müllcontainer nach wie vor nicht erwähnen?«

»Nicht, wenn Sie die Exklusivstory von mir wollen, die ich Ihnen versprochen habe.«

»Sie sind eine knallharte Verhandlungspartnerin, Lieutenant.«

»Ich muss Schluss machen, Darren.« Sie steckte ihr Telefon ein und schaute auf die Uhr. Nach fünf. So blieben ihr noch ein paar Stunden, bis Nick und Scotty von der Wohltätigkeitsgala zurückkehrten.

»Wohin jetzt?«, wollte Freddie wissen, als sie wieder im Wagen saßen.

»Zum Hauptquartier.« Sie fuhren einige Minuten schweigend, und Sam dachte über ihre nächsten Schritte in diesem Fall nach – unter anderem. »Wenn wir dort sind, besorgst du mir bitte die Nummer der Familie Cleary aus Capitol Hill? Die haben ein Kind namens Nathan.«

»Mach ich. Um was geht's da?«

»Der Junge hat Scotty heute in der Schule geschlagen.«

»So richtig?«

»Bedauerlicherweise.«

»Ich hoffe, du wirst ihm die Dienstmarke um die Ohren hauen.«

»Ein bisschen vielleicht.«

Freddie prustete. »Wenn ich dir die Telefonnummer besorge, darf ich dann mithören, wenn du anrufst?«

»Das wäre nur fair, nehme ich an.«

»Klasse. Für diese Momente lebe ich.«

Zusammen betraten sie das Hauptquartier, und während Freddie die Nummer der Clearys suchte, rief Sam Chris Ortiz in seinem Winterquartier in Florida an. Die Frau, die sich meldete, sprach nur Spanisch. Sam formulierte holprig ihre Bitte, mit Señor Ortiz reden zu dürfen.

»*Un momento, por favor.*«

Wenig später meldete sich eine männliche Stimme: »Hallo?«

»Spreche ich mit Chris Ortiz?«

»Ja. Wer ist denn da?«

»Lieutenant Sam Holland, Metro PD.«

»Es geht um Willie.«

»Ja«, erwiderte Sam. »Haben Sie ein paar Minuten Zeit?«

»Klar.«

»Carmen meinte, Sie seien sein engster Freund im Team gewesen. Trifft diese Einschätzung zu?«

»Ja. Wir sind zusammen in der Dominikanischen Republik aufgewachsen. Als wir beide bei den Feds eingestiegen sind, kam es uns wie ein glücklicher Zufall vor. Es war schön, jemanden aus der Heimat in der Mannschaft zu haben.«

»Haben Sie Willie nach dem Spiel neulich abends noch gesehen?«

»Nein. Ich habe mich nach ihm erkundigt, und man sagte mir, er halte sich im Trainingsraum auf und warte, bis die Umkleidekabine leer sei. Ich wollte zu ihm gehen, doch dann dachte ich, dass er wohl lieber in Ruhe gelassen werden wollte. Mir wäre es jedenfalls so gegangen. Später an dem Abend habe ich mehrmals versucht, ihn anzurufen, erreichte aber nur seine Mailbox. Als ich hörte, was passiert war … Ich kann es immer noch nicht glauben. Es ist ein Schock. Und traurig. Wirklich, wirklich traurig. Seine Kinder sind noch ganz klein.«

»Waren seine Mannschaftskameraden wütend auf ihn?«

»Die ganze Geschichte ist schwer zu ergründen. Willie war einer der besten Center Fielder im Baseball. Dem entging nicht viel, deshalb ist es auch so schwer zu glauben, dass er einen einfachen Flyball nicht fängt. Dieses Spiel zu gewinnen hätte uns allen unendlich viel bedeutet. Es ist der Traum, verstehen Sie?«

»War irgendwer wütend genug, um ihm etwas anzutun?«

Nach einer langen Pause antwortete Ortiz: »Sie suchen den Täter im Team?«

»Wir suchen überall.«

»Eine Menge Leute waren nach dem Spiel wütend auf Willie – einschließlich vieler, die ihn gar nicht persönlich kannten. Was ist denn mit den Tausenden Fans, die auf die Straße gingen, um ihrem Zorn Ausdruck zu verleihen?«

»Die sehen wir uns auch an. Trotzdem möchte ich von Ihnen wissen, welchen Eindruck Sie von denen hatten, die Willie nahestanden, und ob jemand unter ihnen war, der zornig genug war, um ihm etwas anzutun.«

»Alle waren furchtbar aufgebracht. Die Leute waren fassungslos. Wie konnte das passieren? Diese Frage habe ich in der Nacht immer wieder gehört. Niemand verstand das. Ob es Wut gab? Na klar, verdammt. *Ich* war sauer auf ihn, und er ist mein Freund. Die Öffentlichkeit sieht in uns einen Haufen überbezahlter Sportler, und das sind wir auch. Absolut. Aber wir sind ebenfalls entschlossene Wettkämpfer. Wir wollen gewinnen. Für den Rest unseres Lebens werden wir diesen Moment vor Augen haben und uns nach dem Warum fragen. Warum hat er den Ball nicht gefangen?«

»War jemand ganz besonders wütend?«

»Ich bin mir sicher, Sie haben bereits erfahren, dass Lind ziemlich neben der Spur war. Wie üblich.«

»›Wie üblich‹? Was meinen Sie damit?«

»Mit dem stimmt halt etwas nicht. Niemand hat mir je erzählt, was genau er für ein Problem hat, aber man muss kein Arzt sein, um zu merken, dass er seine Wut nicht unter Kontrolle hat. Neben anderen Dingen.«

»Was für anderen Dingen?«

Er zögerte und räusperte sich. »Ganz unter uns?«

»Wenn das, was Sie mir zu sagen haben, als Beweismaterial anzusehen ist, dann wird es ganz bestimmt nicht unter uns bleiben. Ansonsten schon.«

Seufzend erklärte Ortiz: »Er mochte Frauen. Daheim spielte er den glücklichen Familienmenschen, aber auf Tour … da sah die Sache anders aus. Er hat eine Frau in jeder Stadt.«

Sam dachte an Carla Lind und daran, was sie durchgemacht hatte, damit ihr Mann fit genug blieb, um sich dem Spiel zu widmen, das er liebte. Das Spiel, das ihn reich gemacht hatte. »Ist das üblich unter den Spielern?«

»Ich würde die Frage gern mit Nein beantworten, doch es gibt durchaus einige, die in der Hinsicht herumkommen. Allerdings niemand dermaßen wie Lind. Ich mische mich nicht in die Angelegenheiten anderer Leute, aber Carla tut mir schon leid. Sie scheint eine nette Frau zu sein und hat nicht die geringste Ahnung davon, was ihr Mann treibt, sobald sie nicht in seiner Nähe ist. Ich hasse das.«

»War Willie auf Tour auch beschäftigt?«

»Nicht dass ich wüsste. So war er nicht.«

»Wie war er denn?«

»Geradeheraus und aufrichtig. Man bekam das, was man sah. Das mochte ich immer an ihm. Auch als der Erfolg kam, blieb er derselbe Typ, mit dem ich aufgewachsen war. Ich würde gern glauben, dass Ruhm und Reichtum uns nicht sehr verändert haben. Nach außen hin vielleicht nicht. Wir haben beide Häuser und Autos, Sachen halt. Doch wer sind wir hinter all diesen Dingen? Da hat sich nichts geändert. Zumindest konnte ich das bei ihm nicht feststellen.«

»Es gab Gerüchte über eine mögliche Affäre zwischen Willie und Jamie Clark.«

»Auf keinen Fall«, entgegnete Ortiz und klang höhnisch. »Wer immer das behauptet, spinnt komplett. Die zwei waren Freunde, mehr nicht.«

Sam war selbst auch schon zu diesem Schluss gekommen. Trotzdem war sie froh über seine Einschätzung. »Waren Ihnen seine Probleme mit Carmens Bruder bekannt?«

»Wir haben vor einer Weile darüber gesprochen. Er hat mich einmal gefragt, ob meine Familie – und die meiner Frau – ebenfalls ständig hinter meinem Geld her sei, so wie es bei ihm der Fall war.«

»Und? Wie ist das bei Ihnen?«

»Kein Vergleich zu Willies Fall. Sowohl in meiner Familie als auch in der meiner Frau gibt es einige, die sich nicht scheuen, uns um Geld zu bitten. Aber Willies Familie – und Carmens –

übertrieb es. Die haben ihn wie eine Bank behandelt, und als er den Geldhahn zudrehte, wurde es hässlich.«

»Inwiefern?«

»Während des Frühjahrstrainings kam es zu einer Auseinandersetzung mit Carmens Bruder Marco. Der tauchte auf unserer Anlage in Fort Myers auf und fing Streit an, als Willie gerade vom Spielfeld kam. Ein paar von uns mussten dazwischengehen, damit die Sache zwischen den beiden nicht eskalierte.«

»Wurde die Polizei gerufen?«

»Ja, ich glaube, irgendwer aus dem Team rief sie.«

Sam machte sich eine Notiz bezüglich einer Kopie des Polizeiberichts aus Fort Myers. »Haben Sie gehört, was zwischen den beiden gesagt wurde?«

»Marco machte ihm Vorwürfe, was Familie bedeute und dass Willie vergessen habe, woher er komme. Willie hatte als Kind viel Zeit mit Marco verbracht. So hat er Carmen überhaupt kennengelernt.«

Da Sam das zum ersten Mal hörte, notierte sie sich diese Information. »Hat er Ihnen etwas über diesen Streit mit Marco erzählt?«

»Nur dass er deswegen geknickt war und dass sie früher die besten Freunde gewesen waren, vor Willies Erfolg. Er meinte, jetzt ginge es Marco nur noch ums Geld.«

»Das muss hart für ihn gewesen sein.«

»War es auch. Für uns alle. Sie müssen verstehen – wir sind alle ganz gewöhnliche Typen, die das große Glück hatten, es im Baseball zu etwas zu bringen. Viele Jungs, mit denen wir aufgewachsen sind, waren mindestens genauso gut und schafften es nicht, groß rauszukommen. Diejenigen, denen es gelang … Na ja, niemand bereitet einen darauf vor, wie man mit dem plötzlichen Reichtum umgeht. Das gilt besonders für Leute wie mich und Willie, die mit nichts aufgewachsen sind.«

»Haben Sie mitbekommen, dass irgendwer aus dem Team ihm nach dem Spiel offen gedroht hat?«

»Lind. Der war ganz schön aufgebracht, doch das ist er ja meistens. Wir schenken seinen Schimpftiraden keine Beachtung mehr.«

»Was haben Sie ihn sagen hören?«

»Dass er den Bastard umbringen würde, sollte er ihn in die Hände bekommen, und dass es gut sei, dass er sich wie ein Feigling verstecke. Solche Sachen.«

»Haben Sie seither mit Lind gesprochen?«

»Nein, aber das ist nicht ungewöhnlich. Wir sind nicht befreundet.«

»Haben Sie zufällig gesehen, wie Lind das Stadion nach dem Spiel verlassen hat?«

»Nein. Nachdem der Medienscheiß erledigt war, ging jeder seiner Wege.«

»Stellte Lind sich denn den Medien?«, erkundigte Sam sich.

»Ich glaube, er weigerte sich, aber zitieren Sie mich da nicht.«

Sam notierte sich, dass zu prüfen war, ob Lind nach der Niederlage interviewt worden war. »Noch jemand, der sich außergewöhnlich über Willie aufregte?«

»Cecil Mulroney war auch ziemlich sauer.«

»Wissen Sie, wo ich den außerhalb der Saison erreichen kann?«

»Der ist auf seiner Ranch in Texas. Bleiben Sie dran, ich hole eben die Nummer.«

Während Sam wartete, wurde ihr klar, dass es ein Fehler gewesen war, den Spielern während der laufenden Ermittlung zu gestatten, die Stadt zu verlassen. Vermutlich hätte sie ohnehin nicht durchsetzen können, dass das gesamte Team in der Stadt blieb. Doch es gar nicht erst versucht zu haben war eine weitere Sache, die sie auf die Müdigkeit infolge einer schlaflosen Nacht schieben konnte.

»Bereit?«, meldete Ortiz sich wieder.

»Legen Sie los.« Sie schrieb die Nummer auf. »Ich gebe Ihnen meine, für den Fall, dass Ihnen noch etwas einfällt, was für unsere Ermittlung wichtig sein könnte.«

»Gern. Sie werden Mulroney nicht verraten, wer Ihnen seine Nummer gegeben hat, oder?«

»Ich kann sagen, ich hätte sie vom Team.«

»Dafür wäre ich Ihnen dankbar. Wir müssen nächstes Jahr schließlich wieder zusammen spielen, und da kann ich keinen Streit mit meinen Mannschaftskameraden gebrauchen.«

»Das verstehe ich, und ich bedanke mich für die Zeit, die Sie mir geopfert haben. Mein Beileid zum Verlust Ihres Freundes.«

»Danke. Es ist schon verrückt, wenn man sich überlegt, dass irgendwer Willie höchstwahrscheinlich wegen eines Baseballspiels ermordet hat.«

»Ja, verrückt. Rufen Sie mich an, wenn Ihnen noch etwas einfällt.«

»Mach ich.«

Sam beendete das Gespräch, lehnte sich zurück und legte die Füße auf den Schreibtisch. Sie starrte die Wand an und ließ alles Revue passieren, was sie über Willie erfahren hatte, über das Team, den Profisport, die Kultur rund um die Spiele, die Familienmitglieder sowie den vermissten Mannschaftskameraden. All das rechtfertigte noch keinen Mord.

Ihr war von Anfang an klar gewesen, dass das Ende dieser Ermittlung völlig offen war. Der Fall konnte irgendwann ungelöst zu den Akten gelegt werden. Möglich war jedoch auch, dass die Spur zu jemandem führte, den Willie gekannt hatte – zu jemandem, der wütend über Willies Patzer war. Vielleicht war es sogar ein Familienmitglied, das ein Anrecht auf Willies Reichtum zu haben glaubte. Oder aber es war eine reine Zufallstat, die sich aus den Unruhen nach seinem Patzer ergeben hatte.

Im Lauf der Jahre hatte Sam gelernt, ihren Instinkten zu vertrauen. Die hatten sie bisher nie im Stich gelassen. Alles in ihr drängte sie dazu, sich auf die Menschen im Umfeld des ermordeten Spielers zu konzentrieren. Es hatte einfach zu viel Hass und Unzufriedenheit in seinem Leben gegeben, um den Mord als Zufallstat eines aufgebrachten Fans abzuschreiben. So wütend die Fans gewesen sein mochten, die meisten von ihnen waren keine Mörder. Trotzdem war Sam noch nicht bereit, eine willkürliche Tat ganz auszuschließen.

Und dann war da noch die Tatsache, dass das Team zu neu war in der Stadt, als dass jemand wegen einer Niederlage einen Mord begehen würde. Andere, weitaus etabliertere Teams hatten längere Phasen der Erfolglosigkeit erlebt, ohne dass es wegen eines Fehlers auf dem Feld zu einem Mord gekommen wäre. Wenn die Fans der Red Sox Bill Buckner nach seinem Patzer in der World Series am Leben gelassen hatten, würden die Fans der Feds doch wohl auch nicht gleich Willies Blut sehen wollen, oder?

Sie stand auf und trat an ihre Bürotür. »Alle in den Konferenzraum. In fünf Minuten. Cruz, hol Charity und Archie her.«

Es wurde Zeit, alles noch einmal gründlich von vorn durchzugehen.

13. Kapitel

»Wie weit sind wir mit Vasquez' Finanzen?«, wandte Sam sich an Charity, nachdem alle im Konferenzraum versammelt waren.

»Man hat Forrester gleich für morgen früh Informationen versprochen. Sobald ich die habe, melde ich mich bei Ihnen.«

»Gut, danke. Archie, wie sieht es mit den Aufnahmen der Überwachungskameras aus?«

»Bisher noch nichts, aber wir haben das Material erst zur Hälfte gesichtet. Ich habe drei Leute darangesetzt, trotzdem geht es nur langsam voran.«

»Wir bekommen noch mehr vom vermutlichen Tatort.«

»Bring es mir, sobald ihr es habt. Ich werde Leute von der Tag- und von der Nachtschicht damit betrauen.«

Sam sah zu Freddie, der ihr zunickte, um ihr zu signalisieren, dass er sich darum kümmern würde.

»Die gerichtlichen Verfügungen könnten eine Sackgasse sein«, sagte Sam. »Bei den meisten geht es um allzu enthusiastische Frauen, die kein Nein akzeptieren wollten. Die auffällige Ausnahme bildet Willies Schwager Marco Peña. Agent Hill ist in die Dominikanische Republik gereist, um ihn aufzuspüren und sich hoffentlich mit ihm über seine Probleme mit Willie zu unterhalten. Heute Abend werde ich mir die gerichtlichen Verfügungen noch einmal genauer ansehen. Wir haben heute Nachmittag außerdem erfahren, dass der Closer der Feds, Rick Lind, seit dem Spiel verschwunden ist.«

Diese Neuigkeit sorgte für allgemeines Raunen im Raum.

»Ein zweites Opfer?«, fragte Gonzo und sprach damit Sams Gedanken aus.

»Ich bin mir nicht sicher.« Sam legte den anderen dar, was sie von Linds Frau über dessen Krankheit erfahren hatten.

»Jeder in seiner Umgebung wusste demnach, dass er krank war. Alle hielten jedoch den Mund, weil er einen hundert Meilen pro Stunde schnellen Fastball besser werfen konnte als irgendwer sonst in dem Spiel?«, fasste Gonzo zusammen.

»Anscheinend.«

»Dieser Fall verleidet mir jegliches Interesse am Profisport«, brummte Gonzo.

»Wie lautet unser Plan, was Lind betrifft?«, fragte Malone von seinem üblichen Platz im hinteren Teil des Raumes.

»Es gibt eine Fahndung im Großraum Washington nach ihm, und sein Verschwinden ist inzwischen bis zu den Medien vorgedrungen. Seine Frau konnte uns keine Tipps geben, wo er sich aufhalten könnte. Immerhin habe ich aus ihr herausbekommen, dass ein solches Verschwinden nichts Neues ist, und sie weiß nie, wo er gesteckt hat, wenn er wieder auftaucht. Ich habe die Fahndung nur wegen dieser Sache mit Willie veranlasst und deswegen, weil wir einen Mörder haben, der sich möglicherweise an denjenigen rächt, denen die Niederlage der Mannschaft zuzuschreiben ist.«

»Wie kommst du darauf?«, wollte Freddie wissen. »Vasquez war derjenige, der den Ball nicht gefangen hat.«

»Lind hatte zuvor reichlich Chancen, das Spiel zu entscheiden, bevor der Ball überhaupt getroffen wurde«, erklärte Gonzo.

»Genau«, bestätigte Sam. »Der Hauptvorwurf galt Vasquez, weil er einen leichten Ball nicht gefangen hat. Aber vergessen wir nicht, dass Lind tatsächlich vorher etliche Möglichkeiten hatte, das Spiel zu beenden, es jedoch nicht schaffte.«

»Wenn sie also beide verschwunden sind und Lind unter Umständen auch ermordet wurde, schließt das eine zufällige Tat eines aufgebrachten Fans aus«, gab Freddie zu bedenken.

»Exakt«, entgegnete Sam. »Ich werde Carlucci und Dominguez beauftragen, den Fahrdienst ausfindig zu machen, der

Lind zum Stadion gebracht hat, um herauszufinden, ob es nach dem Spiel noch Kontakt zu ihm gab. Irgendwer muss ihn doch gesehen haben, als er das Stadion verließ. Außerdem werde ich mich an den Teambesitzer wenden, damit er seinen Securitydienst befragt, wer davon Lind nach dem Spiel als Letzter gesehen hat.« Sie fasste ihre Unterhaltung mit Chris Ortiz zusammen. »Und wenn ich es schaffe, nehme ich mir auch Cecil Mulroney vor.« Nun wandte sie sich an Arnold: »Gibt es endlich Ergebnisse zu den Telefonverbindungen?«

»Nichts Auffälliges bis jetzt. Ich habe allerdings erst die Hälfte der sechshundert Anrufe durchgesehen, die er nach dem Spiel erhalten hat.«

»Wie gelangen die Leute an die Telefonnummer eines Baseballprofis?«, wollte Jeannie wissen.

»Unser guter Freund Ben Markinson bei WFBR machte die Sendung nach dem Spiel und nannte sie im Radio, damit die Fans ihn anrufen und ihren Unmut über seine Vorstellung zum Ausdruck bringen konnten«, erklärte Gonzo.

»Dafür müsste man ihn doch irgendwie belangen können«, sagte Sam.

»Ich werde mir etwas einfallen lassen«, versprach Malone. »Jeannie, wie weit sind wir mit Willies Wagen?«

»Die Spurensicherung hat ihn untersucht und bringt ihn jetzt ins Labor. Wir haben zudem sein Handy gefunden. Es wird auf Fingerabdrücke und GPS-Ortungen geprüft.«

»Wir brauchen dringend eine heiße Spur«, meinte Sam. »Hoffen wir, dass uns das weiterbringt. Danke an alle. Haltet mich auf dem Laufenden.«

Während Sam ihre Sachen einsammelte, verließen die anderen den Raum.

Jeannie blieb zurück. »Du klingst frustriert«, sagte sie, als sie mit Sam alleine war. »Das passt gar nicht zu dir.«

»Komisch, dabei habe ich das Gefühl, ständig frustriert zu sein in dem Job.«

Jeannie grinste. »Dann verbirgst du es aber ganz gut. Tja, also … ich habe mich gefragt … Könnte ich dich mal wegen einer persönlichen Sache sprechen?«

Sam war sofort beunruhigt. Sie und Jeannie hatten gemeinsam viel durchgestanden – besonders, nachdem Jeannie bei einer früheren Ermittlung gekidnappt und vergewaltigt worden war. Dem weiblichen Detective ging es inzwischen viel besser, trotzdem achtete Sam stets auf Anzeichen einer posttraumatischen Störung. »Selbstverständlich. Möchtest du die Tür zumachen?«

»Das wäre gut. Danke.« Jeannie schloss die Tür des Konferenzzimmers und drehte sich mit einem scheuen, zögernden Gesichtsausdruck wieder zu Sam um. »Das ist mir unangenehm.«

»Spuck's aus. Was es auch ist, wir werden wie immer einen Weg finden.«

Statt auf ihren Platz zurückzukehren, stellte Jeannie sich hinter den Stuhl. Ihre Finger gruben sich in die Vinyllehne. »Michael und ich haben einen Hochzeitstermin festgelegt.«

»Oh, hey, das ist großartig. Wann ist der große Tag?«

»Am achtzehnten Juli. Wir machen es in Rehoboth Beach.«

»Das wird toll.«

»Das hoffe ich. Die Sache ist die … Du weißt ja, wie dieser Job sein kann. Nimmt einen voll in Anspruch und lässt einem nicht viel Zeit für ein Privatleben und Freunde außerhalb der Arbeit.«

»Da wirst du von mir keinen Widerspruch hören.«

»Meine Schwestern werden Trauzeuginnen sein, aber ich wollte dich bitten, auch eine davon zu sein. Du bist mittlerweile eine meiner besten Freundinnen. Das ist dir hoffentlich klar.«

»Oh, wow, tja … Das ist sehr nett von dir.«

»Du willst nicht, oder?«

»Ich möchte sehr gerne, und ich fühle mich geehrt, dass du

fragst. Du bist für mich auch eine gute Freundin, das weißt du.«

»Aber?«

»Ich würde mir Gedanken darüber machen, wie die anderen es empfinden, dass ich ein solch öffentliches Bekenntnis zu unserer privaten Freundschaft abgebe.«

»Natürlich. Ich verstehe. Es tut mir leid, wenn ich dich in eine unangenehme Situation gebracht habe.«

»Hast du nicht. Und ich sage nicht Nein. Da ich noch nie in einer solchen Situation war, seit ich die Leitung des Dezernats übernommen habe, lass mich erst herausfinden, was die Führungsetage dazu meint.«

»Ich möchte nicht, dass du deshalb riskierst, Ärger zu bekommen, Sam.«

»Tue ich nicht.« Sam ging zu ihr und umarmte sie, ihren Detective und ihre Freundin. »Ich freue mich riesig, dass sich für dich und Michael alles zum Guten gewendet hat.«

»Danke«, erwiderte Jeannie. »Er war ein solcher Rückhalt für mich nach dem, was passiert ist. Es hat mir gezeigt, wie er wirklich ist.«

»Du weißt, dass ich einer seiner größten Fans bin. Also werde ich mit wehenden Fahnen zur Hochzeit kommen.«

»Das bedeutet mir sehr viel. Ich gehe jetzt mal lieber wieder an die Arbeit. Was den Wagen angeht, werde ich dich auf dem Laufenden halten.«

»Und ich gebe dir Bescheid, was die Chefetage über Hochzeiten und so zu sagen hat«, erwiderte Sam, und Jeannie verschwand mit einem dankbaren Lächeln.

Als sie ebenfalls den Konferenzraum verließ, fühlte sie sich nach dem Gespräch mit Jeannie seltsam beschwingt. Wie ihre Kollegin und Freundin schon gesagt hatte: Der Job gestattete einem nicht viel Zeit für ein Privatleben, außer dem mit ihrem Mann, ihrem Sohn, ihrem Dad, ihrer Stiefmutter, ihren Schwestern und deren Familien.

In jüngeren Jahren hatte Sam viele Freundinnen gehabt. Zu den meisten hatte sie inzwischen jedoch den Kontakt verloren, weil die Arbeit sie zu sehr in Anspruch nahm. Jeannie, Lindsey, Charity, Faith und Hope waren Kollegen, füllten die Lücke aber zumindest in gewisser Hinsicht. Wenn sie eine weibliche Sichtweise brauchte, fand sie eine bei der Arbeit. Und das waren alles Frauen, die Sam bewunderte und respektierte. Vermutlich sollte sie auch Shelby zu ihren neuen Freundinnen dazuzählen. Obwohl sie nun als ihre bezahlte Assistentin arbeitete, war sie doch schon vorher eine Art Freundin gewesen.

Um endlich nach Hause zu ihrer Familie zu kommen, sammelte Sam eilig die gerichtlichen Verfügungen ein und stopfte den Stapel in eine Einkaufstasche, die sie unter ihrem Schreibtisch hervorgeholt hatte.

Cruz kam herein und gab ihr ein Blatt Papier. »Nathans Telefonnummer. Die Eltern heißen Patty und Dave.«

»Danke.«

»Wirst du sie jetzt anrufen?«

»Was du heute kannst besorgen, das verschiebe nicht auf morgen. Machst du bitte die Tür zu?«

Er schloss die Tür und setzte sich in einen der Besuchersessel.

Sam drückte die Mithörtaste ihres Schreibtischapparates und wartete auf das Freizeichen, ehe sie die Nummer eintippte. Während es am anderen Ende der Leitung klingelte, sah sie zu Freddie, der das Telefon im Auge behielt. Er war ein so guter Freund, dass er wegen dem, was Scotty in der Schule widerfahren war, genauso wütend war wie sie.

»Hallo?«, meldete sich eine weibliche Stimme. Die Frau klang, als sei sie zum Telefon gerannt.

»Spreche ich mit Mrs. Cleary?«

»Ja. Wer ist denn da?«

»Lieutenant Sam Holland von der Metro Police.«

»Ach ja, ich erkenne Ihren Namen. Was kann ich für Sie tun?«

»Ich weiß nicht, ob Ihnen bewusst ist, dass Ihr Sohn Nathan meinem Sohn Scotty heute in der Schule in den Bauch geboxt hat.«

»Er hat *was* getan? Davon ist mir nichts bekannt. Die Schule hat mich nicht informiert.«

»Nur weil Scotty in der Schule kein Problem daraus gemacht hat. Da es ihm wichtig war, dass wir die Schule nicht einschalten, dachte ich, wir zwei könnten das zwischen uns klären.«

»Was gibt es da zu klären? Es sind Jungs, und die raufen nun mal. So sind sie eben.«

Sam schaute zu Freddie, dessen Miene sich verfinsterte. »Es ist außerdem Körperverletzung, und in meiner Welt ist das ein kriminelles Vergehen.«

»Drohen Sie mir etwa?«

»Keineswegs. Ich fordere Sie schlicht und einfach dazu auf, Ihrem Kind zu erklären, dass es sich von meinem Kind weit, *weit* fernhalten soll. Sie dürfen auch gern erwähnen, dass Scottys Mutter, der Cop, nächstes Mal nicht darüber hinwegsehen wird.«

»Das klingt für mich aber sehr nach einer Drohung.«

»Es ist keine Drohung, sondern ein Versprechen. Sollte er meinen Sohn noch einmal schlagen, werden wir Anzeige erstatten – und ich weiß genau, wie man das erfolgreich macht. Noch Fragen?«

Nach einer langen Pause räusperte Mrs. Cleary sich. »Nein. Keine Fragen.«

»Noch etwas: Sollte Nathan Scotty wegen dieser Sache zum Außenseiter stempeln, werde ich auch das nicht schweigend hinnehmen. Richten Sie Ihrem Kind aus, es soll mein Kind in Ruhe lassen, dann werden wir keinen Grund haben, uns miteinander zu unterhalten. Verstanden?«

»Ja, verstanden.« Ein lautes Klicken war zu hören, gefolgt vom Freizeichen.

Sam legte ebenfalls auf. »Ich glaube, das ist gut gelaufen.«

Freddie lachte. »Du hast deinen Standpunkt deutlich gemacht, so viel ist mal sicher.«

»Scotty wäre sauer auf mich, wenn er wüsste, dass ich das getan habe.«

»Du kannst aber doch nicht zulassen, dass ein anderer Junge ihn tätlich angreift.«

»Trotzdem …«

»Du bist eine großartige Mutter, Sam. Du hast genau das gemacht, was meine Mom oder jede andere Mom in einer solchen Situation tun würde. Mag ja sein, dass Scotty nicht will, dass du dich einmischst. Doch er muss auch lernen, dass du etwas Derartiges nicht durchgehen lässt.«

»Danke für die Unterstützung. Ich mache jetzt Schluss für heute. Fahr nach Hause und leg dich schlafen. Wir sehen uns morgen in alter Frische wieder.«

»Bis dann.«

Sam hatte gerade die Tür hinter sich zugemacht und wollte abschließen, als Archie ins Morddezernat kam und auf ihr Büro zeigte. Da ihre Pläne zum Aufbruch durchkreuzt worden waren, ging sie wieder hinein und schaltete das Licht ein. »Habe ich es nicht geahnt?«

Archie folgte ihr und machte die Tür zu. »Wir haben Stahl so was von erwischt.« Er hielt einen USB-Stick hoch. »Von der Kamera aufgezeichnet zu dem Zeitpunkt, als der Anruf beim *Star* aus der Lieutenants' Lounge gemacht wurde. Er war alleine dort.«

Sams Herz schlug schneller, als ihr klar wurde, was das zu bedeuten hatte. »Das müssen wir dem Chief bringen.«

»Jetzt gleich?«

»Ich habe nichts Besseres vor. Du?«

Hatten sie eigentlich beide, aber Archie grinste trotzdem. »Absolut nicht. Wollen wir?«

»Nach dir.«

259

Während sie schweigend zum Büro des Chiefs gingen, musste Sam sich beherrschen, um ruhig zu bleiben und die Hoffnung darauf im Zaum zu halten, Stahl ein für alle Mal loszuwerden. Sei nicht voreilig, mahnte sie sich im Stillen, als die Sekretärin des Chiefs sie in sein Büro durchwinkte.

»Lieutenants«, begrüßte Farnsworth sie und erhob sich, während Archie die Tür hinter sich schloss. »Was kann ich für Sie tun?«

»Lieutenant Archelotta hat herausgefunden, wo sich unser Leck bei der Vasquez-Ermittlung befindet«, erklärte Sam.

»Ich konnte zurückverfolgen, dass der Anruf beim *Star* in der Lieutenants' Lounge getätigt wurde. Mithilfe der Videoüberwachung konnte ich in Erfahrung bringen, wer sich zum Zeitpunkt des Anrufs in der Lounge befand.« Er hielt den USB-Stick hoch und deutete auf den Computer des Chiefs. »Darf ich?«

»Unbedingt«, sagte der Chief und trat stirnrunzelnd zur Seite, um Archie Platz zu machen.

Sams Handflächen waren feucht, während sie darauf wartete, dass das Video startete. Stahl war deutlich zu sehen, und es war klar zu hören, wie er über Willie Vasquez sprach. »Das haben Sie nicht von mir«, sagte Stahl gerade, »aber man hat ihn in einem Müllcontainer gefunden. Hat wohl jemand beschlossen, den Müll rauszubringen.«

Mit grimmiger Miene griff Farnsworth nach dem Telefon. »Bitten Sie Deputy Chief Conklin und Captain Malone in mein Büro. Danke.«

Die drei verharrten in angespanntem Schweigen, bis Conklin und Malone eintrafen.

»Lieutenant Archelotta, würden Sie bitte Deputy Chief Conklin und Captain Malone darüber informieren, was Sie mir berichtet haben?«

Noch einmal fasste Archie die gesamte Geschichte zusammen, angefangen bei dem Tipp durch den *Star*-Reporter Darren Tabor bis zur Zurückverfolgung des Anrufs in die Lieutenants' Lounge und der Videoaufnahme von Stahl, die Sam auch beim zweiten Ansehen kein bisschen weniger erschreckend fand.

»Sie wollen mich wohl auf den Arm nehmen«, meinte Conklin.

»Der Kerl hat Eier«, bemerkte Malone. »Das muss man ihm lassen.«

Mit versteinerter Miene hob Farnsworth erneut den Hörer ab. »Bitte schicken Sie mir umgehend Lieutenant Stahl in mein Büro.«

Zehn Minuten später klopfte Stahl an und trat dann ein. »Sie wollten mich sehen, Chief?« Seine Augen verengten sich vor Missvergnügen zu schmalen Schlitzen, als er Sam entdeckte. »Was geht hier vor?«

»Ich würde gern wissen«, erwiderte Farnsworth, »ob Sie irgendetwas mit einem Tipp zu tun haben, den Darren Tabor vom *Washington Star* über den Fall Vasquez bekommen hat. Dabei ging es um eine Information, die wir bewusst der Öffentlichkeit vorenthielten.«

Stahls Gesicht nahm diese ungesunde dunkelrote Farbe an, wie so oft bei den Auseinandersetzungen mit Sam. »Hat *sie* Ihnen das gesagt?« Er stach mit dem Daumen in ihre Richtung.

»*Beantworten Sie die Frage!*«, brüllte Farnsworth.

»Ich hatte nichts damit zu tun«, behauptete Stahl empört. »Ganz egal, was Lieutenant Holland Ihnen erzählt haben mag.«

»Lieutenant Holland hat mir gar nichts erzählt«, entgegnete Farnsworth. »Das haben Sie selbst besorgt.«

»Wie bitte?«

»Lieutenant Archelotta«, meinte Farnsworth, den harten Blick weiterhin auf Stahl gerichtet. »Spielen Sie das Band ab.«

Sam war seit über dreizehn Jahren bei der Polizei und hatte

in der Zeit zu ihrer Zufriedenheit viele Gauner zur Strecke gebracht. Doch nichts in ihrer Karriere würde sich je mit dem Augenblick vergleichen lassen, in dem Stahl begriff, dass sie ihm tatsächlich diesen Anruf nachweisen konnten.

Violett war schon nicht mehr die richtige Bezeichnung für den Farbton, den sein Gesicht jetzt annahm. Natürlich richtete sich seine ganze Gehässigkeit gegen Sam. »*Die hat mich reingelegt!* Sie versucht seit Jahren, mich loszuwerden!«

Sam verzog keine Miene und ließ ihn sein eigenes Grab schaufeln.

»Ich werde Ihnen Ihre Dienstmarke, die Waffe, den Ausweis, das Funkgerät und die Schlüssel abnehmen«, erklärte Farnsworth und streckte die Hand aus.

»Das kann nicht Ihr Ernst sein! Ich habe nichts getan, was jeder Cop hier in diesem Raum nicht auch schon irgendwann getan hätte.«

»Ich ersuche Sie dringlichst, sich jedes weiteren Kommentars zu enthalten«, meldete sich Conklin zu Wort. »Ihnen wird vorgeworfen, eine Mordermittlung durch die Weitergabe von Informationen an die Medien behindert zu haben, entgegen der ausdrücklichen Anordnung der die Ermittlungen leitenden Polizistin.«

»*Sie verhaften mich?*«

»Und ob ich Sie verhafte. Außerdem sind Sie offiziell suspendiert, bei vollem Gehalt während des schwebenden Verfahrens.«

Malone reichte Conklin ein Paar Handschellen; der wartete, bis Stahl Dienstmarke, Waffe, Schlüssel, Funkgerät und Ausweis auf den Tisch gelegt hatte. Dann zog er Stahls Arme auf den Rücken.

»Ich habe Rechte!«, schrie Stahl. »Ich will einen Anwalt! Sie können mich nicht wegen eines Telefonanrufs verhaften!«

Während Conklin ihm die Handschellen anlegte, fragte Sam sich, ob sie die ganze Geschichte vielleicht nur träumte.

Aber selbst ihre lebhafte Fantasie hätte dieses Szenario nicht hervorbringen können.

»Sie geben also zu, den Anruf getätigt zu haben?«, fragte Malone. »Oh, Moment, wir brauchen Ihr Geständnis ja gar nicht. Wir haben es auf Band. Gehen wir.« Malone zerrte an Stahls fleischigem Arm, doch er wehrte sich, weshalb Conklin den anderen Arm packte und die beiden Männer den kreischenden Lieutenant mehr oder weniger aus dem Raum schleppten.

»Dafür werden Sie büßen, Holland! Seien Sie bloß auf der Hut, Mädchen! Diese blöde Schlampe hat mich reingelegt! Das ist alles ihre Schuld!«

»Setzt Beleidigung und Bedrohung einer Beamtin mit auf die Liste!«, rief Farnsworth ihnen hinterher. »Das ist eine Straftat.« Er schien diesen letzten Teil zu genießen.

»Natürlich«, erwiderte Malone.

Keinem von ihnen tat es leid, Stahl los zu sein. Allerdings hegte Sam Zweifel, ob sie dadurch wirklich endgültig Ruhe vor ihm haben würden.

»Wow«, meinte Archie und fasste damit Sams Gefühle ziemlich gut zusammen.

»Ein Glück, dass wir den los sind«, bemerkte Farnsworth. »Aber zitieren Sie mich nicht. Gute Arbeit, Lieutenants.«

»Danke, Sir«, sagte Archie, und Sam bemerkte, dass er seine Befriedigung über den Ausgang dieser Mini-Ermittlung zu verbergen versuchte.

Farnsworth erklärte nun: »Ich brauche die Aussagen von Ihnen beiden.«

»Das wird kein Problem sein«, erwiderte Sam.

»Für mich auch nicht«, entgegnete Archie. »Ich muss wieder nach oben und schauen, wie weit wir mit deinem Film sind, Sam.«

»Danke.«

Nachdem er gegangen war, wusste Sam nicht recht, was sie noch zum Chief sagen sollte. Stahls Sturz war schnell und unerwartet gekommen.

Farnsworth hielt Stahls Dienstmarke in der Hand. »Wie konnte er derartig dumm sein?«

»Ich hatte ein Gespräch mit Rick Linds Ehefrau Carla. Von ihr erfuhr ich, dass er an einer Art psychischer Erkrankung leidet. Es ist nichts Diagnostiziertes, doch alle aus seinem Umfeld wissen davon. Ich habe keine Ahnung, ob Stahl auch an einer psychischen Erkrankung leidet, doch irgendetwas stimmt mit dem nicht, und das wissen wir alle.«

Seufzend ließ Farnsworth sich in seinen ledernen Chefsessel sinken. »Ich bin nicht befugt, persönliche Angelegenheiten mit dir zu besprechen. Aber ich werde nicht bestreiten, dass du richtig mit deiner Einschätzung liegst. Sein ganzer Hass wird sich gegen dich richten. Das ist dir wohl klar, oder?«

»Das ist ohnehin bereits seit einer ganzen Weile der Fall.« Sam setzte sich in einen der Besuchersessel. »Wie geht es denn nun weiter?«

»Seine Daten werden aufgenommen, er wird angeklagt und höchstwahrscheinlich auf Kaution entlassen. In dem Fall solltest du unbedingt auf der Hut sein.«

»Der macht mir keine Angst. Arnie Patterson und seine Gefolgsleute sind auch schon hinter mir her.«

»Sam, du musst diese Dinge ernst nehmen.« Er warf Stahls Dienstmarke auf seinen Schreibtisch. »Was hat es mit der Fahndung nach Lind auf sich?«

»Er wird vermisst.«

»Seit wann?«

»Seit dem Spiel hat ihn niemand mehr gesehen. Nicht einmal seine Frau hat etwas von ihm gehört.«

»Und da wartet sie bis jetzt, ehe sie uns das mitteilt?«

»Anscheinend ist das kein ungewöhnliches Verhalten bei ihm, wenn etwas nicht nach seinen Vorstellungen läuft. Die Leute aus seinem Umfeld schützen ihn, wenn er in eine seiner ›Stimmungen‹ verfällt.«

»Interessant.«

»Ich denke nur daran, dass Willie Vasquez möglicherweise nicht unser einziges Opfer ist.«

»Jesus. Im Ernst?«

»Ich weiß noch nichts, doch ich würde ihn wirklich gern finden. Ich fahre erst mal nach Hause, nehme aber Arbeit mit. Ich werde per Funk erreichbar sein, falls es Neuigkeiten wegen Lind gibt.«

»Dann bis morgen früh.«

Sie ging zur Tür, doch irgendetwas veranlasste sie, sich noch einmal umzudrehen. Dabei stellte sie fest, dass Farnsworth vor sich hin starrte. »Ist alles in Ordnung?«

»In solchen Momenten wie diesen bin ich enttäuscht und desillusioniert. Doch ich komme klar.«

»Lass dich von Stahl bloß nicht runterziehen. Es gibt viel mehr Leute wie uns als solche wie ihn.«

»Dem Himmel sei Dank.«

»Warum fährst du nicht nach Hause und lässt dich von Marti verwöhnen?«

»Vielleicht tue ich das.«

»Na komm schon.« Wenn sie ihn nicht zum Gehen ermutigte, würde er bloß einen Grund finden, um weitere Stunden im Büro zu verbringen. »Begleite mich hinaus.«

»Wenn du darauf bestehst.«

»Tue ich.« Sie wartete, während er sich von seiner Sekretärin verabschiedete, die völlig verblüfft schien, ihn einmal halbwegs pünktlich Feierabend machen zu sehen.

Als sie durch den Haupteingang nach draußen traten, wurden sie von den Medien umschwärmt.

»Wir werden Sie morgen früh im Fall Vasquez auf den neuesten Stand bringen«, verkündete der Chief. »Bis dahin kein Kommentar.«

»Warum wird nach Rick Lind gefahndet?«, rief einer der Reporter ihnen hinterher.

»Kein Kommentar«, wiederholte Farnsworth. Dann schwieg er, bis sie den Parkplatz erreichten. »Vielleicht ist es an der Zeit, dass ich mich zur Ruhe setze.«

Entsetzt starrte Sam ihn an. »Was hast du da gesagt?«

»Mach nicht so ein erstauntes Gesicht. Ich bin nicht mehr der Jüngste und möchte nicht an den Punkt gelangen, an dem mein Abgang überfällig wird.«

»Der Punkt wird garantiert nicht kommen. Es waren harte Tage. Du kannst eine solche Entscheidung nicht in einer derartigen Phase treffen.«

»Stimmt auch wieder. Ich hätte nichts sagen sollen. Betrachte es als einen Moment der Schwäche.«

»Es wird nicht mehr dasselbe sein ohne dich.«

»Ach klar. Es lief ganz gut vor mir, und es wird auch nach mir gut laufen. Du wirst dich vielleicht ein bisschen stärker an die Regeln halten müssen, wenn der alte Onkel Joey dir nicht mehr den Rücken freihält.« Er grinste.

Sam erschauerte bei der Vorstellung. »Noch ein Grund, dass du bleiben solltest.«

Das brachte ihn zum Lachen, und genau darauf hatte sie gehofft.

»Da ich dich gerade bei mir habe, möchte ich noch etwas mit dir besprechen«, meinte Sam.

»Gern.«

»Detective McBride hat mich gebeten, als Trauzeugin zu fungieren, wenn sie heiratet. Da es das erste Mal ist, dass einer meiner Detectives mich zu seiner Hochzeit einlädt, war ich mir nicht sicher, was ich antworten soll.«

»Willst du es denn machen?«

»Ich bin nicht gänzlich abgeneigt. Ich halte sehr viel von ihr. Man könnte sagen, wir sind Freunde – soweit das möglich ist.«

»Ich wollte dir eben anbieten, es auf mich zu schieben, wenn du keine Lust dazu hast.«

»Mir gefällt deine Einstellung«, erwiderte Sam lachend.

»Dein innerer Konflikt ist leicht nachzuvollziehen, aber mir würde eine Liebesbeziehung zwischen einer Abteilungsleiterin und einem Untergebenen mehr Sorgen bereiten als diese Sache. Es ist doch längst kein Geheimnis mehr, dass du und McBride befreundet seid.«

»Na ja, ich habe zu allen ein freundschaftliches Verhältnis. Ich weiß, das sollte ich lieber nicht …«

»Es ist nichts falsch daran, eine freundliche, mitfühlende Vorgesetzte zu sein, Sam. Man holt viel mehr aus seinen Leuten heraus. Frag mal deinen alten Freund Stahl.«

»Trotzdem, manchmal frage ich mich, ob ich da nicht ein bisschen die Grenzen überschreite.«

»Hauptsache ist, dass die Grenzen nicht verwischen. Such nicht nach Problemen, wo keine sind.«

»Guter Rat, danke.«

»Bitte sorg dafür, dass ich Fotos von dir in pinkfarbenem Taft bekomme.«

»Äh, hallo, ich habe keine Freunde mit Brautjungfern in pinkfarbenem Taft.« Allein bei der Vorstellung von pinkem Taft wurde ihr schlecht, besonders da sie wusste, wie begeistert Shelby wäre.

Farnsworths Lachen war ansteckend, und sie stimmte mit ein.

»Bis morgen früh«, sagte sie schließlich. »Schlaf ein bisschen.«

»Ich werde es versuchen.«

Sam stieg in ihren Wagen und wartete, bis Farnsworth vom Parkplatz gefahren war, dann folgte sie ihm in den Verkehr. Die Vorstellung vom MPD ohne ihn an der Spitze war ihr unerträglich. Er war ihre gesamte Polizeikarriere hindurch der Chief gewesen, hatte sie geführt und ihr mit Rat und Tat zur Seite gestanden – und sie manchmal auch in Schutz genommen. Daran gab es für sie keinen Zweifel.

Obwohl ihr natürlich klar war, dass er nicht ewig arbeiten konnte, hatte sie immer gerne geglaubt, sein Ruhestand liege noch in ferner Zukunft. Jetzt musste sie sich wegen einer weiteren Sache Sorgen machen, zusätzlich zu allen anderen Problemen, die sie derzeit beschäftigten.

Als ihr Handy klingelte, meldete sie sich, ohne den Blick von der Straße zu nehmen und auf das Display zu schauen. »Holland.«

»Hey, Sam.« Es war Shelby.

»Was gibt's, Tinker Bell?«

»Ich wollte nur Bescheid geben, dass Tracy hier ist. Sie meinte, sie brauche für eine Weile einen Unterschlupf. Sie wirkt aufgewühlt, und ich dachte, ich informiere Sie lieber.«

»Ich bin auf dem Weg nach Hause. Danke für die Information.«

»Ich wollte eigentlich los, aber ich leiste ihr noch Gesellschaft, bis Sie da sind.«

»Das wäre nett, danke.«

»Hey, hm, ich weiß ja, dass Sie eine Million anderer Dinge im Kopf haben, doch ich habe mich gefragt ...«

»Was denn?«

»Na ja, wegen Agent Hill. Er sagte, er würde mich anrufen, aber ich habe noch nichts von ihm gehört.«

»Er hält sich momentan wegen des Vasquez-Falls in der Dominikanischen Republik auf.«

»Ah, okay. Jetzt verstehe ich. Tut mir leid, dass ich Sie mit diesem Teenagerkram behellige.«

Sam lachte. »Kein Problem. Bis gleich.« Obwohl sie gern ein wenig Zeit mit ihrem Dad verbracht hätte, fuhr sie direkt zu ihrem Haus in der Ninth Street und nahm sich vor, ihn später zu besuchen. Ihre älteste Schwester machte mit ihrer siebzehnjährigen Tochter Brooke eine schwierige Zeit durch. Der Stress setzte Tracy seit Monaten zu, und Sam wollte erfahren, um was es nun schon wieder ging.

Sie parkte vor dem Gebäude und lief die Rampe hinauf, die Nick hatte installieren lassen, damit ihr Vater jederzeit zu Besuch kommen konnte. Ein weiterer Grund, weshalb sie ihren einfühlsamen Mann liebte. Drinnen fand sie Shelby neben Tracy auf dem Sofa sitzend, ihr Taschentücher reichend und das Knie tätschelnd.

Shelby schien erleichtert zu sein, dass Sam da war. Sie stand auf, ging zu ihr und drückte ihr die Packung Taschentücher in die Hand. »Dann lasse ich Sie jetzt mal weitermachen.«

»Danke, dass Sie noch geblieben sind, Tinker Bell.«

»Kein Problem. Ich mag Tracy, und es berührt mich, sie so aufgelöst zu erleben.«

»Geht mir genauso.« Da üblicherweise ihre Schwester Trost spendete, hoffte Sam, sich einmal revanchieren zu können. Die Haustür schloss sich mit einem Klicken, als Shelby verschwand, und Sam setzte sich neben Tracy. »Hey, hallo.«

»Hey. Tut mir leid, dass ich einfach hereingeschneit bin.«

»Du bist stets willkommen, das weißt du.«

»Ich brauchte einen Ort, an dem ich mich verkriechen kann. Ang hat mit Windelwechseln genug um die Ohren, und Dad und Celia würden sich bloß Sorgen machen. Dich aufzusuchen schien mir die richtige Entscheidung zu sein.«

»Was ist denn los?«

»Ach, einfach alles. Die Situation mit Brooke ist völlig außer Kontrolle. Mike meint, wir müssen etwas unternehmen wegen ihr, sonst zieht er mit Ethan und Abby zu seiner Mutter. Er will die beiden nicht mehr mit Brooke zusammen sein lassen, und das kann ich ihm nicht verdenken. Sie schreit und kreischt nur noch herum und sagt, wir sollen uns verpissen. Gestern Abend hat sie ihm erklärt, er solle sie am Arsch lecken, er sei nicht ihr Vater und habe ihr nichts zu sagen.«

Sam versuchte ihren Schock zu verbergen, was ihr jedoch gründlich misslang.

269

»Wie kann sie so mit ihm reden, wo er doch die meiste Zeit ihres Lebens für sie da gewesen ist?«, fuhr Tracy fort. »Ihr leiblicher Vater wollte sie nicht, Mike schon. Du hättest sein Gesicht sehen sollen. Er war total geknickt.«

Sam fühlte mit dem Mann, der in Brookes Leben getreten war, als sie noch ein Baby war, und sie wie eine Tochter großgezogen hatte. »Das kann ich gut nachempfinden.«

»So ist sie ständig in letzter Zeit, immer auf Konfrontation.«

»Welchen Grund hat sie denn für diese Wut?«

»Hauptsächlich liegt es daran, dass wir ihre Freunde nicht mögen und ihr den Umgang mit ihnen verbieten. Sie trank nicht und rauchte nicht oder wurde high, aber seit sie mit diesem Mädchen namens Hoda zusammen ist, hat sich das geändert. Hoda ist anscheinend die Anführerin einer Mädchen-Gang, in die Brooke aufgenommen werden will. Wir haben uns ein bisschen umgehört und einiges über dieses Mädchen und seine Freundinnen in Erfahrung gebracht. Und das hat uns ganz und gar nicht gefallen. Also haben wir Brooke den Umgang mit ihnen untersagt, und deshalb geht sie auf uns los.«

Sam reichte ihrer Schwester ein weiteres Taschentuch.

»Ich komme mir vor wie ein Ungeheuer, weil ich wirklich in Erwägung ziehe, sie wegzuschicken. Sie zerstört unser Leben. Neulich hat Ethan zu mir gesagt, ich solle das Maul halten. Er weiß nicht einmal, was das bedeutet, doch er hat es von ihr so oft gehört, dass er es cool findet, seine große Schwester nachzuahmen. Mike hat recht – Abby und Ethan können nicht länger mit ihr zusammenleben, denn sie wird sie verderben.«

»Verdammt, Trace. Tut mir leid, dass es dermaßen schlimm geworden ist. Ich würde sie ja hierher schleppen, aber wir haben jetzt Scotty, und unser Zusammenleben hat sich noch nicht genug eingespielt, um zusätzlich mit Brooke fertigzuwerden.«

»Es ist lieb von dir, doch die würde ich nicht mal meinem ärgsten Feind zumuten, ganz zu schweigen von meiner geliebten kleinen Schwester. Sie zerstört auch meine Ehe. Mike und ich streiten uns permanent ihretwegen. Ständig erinnere ich mich daran, dass wir bloß noch dieses Schuljahr überstehen müssen, weil sie dann aufs College geht. Ich sehe allerdings nicht, wie wir das auch nur eine einzige weitere Woche durchhalten sollen, geschweige denn ein komplettes Jahr. Ihre Zensuren sind natürlich ebenfalls in den Keller gesunken, also wird sie es wahrscheinlich gar nicht bis aufs College schaffen. Ich weiß nicht, was ich tun soll.«

Sam legte den Arm um Tracy und hielt sie, während sie von Schluchzern geschüttelt wurde.

»Sie ist mein Kind, aber ich kenne sie nicht wieder. Und Gott steh mir bei, ich bin mir nicht mal sicher, ob ich sie noch liebe.«

»Natürlich tust du das«, erwiderte Sam beruhigend. »Du magst sie im Moment nicht besonders, doch du wirst sie immer lieben.«

»Sie macht es mir nicht leicht. Ich wusste, dass die Pubertät hart wird, aber das … Es ist wirklich schlimm.«

Sam hatte ihre Nichte in jüngster Zeit oft genug erlebt, um zu wissen, was Tracy durchmachte. »Wie wäre es mit einem Therapeuten?«, schlug sie vor.

»Sie geht seit einem Jahr zu jemandem, und wir haben es auch mit einer Familientherapie versucht. Jetzt sperrt sie sich jedoch dagegen – bis wir ihr gestatten, sich mit ihren Freunden zu treffen. Also stecken wir erneut in einer verfahrenen Situation.«

»Hast du daran gedacht, sie auf ein Internat zu schicken?«, erkundigte Sam sich und meinte es nur halb im Scherz.

»Schon sehr oft, und ich habe mich bereits näher damit beschäftigt. Ich habe das perfekte Programm außerhalb von Richmond gefunden. Die Schule wird wie eine Militärakademie geführt, ohne wirklich zum Militär zu gehören. Es ist genau das, was sie braucht.«

»Dann tu es, Trace. Sie wird dich zunächst dafür hassen, aber eines Tages wird sie einsehen, dass du ihr auf diese Weise das Leben gerettet hast.«

»Ich würde es sofort tun, doch die Schule kostet zwanzigtausend pro Jahr. Das können wir uns nicht leisten.«

»Ich schon. Lass mich das bezahlen.«

»Auf keinen Fall, Sam. Das könnte ich nie annehmen.«

»Warum nicht? Nachdem Peter und ich uns getrennt hatten und Dad verwundet wurde, habe ich zwei Jahre mietfrei hier gewohnt. Nick lässt mich nicht viel bezahlen. Mein Gehalt wird überwiesen, und oft rühre ich es gar nicht an, weil ich ohnehin zu viel um die Ohren habe, um etwas auszugeben. Ich habe also das Geld. Lass mich dir helfen – so wie du mir im umgekehrten Fall helfen würdest. Bitte, Trace. Nach allem, was du für mich getan hast, ist es das Mindeste, was ich tun kann.«

»Ich bin nicht mit der Hoffnung hergekommen, dass du mir finanziell aus der Patsche hilfst.«

»Um Ethan zu zitieren: ›Halt's Maul.‹«

Darüber musste Tracy laut lachen. Gleich darauf folgten jedoch wieder Tränen. »Es ist zu viel. Das kann ich nicht annehmen.«

»Hör mir zu.« Sam ergriff die Hand ihrer Schwester. »Wer liebt deine Kinder mehr als du und Mike?«

»Wahrscheinlich nur du«, räumte Tracy widerwillig ein.

»Und wer hat Mike stets fast genauso sehr geliebt wie du?«

»Du«, flüsterte Tracy.

»Ich liebe euch alle so sehr wie nur irgendwen. Wenn ich euch nicht helfen kann, wem denn dann? Du tust so viel für mich. Bitte lass mich das jetzt für dich tun.«

»Wenn ich deine Hilfe akzeptiere, wird sie dich so sehr hassen, wie sie mich hasst. Sie weiß, dass wir uns das nicht leisten können.«

»Damit kann ich leben, wenn es bedeutet, dass sie wieder zu sich kommt und es eure Familie zusammenhält.«

»Ich weiß nicht, ob Mike da mitspielen wird.«

»Das wird er, Trace. Er will sie ja nicht mehr im Haus haben. So bekommt er seinen Willen, und gleichzeitig wird sie an einem sicheren Ort sein, an dem sie unter Aufsicht steht. Glaub mir, er wird mitspielen.«

»Was ist mit Nick?«

»Was soll mit ihm sein?«

»Wird er nichts dagegen haben, dass du mir zwanzigtausend Mäuse gibst, ohne mit der Wimper zu zucken?«

»Er würde sagen: ›Es ist dein Geld, Babe. Tu, was du tun musst.‹«

Ein schwaches Lächeln erschien auf Tracys Gesicht. »Du hörst dich an wie er.«

»Komm her.« Sam drückte ihre Schwester an sich. »Lass uns das machen, bevor alles noch schlimmer wird, okay?«

Tracy nickte. »Danke. Vielen, vielen Dank.«

»Ich wünschte, ich könnte sagen, dass es mir ein Vergnügen ist. Aber es tut mir leid, dass du diese schreckliche Phase durchmachst.«

»Es wird bestimmt leichter, wenn wir nicht mehr jeden Tag ihrer Wut ausgesetzt sind.«

»Wurde sie mal untersucht?«

»Ich habe sie vor einigen Monaten zu meiner Ärztin geschleppt. Die hat alles auf die Hormone und die Pubertät geschoben und mir versprochen, dass Brooke da herauswächst. Ich wünschte, ich könnte das glauben.«

»Sie muss unbedingt wieder eine Therapie machen.«

»Gruppen- und Individualtherapie sind Bestandteil des Programms an dem Internat. Das ist einer der Gründe, weshalb ich es so ansprechend fand.«

»Hört sich an, als sei das genau der richtige Ort für sie. Was müssen wir tun, damit es klappt?«

»Ich werde hinfahren, alle nötigen Aufnahmeformulare ausfüllen und das Schulgeld bezahlen. Die kommen dann und holen sie ab«, erklärte Tracy.

»Wirst du ihr vorher davon erzählen?«

Tracys Augen füllten sich erneut mit Tränen, als sie den Kopf schüttelte. »Wenn ich das mache, läuft sie davon. Das ist meine größte Angst.«

»Ich weiß, es fühlt sich schrecklich an, das zu tun, doch es ist das Richtige für sie – und für dich, Mike, Abby und Ethan. Im tiefsten Herzen muss dir das klar sein.«

»Das ist es«, erwiderte Tracy, der die Tränen nun über die Wangen liefen. »Es wäre mir bloß lieber, wenn nicht ein so drastischer Schritt nötig wäre.«

»Ich habe einmal mit einem Kollegen zusammen eine Überwachung gemacht, und dabei unterhielten wir uns über seine Kinder. Eines von ihnen hatte massive Drogenprobleme, mit denen die Familie seit Jahren konfrontiert war. Der Sohn war mehrmals verhaftet worden, was für einen Cop ziemlich unangenehm ist. Anschließend hing er aber wieder mit denselben Leuten herum, durch die seine Drogenprobleme erst entstanden waren, und alles ging von vorne los. Mit fünfundzwanzig starb er an einer Überdosis. Weißt du, was sein Dad zu mir sagte?«

»Was?«

»Dass er es am meisten bedauern würde, seinen Sohn nicht von diesen anderen Kids losgeeist zu haben, als er die Chance dazu gehabt hat. Die ganze Zeit dachte er daran, wie anders ihr Leben verlaufen wäre, wenn sie einfach weggezogen wären.«

»Ich kann nicht wegziehen. Nicht bei Dads Situation und wo du und Ang in der Nähe seid. Unser Leben ist hier. Mikes Job. Die Schule der Kinder und ihre Freunde.«

»Wenn du nicht wegziehen kannst, muss Brooke weg. Bevor das alles schlimmer wird.«

»Ich weiß. Du hast recht. Ich werde heute Abend mit Mike sprechen und morgen zur Schule fahren, um sie anzumelden.«

»Ich würde dich ja gerne begleiten, doch das geht im Augenblick leider nicht.«

»Wegen des Vasquez-Falls. Ich weiß.«

»Nicht bloß deswegen. Nick verreist für ein paar Tage, und ich muss für Scotty da sein. Er nimmt sich den Mord an Willie sehr zu Herzen, da er ihn im letzten Sommer persönlich kennengelernt hat.«

»Ich freue mich so für dich, dass du dabei bist, eine Mom zu werden, Sam.«

»Ich mich auch.«

»Lass dir durch die Sache mit Brooke keine Angst machen. Hoffentlich ist es nur eine Phase, und sie kommt irgendwann zur Vernunft.«

»Das hoffen wir mal. Möchtest du Mike herbitten, damit du mit ihm sprechen kannst, ohne dass Brooke in der Nähe ist?«

Tracy schüttelte den Kopf. »Er wird Abby und Ethan nicht mit ihr allein zu Hause lassen. Ich rede nachher mit ihm, wenn alle im Bett sind.«

»Warte hier eine Sekunde.« Sam stand auf, ging ins Arbeitszimmer und fand ihr Scheckheft. Sie stellte einen Blankoscheck aus und riss ihn aus dem Heft. Als sie ins Wohnzimmer zurückkehrte, reichte sie Tracy den gefalteten Scheck. »Egal, wie viel du brauchst. Es ist reichlich Geld auf dem Konto. Was mein ist, ist auch dein.«

Tracy erhob sich, um sie zu umarmen. »Vielen Dank. Ich kann dir gar nicht sagen, wie viel mir das bedeutet.«

»Ich freue mich, dass ich zur Abwechslung mal dir helfen kann.«

»Kann ich noch bisschen bei dir bleiben? Ich will noch nicht nach Hause.«

»Selbstverständlich kannst du bleiben. Hast du schon gegessen?«

Tracy schüttelte den Kopf. »Ich glaube nicht, dass ich das jetzt könnte. Die ganze Geschichte schlägt mir auf den Magen.«

»Dann lass uns einfach zusammensitzen und belangloses Zeug plaudern.«

Sie nahmen wieder ihre Plätze auf dem Sofa ein. Tracy legte den Kopf auf Sams Schulter und hielt ihre Hand. »Erzähl mir von dem Fall.«

»Muss ich wirklich?«, fragte Sam seufzend. »Es ist das reinste Durcheinander. Ungefähr eine Million Menschen wollten seinen Tod. Er führte ein chaotisches Privatleben, und jetzt wird auch noch ein weiterer Spieler der Mannschaft vermisst.«

»Wer?«

»Lind, der Closer.«

»Was hat es damit auf sich?«

»Ich wünschte, ich wüsste es. Seine Frau meint, es sei nichts Ungewöhnliches, dass er nach einer großen Niederlage verschwindet und seine Wunden leckt. Allerdings hat inzwischen schon seit einer ganzen Weile niemand mehr was von ihm gehört.«

»Glaubst du, er ist auch tot?«

»Ich weiß nicht, was ich von alldem halten soll.« Sam wischte einen kleinen Fussel von den Jeans. »Nick unternimmt morgen eine streng geheime Reise mit dem Präsidenten.«

»Im Ernst? Wie cool ist das denn?«

»Er findet es ziemlich cool. Ich eher weniger. Es macht mir eine Heidenangst.«

»Warum? Wohin reist er?«

»Das darf er mir nicht verraten, was bedeutet, dass es gefährlich ist. Ich bekomme diese Schmerzen …« Sie presste die Faust gegen das Brustbein. »Genau hier. Das passiert jedes Mal, wenn ich daran denke, dass er in Gefahr ist.«

»Er lebt täglich mit diesem Schmerz.«

»Ich weiß, und ich wünschte, er müsste das nicht.«

»Nun bist du an der Reihe.«

»Sieht so aus.«

»Du weißt, es wird alles gut gehen. Schließlich ist er beim Präsidenten und umgeben von all den vielen Sicherheitsleuten. Es wird die sicherste Reise sein, die er je gemacht hat.«

»Sag mir das ruhig wieder und wieder. Vielleicht glaube ich es, wenn er wohlbehalten zurückgekehrt ist.«

»Ach, armes Schätzchen.« Tracy drückte Sams Finger.

»Ich komme mir wie ein Weichei vor, wenn ich sage, dass ich ohne ihn nicht leben kann, aber so ist es.«

»Es ist nichts falsch daran, so zu empfinden, Sam. Dass du deinen Mann schrecklich liebst, macht dich kein bisschen weniger zu einem knallharten Cop. Im Ernst.«

»Wirklich nicht?«

Tracy lachte, und Sam fühlte sich gleich besser. »Nein, keine Sorge. Und wer würde ihn nicht lieben? Er ist toll.«

»Ja, das ist er. In letzter Zeit lief es zwischen uns besser denn je. Und wann immer ich denke, besser kann es gar nicht werden, wird es das doch.«

»Ich habe mich gefragt, ob es nicht hart für euch beide ist, Scotty hier zu haben. Ihr seid noch nicht lange verheiratet, und es ist ein ziemlicher Schritt, ein Kind bei sich aufzunehmen, wenn man sich gerade erst an die Ehe gewöhnt.«

»Irgendwie funktioniert alles ausgezeichnet. Ich warte dauernd auf Probleme, doch Nick und ich haben beide das Gefühl, als wäre Scotty schon immer bei uns. Es passt einfach.«

»Ich freue mich für dich, Sam. Nach allem, was du mit Pete und den Fehlgeburten durchgemacht hast, verdient niemand ein solches Glück so sehr wie du.«

»Danke. Ich hoffe nach wie vor, doch noch schwanger zu werden. Trotz unserer nicht gerade geringen Bemühungen, bekomme ich jeden Monat meine Regel.«

»Wenn es sein soll, wird es passieren.«

»Meinst du?«

»Ich bin deine große Schwester, und wenn ich das sage, stimmt es auch.«

Sam lehnte sich an ihre Schwester. Angesichts ihrer Liebe und ihres Verständnisses dachte Sam an etwas anderes, was sie Tracy fragen wollte. Sie wusste bloß nicht so recht, wie. »Darf ich dich etwas so Persönliches fragen, dass es selbst unter Schwestern eine Grenze überschreitet?«

»Seit wann könnte irgendetwas zwischen uns eine Grenze überschreiten?«

»Auch wieder wahr«, räumte Sam mit einem Lachen ein, das ihre Nervosität in Anbetracht des Themas überspielte – obwohl Tracy nicht nur ihre große Schwester, sondern auch ihre engste Freundin war.

Tracy stieß Sam mit der Schulter an. »Raus damit. Nach fünfzehn Jahren Ehe und drei Kindern kannst du mich nicht schockieren.«

»Du und Mike, habt ihr je …? Gott, ist das peinlich.«

»Es gibt nicht viel, was Mike und ich nicht getan haben, also spuck's aus.«

»Habt ihr es anal gemacht?«

»Oh, klar.«

»Echt?«

»Damals, als wir noch Sex hatten – bevor Brooke durchgedreht ist und so einiges ruiniert hat, unser Sexleben eingeschlossen –, haben wir das regelmäßig gemacht. Es ist allerdings einige Monate her, seit wir überhaupt irgendetwas getan haben. Inzwischen wäre ich mit ganz schlichtem Sex bereits zufrieden.«

»Glaub ich dir.« Sam konnte sich nicht einmal wenige Tage ohne Sex mit Nick vorstellen, geschweige denn mehrere Monate.

»Wollt ihr zwei das probieren?«

»Wir hätten es ein paarmal fast getan, haben aber kurz vorher gestoppt. Es macht mich wahnsinnig, dass er es schon mal gemacht hat. Dass er überhaupt etwas mit einer anderen Frau getan hat, was er mit mir noch nicht gemacht hat. Ist das nicht blöd?«

»Es ist keineswegs blöd, dass du sein Ein und Alles sein willst, Sam. Woher weißt du, dass er es früher getan hat?«

»Ich habe ihn gefragt, und da zuckte er bloß mit den Schultern. Er ist viel zu sehr Gentleman, um mir die schmutzigen Details zu schildern, doch er hat es auch nicht bestritten. Zu wissen, dass er darin Erfahrung hat, dass er *das* mit einer anderen getan hat und nicht mit mir ... Ich kann nicht aufhören, darüber nachzudenken.«

»Du solltest es allerdings nicht tun, wenn du es nicht wirklich willst. Es ist nicht jedermanns Sache.«

»Ich glaube, ich will.« Sams Haut spannte plötzlich, und sie bekam feuchte Handflächen bei der Erinnerung an die jüngsten Liebesakte. »Manchmal denke ich, es gibt nichts, was ich nicht mit ihm tun würde.«

Tracy fächerte sich theatralisch Luft zu. »Wow, das ist heiß.«

»Sag mir die Wahrheit: Tut es nicht verdammt weh?«

»Es ist eher unangenehm als schmerzhaft – am Anfang. Aber die Orgasmen ... puh. Ganz anders als die anderen.«

»Was macht es aufregender als das Übliche?«

»Die Tatsache, dass es ein bisschen verboten ist. In manchen Bundesstaaten ist es ja tatsächlich illegal. Außerdem ist es ein enormer Vertrauensbeweis zwischen den Partnern. Man muss es probieren, um es schätzen zu lernen. Nach der Wahl solltest du mit ihm zum Ferienhaus fahren und seine Welt zum Beben bringen.«

»Ich würde es lieber hier tun. Habe ich dir erzählt, was er oben im Loft gemacht hat?«

»Ich glaube nicht.«

»Er hat den Strand von Bora Bora nachgestellt, inklusive Palmen und einem Doppelliegestuhl. Wir hatten schon viel

Spaß da oben.« Sams Gesicht wurde ganz heiß bei der Erinnerung daran.

»Er ist ein wirklich fantastischer Mann«, bemerkte Tracy.

»Er ist der einzige, mit dem ich so etwas tun würde.«

Tracy begann, unkontrolliert zu kichern.

»Was?«, fragte Sam.

»Ich versuche mir gerade vorzustellen, wie du das mit Peter machst ...«

»Stopp! Ich will dieses Bild nicht in meinem Kopf haben! Mehr als herkömmlicher Sex einmal pro Monat war mit Peter ohnehin nicht drin. Der hätte bei allem, was über die brave Missionarsstellung hinausgeht, einen Schock gekriegt. Er wollte es immer schön sauber und ordentlich.«

»Warum überrascht es mich nicht, dass er dich auch im Bett kontrollieren wollte?«

»Ich denke nicht gern über ihn nach. Die Jahre, die ich mit ihm verbracht habe, kommen mir wie ein schrecklicher Traum vor, seit ich mit Nick zusammen bin. Es ist wie Tag und Nacht.«

»Hast du in letzter Zeit mal von deinem reizenden Exmann gehört?«

»Nicht, seit er versucht hat, sich umzubringen, und mich im Krankenhaus als nächste Angehörige genannt hat.«

»Ziemlich gruslig.«

»Das ist Peter.«

»All dieses Reden über Sex – mit Nick, nicht mit Peter –, da will ich am liebsten nach Hause fahren und es mit meinem Mann treiben, der das ganze vergangene Jahr über von meiner Tochter viel zu viel einstecken musste.«

»Ihr zwei schafft das schon, Trace. Ihr werdet wieder zusammenfinden.«

»Das hoffe ich.« Ihre Schwester drückte sie. »Danke, dass du für mich da bist.«

»Ich bin gern für dich da, so wie du stets für mich da warst.«

In dem Moment flog die Haustür auf, und Scotty kam vor Nick hereingestürmt.

»Sam, wir hatten vielleicht eine tolle Zeit!«, rief der Junge. »Nick hat einen Haufen Geld zusammenbekommen, und alle Leute wollten ihm die Hand schütteln. Das war cool!«

Sam und Tracy lächelten einander zu, und Tracy stand auf, um auf dem Weg hinaus ihren neuen Neffen und ihren Schwager zu umarmen.

14. Kapitel

»Hat sie geweint?«, fragte Nick und beugte sich zu Sam herüber, um ihr einen Kuss zu geben.

»Ich erzähle dir später davon. Habt ihr zwei schon gegessen?«

Scotty saß ihnen gegenüber. »Da gab's nur dieses vornehme Zeug, das ich nicht mag. Nick meinte, wir können Pizza bestellen.«

»Klingt gut.«

»Ich mache das!« Scotty sprang auf und rannte in die Küche, wo die Speisekarten vom Bestellservice aufbewahrt wurden.

»Er scheint wieder ganz der Alte zu sein«, bemerkte Sam.

»Es geht ihm langsam besser. Wir hatten ein gutes Gespräch darüber, was in der Schule vorgefallen ist.«

»Ich habe die Mutter des Jungen angerufen.«

Nick neigte seinen Kopf näher zu ihr und fragte belustigt: »Und?«

»Ich habe ihr klargemacht, dass wir es nicht hinnehmen werden, wenn ihr Kind unseres schlägt.«

»Definiere ›klargemacht‹.«

Sam lachte über seinen bohrenden Ton. »Ich habe sie darüber informiert, dass wir Anzeige erstatten werden, sollte ihr Sohn unseren noch einmal schlagen.«

Ihr Lachen befeuerte seines. »Du meine Güte, herrlich! Nicht schlecht, Babe.«

»Findest du? Ich mache mir Sorgen, dass Scotty sauer sein könnte, wenn er es herausfindet.«

»Dann erzähl es ihm, damit er es weiß.«

»Ich trau mich nicht.«

Nick lachte erneut, legte den Arm um sie und küsste sie auf den Kopf. »Nehmt euch vor der Bärenmama in Acht. Niemand sollte ihrem Jungtier zu nahe kommen.«

»Du weißt Bescheid.«

Hüpfend kam Scotty zurück ins Zimmer zurück. »Zweiunddreißig Mäuse für eine große und eine kleine Pizza und einen Salat.«

»Wie viel Trinkgeld macht das?«, wollte Nick wissen.

»Zehn Prozent wären drei Dollar und zwanzig Cent, und zwanzig Prozent wären sechs Dollar vierzig. Also sieben Dollar?«

»Ausgezeichnet.« Nick zog seine Brieftasche aus der Jacketttasche und gab sie Scotty. »Ich weiß genau, wie viel da drin ist, Mister.«

Scotty schien erschrocken zu sein über das, was Nick eigentlich als neckende Bemerkung gemeint hatte. »Als würde ich dich je beklauen, wo ich von dir doch eh schon alles bekomme.«

»Das war nur ein Scherz, Kumpel. Ich weiß, dass du mich nie bestehlen würdest.«

Sam fühlte mit ihrem Mann, als sie das Bedauern in seiner Stimme hörte.

»Ich wollte bloß sichergehen«, meinte Scotty zögernd.

Sam streckte die Hand nach dem Jungen aus. »Komm, setz dich zu uns. Ich will mit dir reden.«

»Kriege ich Ärger?«

»Sei nicht albern«, erwiderte sie und drängte ihn sanft, zwischen ihr und Nick Platz zu nehmen. »Du bekommst keinen Ärger.« Über Scottys Kopf hinweg begegnete sie Nicks herausforderndem Blick. »Ich wollte dir nur sagen, dass ich wegen des Vorfalls in der Schule heute mit Nathans Mom gesprochen habe.«

Er sah sie mit sichtlichem Unbehagen an. »Hast du?«

Sam nickte.

»Was hast du gesagt?«

»Ich habe ihr berichtet, was passiert ist und dass wir uns darüber aufgeregt haben und nicht wollen, dass es noch einmal vorkommt.«

»Du hast nicht Police Officer Barbie gegeben, oder?«

Erneut sahen Sam und Nick sich verstohlen an, und Sam bemerkte, dass Nick sich ein Lachen verkniff. »Na ja, vielleicht ein bisschen.« Sie kämpfte gegen das Unbehagen an, das der durchdringende Blick des Zwölfjährigen bei ihr auslöste. »Aber wie *Barbie* war ich ganz bestimmt nicht«, fügte sie voller Verachtung hinzu.

»Erzähl mir genau, was du gesagt hast.«

»Dass wir Anzeige erstatten, wenn er dich noch einmal schlägt. Und dass er dich in der Schule in Ruhe lassen soll. Sonst ...«

»Sam! Ich hab dir doch gesagt, du sollst das nicht!«

»Technisch gesehen hast du mir lediglich untersagt, den Schuldirektor einzuschalten, was ich auch nicht getan habe. Du sollst wissen, dass ich deine Wünsche wirklich respektiere, Kumpel, doch er hätte dich ernsthaft verletzen können. Ich kann nicht zulassen, dass sich so etwas wiederholt.«

»Sam hat recht, Kumpel«, schaltete Nick sich ein. »Diesmal war es ein Hieb in den Magen. Nächstes Mal schubst er dich vielleicht die Treppe hinunter oder bricht dir etwas.«

»An ein nächstes Mal habe ich nicht gedacht.«

»Aber so sind Leute, die andere schikanieren, nun mal«, erklärte Sam und dachte dabei an Stahl. »Wenn sie damit durchkommen, glauben sie, sie können es wieder tun. Und sie machen immer weiter, bis jemand ihnen Einhalt gebietet. Ich wette, wenn du dich umhörst, wirst du herausfinden, dass du nicht der Erste bist, den er geboxt hat. Aber womöglich warst du der Letzte.«

Scotty schien darüber nachzudenken.

»Was überlegst du?«, fragte Nick nach einer Weile, in der alle geschwiegen hatten.

»Ich habe ein bisschen Angst davor, morgen wieder dorthin zu gehen. Was, wenn er sauer auf mich ist und die anderen Kids gemein zu mir sind, weil ich ihn in Schwierigkeiten gebracht habe?«

»Daran habe ich gedacht und seiner Mutter zu verstehen gegeben, dass ich sehr unfroh wäre, wenn das geschähe.«

Scottys Lippen verzogen sich zu einem kleinen Lächeln. »Das mit dem ›unfroh‹ gefällt mir.«

»Das fand ich auch lustig«, erklärte Nick. »Was für eine Untertreibung.«

»Macht euch ruhig lustig über mich«, sagte Sam. »Ich bin mir allerdings ziemlich sicher, dass dieser Junge dich nicht mehr piesacken wird.«

»Danke, Sam, dass du wütend geworden bist, seine Mom angerufen hast und alles. Es ist cool, dass du das für mich getan hast.«

Froh darüber, dass er nicht aufgebracht war, weil sie sich eingemischt hatte, obwohl er sie darum gebeten hatte, es nicht zu tun, fuhr Sam ihm durch die seidigen dunklen Haare. »Es gibt nichts, was ich nicht für dich tun würde. Das gilt für uns beide.«

Der Junge lächelte, und wieder einmal spürte sie die überwältigende Liebe für ihn. Wenn sie sich vorstellte, dass sie ihn vor einem Jahr nicht einmal gekannt hatte, und jetzt war er ihr Sohn und würde für immer in ihrem Leben eine Rolle spielen …

Sie wandte sich ab, bevor sie sich blamieren konnte. »Wo bleibt das Futter? Ich sterbe vor Hunger.«

Nicks Hand auf ihrer Schulter wirkte tröstend und beruhigend. Er verstand. Und wie sollte er das auch nicht, wo er doch jeden Tag das Gleiche empfand wie sie?

»Die brauchen Zeit, um es zuzubereiten«, bemerkte Scotty trocken. »Darf ich Videospiele spielen, bis das Essen da ist?«

»Wenn du deine Hausaufgaben gemacht hast«, antwortete Sam.

»Die haben wir schon im Auto erledigt«, meinte Scotty und flitzte ins Arbeitszimmer.

» *Wir* haben sie im Auto erledigt?«, wandte sie sich an Nick, als sie allein waren.

»Ich habe ihm bei Mathe geholfen.«

Sie schmiegte sich seufzend an ihn, als er sie in seine Arme schloss. »Was glaubst du, wie lange es dauern wird, bis er aufhört, mich sechsmal am Tag vor Dankbarkeit zum Weinen zu bringen?«

»Ein Jahr, vielleicht zwei. Falls es dich tröstet, mir geht es genauso.«

»Das Beste, was wir je getan haben.«

»Zweifellos.«

»Ich habe mich gefragt, ob es komisch werden könnte, schwierig oder peinlich, sobald es auf Dauer ist, aber nichts davon trifft zu. Es ist erstaunlich und überwältigend und verblüffend, und es macht mich zornig, wenn jemand ihm wehtut.«

»Ich hatte nie den geringsten Zweifel, dass du die beste Mom der Welt werden würdest. Jetzt weiß ich es mit Bestimmtheit.«

»Du bist aber auch ein ziemlich guter Dad. ›Hilfst‹ ihm bei Mathe.«

»Das meiste hat er selbst gemacht. Ich habe es bloß korrigiert.«

»Wenn du es sagst, Senator. Ich muss dir unbedingt erzählen, was heute mit meinem guten Freund Lieutenant Stahl passiert ist. Du wirst es nicht glauben.« Mit dem allergrößten Vergnügen setzte Sam ihren verblüfften Mann über Stahls Sturz ins Bild.

»Wie konnte er denn dermaßen blöd sein und einen solchen Anruf vom Hauptquartier aus machen?«

»Wer weiß? Und wen interessiert's? Es zählt doch nur, dass er jetzt erledigt ist.«

»Schiebt er die Schuld auf dich?«

»Was glaubst du wohl?«, erwiderte sie grinsend.

»Sam … nimm das nicht auf die leichte Schulter. Er ist ein gefährlicher Feind, der es seit Jahren auf dich abgesehen hat. Du musst auf der Hut sein.«

»Der macht mir keine Angst.«

»Trotzdem …«

»Ich wurde außerdem gefragt, ob ich bei Jeannies und Michaels Hochzeit Trauzeugin sein möchte«, sagte sie, das Thema bewusst wechselnd, bevor er sich weiter wegen ihrer Sicherheit beunruhigen konnte.

»Tatsächlich? Machst du es?«

»Ich glaube schon. Ich habe mit dem Chief darüber gesprochen, und er meinte, das sei in Ordnung. Also warum nicht?«

»Es war nett von ihr, dich zu bitten. Wann ist denn die Hochzeit?«

»Im Juli in Rehoboth. Und was ist bei dir heute passiert, was du mir später erzählen wolltest?«

Weil sie nah bei ihm saß, spürte sie, wie sich jeder Muskel in seinem Körper anspannte, während er ihr von den Lexicore-Aktien und der Verbindung des Unternehmens zu dem Brand in der thailändischen Fabrik berichtete.

»Um Himmels willen, Nick. Welche Auswirkungen hat das auf den Wahlkampf?«

»Nicht so große wie auf unseren Gewinn. Graham und ich haben heute beide unsere Aktien abgestoßen, für einen Bruchteil dessen, was wir dafür bezahlt haben. Etwa die Hälfte von Johns Hinterlassenschaft ist damit weg.«

»Oh, äh, dann ist dies wohl nicht der beste Zeitpunkt, um dir zu gestehen, dass ich meiner Schwester gerade zwanzigtausend gegeben habe.«

Er machte große Augen. »*Wofür?*«

Sam erzählte ihm von Brooke und dem Internat, das Tracy gefunden hatte und das möglicherweise die Antwort auf ihre

Gebete war. »Als ich ihr den Scheck ausstellte, wusste ich das mit deinen Aktien ja nicht.«

»Ist in Ordnung, Babe. Es ist dein Geld. Du kannst damit tun, was immer du willst. Von meinem ist noch genug da, das nicht in Lexicore investiert war. Mach dir keine Sorgen.«

»Trotzdem hätte ich mit dir reden sollen, bevor ich ihr den Scheck gab.«

»Ist schon gut«, beschwichtigte er sie, gab ihr einen Kuss auf die Wange und dann auf den Mund. »Es war das Richtige. Sie hat so viel für uns getan.«

»Das fand ich auch. Wie hätte ich es nicht tun können? Jetzt kann sie Brooke die Hilfe zukommen lassen, die das Mädchen braucht.«

»Es tut mir leid, zu hören, dass das Verhältnis zu Brooke derartig schlecht geworden ist. Ich hatte ja keine Ahnung.«

»In den vergangenen Monaten habe ich einige schockierende Zwischenfälle mitbekommen, aber die habe ich auf die Pubertät geschoben. Ich wusste ebenfalls nicht, wie schlimm sich die Dinge inzwischen tatsächlich entwickelt haben.«

»Steht uns das mit dem Jungen auch noch bevor?«, meinte Nick.

»Ich hoffe nicht. Allerdings kann ich mir beim besten Willen nicht vorstellen, wie dieser liebe Junge sich in ein Monster verwandelt.«

»Ich auch nicht.« Er fuhr ihr durch die Haare, was eine sehr beruhigende und entspannende Wirkung auf Sam hatte. »Diese Sache mit Lexicore … Graham wird eine Erklärung darüber abgeben, dass wir zwar Aktien gehalten, diese aber – bei enormen Verlusten – sofort abgestoßen haben, als wir von der Verbindung zu dieser Fabrik erfuhren.«

»Das ist wahrscheinlich die beste Strategie.«

»Er wird es machen, während ich weg bin und für einen Kommentar nicht zur Verfügung stehe.«

»Oh.«

»Die Presse wird sich entsprechend an dich hängen, was mir ein bisschen Sorge bereitet.«

»Für mich ist das nichts Neues. Die sind ja ständig hinter mir her.«

»Wir wissen nicht, was uns in dieser Sache erwartet, deshalb fürchte ich, dass ich dich hier unter Umständen mit einem Albtraum allein lasse. Ich habe dem Plan zugestimmt, aber im Lauf des Tages fing ich doch an, mir Sorgen darüber zu machen, wie sich diese Geschichte auf euch auswirken mag.«

»Mach dir um uns keine Gedanken.« Sie umfasste sein Gesicht und strich zärtlich über die frischen Stoppeln auf seinen Wangen. »Wenn ich mit etwas umgehen kann, dann ist es die Presse. Ich bin sehr gut darin, ihnen nichts zu geben, was sie gegen mich verwenden können – oder gegen dich. Es ist also ein guter Plan. Lass Graham die Dinge regeln, während du weg bist, und wenn du zurückkommst, ist hoffentlich schon Gras über das Ganze gewachsen.«

»Das ist das Ziel.«

»Befürchtest du, dass es dir die Wahl ruinieren könnte?«

»Ein wenig. Das wäre ja was, nachdem ich bis kurz vor Schluss einen solchen Vorsprung in den Umfragen hatte.«

»Du wirst die Wahl nicht verlieren. Deine Wähler lieben dich fast so sehr wie ich.« Sam lockerte seine Krawatte und öffnete die obersten beiden Knöpfe seines Hemdes. Sie streichelte seinen Hals, ehe sie die Finger zum dritten Hemdknopf abwärts wandern ließ.

Seine Hand auf ihrer stoppte sie.

»Spielverderber«, murmelte sie.

»Zwei Stunden, um den Jungen zu füttern, zu duschen und ins Bett zu bringen. Danach gehöre ich *ganz* dir.«

»Zwei volle Stunden? Das ist ja noch eine Ewigkeit.«

»Du wirst es überleben.«

Bevor sie protestieren konnte, klingelte es an der Tür, und Scotty kam angerannt, um den Pizzalieferanten zu bezahlen.

Die Männer stürzten sich auf die große Peperoni-Pizza – Scottys Lieblingspizza –, während Sam an ihrem Salat knabberte und neidisch die Pizza beäugte.

»Ein kleines Stück wird dich nicht gleich dick machen, Babe«, meinte Nick, der wie immer ihre Gedanken kannte.

»Doch, wird es.«

Mit dem Pizzaschneider zerteilte er ein großes Stück und legte die eine Hälfte auf ihren Teller. »Ich mag dich mit ein bisschen Fleisch an den Knochen, also iss.«

Scotty stand auf, um sich Milch nachzuschenken. Es hatte einige Wochen gedauert, bis er sich heimisch genug gefühlt hatte, um sich an allem im Haushalt, einschließlich des Kühlschrankinhaltes, zu bedienen, ohne vorher zu fragen. Umso erfreuter beobachtete Sam ihn jetzt dabei, wie er sich Milch eingoss.

Sam biss von der begehrten Pizza ab und winkte Nick nah zu sich heran, damit sie ihm ins Ohr flüstern konnte. »Du musst mich nicht mit Pizza umwerben, denn du kriegst mich sowieso.«

Ein lüsternes Lächeln erschien auf seinem Gesicht und ließ keinen Zweifel daran, dass, wäre Scotty nicht dabei, er sie glatt auf den Küchenfußboden werfen würde, um es mit ihr zu tun. Das war schon vorgekommen – mehr als einmal.

Plötzlich schienen zwei Stunden wirklich eine Ewigkeit zu sein.

Nach dem Abendessen schlug Scotty eine Runde Videobaseball vor, was Nick begeistert annahm. Sam folgte ihnen ins Arbeitszimmer und nutzte die Gelegenheit, um ihre E-Mails zu checken. Während sie an Nicks tadellos aufgeräumtem Schreibtisch saß, betrachtete sie die penibel aufgereihten Rahmen mit den Bildern von ihrer Hochzeit, mit Scottys aktuellem Schulfoto sowie einem von Sam und ihrem Dad, das Nick besonders gefiel, wie er ihr einmal gestanden hatte.

Mit einem Blick über die Schulter vergewisserte sie sich, dass Nick noch voll auf das Computerspiel konzentriert war, und stellte rasch alle Bilderrahmen auf den Kopf. Wenn einer nicht in der neuen Position stehen bleiben wollte, drehte sie ihn kurzerhand auf die Seite. Dann stand sie auf und setzte sich aufs Sofa, um die von den Spielern der Feds erwirkten gerichtlichen Verfügungen durchzusehen.

Fast jeder der Star-Spieler hatte mindestens drei Verfügungen erwirkt. Bei allen ging es um Frauen, nur Willies Schwager bildete die Ausnahme. Aus reiner Neugier las Sam einige der Beschwerden über die Frauen und war entsetzt, was manche von denen alles anstellten, um die Aufmerksamkeit eines berühmten Spielers auf sich zu ziehen. Eine hatte sich dreimal nackt auf der Motorhaube von Cecil Mulroneys Auto drapiert, ehe er die Konsequenzen gezogen hatte.

Eine andere hatte sich mit der Mutter von Ramon Perez angefreundet, in der Hoffnung, auf diese Weise an ihn heranzukommen.

Sam las die Beschwerde, die Willie über seinen Schwager Marco verfasst hatte, der ihm körperliche Gewalt angedroht hatte, weil Willie ihm kein Geld mehr geben wollte, das Marco aber brauchte, um seine Schulden bei sehr gefährlichen Leuten in der Dominikanischen Republik zu bezahlen. Beim Lesen verschwammen die Buchstaben, und die Worte tanzten vor ihren Augen, wie jedes Mal, wenn sie müde war und ihre Dyslexie sich meldete. Ein sicheres Zeichen dafür, die Arbeit zu beenden.

Nick stieß einen Schrei aus, dem ein hallendes Lachen folgte, als einer von Scottys Spielern einen Grand Slam schaffte.

»Das ist unfair!«, protestierte Nick. »Du hast geschummelt!«

Scotty grinste gerissen. »Wie kommst du darauf?«

»Du bist besser bei diesem Spiel als ich. Du weißt Sachen, die ich nicht weiß.«

»Sei kein schlechter Verlierer.«

»Schlechter Verlierer? Hast du mich gerade einen schlechten Verlierer genannt?« Der »Streit« mündete in einen hitzigen Ringkampf, der beide zum Lachen brachte. Nick war stets behutsam und setzte nur gerade so viel Kraft ein, dass es für den Jungen eine Herausforderung war. Der hatte seinen Dad inzwischen im Schwitzkasten und verpasste ihm Kopfnüsse.

»Gibst du auf?«, fragte Scotty mit rotem Gesicht und schon ganz verschwitzt vom Toben.

»Niemals.« Nick fing an, Scotty an den Rippen zu kitzeln, weil er wusste, dass das die Konzentration seines Gegners unterlaufen würde.

»Das ist nicht fair!«, beschwerte Scotty sich und kreischte vor Vergnügen. Die zwei beobachtend, empfand Sam Liebe und Zufriedenheit, in die sich bei dem Gedanken an die Reise, die Nick morgen antreten würde, ein bisschen Angst mischte. Mit der Reise, die ihn weit wegbringen würde von Sam und Scotty, setzte er sich einem Risiko aus, das sie nicht einmal ansatzweise erfassen konnte. Es schnürte ihr die Kehle zu, und sie lief schnell aus dem Zimmer, um nicht vor den beiden in Tränen auszubrechen.

Sie liebte Nick so sehr, dass allein der Gedanke schmerzlich war, von ihm getrennt zu sein, obwohl er bloß für eine kurze Zeit fort sein würde. Doch die Vorstellung, dass er sich möglicherweise in Gefahr begab, machte sie wahnsinnig. Was angesichts dessen, was sie ihm täglich durch ihren Job zumutete, nicht ganz gerecht war.

In der Küche schenkte sie sich ein Glas Eiswasser ein und leerte es zur Hälfte, dann stellte sie es auf die Arbeitsfläche. Sie starrte aus dem Fenster über der Spüle in die Dunkelheit draußen, versunken in Grübeleien, auf die sie lieber verzichtet hätte. Als Nick die Hände auf ihre Schultern legte und sie sanft drückte, erschrak sie.

»Hey.« Er schob ihre Haare zur Seite, um ihren Nacken zu küssen. »Was ist los?«

»Nichts.«

»Samantha …«

Niemand sonst hatte sie je mit ihrem vollen Namen angesprochen. Ihr gesamtes Leben lang war sie Sam gewesen, bis er sie zu seiner Samantha gemacht hatte.

»Wo ist Scotty?«, erkundigte sie sich, und selbst in ihren Ohren klang ihre Stimme brüchig und unsicher. Unwillkürlich überlegte sie, wie es sich wohl für ihren sehr aufmerksamen Mann anhörte.

»Unter der Dusche.« Er ließ die Finger zu ihren Hüften wandern und zwang Sam sanft, sich zu ihm umzudrehen.

Beim Anblick seiner besorgten Miene stiegen ihr die Tränen in die Augen, was sie wütend machte.

»Was ist los, Sam?«

»Ich habe Angst, du könntest von deiner Reise nicht zurückkehren.« Es war ihr zutiefst unangenehm, sich mit diesen Worten so verletzlich zu zeigen, doch es entsprach nun einmal der Wahrheit.

»Ach komm, Babe.« Er schloss sie fest in die Arme, sodass sie seinen Herzschlag fühlen konnte, während sie seinen vertrauen Duft einatmete. »Mir wird nichts passieren. Ich werde wieder da sein, bevor du überhaupt Zeit hattest, mich zu vermissen.«

»Nein, wirst du nicht.« Sie schmiegte den Kopf an seine Schulter und nahm den Trost an, den nur er ihr zu spenden vermochte. »Ich hasse mich selbst dafür. Ich weiß, dass ich dir jeden Tag viel mehr zumute.«

»Ich will nicht, dass du besorgt oder beunruhigt bist. Aber es ist auch süß, dass du mich genug liebst, um dir Sorgen zu machen.«

»Ich liebe dich zu sehr.«

»Das ist nicht möglich.«

»Es entspricht nicht meinem Charakter, allzu überschwäng-
lich zu sein, also sage oder zeige ich dir das vielleicht nicht oft
genug ...«

Er brachte sie mit einem zärtlichen und äußerst sinnlichen
Kuss zum Schweigen. »Babe, du zeigst es mir jeden Tag, mit
jedem Blick und jeder Berührung. Ich zweifle nie an deiner
Liebe.«

Beruhigt durch seine Worte klammerte sie sich regelrecht an
ihn, denn sie brauchte ihn mehr, als sie jemals irgendwen gebraucht hatte.

»Ich verspreche dir, dass mir nichts zustoßen wird und dass
ich im Nu zurück bin«, fügte er hinzu.

Sie drückte ihn fester an sich. »Noch mal fürs Protokoll: Ich
bin angewidert von mir selbst. Es passt überhaupt nicht zu mir,
mich wie ein bedürftiges Weiblein zu benehmen.«

Sein leises Lachen entlockte ihr ein zögerndes Lächeln. »Du
bist mein bedürftiges Weiblein, und ich liebe dich. Ich hatte
keine Ahnung, dass es möglich ist, jemanden so sehr zu lieben,
wie ich dich liebe.«

Eine ganze Weile standen sie eng umschlungen da, bis das
Wasser oben ausgestellt wurde. Nach einem letzten Kuss, der
sinnliche Wonnen verhieß, sobald sie allein wären, löste Nick
sich von ihr. »Bringen wir den Jungen ins Bett, damit wir ein
bisschen Zeit miteinander haben.«

»Wann musst du morgen früh aufstehen?«

»Ich muss um drei auf dem Regierungsflughafen Joint Base
Andrews sein.«

»Wird dein Personenschutz dich auf der Reise begleiten?«

Er nickte. »Wohin ich gehe, gehen die auch.«

Nachdem sie die Lichter ausgeschaltet und die Türen abgeschlossen hatten, gingen sie zusammen nach oben.

Scotty lag im Bett, als sie sein Zimmer betraten, um ihm
Gute Nacht zu sagen.

Nick setzte sich auf die Bettkante. »Morgen und Samstag

sehe ich dich nicht, Kumpel, aber Sonntag bin ich früh wieder da.«

»Kommt Mrs. Littlefield denn am Samstag, um mich zu besuchen?«

»Ja«, bestätigte Nick. »Ich habe heute mit ihr gesprochen. Sie will mit dir essen gehen und ins Kino.«

»Cool. Ich freue mich schon, sie wiederzusehen. Amüsier dich gut auf deiner Reise mit dem Präsidenten und merk dir alles von der Air Force One ganz genau, damit du es mir hinterher erzählen kannst.«

»Mach ich.« Nick beugte sich herunter für eine Umarmung von Scotty. »Pass gut auf Sam auf, während ich weg bin.«

»Ich werde mein Bestes geben. Allerdings wird sie es mir nicht leicht machen.«

»Ich höre dich«, bemerkte Sam trocken, was sie beide zum Lachen brachte.

»Mann, dann weißt du endlich mal, wie's mir immer geht.« Nick gab Scotty einen Kuss auf die Stirn und drückte ihn noch einmal. »Viel Spaß mit Mrs. L. Grüß sie von mir.«

»Mach ich.«

Nick ließ ihn los.

Danach trat Sam ans Bett, um den Jungen zuzudecken und ihm ebenfalls einen Gutenachtkuss zu geben. »Komm ruhig und hol mich, falls du in der Nacht aufwachst.«

»Mach ich. Danke, Sam.«

»Gute Nacht, Kumpel.«

»Hey, Nick?«, fragte Scotty.

Im Türrahmen drehte Nick sich noch einmal um. »Ja?«

»Du passt auf dich auf während deiner Reise, ja?«

Die Besorgnis in Scottys Stimme rührte Sam, denn sie konnte es sehr gut nachempfinden.

»Verlass dich drauf«, antwortete Nick. »Du musst dir keine Sorgen machen.«

»Okay. Gute Nacht.«

»Hab dich lieb, Kumpel. Schlaf gut.«

Da Nick wusste, dass Scotty sich unwohl fühlte, wenn die Tür ganz geschlossen war, ließ er sie einen Spaltbreit offen. So konnte der schwache Schein des Nachtlichts hereinfallen, das er gekauft hatte, als ihnen klar geworden war, dass der Junge sich im Dunkeln fürchtete. Nachdem Nick eines Morgens die Tür des Jungen offen und das Licht im begehbaren Kleiderschrank brennend vorgefunden hatte, hatte er zwei und zwei zusammengezählt und das Nachtlicht für den Flur besorgt.

Jeder tat sein Bestes, um ihr neues Zusammenleben angenehm zu gestalten, und die Liebe und Zuneigung füreinander trug sie über alle Hindernisse hinweg.

»Was haben wir nur gemacht, bevor er bei uns lebte?«, meinte Nick, als sie in ihrem Schlafzimmer waren – bei abgeschlossener Tür. Vorerst.

»Ich habe keine Ahnung, doch es war nicht annähernd so lustig, wie es jetzt mit ihm ist.«

»Soweit ich mich erinnere«, entgegnete er und legte den Arm um sie, »hatten wir auch jede Menge Spaß, als wir noch zu zweit waren.«

Bei diesem sexy Lächeln von ihm bekam Sam stets weiche Knie. »Das stimmt, aber dies ist besser. Wir haben uns zwei, und jetzt haben wir auch noch ihn dazu.«

»Ich liebe unsere kleine Familie. Für mich ist sie das Beste, was mir je widerfahren ist.«

Sam strich ihm durch die seidigen Haare. Sie konnte sich nie sattsehen an ihm in all seiner glorreichen männlichen Pracht. »Ich bin so froh. Ich habe mir das sehr für dich gewünscht.«

Er löste sich aus der Umarmung, um ihr das T-Shirt und den BH auszuziehen.

Sam nutzte die Gelegenheit, um sich an seinem Hemd zu schaffen zu machen, und sog scharf die Luft ein, als sie ihre aufgerichteten Brustwarzen an seinen Brusthaaren rieb.

Seine Arme schlossen sich um sie, umgaben sie mit seiner

Wärme und seiner Kraft und seiner überwältigenden Liebe.

»Du bedeutest mir alles«, flüsterte sie, denn er sollte wissen, dass er in ihrem Herzen war, bevor er abreiste.

Er hielt sie beinah schmerzhaft fest, doch es war die schönste Art von Schmerz. »Sam, du machst mich ganz fertig heute Abend.«

»Ich will, dass du es weißt.«

»Ich weiß es, Baby. Wie sollte ich das nicht wissen?«

»Ich bin nicht allzu gut darin, diese Worte auszusprechen.«

»Ich brauche keine Worte, wenn ich deine Berührungen habe. Du zeigst es mir ständig, mit einer Million kleiner Dinge. Zum Beispiel, wenn du meine Fotos auf dem Schreibtisch auf den Kopf stellst, weil du weißt, dass es mich zum Lachen bringt, sobald ich merke, dass du deine Spuren auf meinem Schreibtisch hinterlassen hast – wieder einmal.«

Sam musste lachen, und das löste ihre innere Anspannung, die sich angesichts seiner bevorstehenden Abreise aufgebaut hatte. »Das war ich nicht.«

»Und wenn du mir glatt ins Gesicht schwindelst«, fügte er hinzu und ließ seine Hände nach unten gleiten, um ihren Po zu massieren, der immer noch in den Jeans steckte. »Das macht mich an.«

»Dich macht alles an.« Sie zerrte an seiner Hose, öffnete den Knopf und zog den Reißverschluss herunter, damit sie seine stahlharte Erektion berühren konnte, die pulsierte und unter ihren Fingern noch größer wurde.

Er warf den Kopf in den Nacken, und das berührte ihr Herz. »Alles an dir macht mich an«, stieß er zwischen zusammengebissenen Zähnen hervor.

Sam sank auf die Knie und hatte ihn in ihrem Mund, bevor er ihre Absichten auch nur erahnte.

Das Stöhnen aus seinem tiefsten Innern erregte sie, während sie saugte und ihn massierte, bis zu einem raschen, explosiven Ende.

»Oh Gott«, flüsterte er, als sie ihn abschließend mit der Zunge umspielte.

Sie sah zu ihm auf, voller weiblicher Zufriedenheit darüber, dass sie sich über ihn hergemacht und ihm die Kontrolle genommen hatte.

Sanft zog er an ihrem Haar, damit sie sich wieder aufrichtete. Nick schob sie rückwärts zum Bett und legte sie darauf. Trotz der erst wenige Momente zurückliegenden Befriedigung stand er mit einem Ausdruck der Begierde in den funkelnden Augen vor ihr. Wenn er sie auf diese besondere Weise anschaute, konnte er alles von ihr haben – absolut alles. In der Hoffnung, ihn anzustacheln, hob sie die Knie, stützte die Füße auf die Bettkante und spreizte einladend die Schenkel.

Natürlich sprang er darauf an und stürzte sich beinah auf sie, um ihr eilig die Jeans und den Slip auszuziehen. Als Nächstes flog seine eigene Hose quer durchs Zimmer, und ein sinnlicher Schauer der Vorfreude überlief Sam. Sie liebte es, wenn er so war – wild, so voller Verlangen für sie, dass er sogar seinen üblichen peniblen Ordnungssinn vergaß.

Sie breitete die Arme für ihn aus, um ihn liebevoll zu umfangen.

Er legte sich zu ihr und verschmolz mit ihr auf eine Art, wie nur er es beherrschte. Sein Mund und seine Hände waren überall. Er verstand es, auf äußerst geschickte Weise sämtliche ihrer Sinne zu stimulieren, und sie versuchte, seiner schier unerschöpflichen Begierde gerecht zu werden. Als er mit seinen Lippen an einer ihrer Brustwarzen saugte, reckte sie sich ihm unwillkürlich entgegen, um seiner Erektion näher zu kommen, die von Neuem heiß und hart auf ihrem Bauch lag.

Sie schob die Finger zwischen sie beide und umfasste ihn, um ihn schnell und ungestüm zu massieren, was ihm besonders gefiel, wie sie wusste.

Nick ließ den Kopf auf ihre Brüste sinken, während er sich

in einem gleichmäßigen Rhythmus in ihrem Griff bewegte. »Ich kann nicht glauben, dass du das schon wieder mit mir machst«, murmelte er mit rauer Stimme.

»Was mache ich denn?«

»Tu nicht so unschuldig, Samantha.« Er löste ihre Finger von seiner Erektion und hob sie über ihren Kopf. Danach holte er auch ihre andere Hand herauf und hielt ihre beiden Arme über ihr fest.

Gefangen und überwältigt von ihm wartete Sam atemlos darauf, was er als Nächstes tun würde.

Er begann mit betörenden, leidenschaftlichen Küssen und einem erotischen Spiel seiner Zunge in ihrem Mund. Sam wand sich und sehnte sich nach mehr. »Sachte, Babe«, flüsterte er, küsste ihre Wange, ihren Hals und schließlich ihr Ohr. Sanft knabberte er an ihrem Ohrläppchen und biss gerade so fest hinein, dass Sam vor Lust aufstöhnte und ihre Brustspitzen sich noch mehr aufrichteten.

Anscheinend war ihm vollkommen klar, was sie brauchte, denn er verlangsamte sein Tempo ein wenig und ließ seinen Schaft durch die feuchte Hitze zwischen ihren Oberschenkeln gleiten. Bei jeder Bewegung berührte er ihren Kitzler.

Mit einem Mal wollte Sam sich befreien, wehrte sich gegen seinen festen Griff.

»Warte«, bat er sie. »Lass mich dich lieben.«

»Ich will dich berühren. Ich muss dich berühren.« Das Bedürfnis war so stark, dass es sie zu verschlingen drohte. Es mischte sich in die Furcht, mit der sie zu kämpfen hatte, seit sie von seiner bevorstehenden Reise erfahren hatte. Und es ließ sie von Kopf bis Fuß erzittern.

Sofort ließ er ihre Hände los. »Sam, Liebes, du zitterst ja. Was ist los?«

Sie schlang die Arme um ihn und drückte seinen Kopf an ihre Brust. »Ich hasse mich selbst für das, was ich in diesem Augenblick empfinde.«

Er gab ein langes, gequältes Seufzen von sich. »Ich hätte zu dieser Reise niemals meine Zusage geben sollen.«

»Nein, sag das nicht. Alles in unserem Leben dreht sich um mich und meinen Job. Da ist es völlig in Ordnung, wenn es zur Abwechslung mal um dich geht.«

»Es ist absolut nicht in Ordnung, wenn mein starker, furchtloser Cop vor Angst zittert.«

»Ich komme darüber hinweg, das verspreche ich.« Sein Gesicht umfassend drängte Sam ihn zu einem weiteren sinnlichen Kuss. Gleichzeitig reckte sie ihm einladend das Becken entgegen.

»Noch nicht.«

»Doch. Jetzt. *Bitte*.«

Er gab ihrem Flehen nach und drang in einer einzigen anmutigen Bewegung, die ihr den Atem raubte, in sie ein.

Sam ließ ihre Finger über seinen Rücken wandern, bis hinunter zu seinem knackigen Po, dessen Muskeln sich unter ihrem Druck anspannten, während er noch tiefer in sie eintauchte.

Vor Lust schrie sie auf, schier überwältigt von der erotischen Energie, die jedes Mal zwischen ihnen entstand.

Er nahm sie kräftig und schnell, wie sie es am liebsten mochte. Als er anfing, sie gleichzeitig zu streicheln, gelangte sie bald zu einem Orgasmus, der ewig anzudauern schien. Und dieser erste Orgasmus ging in einen zweiten über.

Nachdem ihr Atem sich wieder normalisiert hatte, registrierte Sam, dass er nach wie vor hart war, sich nach wie vor bewegte und mit jedem erneuten Stoß Besitz von ihr ergriff. Plötzlich zog er sich ganz aus ihr zurück, und Sam fühlte sich mit einem Mal schrecklich verlassen. Doch während er ihre Brüste und ihren Bauch küsste, glitt er hinunter, bis er vor ihr auf dem Boden kniete, ihre Füße auf seinen Schultern.

Die Muskeln in ihren Beinen bebten – einerseits von den Nachwirkungen der heftigen, jede Faser durchdringenden

Höhepunkte, die er ihr gerade beschert hatte, andererseits aus sinnlicher Vorfreude darauf, was gleich folgen würde. Tief in ihrem Innern regte sich die Furcht, dass sie etwas so Wunderbares nicht für immer halten konnte. Allerdings war sie nicht so dumm, ihrem hingebungsvollen Mann diesen Gedanken mitzuteilen. Denn ihr war klar, dass es nur dann nicht halten würde, wenn einem von ihnen beiden etwas passierte. Seit er ihr von seiner Reise erzählt hatte, war ihre Angst um ihn ebenso greifbar wie ihre Liebe zu ihm.

»Warum bist du schon wieder so angespannt?«, fragte er, während sie seine Lippen sanft auf der Innenseite ihrer Schenkel spürte und sie ahnte, worauf er gleich seine Aufmerksamkeit richten würde.

»Weil ich weiß, was du vorhast, und ich mich wappne.«

»Das ist nicht der Grund.« Er ließ behutsam die Finger zwischen ihre Oberschenkel gleiten, ihren geheimsten Punkt reizend und liebkosend. »Sag mir die Wahrheit.«

»Ich versuche keine Angst zu haben. Ich versuche es wirklich.«

»Anscheinend mache ich es nicht gut genug, um dich abzulenken. Ich muss mich wohl mehr anstrengen«, meinte er und unterstrich seine Worte mit dem erregenden Spiel seiner Zunge auf ihrer zartesten Haut.

Sam krallte sich in seinen Haaren fest und presste ihn an sich, während er seinerseits ihren Po umfasste, damit sie in genau der richtigen Position blieb. Mit seinen Fingern, den Lippen und der Zunge bereitete er ihr glühende Lust, die ihren gesamten Körper erfasste, und schaffte es tatsächlich, all ihre Sorgen zu vertreiben.

Für einen kurzen Moment nahm er dann seine Hand zurück, bevor er mit einem Finger in ihren Po eindrang und Sam dadurch prompt den heftigsten Orgasmus schenkte, den sie je erlebt hatte. Überwältigt von diesen intensiven Empfindungen stieß sie einen Schrei aus. Als sie zu sich kam, war er bereits wieder in ihr und bewegte sich in einem unerbittlichen Rhythmus, bis auch er tief in ihr zum Höhepunkt gelangte.

Sam schlang Arme und Beine um ihn und hielt ihn so fest, wie sie nur konnte.

Er küsste zärtlich ihren Hals, flüsterte ihr Worte ins Ohr, die sie nicht richtig hörte und dennoch genau verstand. »Ich werde zu dir zurückkehren, Samantha«, sagte er, diesmal deutlich genug. »Ich verspreche es. Ich werde dich niemals verlassen.«

Sie kämpfte gegen die Tränen an. »Es tut mir leid, dass ich so bin. Vermutlich verdiene ich das, nach dem, was ich dir im vergangenen Jahr alles zugemutet habe.«

»Ja, stimmt«, gab er ihr recht und brachte sie damit zum Lachen, was natürlich sein Ziel gewesen war. Er hob den Kopf und schaute sie mit seinen intensiven braunen Augen an. »Jedes Mal, wenn du während meiner Abwesenheit Angst hast, ruf dir bitte ins Gedächtnis, dass ich mit der am besten bewachten Person auf diesem Planeten zusammen bin. Die werden nicht zulassen, dass dem Präsidenten etwas passiert, also wird mir auch nichts zustoßen. Okay?«

Sie biss sich auf die Unterlippe und nickte.

»Du hast mein Herz und meine Seele, Samantha. Ganz egal, wo auf dieser Welt ich bin: Ich gehöre zu dir. Nur zu dir.«

Sie streichelte sein Gesicht, das sie mehr als jedes andere liebte. »Ich gehöre auch zu dir, alles, mein Körper, meine Seele und mein Herz. Wenn du mich vor zwei Jahren gefragt hättest, ob ich wohl jemals solche Worte zu einem anderen Menschen sagen werde, hätte ich vermutlich erst höhnisch gelacht und dir dann auf die Nase geboxt. Aber du hast mich ganz kleinlaut gemacht. Ich fühle mich nackt und verletzlich.«

Er presste seine Hüften an sie, um sie daran zu erinnern, dass er noch tief in ihr war – als bräuchte sie diese Erinnerung. »Nackt gefällst du mir am besten. Im Ernst, ich liebe dich am meisten, wenn du keine Angst hast, mit mir über deine Gefühle zu reden.«

»Die Worte, mit denen ich dir treffend erklären kann, was ich empfinde, wenn wir auf diese Weise zusammen sind, gibt es noch gar nicht. Du verwandelst mich in einen Menschen, der ich nie zuvor gewesen bin.«

»Das ist das Unglaublichste, was du je zu mir gesagt hast. Und das in einem Jahr voller unglaublicher Dinge.«

»Ich will nicht, dass du die Reise mit Zweifeln antrittst, was dich zu Hause nach deiner Rückkehr erwartet.«

»Was dich betrifft, habe ich nie Zweifel. Vom ersten Moment an auf dieser überfüllten Terrasse damals warst du mein. Immer mein.«

Sie merkte, wie er sich von Neuem in ihr zu bewegen begann, offenbar wieder fit nach dem explosiven Orgasmus. »Dreh dich um«, forderte sie ihn auf.

»Diesmal nicht.«

»Du warst an der Reihe, jetzt will ich.«

Genervt drehte er sich mit ihr auf den Rücken, ohne die Verbindung zu unterbrechen.

»Ich habe keine Ahnung, wie du das machst«, murmelte sie, während ihre Sinne erwachten. »Du musst eine Menge Erfahrung haben.« Sie wusste fast nichts über die anderen Frauen in seinem Leben, was sie bisher nicht gestört hatte – bis herausgekommen war, dass er Dinge mit mindestens einer getan hatte, die er mit ihr noch nicht gemacht hatte.

»Ich erinnere mich an keine außer an dich – die einzige, die mir jemals etwas bedeutet hat.«

Sam richtete sich auf, sodass sie nun rittlings auf ihm saß, während er nach wie vor in ihr war. In diesem Moment zählte für sie nur noch, wie sie jeden Gedanken, der nicht mit ihr im Zusammenhang stand, aus seinem Kopf vertreiben konnte. Sie erhob sich leicht, ließ sich dann quälend langsam wieder auf ihn heruntersinken.

Nick grub die Finger in ihre Hüften, und sie spürte, wie sehr er der Versuchung widerstehen musste, das Kommando wieder an sich zu reißen.

Sie machte es wieder und wieder, bis er den Kopf nach hinten bog und ihr seinen Hals darbot. Auf diese Weise konnte sie sich leicht herunterbeugen und in seine festen Brustmuskeln beißen, sanft und dabei saugend, damit er ein Mal von ihr auf seine Reise mitnehmen würde.

Seinem heiseren Stöhnen folgte ein heißes Gefühl in ihr, als er zum Höhepunkt gelangte. Sein Griff an ihren Hüften stellte sicher, dass auch er seine Male hinterlassen hatte, was ihr nur recht war.

Sam legte sich erschöpft auf seine Brust, verschwitzt und atemlos und traurig bei der Vorstellung, dass er schon in wenigen Stunden abreisen würde.

Behutsam strich er über ihre langen Haare, bis sie langsam einschlummerte, nach wie vor mit ihm vereinigt. »Wir müssen noch die Tür aufschließen, für den Fall, dass Scotty uns braucht«, murmelte sie.

»Das mache ich gleich.«

Das Nächste, was sie wahrnahm, war, dass er sie wach küsste. Sie atmete seinen Duft ein und öffnete die Augen. Das Badezimmerlicht tauchte sie beide in einen sanften Schein. Nick trug Pullover und Jeans, neben ihm lag auf dem Bett ein Kleidersack.

Sams Herz fing an, schneller zu schlagen. Er würde gehen. Am liebsten hätte sie geweint und ihn angefleht, es nicht zu tun. Aber solche Sachen machte sie nicht. Also streichelte sie stattdessen einfach nur sein frisch rasiertes Gesicht.

Er schmiegte seine Wange in diese Liebkosung, berührte mit seinen warmen und weichen Lippen ihre Handfläche.

»Sei vorsichtig da draußen«, bat sie, was üblicherweise sein Abschiedssatz war.

Er grinste, ganz und vollkommen Nick. »Bin ich immer.«

»Das ist eigentlich mein Text.«

»Du bist mein Mädchen.« Er umarmte sie noch einmal fest, gefolgt von einem sinnlichen, leidenschaftlichen Kuss, der sie beide bis zum Wiedersehen trösten sollte. »Ich liebe dich, Babe.«

Sie klammerte sich an ihn und musste sich zwingen, ihn loszulassen, obwohl jeder ihrer Instinkte schrie, sie solle ihn für alle Zeiten festhalten. »Ich liebe dich auch. Pass auf dich auf und komm schnell zurück. Ich werde keine ruhige Minute haben, ehe du wieder zu Hause bist.«

»Scotty und deine Arbeit werden dich viel zu sehr auf Trab halten, als dass du dir Sorgen machen könntest.«

Das stimmte zwar nicht, doch sie schwieg, denn ihre Sorge sollte ihm nicht zur Last werden.

Noch einmal küsste er sie, dann stand er auf, um das Licht im Bad zu löschen. »Schlaf noch eine Weile.«

»Mach ich.«

»Bis bald.«

»Ich werde hier sein und auf dich warten.«

»Ich verlasse mich darauf.« Er kam für einen allerletzten Kuss ans Bett und nahm sich Zeit, als ginge er ebenso ungern, wie sie ihn gehen ließ.

»Jetzt beeil dich. Du darfst den Präsidenten nicht warten lassen«, mahnte sie ihn schließlich, woraufhin er sie an sich drückte und sich danach von ihr löste.

Sie wünschte sich, sie hätte im Dunkeln sehen können. So aber konnte sie nicht erkennen, wie er das Zimmer verließ, konnte nur seinen Schritten auf der Treppe und seinem Rumoren in der Küche lauschen. Sie hörte, wie die Haustür geöffnet wurde, dann seine tiefe Stimme, als er seine Bewacher vom Secret Service begrüßte. Kurz darauf wurde die Tür geschlossen, und Stille trat ein.

Draußen wurde ein Wagen angelassen, fuhr davon und hinterließ noch mehr Stille.

Sam schaute auf die roten Leuchtziffern des Weckers, der zwei Uhr anzeigte. Obwohl sie entschlossen war, nicht zu weinen, fielen Tränen auf ihr Kissen, während sie Nicks Duft einatmete, der noch an ihrer Handfläche hing. Sie beobachtete jede vergehende Minute, bis um sechs der Wecker klingelte.

Sam kam sich ziemlich töricht vor, weil sie am liebsten nicht geduscht hätte, um sich nicht von seinem Duft an ihrer Hand trennen zu müssen. »Du benimmst dich wie ein liebeskranker Teenager«, murmelte sie, stand aus dem Bett auf und schleppte sich müde und mit schweren Gliedern unter die Dusche. Alles tat ihr weh, mehr als üblicherweise nach einer Liebesnacht mit Nick.

Der Rücken schmerzte, ihre Brüste taten weh, ihre Lippen waren rau und geschwollen. Sie fühlte sich alles in allem reichlich ramponiert und ließ sich entsprechend ausgiebig vom heißen Wasserstrahl massieren. Doch nichts konnte den Schmerz in ihrem Herzen lindern, der bei Nicks Abschied eingesetzt hatte und vermutlich bis zu seiner Rückkehr anhalten würde.

Obwohl sie sich wegen ihrer Reaktion auf seine Abreise albern vorkam, liefen ihr Tränen übers Gesicht, die das warme Wasser sogleich wegspülte. Sie war entschlossen, sich gründlich auszuweinen, bevor sie Scotty weckte und sich auf den Weg zur Arbeit machte. Schlimm genug, dass sie sich vor Nick hatte gehen lassen, aber sie wollte auf keinen Fall jemand anderen mit ihren Ängsten anstecken, schon gar nicht Scotty.

Sie spülte den Conditioner aus ihren Haaren und stellte fest, dass sich das Wasser zu ihren Füßen pink färbte. Das gab ihr einen weiteren Stich, doch zumindest erklärte es die ungewöhnlichen Schmerzen ebenso wie die Tränen, die jetzt wieder flossen, da ihr bewusst wurde, dass ein weiterer Monat ohne Empfängnis vergangen war.

Nicht zum ersten Mal fragte sie sich, ob das Baby, das sie im Februar verloren hatte, ihre letzte Chance gewesen war.

Aber dann erinnerte sie sich daran, was der mit ihnen befreundete Arzt Harry gesagt hatte: dass es Monate dauern konnte, bis nach der Verhütungsspritze wieder eine Schwangerschaft möglich war. Die dreimonatige Wirkungszeit war erst vor einem Monat abgelaufen, doch Sam gestand sich ein, dass sie insgeheim gehofft hatte, entgegen aller Wahrscheinlichkeit gleich schwanger zu werden.

Inständig sehnte sie sich nach Nick, dem einzigen Menschen, der die gleiche Enttäuschung empfinden würde wie sie. Sam stellte die Dusche ab und wickelte ein Handtuch um ihren Körper, ein weiteres um ihren Kopf. Anschließend kümmerte sie sich um ihre Periode, suchte ihr Telefon und stellte zu ihrer Freude fest, dass Nick ihr eine Nachricht geschickt hatte:

Leichte Verspätung, jetzt aber unterwegs (3:45). AF1 ist beeindruckend. Kann kaum erwarten, dir davon zu erzählen. Die kassieren unsere Handys ein, bis wir auf dem Rückflug sind. Solltest du mich im Notfall erreichen wollen, ruf Derek an. Der weiß, wie er zu mir durchkommt. Liebe dich, immer. N

Sam saß auf dem Bett und las den Text wieder und wieder. Nick musste also sein Telefon abgeben. Erst nach seiner Rückkehr würde sie ihm von ihrer Periode erzählen können. Bis dahin musste sie allein mit der Enttäuschung fertigwerden. Sie kam sich plötzlich so einsam vor, dass sie unvermittelt an die unglücklichen Ehejahre mit Peter denken musste. Damals hatte sie geglaubt, durch ein Baby würde zwischen ihnen alles besser werden. Inzwischen wusste sie, dass nichts irgendetwas hätte besser machen können – schon allein deshalb nicht, weil es ihr vorherbestimmt war, mit Nick zusammen zu sein.

Erschöpft vom Schlafmangel und mit dem Gefühl, durch Treibsand zu waten, zog sie sich an und ging zu Scotty. Er war mürrischer als sonst, was eine schwierige gemeinsame Stunde bedeutete, bis Shelby kam.

»Bist du bereit, Sportsfreund?«, fragte Shelby fröhlich und voller Schwung. Der heutige pinkfarbene Pullover war mit pinken Strasssteinen geschmückt. Sie hatte sich bereits auf Scottys schlechte Laune eingestellt, ahnte jedoch noch nichts von Sams Stimmung.

Scotty legte seinen Löffel hin und schob die Schale mit den Frühstücksflocken von sich. »Mir geht's nicht gut. Ich glaube, ich sollte lieber zu Hause bleiben.«

Zugleich streckten Sam und Shelby die Hände aus, um seine Stirn zu fühlen.

Lächelnd zog Shelby ihre Finger zurück.

»Kein Fieber«, stellte Sam fest. »Welche Symptome hast du?«

»Bauchschmerzen. Ich glaube, ich muss mich übergeben.«

Sam setzte sich neben ihn und wartete, bis er sie anschaute. »Ist es, weil du dich davor fürchtest, Nathan wiederzusehen?«

Unter ihrem prüfenden Blick sackte der Junge in sich zusammen. »Kann sein. Ein bisschen.«

»Es wird nicht leicht sein, ihm nach dem gestrigen Vorfall gegenüberzutreten.«

»Was war denn?«, wollte Shelby wissen und nahm ebenfalls Platz.

Ermunternd nickte Sam Scotty zu, in der Hoffnung, dass es ihm helfen würde, die Worte auszusprechen.

Schließlich berichtete er: »Jemand hat mir in den Magen geboxt, weil ich Willie Vasquez verteidigt habe, als die anderen ihn einen Loser nannten.«

»Um Himmels willen!« In Shelbys blauen Augen blitzte Wut auf, was ihr Sams Sympathie für alle Zeiten einbrachte. Sie wandte sich an Sam: »Was unternehmen wir in der Angelegenheit?«

»Ich habe mich bereits darum gekümmert.«

Shelbys Grinsen zeugte von triumphaler Zufriedenheit. »Das kann ich mir vorstellen.«

»Deswegen hat er Angst.« Sam ergriff Scottys Hand. »Ich erzähle dir jetzt mal, was wir tun. Wenn er irgendetwas zu dir sagt, beantwortest du das mit einem tödlichen Blick. Weißt du, wie man den hinkriegt?«

Er schüttelte den Kopf.

Sam kniff daraufhin die Augen zu schmalen Schlitzen zusammen und fixierte Scotty, sodass er unwillkürlich zurückwich.

»Wow. Ich hoffe, du machst das nie in echt bei mir.«

»Dem Wunsch schließe ich mich an, Sportsfreund«, meinte Shelby.

»Wirkt Wunder bei schuldigen Übeltätern im Verhörraum. Und nun zeig mal, ob du es auch kannst.«

Scotty verzog das Gesicht, doch ein tödlicher Blick kam dabei nicht heraus.

»Nein, pass auf, so.« Sam setzte ihre finsterste, einschüchterntste Miene auf. »Du musst ein bisschen Hass mit hineinlegen.«

»Mrs. Littlefield sagt immer, man sollte niemanden hassen.«

»Aber du hasst, was er mit dir gemacht hat, oder?«

»Ja.«

»Dann konzentriere dich darauf. Lass mal sehen.«

Diesmal wirkten Scottys Züge um einiges bedrohlicher.

»Na bitte! Ausgezeichnet. Und was tust du, wenn er dich noch mal schlägt?«

»Ihn auch schlagen?«

»Genau. Du darfst dich verteidigen – doch du sollst niemals als Erster zuschlagen. Verstanden?«

»Ja. Ich verstehe den Unterschied.«

»Und jetzt mach eine Faust.«

Er legte seine Finger um den Daumen und hielt die Hand hoch.

»Mensch, auf diese Weise handelst du dir nur einen gebrochenen Daumen ein. Mach es so.« Sie formte seine Hand zu einer Faust. »Knöchel voran.«

»Und was ist, wenn jemand von hinten kommt?«

»Dann tritt ihm auf den Fuß«, riet Shelby ihm. »Anschließend wirbelst du herum und verpasst ihm einen Schwinger gegen die Nase.«

Sam nickte. »Hier hat offenbar jemand einen Selbstverteidigungskurs absolviert.«

»Wenn man gerade mal knapp über einen Meter fünfzig groß ist und in der Stadt lebt, kann man nicht vorsichtig genug sein.«

»Geht es deinem Bauch besser?«, erkundigte Sam sich bei Scotty.

Er nickte und legte schon wieder mehr von seiner üblichen Begeisterung an den Tag. »Danke, dass du mir gezeigt hast, was ich machen soll.«

»Alles klar. Nun putz dir die Zähne und kämm dir die Haare.«

»Ich hab mir bereits die Haare gekämmt.«

»Vorne sieht es gut aus. Der Rest ist ein Problem.«

»Na schön …« Der Junge seufzte und lief davon.

»Halten Sie als Detective bei der Mordkommission weniger von mir, wenn ich gestehe, dass ich den Kerl umbringen möchte, der ihm wehgetan hat?«, fragte Shelby.

»Ehrlich gesagt halte ich von Ihnen deshalb mehr denn je. Danke, dass Sie mir eben geholfen haben.«

»Sie sind eine großartige Mom, Sam. Er kann sich glücklich schätzen, Sie auf seiner Seite zu haben.«

»Das ist nett von Ihnen, danke. Ich muss zur Arbeit. Würde es Ihnen etwas ausmachen, ihn zur Schule zu bringen und ein paar Minuten zu warten, um zu sehen, ob wirklich alles klar ist?«

»Natürlich, gern.«

»Ich gehe mal raus und hole die Zeitung herein.« Sam war neugierig, ob etwas über Nicks Verbindung zu Lexicore darin stand, bevor Graham seine Erklärung abgeben würde.

Gerade als sie die Tür öffnen wollte, klingelte es.

Sie machte auf und wurde von einer massigen Gestalt in Polizeiuniform überwältigt. Ehe sie reagieren konnte, hatte der Mann sie an der Kehle gepackt und würgte sie.

15. Kapitel

Der barbarische Laut ihres Angreifers identifizierte ihn als Stahl. Sam hatte solche Laute schon öfter von ihm gehört. Sein Griff an ihrer Kehle war so fest, dass sie sofort Sterne sah und offenbar nicht in der Lage war, irgendeinen ihrer Selbstverteidigungstricks anzuwenden, die sie gerade erst ihrem Sohn erläutert hatte. Ihr wurde bereits schwummrig, und sie fragte sich, ob sie tatsächlich hier vor ihrer eigenen Haustür sterben würde.

Dann dachte sie an Nick und Scotty und schaffte es, Stahl ihr Knie in den Unterleib zu rammen.

Er stieß einen Schrei aus und taumelte rückwärts die Rampe hinunter.

Sam sog gierig die kalte Luft in ihre Lungen und trat nach ihm. Sie traf sein Knie, was ihm einen weiteren Schmerzenslaut entlockte.

Und dann kamen Scottys Secret-Service-Agenten endlich herbei und zerrten den brüllenden und um sich tretenden Stahl über die Rampe weg vom Haus.

Sam beugte sich vor, stützte die Hände auf die Knie und atmete mehrmals tief ein, während sie darauf wartete, dass sich ihr wild pochendes Herz allmählich beruhigte.

Shelby trat neben sie. »Was ist passiert? Du liebe Zeit, Sam! Ist alles in Ordnung?«

»Ja«, antwortete Sam. »Halten Sie Scotty im Haus.« Da Shelby zögerte, drängte sie sie: »Gehen Sie. Bitte. Schließen Sie die Tür.«

Ihre Assistentin folgte der Aufforderung, was Sam enorm erleichterte, denn Scotty sollte sie auf keinen Fall verletzt sehen.

»Ich habe die Polizei verständigt«, erklärte einer der Agenten, während der andere Stahl Handschellen anlegte, der ihn wiederum übel beschimpfte und seiner Wut auf dem Gehsteig vor ihrem Haus freien Lauf ließ. »Der Krankenwagen ist auch unterwegs.«

»Kein Krankenwagen«, erwiderte Sam mit vom Angriff noch heiserer Stimme. »Es geht mir gut.«

»Der ist für ihn.«

»Tut mir leid, dass das passiert ist, Lieutenant«, meinte der Agent. Er musste neu sein, denn Sam hatte ihn noch nie gesehen. »Er trug eine Uniform und Ihre Zeitung, deshalb hielten wir ihn für einen Freund von Ihnen.«

»Ist nicht Ihre Schuld«, beruhigte sie ihn, noch immer schwer atmend, als der MPD-Streifenwagen mit quietschenden Reifen um die Ecke in die Ninth Street bog.

Die Agenten überließen Stahl den Sanitätern und Streifenpolizisten, die ein wenig entsetzt wirkten, einen Lieutenant von der Abteilung für Interne Ermittlungen abführen zu müssen. Fragend schauten sie zu Sam, die ihren schmerzenden Hals ignorierte und ihnen zunickte. Mit großer Genugtuung beobachtete sie, wie der dunkelrot angelaufene, schreiende Stahl auf der Bahre festgeschnallt wurde.

Sam nahm sich eine weitere Minute Zeit, um ihre Fassung wiederzugewinnen, bevor sie ins Haus ging. Der ganze Vorfall hatte keine zehn Minuten gedauert, doch die Sekunden ohne Sauerstoff hatten sich für sie wie Wochen angefühlt.

Shelby kam aus der Küche geeilt. »Ist alles in Ordnung? Sagen Sie mir die Wahrheit.«

»Es geht mir gut. Ich will nicht, dass Scotty davon erfährt.«

»Kommen Sie«, sagte Shelby und ergriff ihre Hand. »Rasch.«

»Wohin denn?« Sam ließ sich von der kleinen Elfe durch die Küche in den Hauswirtschaftsraum führen, wo Shelby sich auf die Zehenspitzen stellen musste, um Sam einen pinkfarbenen

Kaschmirschal um den Hals legen zu können. »Ist es so schlimm, ja?«

»Ja.«

Sam berührte die weiche Wolle und rümpfte die Nase über die Farbe. »Besondere Zeiten erfordern besondere Maßnahmen.«

»Genau.«

In dem Moment ertönten Scottys Schritte auf der Treppe. Er kam mit nass gekämmten und gebändigten Haaren herunter. Das Zittern ignorierend, das sie wiederholt überlief, hielt Sam seinen Ranzen bereit. Dann drehte sie den Jungen zu sich um und legte die Hände auf seine Schultern. »Du schaffst das schon.« Trotz des Schmerzes, den es ihr verursachte, zwang sie sich, ganz normal zu sprechen. »Stimmt's?«

Er nickte. »Warum trägst du Shelbys Schal? Du hasst Pink.«

»Schsch«, ermahnte Sam ihn in übertriebenem Flüsterton. »Den hat sie mir geschenkt, und jetzt tue ich so, als ob er mir gefällt.«

Scotty grinste.

»Zeig mir noch mal den tödlichen Blick.«

Er machte ein finsteres Gesicht.

»Das ist mein Junge.« Sie drückte ihn fest an sich. »Hab dich lieb. Falls etwas ist, rufst du mich von deinem Handy an.«

»Das dürfen wir in der Schule nicht benutzen.«

»Dann geh auf die Toilette und schreib mir eine Nachricht. Ich werde so schnell dort sein, dass die gar nicht wissen, wie ihnen geschieht.«

Seine glückliche Miene rührte sie. »Danke.«

Sie stupste ihn gegen das Kinn. »Hab dich lieb.«

»Ich dich auch.«

Sam wartete, bis er mit Shelby gegangen war, in einigem Abstand gefolgt vom Personenschutz. Dann setzte sie sich an den Tisch, stützte das Gesicht in die Hände und kämpfte gegen die Tränen an, die sie jetzt einfach nicht zulassen wollte. Stahl hatte ihr Angst gemacht. Sie hegte nicht den geringsten Zweifel daran, dass er sie hätte umbringen können. Ihre Kraft war seinem Zorn nicht gewachsen, und seiner verdrehten Meinung nach hatte er nichts zu verlieren.

Plötzlich sehnte sie sich nach den starken Armen ihres Mannes. In Anbetracht dessen, wie wütend er über den Zwischenfall vor ihrer Tür sein würde – während sich Secret-Service-Agenten in der Nähe aufgehalten hatten –, war es vermutlich besser für alle, dass er momentan quer über den Globus flog.

Als das Zittern endlich nachließ, stand Sam auf, um ihre Dienstmarke, die Waffe und die Handschellen aus der abgeschlossenen Schublade in der Küche zu holen, wo sie die Sachen aufbewahrte, seit Scotty bei ihnen lebte. Mechanisch verstaute sie die Dienstwaffe in dem Holster an der Hüfte und klemmte ihre Marke an den Bund ihrer Jeans.

Weil sie wusste, dass ihr Dad sich fragen würde, warum früh am Morgen ein Polizeiwagen mit Sirene in ihre Straße eingebogen war, ging sie die Rampe vor ihrem Haus hinunter und die Rampe vor ihrem Elternhaus hinauf. Sie klopfte an und trat ein. »Jemand zu Hause?«

»Hier hinten!«, rief ihr Dad aus der Küche. Er saß in seinem Rollstuhl und las gerade die Schlagzeilen seiner Morgenzeitung. Mit seinen weisen blauen Augen musterte er Sam und blieb bei dem pinkfarbenen Schal hängen. In Pink hatte er sie seit dem Kleinkindalter nicht mehr gesehen.

Sam beugte sich zu ihm herunter und gab ihm einen Kuss auf die Stirn. »Gibt's was Neues in der Zeitung? Ich bin noch nicht dazu gekommen, einen Blick hineinzuwerfen.« Angesichts der jüngsten Ereignisse hätte sie glatt über ihre eigene Bemerkung gelacht, wenn ihr Hals nicht so wehgetan hätte.

»Hast du schon von Lexicore und der Fabrik in Thailand gehört?«

»Unglücklicherweise ja. Nick besaß Lex-Aktien, die er gestern mit enormem Verlust verkaufen musste.«

»Ach, verdammt. Das ist schade, aber auf der Zielgeraden des Wahlkampfs kann er es nicht gebrauchen, dass das an ihm hängen bleibt.«

»Er hofft sehr, dass es ihm nicht alles vermasselt.«

»Ist er gut und sicher abgereist?«

»Ganz früh heute Morgen.«

»Wirst du mir erzählen, was da vorhin passiert ist?«

»Muss ich?« Sam ließ sich auf einen Küchenstuhl sinken und berichtete, was am Tag zuvor mit Stahl gewesen war. Während sie sprach, konnte sie beobachten, wie die ansonsten stets freundliche Miene ihres Vaters sich vor Wut verhärtete.

»Also gibt er dir die Schuld an allem, obwohl er derjenige war, der blöd genug war, um den Anruf zu machen, noch dazu aus dem Hauptquartier?«

»Darauf läuft es hinaus.«

»Und jetzt hat er zu allem anderen noch eine Anklage wegen versuchten Mordes zu erwarten.«

»Wenigstens werden sie ihn nach dem, was er sich heute Morgen geleistet hat, nicht auf Kaution entlassen.«

»Wenigstens das.« Er betrachtete ihren Hals. »Nimm den Schal ab und lass mich mal sehen.«

»Nicht nötig. Alles bestens.«

»Das war keine Bitte.«

Widerstrebend wickelte Sam den Schal ab.

Skip zuckte zusammen. »Sieht schmerzhaft aus.«

»Fühlt sich nicht toll an, doch ich werde es überstehen. Ich muss jetzt zur Arbeit. Die werden eine Erklärung dazu hören wollen, was mit Stahl passiert ist. Ganz zu schweigen davon, dass ich einen ermordeten und einen vermissten Baseballspieler habe.«

»Wer wird denn vermisst?«

»Lind, aber wir wissen nicht, ob er wirklich vermisst wird oder einfach nur untergetaucht ist, um seine Wunden zu lecken. Das macht er anscheinend öfters.«

»Du klingst frustriert, Mädchen.«

»Bin ich auch. Wir brauchen eine Spur, doch außer dem Chaos in Willies Privatleben ist da wenig zu holen. Kein Verdächtiger weit und breit.« Sie erhob sich, schlang sich den Schal wieder um den Hals und wollte sich mit einem Kuss von ihrem Dad verabschieden, als dieser zuckte. »Was ist los?«

»Komisches Kribbeln in meinem Bein.«

»Du spürst etwas in deinem Bein?« Seit einer bis heute nicht aufgeklärten Schießerei vor drei Jahren war er vom Hals abwärts gelähmt. Soweit Sam wusste, war die einzige Stelle, an der er etwas fühlte, seine rechte Hand.

»Ich weiß nicht, was das ist.«

»Aber irgendetwas ist es. Hast du mit dem Arzt gesprochen?«

»Den sehe ich nächste Woche.«

»Was glaubst du, was es bedeutet?«

»Das kann ich dir nicht sagen. Aber es ist ziemlich unangenehm. Wie krabbelnde Ameisen oder so, als wäre es eingeschlafen.«

»Du meine Güte, Dad! Du kannst doch damit nicht eine Woche warten, bis du das untersuchen lässt!«

»Was denn untersuchen lassen?«, wollte Sams Stiefmutter Celia wissen, als sie in die Küche kam.

»Dad spürt ein Kribbeln im Bein.«

»Was?«, fragte Celia.

»Es ist nichts«, beschwichtigte Skip sie verärgert. »Bloß ein komisches Kribbeln.«

»Du fühlst etwas in deinem Bein?«

»Keine Ahnung, ob ich es fühle oder ob ich es mir nur einbilde oder was.«

»Und wann hattest du vor, mir das zu erzählen?« Seine Frau stemmte die Hände in die Hüften.

»Bald.«

Celia starrte ihn tadelnd an, doch Sam war sich sicher, dass ihre Stiefmutter genauso aufgeregt war wie sie selbst. Niemand liebte ihren Dad hingebungsvoller als Celia.

»Rufst du den Arzt an?«, erkundigte Sam sich.

»Sofort.«

»Gib mir Bescheid, was er dazu meint.«

»Natürlich.«

Sam beugte sich zu ihrem Dad herunter und gab ihm einen Kuss. »Tu, was Celia dir sagt. Verstanden?«

»Ja, ja«, erwiderte Skip mürrisch. »Nun geh arbeiten und fang einen Mörder.«

Im Vorbeigehen drückte Sam Celias Arm. Wäre es nicht wunderbar, wenn ihr Dad nach all den Jahren wieder etwas Gefühl in den gelähmten Gliedmaßen hätte? Das wäre fast zu schön, um wahr zu sein – weshalb Sam diese Hoffnung erst einmal verdrängte. Bis es nähere Informationen dazu gab, konnte sie sich getrost auf all die anderen dringenden Angelegenheiten konzentrieren.

Auf dem Weg zur Arbeit klingelte Sams Handy. Neugierig, zu erfahren, wie es Scotty in der Schule ergangen war, nahm sie den Anruf von Shelby an. »Wie ist es gelaufen?«

»Absolut gut. Beim Hineingehen traf er auf Jonah und strahlte.«

»Oh, gut. Da bin ich erleichtert. Danke, dass Sie ihn hingebracht haben.«

»Kein Problem. Ich hole ihn auch wieder ab.«

»Tausend Dank.«

»Wie geht es Ihnen?«, erkundigte Shelby sich.

»Ganz gut. Am schlimmsten daran ist der Papierkram. Als hätte ich heute nicht genug um die Ohren.«

»Kopf hoch«, erwiderte Shelby. »Melden Sie sich, falls Sie etwas brauchen.«

»Hey, Tinker Bell?«

»Ja?«

»Es ist wirklich großartig, dass wir Sie haben. Na ja, bis auf meine zusammengefalteten Jeans.«

Shelbys zartes Lachen brachte Sam zum Lächeln. »Wow, danke, Boss. Der Job macht mir viel Spaß. Danke, dass Sie mir Ihr Zuhause und Ihren reizenden Sohn anvertrauen.«

»Ich bin froh, dass es gut läuft. Ich bin jetzt beim Hauptquartier angekommen.« Sams Blick fiel auf Avery Hill, der, elegant wie immer, gerade aus seinem Wagen stieg und darauf wartete, dass sie ihren parkte. »Bis später.«

»Ich wünsche Ihnen einen schönen Tag.«

»Gleichfalls.« Sam stieg aus und ging zu Hill. »Sie sind zurück.« Sofort kam sie sich blöd vor, das Offensichtliche auszusprechen.

»Ja, bin ich.«

»Und?«

»Marco ist nicht unser Mann. In der vergangenen Woche lag er im Krankenhaus wegen einer üblen Blinddarmnotoperation.«

»Warum hat Carmen uns das nicht erzählt?«

»Wahrscheinlich, weil sie es nicht wusste. Sein Name wurde in ihrem Zuhause ja nicht gern gehört, und Marco hat seine Eltern gebeten, ihr nichts zu verraten, um sie nicht noch mehr zu belasten.«

»Tut mir leid, dass Sie Ihre Zeit dort unten verschwendet haben.«

»Es war nicht nur Zeitverschwendung.« Er holte einige Unterlagen aus seiner Tasche. »Willies Finanzen.«

»Ausgezeichnet! Wir hatten mit der dominikanischen Bank nur Ärger, ohne zu einem Ergebnis zu kommen. Für Ihre Hilfe in dieser Sache bin ich Ihnen echt dankbar.«

»Haben Sie was dagegen, wenn ich mich auch weiterhin um diese Sache kümmere? Ich habe mich ziemlich reingehängt.«

Vor einigen Wochen noch hätte diese Frage sie geärgert. Nun aber sah sie in Hill einen vertrauenswürdigen und oft nützlichen Kollegen. »Klar, machen Sie nur. Da Sie es geschafft

319

haben, an die Bankdaten zu kommen, können Sie auch weiter daran arbeiten. Das würde uns helfen.«

»Okay, mach ich gern.«

Zusammen gingen sie auf den Haupteingang zu, als Sam fragte: »Werden Sie eigentlich Shelby anrufen?«

Er musterte sie misstrauisch. »Woher kommt das denn plötzlich?«

»Ich habe mich das bloß gefragt. Und sie sich auch.«

»Komisch, ich hätte Sie gar nicht für den Freundinnen-Typ gehalten.«

»Ich habe durchaus Freundinnen«, erwiderte Sam, empört darüber, dass er sie so gut zu kennen glaubte.

Skeptisch hob er eine Braue. »Irgendeine, die nicht hier arbeitet?«

»Meine Schwestern. Und Shelby kann ich wohl auch langsam dazuzählen. Nicht dass Sie das etwas anginge.«

Er blieb unvermittelt stehen, sodass Sam ebenfalls innehielt, und sagte: »Sie haben vollkommen recht, es geht mich nichts an. Aber die Sache ist eben die, Sam ... Sie wissen, dass ich sehr viel von Ihnen halte.«

Da er einmal so gut wie gestanden hatte, in sie verliebt zu sein, nickte Sam nur. Sie fürchtete sich einfach davor, etwas zu sagen oder zu tun, und sie hatte eine ziemliche Angst davor, wohin das hier führen würde.

»Es wäre nett, wenn wir Freunde sein könnten«, fügte er hinzu. »Und wenn nicht Freunde, dann zumindest gute Kollegen, die gelegentlich erfolgreich zusammenarbeiten.«

Er bot ihr einen Ausweg aus der unangenehm angespannten Situation, die zwischen ihnen herrschte, seit Sam seine Verliebtheit bemerkt hatte. Sein Vorstoß jetzt kam ihr sehr gelegen, denn wenn er in der Hauptstadt blieb, würden sich ihre Wege noch oft genug kreuzen. Und es gab eigentlich keinen Grund dafür, weshalb sie Gegner sein sollten, wenn ihre beruflichen Ziele oft dieselben waren.

»Das wäre wirklich gut«, erwiderte sie. »Eines sollten Sie aber dennoch wissen.«

»Was denn?«

Wie formulierte man das diplomatisch? »In Nicks Gegenwart müssen Sie vorsichtig sein. Er ist ein wenig besitzergreifend, was seine Liebsten angeht. Und er befindet sich in einer Position, in der er Ihnen das Leben schwer machen kann, wenn er will.«

Er presste grimmig die Lippen aufeinander. »Hat er Drohungen in dieser Richtung ausgesprochen?«

»Selbstverständlich nicht. Aber geben Sie ihm lieber keinen Grund, sich in Ihr Leben einzumischen. Er ist ein absolut vernünftiger Kerl. Meistens.«

»Ich nehme die Warnung zur Kenntnis.« So abrupt, wie er stehen geblieben war, ging er nun weiter.

Sam lief ihm hinterher. »Hill, warten Sie.« Sie hielt ihn am Arm fest. »Warten Sie. Ich habe das nicht gesagt, um Sie zu verärgern. Ehrlich.«

Er schaute auf seinen Arm, dann sah er ihr ins Gesicht. »Warum haben Sie es dann gesagt?«

Sam zog die Finger zurück. »Sie haben hart für Ihre Karriere gearbeitet. Das respektiere ich, und ich will nicht dafür verantwortlich sein, dass sie eines Tages den Bach hinuntergeht.« Sie war dabei, diese Unterhaltung gründlich zu vermurksen. Nichts kam so heraus, wie sie es beabsichtigt hatte. »Das ist alles.«

»Danke für die Information. Ist angekommen. Ich an seiner Stelle wäre wohl genauso besitzergreifend.«

Bei seinem intensiven Blick beschleunigte sich prompt ihr Herzschlag, und erneut überkam sie Furcht. Nick würde ihn umbringen, wenn er jemals mitbekäme, dass Hill sie auf diese Weise ansah. »Ich … äh …«

»Vergessen Sie, dass ich das gesagt habe.« Er hielt ihr die Hand hin. »Freunde?«

Sam betrachtete misstrauisch die ausgestreckte Hand, ehe sie sie schüttelte. »Freunde.«

»Machen wir uns an die Arbeit.«

Sie ließ ihn los und steuerte weiter auf den Eingang zu. Plötzlich wurde ihr bewusst, dass die Pressemeute vor dem Hauptquartier Zeuge ihres Dialogs mit Hill geworden war. *Fabelhaft.*

»Lieutenant, irgendwelche Verdächtigen im Mordfall Vasquez?«, wollte einer der Reporter wissen.

»Bis jetzt noch nicht. Ich hoffe, bald etwas für euch zu haben.«

»Was hat es mit dem Schal auf sich?«, fragte Hill, als sie die Lobby durchquerten.

»Ich hatte heute Morgen ein bisschen Ärger mit Lieutenant Stahl«, antwortete sie.

»Was heißt das?«

Sam berichtete ihm, was vor ihrer Haustür passiert war.

»Der Kerl hat vielleicht Eier, bei Ihnen zu Hause aufzukreuzen«, meinte Hill. »Vor allem, da Sie ja vom Secret Service bewacht werden.«

»Jetzt hat er jedenfalls ramponierte Eier, denn ich konnte einen guten Tritt anbringen. Aber es ist schon peinlich, wie schnell er mich überwältigen konnte.«

»Er hat Sie überrascht.«

»Trotzdem …«

»Ihr Stolz ist verletzt.«

»Ein bisschen. Allerdings geht es mir bei dem Gedanken, dass er auch was einstecken musste, gleich besser.«

Hill prustete. »Ja, sicher.«

Farnsworth hielt sie auf. »Lieutenant Holland. In mein Büro. Sofort.«

Sam sah Hill an und verdrehte die Augen. »Wir sehen uns auf dem Revier.«

»Viel Glück«, sagte Hill.

Sam folgte Farnsworth in dessen Büro.

Der Chief warf die Tür zu und drehte sich aufgebracht um. »Geht es dir gut?«

Sam konnte sich nicht erinnern, wann sie ihn je so aufgebracht erlebt hatte. Und das wollte etwas heißen, da sie ihn oft genug wütend gemacht hatte. »Ja.«

»Lass mich mal sehen.«

»Das ist nicht nötig. Mir fehlt nichts.«

»Ich sagte, *lass mich mal sehen.*«

Genervt von den herumkommandierenden Männern in ihrem Leben wickelte Sam den Schal ab und neigte den Kopf zur Seite, damit er die vermutlich inzwischen gut sichtbaren üblen Würgemale betrachten konnte.

»Du liebe Zeit, Sam«, murmelte er entsetzt. »Er hätte dich umbringen können.«

»Hat er aber nicht, und für den Ärger, den er gemacht hat, fing er sich gequetschte Genitalien ein.«

»Das ist auch das Mindeste, was er verdient. Ich habe gerade mit Forrester telefoniert. Der wird Stahl die volle Härte des Gesetzes spüren lassen. Es gibt nichts, was wir mehr hassen als kriminelle Cops.«

»Keine Chance, dass er auf Kaution freikommt?«

»Das wird Forrester verhindern. Er übernimmt persönlich den Fall.«

»Das ist gut. Ich kann mir nicht helfen, aber mir gefällt die Vorstellung von Stahl im Gefängnis.«

»Mir gefällt, dass ich ihn hier nicht mehr sehen muss. Er nervt mich schon seit Jahren.«

»Mich genauso. Ich gehe jetzt wohl lieber an die Arbeit.«

Als es nun klopfte, rief Farnsworth: »Herein!«

Ein Sergeant mit einer Kamera trat ein. »Wir sollten die Verletzungen des Lieutenants dokumentieren«, sagte er.

»Ganz recht«, bestätigte Farnsworth. »Lieutenant …«

Resigniert präsentierte Sam erneut ihren Hals und zwang

sich, stillzuhalten, während der Sergeant Fotos von ihr aus verschiedenen Winkeln machte. Gerade als Sam ihn anfahren wollte, er solle sich gefälligst beeilen, verkündete er, dass er fertig war.

»Danke, Sarge.« Nachdem der Sergeant den Raum verlassen hatte, meinte Farnsworth: »Im Namen des Departments entschuldige ich mich dafür, was heute Morgen vor Ihrem Wohnsitz geschehen ist, Lieutenant.«

»Wenn es für zusätzliches belastendes Material gegen Stahl gesorgt hat, dann war es das wert.«

»Ich werde eine Erklärung zu Stahls Verhaftung und dem Vorfall heute Morgen abgeben müssen. Ich hätte Sie gern dabei.«

»Klar. Geben Sie mir Bescheid.«

Damit verließ Sam das Büro des Chiefs und ging in ihre Abteilung, um sich endlich wieder mit dem Fall Vasquez zu befassen.

»Wir glauben, die Mordwaffe gefunden zu haben«, erklärte Cruz, als sie hereinkam. »Die von der Spurensicherung haben ein blutiges Messer in einem Mülleimer gefunden, sechs Blocks vom Fundort der Leiche entfernt.«

»In der Nähe der Blutlache?«

»Mehr als sechs Blocks in der entgegengesetzten Richtung.«

»Dem Himmel sei Dank für die Gründlichkeit unserer Leute. Wo befindet es sich jetzt?«

»Ich habe es zur Untersuchung ins Labor geschickt.«

»Ausgezeichnet«, erwiderte Sam und spürte endlich jenes innere Vibrieren, das von solchen Fortschritten ausgelöst wurde. »Agent Hill ist es gelungen, den Bericht über Willies Finanzen von der Bank in der Dominikanischen Republik zu bekommen. Er wird sich die Daten heute genauer ansehen.«

Gonzo betrat das Büro, begleitet von einer verzweifelt wirkenden jungen Frau. Sie war zierlich, hatte dunkle Augen und offensichtlich geweint. Er wandte sich an Sam: »Lieutenant, das ist Liza Benjamin. Sie ist mit Jamie Clark befreundet und fragte an der Anmeldung nach dem Officer, der für den Fall Vasquez zuständig ist.«

Sam deutete zum Konferenzraum und folgte ihnen hinein. Sie schloss die Tür und konzentrierte sich auf die zitternde Frau. Kurz schaute sie zu Gonzo, der das Aufnahmegerät einschaltete. Da die Frau keine Verdächtige war, mussten sie sie weder darauf hinweisen, dass das Gespräch aufgenommen wurde, noch über ihre Rechte belehren. »Ich bin Lieutenant Holland und leite die Ermittlungen im Mordfall Vasquez. Detective Gonzales haben Sie ja bereits kennengelernt. Was kann ich für Sie tun?«

»Ich … ich weiß nicht, ob ich überhaupt hier sein sollte, aber ich kann nicht aufhören, daran zu denken, was Willie passiert ist.«

Sam lehnte sich an den Konferenztisch, ganz der Inbegriff von gefasster Professionalität, obwohl sie innerlich vibrierte. Würde dies der entscheidende Durchbruch sein, auf den sie alle warteten? »Atmen Sie tief durch und versuchen Sie sich zu entspannen, Miss Benjamin«, sagte sie zu der jungen Frau.

Gonzo gab ihr eine Flasche Wasser.

»Danke«, meinte Liza und trank mit zitternden Händen. »Jamie ist meine Freundin. Wir sind uns zum ersten Mal im Yogakurs begegnet und haben es uns zur Gewohnheit gemacht, anschließend einen Smoothie zusammen zu trinken. Wir lernten einander besser kennen und teilten Vertrauliches miteinander. Daher wusste ich von ihrer Freundschaft zu Willie. Sie sprach viel von ihm. Und da fing ich an, mir Fragen zu stellen.«

»Was für Fragen?«

»Ob es vielleicht mehr war als Freundschaft. Da ich mich für das Team interessiere, wusste ich, dass Willie verheiratet war und Kinder hatte.«

»Vermuteten Sie eine Affäre zwischen Jamie und Willie?«

»Ich wusste, dass sie eine hatten.«

Sam hielt sich am Konferenztisch fest. »Woher?«

»Sie hat es mir erzählt.«

»Was hat sie Ihnen erzählt?« Sam hasste solche Befragungen, bei denen sie ihrem Gegenüber jede kleine Information einzeln aus der Nase ziehen musste.

»Dass sie ihn liebte und er sie liebte. Nach der Saison wollte er seine Frau verlassen. Sie verstanden sich nicht. Sie stritten sich ständig wegen Geld und darüber, dass er ihrem Bruder nicht helfen wollte. Er wollte nicht mehr mit ihr zusammen sein, sondern mit Jamie. Zumindest hat sie das behauptet.«

»Schlief sie mit ihm?«

Liza biss sich auf die Unterlippe und nickte. »Sie meinte, solchen Sex hätte sie nie zuvor in ihrem Leben gehabt. Aber ein paar Tage vor dem Spiel passierte etwas.«

»Wissen Sie, was es war?«

»Er eröffnete ihr, er könne sich nicht von seiner Frau trennen. So gern er mit Jamie zusammen sein wollte – er hatte Angst, die Kinder zu verlieren, wenn er Carmen verlässt. Jamie war am Boden zerstört und wütend. Sie hatte Pläne mit ihm gemacht, und plötzlich zog er ihr den Teppich unter den Füßen weg. Ja, sie war sehr, sehr wütend auf ihn.«

»Es wäre sehr hilfreich für uns, wenn Sie eine schriftliche Aussage machen würden«, sagte Sam und sah zu Gonzo.

Lizas verweinte Augen weiteten sich vor Bestürzung. »Warum? Ich habe Ihnen doch gerade alles erzählt, was ich weiß.«

»Wir brauchen sie für die Akte.«

»Ich … ich weiß nicht.«

»Wenn Sie uns nicht bei unseren Ermittlungen weiterhelfen wollen, warum sind Sie dann hergekommen?«

»Ich … ich dachte, ich sollte jemandem erzählen, was ich weiß. Ich liebe Jamie. Ich will nicht, dass sie Schwierigkeiten bekommt, aber sie war eben so furchtbar wütend. Sie … sie meinte, sie könne ihn umbringen für das, was er ihr angetan habe.«

»Würden Sie das bitte alles für uns notieren?«, setzte Sam noch einmal an und schaute erneut zu Gonzo, der einen Notizblock und einen Kugelschreiber herüberschob.

Tränen rannen Liza über die Wangen, während sie darauf wartete, dass einer der beiden vielleicht nachgab.

Das taten sie nicht.

Schniefend nahm sie den Stift und begann zu schreiben.

Sam ging zur Tür und rief ins Kommissariat: »Cruz!«

Freddie kam herein. »Du hast nach mir gebrüllt?«

»Bitte bleib bei Miss Benjamin, während sie ihre Aussage zum Fall Vasquez festhält. Achte darauf, dass sie genau darlegt, was Jamie Clark ihr über die Affäre mit Mr. Vasquez mitgeteilt hat und dass Miss Clark ihn am liebsten umbringen wollte, weil er einige Tage vor dem Spiel mit ihr Schluss gemacht hat.«

Freddie wirkte verblüfft. »Mach ich.«

»Gonzo, wir holen Miss Clark für eine weitere Befragung her.«

»Sie werden ihr nicht erzählen, was ich gesagt habe, oder?«, fragte Liza entsetzt.

»Selbstverständlich werden wir das«, entgegnete Sam.

Liza wurde blass. »Oh mein Gott.«

»Schreiben Sie weiter.«

Nun setzte Freddie sich zu Liza an den Tisch.

Sam verließ daraufhin den Konferenzraum und ging in ihr Büro, um die Schlüssel und ihr Funkgerät zu holen. Dann trat sie mit Gonzo hinaus auf den Parkplatz. »Ich wollte, dass du mich begleitest, damit du mir von eurem Sorgerechtsfall berichten kannst«, erklärte sie, während sie sich in den Verkehr einfädelte.

»Andy versucht ein Treffen mit Lori und ihrem Anwalt zu vereinbaren.« Andy Simone war ein guter Freund von Nick.

Sam hatte ihn gebeten, Gonzo in dieser Sache zu helfen. »Wir hoffen, uns irgendwie außergerichtlich einigen zu können.«

»Das hoffe ich auch.«

»Ich nehme an, ich werde mir das Sorgerecht mit ihr teilen müssen, so schwer mir das auch fällt.«

»Sie ist seine Mutter, Gonzo, und offenbar gibt sie sich Mühe.«

»Ich weiß.«

»Hast du Christina davon erzählt?«

»Das werde ich heute Abend. Ich wünschte, ich könnte damit bis nach der Wahl warten, aber Andy will das Treffen nicht bis dahin aufschieben. Er glaubt, Lori und ihr Anwalt könnten das als Blockade von unserer Seite empfinden.«

»Du solltest auf ihn hören. Er ist ein kluger Mann, der weiß, was er tut.«

»Die ganze Geschichte ist einfach Mist.«

»Ich weiß, es ist wirklich hart, doch du solltest versuchen, dir keine Sorgen zu machen. Du und Christina, ihr habt euch in diesem Jahr sehr gut um Alex gekümmert. Das zählt viel.«

»Danke, Sam. Ich weiß deine Unterstützung zu schätzen.«

Sie erreichten Jamie Clarks Wohnung und stiegen die Treppe hinauf in den dritten Stock.

»Das ist nicht gerade das, was ich mir für eine Physiotherapeutin eines MLB-Teams vorgestellt habe«, bemerkte Gonzo.

Sam klopfte an die Tür. »Das habe ich bei meinem ersten Besuch hier auch gedacht.« Da sie von drinnen keinerlei Lebenszeichen hörte, klopfte sie gleich noch einmal. »MPD, Miss Clark. Machen Sie auf.«

Mit lautem Klicken wurden die Schlösser entriegelt.

Wegen eines plötzlich einsetzenden mulmigen Gefühls legte Sam die Hand an ihre Waffe.

Die Tür wurde einen Spaltbreit geöffnet, und Jamie Clark spähte misstrauisch hinaus. »Was wollen Sie? Ich habe Ihnen alles gesagt, was ich weiß.«

»Tatsächlich?« Sam schob ihren Fuß in die Tür. »Wir haben von Ihrer Freundin soeben eine komplett andere Version Ihrer Story gehört.«

»Von wem?«

»Liza Benjamin.« Sam beobachtete, wie sich eine ganze Palette von Emotionen auf dem Gesicht der anderen widerspiegelte – Furcht, Zorn, Unglauben und schließlich Resignation.

»Sie haben mich gefragt, ob ich eine Affäre mit Willie hatte. Als er starb, war ich nicht mehr mit ihm zusammen.«

»Ihre vagen Aussagen machen Sie verdächtig«, sagte Sam. »Ich hoffe, das ist Ihnen klar.«

Jamie brach in Schluchzen aus. »Ich wollte Willies Kinder schützen. Was spielt es denn jetzt noch für eine Rolle, ob wir zusammen waren? Dass wir uns ineinander verliebt haben? Ich wollte sein Andenken schützen.«

»Indem Sie die Polizei anlügen?«

»Es tut mir leid. Ich wollte nicht lügen, aber ich wusste nicht, was ich sonst tun soll.«

»Sie müssen mit uns kommen, um Ihre Aussage zu ändern.«

»Bin ich verhaftet?«

»Noch nicht, und das werden Sie auch nicht, wenn Sie von nun an kooperieren. Für die Fahrt müssen wir Ihnen aber trotzdem Handschellen anlegen. Department-Vorschrift.«

Gonzo fesselte die weinende Frau.

»Kann ich mir wenigstens eine Hose anziehen?« Sie trug lediglich ein zu großes T-Shirt.

»Wir besorgen Ihnen eine Hose«, erwiderte Sam. »Fahren wir.«

Jamie Clark weinte auf dem gesamten Weg zum Hauptquartier, schwieg jedoch.

Angesichts ihres halb bekleideten Zustands fuhr Sam auf den Parkplatz vor dem Eingang zur Gerichtsmedizin und brachte sie dort ins Gebäude, um der Medienmeute vorn zu entgehen. »Sorg dafür, dass sie etwas zum Anziehen bekommt, und bring sie in einen der Verhörräume«, wies sie Gonzo an. »Gib mir Bescheid, wenn sie so weit ist.«

»Mach ich.«

Sam marschierte gerade ins Morddezernat, als ihr Funkgerät zu rauschen begann. Es war die Zentrale. »Hier spricht Holland. Ich höre.«

»Möglicher Mord im Capitol Motor Inn.« Die Zentrale nannte ihr die Adresse in der Massachusetts Avenue, einer der Hauptverkehrsadern der Stadt.

»Verstanden.« Sie betrat den Konferenzraum, wo Freddie gerade mit Liza fertig war.

»Bitte halten Sie sich zur Verfügung, für den Fall, dass wir Sie noch einmal erreichen müssen«, sagte er zu ihr.

»Gut.« Liza rauschte an Sam vorbei und eilte in die Lobby.

»Was hat sie denn erwartet, was passiert, wenn sie hierherkommt und uns all das über Jamie erzählt?«

»Jedenfalls nicht das, was dann tatsächlich passiert ist, so viel dürfte klar sein.«

»Wir haben eine Leiche in einem Hotelzimmer in der Mass Ave«, erklärte Sam ihrem Kollegen dann. »Machen wir uns auf den Weg.« Sie wollte den Ausgang in der Gerichtsmedizin benutzen, doch plötzliche Schreie aus der Lobby veranlassten sie, nachzuschauen, was dort los war.

»Was hast du dir dabei gedacht, du dämliche Kuh!«, schrie Jamie Liza an und wurde dabei von Gonzo festgehalten. »Wie konntest du mir das antun?«

Liza stand wie angewurzelt da und kreischte: »Ich musste es ihnen sagen! Willie ist *tot*!«

»Es geht dich aber nichts an!«

»Freddie, bring Liza hier raus. Wir treffen uns auf dem Parkplatz«, sagte Sam und eilte Gonzo zu Hilfe. Gemeinsam zerrten sie die schreiende Jamie in die Aufnahme.

»Tut mir leid«, meinte Gonzo. »Die ging los wie eine Rakete, sobald sie Liza erblickte. Ich komme ab hier allein zurecht, aber danke für die Hilfe.«

»Wir haben soeben eine Meldung über eine Leiche in einem Motel in der Massachusetts Avenue hereinbekommen. Cruz und ich fahren da jetzt hin, also kümmerst du dich bitte um ihre aktualisierte Aussage, zu der auch Details über ihre Affäre mit Mr. Vasquez gehören sollten.«

»Ich habe Willie nicht umgebracht!«, protestierte Jamie und trat Gonzo gegen das Schienbein, der Sam daraufhin angrinste. »Unterziehen Sie mich einem Lügendetektortest, wenn Sie mir nicht glauben!«

»Möglicherweise machen wir das auch, Miss Clark«, erwiderte Sam. »Wir werfen Ihnen gar nichts vor – noch nicht. Technisch gesehen haben Sie jedoch eben einen Police Officer im Beisein anderer Polizisten angegriffen, also strapazieren Sie nicht meine Geduld.«

»Fahren Sie zur Hölle. Sie verstehen überhaupt nichts.«

»Autsch«, sagte Sam. »Das trifft mich aber.«

Gonzos Lachen hörte sie noch, als sie durch den Haupteingang nach draußen ging. Sie fand Cruz auf dem Parkplatz, wo er an Lizas Wagen gelehnt stand.

»Sind Sie in der Lage, zu fahren?«, erkundigte Sam sich bei ihr.

»Mir fehlt nichts.«

Sam schob Freddie aus dem Weg. »Sie haben das Richtige getan, indem Sie heute hierhergekommen sind. Auch wenn es Sie eine Freundin gekostet hat, haben Sie richtig gehandelt.«

»Wenn Sie das sagen«, meinte Liza betrübt.

Sam wich zurück, damit Liza die Wagentür schließen konnte. Mit quietschenden Reifen fuhr sie davon. »Sie hat es eilig, von uns wegzukommen.«

»Kann ich ihr nicht verdenken.«

»Die Leute sind lächerlich«, bemerkte Sam, während sie quer

über den Parkplatz zum anderen Ende des Gebäudes liefen.

»Ganz allgemein oder im Besonderen?«

Sam setzte sich hinter das Lenkrad ihres Wagens. »Ganz allgemein. Die kommt hierher mit Informationen über eine Frau, die mit unserem Mordopfer gevögelt hat, und glaubt, wir unternehmen nichts?«

»Ich schätze, sie hat sich vorher keine Gedanken darüber gemacht. Sie wollte einfach nur erzählen, was sie wusste.«

»Offensichtlich. Hast du gehört, ob Hill etwas über Willies Finanzen herausgefunden hat?«

»Noch nicht, aber er fing auch gerade erst an, sich damit zu befassen, als ich ihn zuletzt gesehen habe.«

»Gibt es etwas Neues von deinem Dad?«

Freddie starrte sie an, sichtlich überrascht von dem abrupten Themenwechsel. »Elin und ich haben gestern mit ihnen zu Abend gegessen. Er ist sehr ... Ich weiß nicht, wie ich es beschreiben soll. Er ist beinah zu enthusiastisch wegen allem. Voller grandioser Pläne und Ideen.«

»Meinst du, er ist wieder in einer manischen Phase?«

»Ich habe keine Ahnung«, erwiderte Freddie seufzend. »Nach allem, was ich über diese psychische Störung gelesen habe, sind jedenfalls Höhenflüge und tiefste Niedergeschlagenheit zu erwarten.«

»Wie denkt Elin darüber?«

»Sie reagiert auf die gleiche Weise auf ihn wie meine Mom.«

»Inwiefern?«

»Als sei alles, was er tut und von sich gibt, fantastisch. Es kommt mir vor, als ob ich der Einzige bin, der sich fragt, ob sein Verhalten normal ist. Elin findet, ich würde Probleme konstruieren, wo keine sind.«

»Wenn du meine Meinung hören willst ...«

»Du weißt, dass ich das will.«

»Du hast gute Instinkte, was Menschen und Situationen betrifft. Vertrau darauf. Wenn dein Bauchgefühl dir sagt, dass da etwas nicht stimmt, behalte die Situation im Auge, so gut es eben geht.«

»Das ist ein guter Rat. Ich wünschte, ich könnte mit meiner Mom darüber reden, ohne dass er dabei ist. Doch sie sind unzertrennlich. Sie teilen sich sogar ihr Handy. Wer macht so etwas noch?«

»Kommt sie dir glücklich vor?«

»So glücklich habe ich sie noch nie gesehen. Seit er zurück ist, erlebe ich sie von einer Seite, die ich an ihr nie kennengelernt habe. Sie hat in all den Jahren, die er fort war, nie aufgehört, ihn zu lieben. Ich will ihr Glück nicht trüben. Niemand verdient es mehr als sie, glücklich zu sein.«

»Aber …«

»Ich mache mir Sorgen, was aus ihr wird, wenn er eine neue Episode hat.«

»Das ist eine berechtigte Angst. Dir bleibt wohl nichts anderes übrig, als die Sache weiter zu beobachten und für sie da zu sein, falls sie dich braucht.«

»Danke, Sam. Es hilft mir schon, mit jemandem reden zu können, der meine Besorgnis nicht für albern hält.«

»Du bist nicht albern.«

Sie erreichten das Motel, das umringt war von Polizeifahrzeugen. Der Van der Gerichtsmedizin fuhr eine Minute nach Sam und Freddie vor. Lindsey stieg gemeinsam mit ihnen die Treppe in den zweiten Stock hinauf, wo sich vor Zimmer Nummer sechzehn eine Menschentraube gebildet hatte.

Sie betraten den unordentlichen Raum, in dem eine weiße männliche Leiche, um die eins fünfundachtzig, mit dem Gesicht nach unten auf dem Bett in einer Blutlache lag. Lindsey reichte Sam ein Paar Latexhandschuhe. »Drehen wir ihn mal um.«

Die zwei Frauen fassten zusammen an, um den großen Mann zu wenden. Erschrocken stellten sie fest, dass es sich um Rick Lind handelte.

333

»Verdammt«, platzte Sam heraus, obwohl diese Entdeckung ihren Job ein wenig leichter machte. Genau wie Willie hatte der Mörder Rick einmal in die Brust gestochen, was die beiden Morde in einen Zusammenhang brachte und eine Zufallstat eines aufgebrachten Fans ausschloss. »Cruz, schaff die Spurensicherung her.«

»Ist schon unterwegs.«

16. Kapitel

Sam trat vom Bett zurück, damit Lindsey und ihre Mitarbeiter das Opfer für den Abtransport in die Gerichtsmedizin vorbereiten konnten. Sie schaute sich in dem Motelzimmer um, konnte jedoch keine offensichtlichen Spuren eines Kampfes entdecken, weshalb sie annahm, dass er im Schlaf überrascht worden war oder von jemandem, den er kannte. Überall im Raum lagen Pizzakartons, Einwickelpapier von Mitnahmerestaurants, leere Bierdosen und Drogeriezeug herum. Sam fasste nichts von alldem an, sondern überließ die nähere Untersuchung der Spurensicherung. Sie spähte unter das Bett und musste fast würgen, als sie dort benutzte Kondome entdeckte.

Rick Lind war nach der Niederlage in diesem wichtigen Spiel auf eine höllische Sauftour gegangen.

Sam betrachtete die Tür genauer, die Spuren eines Werkzeugs aufwies, mit dem sie offenbar aufgebrochen worden war.

Draußen auf dem Gang stand eine Gruppe von Dienstmädchen dicht beieinander. Eines von ihnen weinte.

»War die Tür offen, als Sie ihn fanden?«

Die Weinende, die nicht älter als sechzehn oder siebzehn aussah, nickte. »Es ist ungewöhnlich, dass eine Tür offen steht, deshalb warf ich einen Blick hinein, und da war er.«

»Wie heißen Sie?«, erkundigte Sam sich.

Sie schaute zu einem der anderen Mädchen, das genauso jung war, und dann zu dem Mann, der sie alle zu beaufsichtigen schien. »Ginger«, flüsterte sie. Sie hatte mausbraunes Haar, das hübsch gewesen wäre, wenn sie es gebürstet hätte. Ihre haselnussbraunen Augen wirkten abgeklärt.

335

Eingehend musterte Sam das junge Mädchen, das ihr irgendwie bekannt vorkam. »Kenne ich Sie von irgendwoher?«

Nur weil sie genau hinsah, registrierte Sam die Angst, die für einen Moment über ihr Gesicht huschte, ehe Ginger antwortete: »Nein.« Bei diesem einen Wort klang ihre Stimme heiser, und ihr Ton war insgesamt ganz anders als noch vor einer Minute.

Ihrem Instinkt folgend sagte Sam: »Sie müssen bei uns im Büro eine Aussage machen.«

Erneut blickte Ginger zu den anderen Mädchen, die gleichermaßen eingeschüchtert wirkten.

»Sie auch«, wandte Sam sich an die zweite Angestellte, eine Wasserstoffblondine mit blauen Augen und schlechter Haut.

Ihre Augen weiteten sich vor Schreck. »Was habe ich getan?«

»Sie waren hier. Möglicherweise haben Sie etwas gesehen, was uns bei den Ermittlungen weiterhelfen kann.«

»Ich habe nichts gesehen.«

»Trotzdem brauche ich Ihre Aussage.«

»Wir müssen arbeiten«, erklärte Ginger mit leicht hysterischem Unterton. »Wenn wir nicht arbeiten, werden wir nicht bezahlt.«

»Wir klären das mit Ihrem Chef, keine Sorge.« Sam hatte es plötzlich eilig, sie von den verärgerten Blicken der anderen Dienstmädchen und ihrem Vorarbeiter wegzubringen.

Die beiden Mädchen schauten verschüchtert zu dem Mann, der sie jedoch einfach ignorierte.

»Wer sind Sie?«, wollte Sam von ihm wissen.

»Der Manager.«

»Ihr Name?«

»Bruce Jones.«

»Ist das Ihr richtiger Name, oder haben Sie sich den ausgedacht?«

Er schien die Zähne fletschen zu wollen, beherrschte sich klugerweise jedoch. »Richtiger.«

»Wann hat der Gast aus Zimmer sechzehn eingecheckt?«

»Nach dem Spiel.«

»Sie wussten also, wer das war?«

Bruce zuckte mit den Schultern. »Der kam regelmäßig vorbei.«

»Haben Sie Videoüberwachung auf dem Gelände?«, erkundigte Sam sich und sah zum nächsten Gebäude auf der gegenüberliegenden Straßenseite. Die Entfernung war zu groß, um die Vorgänge im Motel gut beobachten zu können.

Bruce deutete auf eine Überwachungskamera über dem Eingang. Drähte hingen von dem rostigen Metallgestell, mit dem sie an der Wand befestigt war. »Früher.«

»Ich muss mir diese beiden Damen für eine Weile ausborgen. Sicher verstehen Sie, dass es sich um wichtige Zeugen handelt. Deshalb sollten sie für die verpasste Arbeitszeit auch nicht bestraft werden.«

»Warum müssen Sie die da mitnehmen?« Er deutete auf das zweite junge Mädchen. »Sie hat schon gesagt, dass sie nichts gesehen hat.«

»Ich muss sie trotzdem befragen.«

»Meinetwegen. Aber Sie bringen sie zurück. Die haben hier einen Job zu erledigen.«

»Ich werde mich gut um sie kümmern.«

Während Freddie die Leute in den benachbarten Zimmern befragte, ob sie irgendetwas in Zimmer Nummer sechzehn gehört hatten, führte Sam die zwei zitternden jungen Frauen nach unten und ließ sie hinten in ihren Wagen einsteigen.

»Ich verstehe nicht, warum Sie uns mitnehmen«, beklagte sich das erste Mädchen, das mit bibberndem Kinn gegen die Tränen ankämpfte.

»Ihr habt nichts getan, und ich verspreche euch, ihr werdet vollkommen in Sicherheit sein.« Zu dem zweiten Mädchen sagte sie: »Wie heißen Sie?«

»Amber.«

»Ist das Ihr richtiger Name?«

Amber schaute zu Ginger.

»Mein echter Name ist Sam Holland. Ich bin Lieutenant beim Metro Police Department. Ich will euch helfen.«

»Sie können uns nicht helfen«, erklärte Ginger mit tonloser Stimme, in der Verzweiflung mitschwang. »Niemand kann uns helfen.«

Nach dreizehn Jahren in diesem Job hatte Sam gelernt, ihren Instinkten zu vertrauen. Und die schlugen allesamt Alarm. »Dies könnte sich als euer Glückstag erweisen, denn wenn euch überhaupt jemand helfen kann, dann bin ich es. Aber ihr müsst mir vertrauen, okay?«

Amber ergriff Gingers Hand und hielt sie fest.

»Okay«, meinte Ginger.

Amber nickte.

»Bleibt hier sitzen. Ich bin gleich wieder da.« Sam warf die Wagentür zu und winkte Officer Beckett zu sich. »Bleiben Sie hier und lassen Sie niemanden in ihre Nähe kommen, verstanden?«

»Verstanden, Lieutenant.«

»Falls jemand versucht, die beiden aus dem Auto herauszuholen, schießen Sie.«

Dieser Befehl schien den jungen Officer zu verblüffen. »Ja, Ma'am.«

Überzeugt davon, dass die beiden Mädchen in den nächsten Minuten in sicheren Händen waren, ging sie zu Cruz, um ihm bei der Befragung zu helfen, während Lindseys Team den Tatort fotografierte und Linds Leiche aus dem Zimmer trug.

»Wir sehen uns im Hauptquartier«, verabschiedete Lindsey sich auf dem Weg hinunter.

Sam und Freddie klopften an jede Tür in dem schäbigen Motel, fanden jedoch niemanden, der irgendetwas aus Zimmer sechzehn gehört hatte. Allerdings stießen sie auf einige junge

338

Frauen, die in Begleitung deutlich älterer Männer waren.

»Ich brauche eine Dusche«, murmelte Freddie, als sie die Treppe zum Parkplatz hinunterstiegen.

»Aber echt«, pflichtete Sam ihm bei. Sie zog ihr Handy aus der Tasche und rief Malone an. »Bei dem Opfer handelt es sich um Rick Lind«, berichtete sie, als er sich meldete.

Er stieß einen leisen Pfiff aus. »Ach du Schande. Wow.«

»Wir brauchen die Sitte hier, wo er umgebracht wurde.« Sie nannte ihm die Adresse des Motels. »Jemand unterhält hier einen Prostituiertenring mit Minderjährigen. Ich habe zwei von den jungen Mädchen in meinem Wagen, unter dem Vorwand, sie eine Aussage zum Fall Vasquez machen zu lassen. Ich lasse mir nichts anmerken, doch wir müssen rasch handeln, bevor die Verantwortlichen türmen.«

»Ich gebe es gleich weiter. Gute Arbeit, Lieutenant.«

»Da Sie gerade dabei sind: Überprüfen Sie bitte Bruce Jones. Um die vierzig, stämmig, dunkle Haare und dunkle Augen. Er behauptet, der Manager des Motels zu sein.«

»Verstanden.«

»Wir werden Linds Frau informieren, und danach kommen wir mit den Mädchen zum Hauptquartier.«

»Wie sieht Ihr Plan aus?«

»Da bin ich mir noch nicht sicher. Eine von den beiden jungen Frauen kommt mir allerdings sehr bekannt vor. Ich hatte das Gefühl, die zwei da rausholen zu müssen.«

»Und für gewöhnlich liegen Sie mit Ihren Einschätzungen richtig. Wir sehen uns, wenn Sie zurück sind.«

Als Sam das Telefonat beendete, stieß Freddie einen tiefen Seufzer aus und meinte: »Noch eine Ehefrau, die zu benachrichtigen ist. Ich hasse diesen Fall.«

»Ich auch.« Sam stieg in den Wagen und wandte sich an ihre Passagiere. Nachdem sie Vertrauen von ihnen eingefordert hatte, fand sie es nicht richtig, sie mit jemand anderem zum Hauptquartier zu schicken. »Wir müssen noch kurz etwas in

Bethesda erledigen. Anschließend fahren wir zu meinem Büro, um uns zu unterhalten. Okay?«

Ginger nickte mit einem grimmigen Zug um den Mund, der ihre Jugend Lügen strafte.

Amber, die sich ganz an Ginger orientierte, tat es ihr gleich.

»Entspannt euch«, sagte Sam. »Ihr steckt nicht in Schwierigkeiten, das verspreche ich euch.« Sie hatte eine Million Fragen an die beiden, wollte jedoch zwei verstörte junge Frauen, die im Grunde noch Mädchen waren, auch nicht verschrecken.

Wegen ihrer Mitfahrer schwiegen Sam und Freddie auf der Fahrt nach Bethesda.

»Wer war der Kerl in dem Motelzimmer?«, wollte Ginger wissen und brach damit das Schweigen.

Sam schaute in den Rückspiegel. »Haben Sie den vorher schon mal gesehen?«

Ginger senkte den Blick und errötete. »Einmal.«

Angestrengt konzentrierte Sam sich wieder auf die Straße und verkniff sich die Flut an Fragen, die sie gern stellen würde.

»Wer war er?«

»Rick Lind, Pitcher bei den D.C. Feds«, antwortete Sam.

»Oh.«

Erneut sah Sam in den Spiegel und bemerkte nun einen kummervollen Ausdruck in dem jungen Gesicht. Sie gab Gas, um die Sache in Bethesda schnell hinter sich zu bringen und ins Hauptquartier zurückzukehren.

Das Brummen der Motoren war das einzige Geräusch, das im Gästebereich der Air Force One auf dem Flug zur Bagram Air Force Base in Afghanistan zu hören war. Präsident Nelson und seine Entourage würden die im Kampfgebiet stationierten US-Truppen und den afghanischen Präsidenten besuchen. Nelson lieferte sich eine erbitterte Schlacht mit seinem republikanischen Herausforderer, und daher sollte die Reise auch dazu dienen, ihn gegen Ende des Wahlkampfs als starken Führer der Nation darzustellen.

Nick war noch nie auf einem so langen Flug gewesen, doch seine Kabine war dermaßen komfortabel, dass er leicht hätte vergessen können, sich in einem Flugzeug zu befinden. Ihm war die VIP-Behandlung zuteilgeworden, inklusive einer Tour durch das Quartier des Präsidenten vorn in der Maschine, einem erstaunlichen Gourmet-Essen und einer Extrapackung M&M's mit einem Autogramm des Präsidenten für Scotty.

Er konnte es kaum erwarten, seinem Sohn von diesem außergewöhnlichen Flugzeug zu erzählen, in dem der Präsident um die Welt flog. Er hatte sich auch schon entsprechende Notizen gemacht. Was ihn jedoch am meisten interessierte, war, wie Scottys Schultag verlaufen war und ob er neuen Ärger mit dem kleinen Tyrannen Nathan gehabt hatte. Nick wollte außerdem wissen, wie Grahams Statement von den Medien aufgenommen worden war und was Christina Neues von der politischen Front zu berichten hatte. Und er wünschte sich, er könnte von seiner Frau hören, während er unterwegs war.

Dieser Mangel an Informationen machte ihn unruhig, obwohl er die komplette Funkstille verstand, wenn der Präsident auf dem Weg in ein Kriegsgebiet war. Entgegen seiner Aussage gegenüber Sam hatte Nick doch ein wenig Angst wegen der möglichen Gefahren einer Landung in Afghanistan. Sie würden im Schutz der Dunkelheit eintreffen, was zumindest ein gewisser Trost war.

Nick hörte jemanden vor der Tür der Gästekabine, und dann trat der Stabschef des Weißen Hauses Tom Hanigan ein. Um die fünfzig, mit vorzeitig ergrauten Haaren, war Hanigan ein ernster, ständig hoch konzentrierter Mann.

»Verzeihen Sie die Störung, Senator«, sagte Hanigan.

»Sie stören mich nicht.«

»Der Präsident würde Sie gern sehen.«

Nick stand auf und fuhr sich durch die Haare, um sie ein wenig in Ordnung zu bringen. »Ich habe Jeans an. Ist das in Ordnung?«

Hanigan zeigte ein seltenes Lächeln. »Er trägt selbst auch Jeans. Hier entlang bitte.« Damit ging der Stabschef voran. Vor der Suite des Präsidenten stoppte er und wandte sich zu Nick um. »Wie geht es Derek?«

»Besser.«

»Wir vermissen ihn. Ich hoffe, er kommt nach der Wahl wieder zur Arbeit.«

»Ich glaube, das wird er. Er brauchte nur Zeit, um sich an die neue Situation zu gewöhnen.«

»Es gibt Zeiten, da hasse ich unser Geschäft«, gestand Hanigan. »Zu erfahren, was mit Victoria passiert ist und warum, war einer der schlimmsten Momente in meiner Karriere. Und in meinem Leben.«

»In meinem auch.«

»Richten Sie ihm bitte aus, dass ich an ihn denke, ja?«

»Gern. Ich weiß, dass er sehr dankbar dafür ist, dass Sie ihm seinen Posten freihalten.«

»Das ist doch selbstverständlich. Er ist der Einzige im Zentrum der Macht, der mit euch vom Capitol Hill fertigwird.«

Nick lachte über diese scherzhafte Spitze. »Autsch.«

Hanigan klopfte an die Tür des Flugzeugbüros des Präsidenten, das Nick bereits gesehen hatte, dann führte er Nick hinein.

»Senator«, begrüßte Nelson ihn, und Nick trat auf ihn zu, um ihm die Hand zu schütteln. Zu behaupten, es sei surreal, den Präsidenten in der Air Force One zu treffen, wäre eine Untertreibung gewesen. »Danke, Tom«, wandte Nelson sich an Hanigan. »Das wäre vorerst alles.«

»Wie Sie wünschen, Mr. President.«

Hanigan zog sich zurück und schloss die Tür mit einem Klicken hinter sich.

»Nehmen Sie Platz«, sagte Nelson und deutete auf zwei Sessel vor dem Schreibtisch. »Drink?«

»Zu einem Bourbon würde ich nicht Nein sagen.«

»Das klingt gut.«

Der Präsident schenkte jedem zwei Fingerbreit ein und reichte Nick eines der Gläser. »Genießen Sie die Reise bis jetzt?«

»Es ist unglaublich aufregend. Danke für die Einladung, Sie zu begleiten.«

»Ist mir ein Vergnügen.« Nelson war groß, mit silbergrauen Haaren und erstaunlichen blauen Augen, die Nick an Sams erinnerten. Er setzte sich neben Nick. »Ich habe gehört, dass Sie mit Lexicore zu tun hatten.«

»Ich nehme an, Graham hat seine Erklärung abgegeben.«

»Hat er. Sie haben das Richtige getan, indem Sie die Aktien abgestoßen haben, gleich nachdem Sie davon erfahren hatten. Ich denke, es wird Sie keine Wählerstimmen kosten. Wie wir mitbekommen haben, wussten die meisten Investoren nichts von Lexicores Verbindungen zur Fabrik in Thailand.«

»Es widert mich an, einen Anteil an den Geschehnissen dort gehabt zu haben, auch wenn es nur indirekt war.«

»Graham hat sehr gut vermittelt, wie groß Ihre Trauer nach dem Tod von Senator O'Connor war und wie es sich mit dem Geld verhielt, das er Ihnen hinterließ. Sie haben keinen Grund zur Sorge.«

»Trotzdem mache ich mir Gedanken.«

»Ich kann nicht glauben, dass dies Ihre erste Wahl ist. Sie sind ein erfahrener Profi.«

»Das ist ein ziemliches Kompliment von Ihnen, Mr. President.«

»Ihrer Familie geht es gut?«

»Ja, Sir. Der Secret Service bewacht uns wegen der Drohungen von Patterson-Anhängern nach dessen Verhaftung.«

»Ich hörte, Sie haben einen Sohn in Ihre Familie aufgenommen.«

Nick musste lächeln, als er nun an Scotty dachte und an das Glück, das er in ihr Leben gebracht hatte. »Ja, er ist zwölf und hat vorher in einem staatlichen Kinderheim in Virginia gelebt. Ich habe ihn bei einer Wahlkampfetappe in Richmond kennengelernt und war gleich sehr von ihm eingenommen. Er ist ein erstaunlicher Junge.«

»Sie haben etwas Wundervolles für ihn getan.«

»Das ist nichts im Vergleich zu dem, was er für uns getan hat.«

»Nick … haben Sie etwas dagegen, wenn ich Sie Nick nenne?«

»Ganz und gar nicht. Bitte.«

»Ich wollte mit Ihnen über etwas höchst Vertrauliches sprechen. Ich hoffe, ich kann auf Ihre Diskretion zählen.«

»Selbstverständlich.«

Nelson trank einen Schluck und wirkte betrübt. »Bei Vizepräsident Gooding wurde ein bösartiger Hirntumor diagnostiziert.«

»Oh mein Gott. Das ist schrecklich. Es tut mir sehr leid.«

»Mir auch. Er und ich, wir kennen uns schon sehr lange. Es bricht mir das Herz, wenn ich an ihn und seine Familie denke.« Er schaute Nick durchdringend an. »Er wird nach der Wahl zurücktreten, weshalb ich einen Vizepräsidenten brauchen werde. Ihr Name wurde viele Male erwähnt, und ich fand es an der Zeit, dass es Ihnen gegenüber mal jemand erwähnt.«

Nick starrte ihn perplex an. Träumte er das alles? »Nun … ich habe keine Ahnung, was ich sagen soll.«

»Wie ich sehe, habe ich Sie damit überrumpelt.«

»Ein bisschen«, erwiderte Nick lachend. Und er hatte geglaubt, allein in diesem Flugzeug zu sein, sei surreal!

»Ich will ganz ehrlich sein, Nick. Ihnen ist durchaus bewusst, wie knallhart die Kampagne zur Wiederwahl war. Ich schätze, ich werde gewinnen, aber nur knapp. Es gibt noch viele Dinge, die ich erledigen will, aber mir bleiben nur zwei

Jahre bis zu den Zwischenwahlen. Ich will kein halbes Jahr damit zubringen, mich von der Wahl zu erholen. Einen Vizepräsidenten mit Ihren Umfragewerten zu haben würde dem Schaden, den die Kampagne genommen hat, einiges entgegensetzen.«

»Ich fühle mich geehrt, dass ich für diesen Posten in Betracht komme.«

»Aber?«

»Sie haben meine Frau kennengelernt«, meinte Nick mit ironischem Lächeln. »Können Sie sie sich als Second Lady der Vereinigten Staaten vorstellen?«

»Na ja, die Waffe und die Handschellen müssten verschwinden«, gab Nelson zurück, Nicks Lächeln erwidernd.

»Wir haben gerade ein Kind bei uns aufgenommen. Zwar verlief die Eingewöhnung gut, doch ohne Hindernisse war sie nicht. Ich weiß nicht, ob dies der richtige Zeitpunkt ist, um meiner Familie so viel abzuverlangen.«

»Das sind berechtigte Bedenken. Es ist von Ihrer Familie viel verlangt. Manchmal könnte ich es Gloria nicht verdenken, wenn sie darauf hoffen würde, dass ich die Wahl verliere. Wir sind beide erschöpft von dem endlos langen Wahlkampf und den vorangegangenen strapaziösen vier Jahren.«

»Nichts für schwache Nerven.«

»Nein, ganz bestimmt nicht. Die Sache ist die, Nick: Die Partei ist beeindruckt von Ihnen, und die meisten von uns sind verdammt neidisch auf Ihre Umfragewerte. Ich habe nicht den geringsten Zweifel, dass Sie in vier Jahren ein Herausforderer sein werden – ob ich nächste Woche nun gewinne oder verliere. Ich muss Ihnen sicher nicht erzählen, dass es Ihren Status als Thronfolger untermauern wird, wenn Sie mein Vizepräsident werden.«

»Und es spielt keine Rolle, dass ich erst seit einem Jahr Senator bin?«

»Sie sind seit über zehn Jahren als Mitarbeiter in diesem

Geschäft, und auf dem Parteitag haben Sie den Nerv der Leute getroffen. Wir haben landesweite Umfragen gemacht, und Ihre Werte sind außergewöhnlich. Die Leute mögen Sie.«

Nick schwirrte der Kopf, während er versuchte, sich der Tragweite der Bitte des Präsidenten bewusst zu werden – und dessen, was er Nick anbot. Man hatte landesweite Umfragen über ihn gemacht? Irgendwie unwirklich.

»Nehmen Sie sich ein wenig Zeit«, sagte Nelson. »Denken Sie darüber nach. Bis nach der Wahl wird nichts passieren. Aber ich werde den Posten rasch wieder besetzen müssen, und Sie sind der Mann, den ich dafür will.«

Nick stand auf und schüttelte die ihm dargebotene Hand. »Ich fühle mich sehr geehrt von dem Angebot.«

»Nehmen Sie nach der Wahl Kontakt zu Tom auf. Wir erwarten Ihren Anruf.«

»Danke, Mr. President.«

Nick begab sich vom vorderen Teil des Flugzeugs zurück zur Gästekabine direkt hinter den Tragflächen.

Eric, einer der Secret-Service-Agenten, erhob sich, als Nick eintrat. »Könnte ich Sie kurz sprechen, Senator?« Er deutete auf den leeren hinteren Teil der Kabine und ließ Nick vorangehen.

Sofort überlegte Nick voller Unruhe, was Eric ihm wohl zu sagen hatte.

»Ich habe eine Nachricht von einem der Bewacher Ihres Sohnes erhalten, dass es heute Morgen vor Ihrem Haus zu einem Zwischenfall kam, in den Ihre Frau und einer ihrer Kollegen vom MPD involviert waren.«

»Was für ein Zwischenfall?« Nick bemühte sich, ruhig zu bleiben. Als könnte er irgendetwas für seine Frau tun, wenn er auf dem Weg ans andere Ende der Welt war.

Eric schilderte den Zusammenstoß mit Lieutenant Stahl.

»Geht es ihr gut?«, wollte Nick wissen.

»Sie trug Hautabschürfungen an Hals und Nacken davon,

doch Stahl hat mehr abbekommen. Er wurde wegen eines Hodenbruchs und einer gebrochenen Kniescheibe behandelt.«

Nick musste unwillkürlich lächeln. »Das hat sie gut gemacht.«

»Sie hat ihn ernsthaft verletzt.«

»Wie konnte das überhaupt passieren, wenn Scottys Personenschützer vor Ort waren?«

»Bei allem Respekt, Sir, sie sind dafür da, ihn zu beschützen, nicht sie. Ich darf Sie daran erinnern, dass sie wiederholt jeglichen Schutz für sich abgelehnt hat.«

»Sie haben recht. Tut mir leid. Ich wollte damit nicht andeuten, dass es deren Schuld war.«

»Sie eilten ihr zu Hilfe, aber die brauchte sie gar nicht.«

»Kann ich mir denken. Sie hat ihm also einen Hodenbruch zugefügt, ja?«

Eric verzog das Gesicht, während er nickte.

»Vertrauen Sie mir, niemand hat das mehr verdient als er«, erklärte Nick.

»Das muss ich Ihnen wohl glauben, Sir.«

»Danke, dass Sie mich informiert haben.«

»Selbstverständlich.«

Nick kehrte auf seinen Platz zurück, schnallte sich an und dachte darüber nach, was Eric ihm erzählt hatte. Er konnte sich gut vorstellen, wie Sam sich gegen Stahl zur Wehr setzte und mit dem allergrößten Vergnügen ihren Erzfeind dorthin traf, wo es richtig wehtat. Doch der Gedanke, dass dieser Kerl die Hände um ihren Hals schloss, war erschütternd. Wieder einmal war sie knapp davongekommen. Zum Glück beherrschte sie Selbstverteidigung ausgezeichnet. Trotzdem … Es machte ihm Angst, wie nah sie der tödlichen Gefahr gekommen war und wie regelmäßig das passierte. An diesen Teil seines neuen Lebens hatte er sich immer noch nicht ganz gewöhnt. Wahrscheinlich würde er sich nie daran gewöhnen, zu erfahren, dass die Frau, die er liebte, angegriffen worden war – wieder einmal.

Er lehnte sich zurück und rekapitulierte noch einmal seine Unterhaltung mit dem Präsidenten. Auch das konnte er nicht recht fassen. Das vergangene Jahr war voller Veränderungen und unerwarteter Möglichkeiten gewesen.

Alles hatte mit dem Mord an seinem besten Freund John begonnen, seinem Bruder im Herzen. Nachdem er von der Partei darum gebeten worden war, das letzte Jahr von Johns Amtszeit zu beenden, hatte er sein Bestes gegeben, um dem Vermächtnis des Verstorbenen gerecht zu werden und das von Graham und der Demokratischen Partei Virginias in ihn gesteckte Vertrauen nicht zu enttäuschen. Seine von den Medien sogenannte »Märchenbeziehung« mit Sam hatte seine Popularität in Virginia gefestigt, und seine Grundsatzrede auf dem Parteitag im August hatte ihn landesweit bekannt gemacht.

Alles war derartig schnell gegangen, dass er manchmal das Gefühl hatte, in eine Zeitschleife geraten zu sein und nun mit Turbogeschwindigkeit vorwärtsgeschleudert zu werden. Dass er keinen politischen Stammbaum hatte, war hilfreich gewesen. Selbst John hatte das Gewicht des Vermächtnisses seines Vaters gespürt. Während Nicks Verbindungen zu den O'Connors in Washington kein Geheimnis waren, war er so eng mit Graham verbunden, wie John es gewesen war. Mittlerweile gab es kaum noch einen Politiker, der in dieser Hinsicht nicht reichlich Gepäck mit sich herumschleppte, und das war ein weiterer Grund für Nicks kometenhaften Aufstieg.

Aber Vizepräsident … *Wow.* Nicht einmal in seinen kühnsten Träumen hatte er sich ausgemalt, mit dem Präsidenten an Bord der Air Force One zu reisen, ganz zu schweigen von dem Angebot, das Präsident Nelson ihm vorhin gemacht hatte. Unwirklich.

Bei dem Gedanken daran, was Sam wohl dazu sagen würde, lachte er in sich hinein. Im vergangenen Jahr hatte er bereits viel von ihr verlangt. Seine hohe Popularität hatte sie ebenfalls bekannt gemacht, was sie sehr störte, da sie die Aufmerksamkeit der Öffentlichkeit nicht wollte. Ihre Karriere war ein Teil von ihr, deshalb konnte er sich seine Frau auch nicht ohne Dienstmarke und Handschellen vorstellen.

Wie sollte er sie bitten, das aufzugeben, wenn sie doch so hart dafür gearbeitet hatte, dorthin zu kommen, wo sie jetzt stand? Und sie würde es aufgeben müssen. Unter gar keinen Umständen konnte die Second Lady des Landes weiterhin Mörder jagen, zumindest nicht ohne den Schutz des Secret Service, den sie bisher nie akzeptiert hatte.

Er würde ihr gegenüber das Angebot erwähnen, weil er ihr nichts vorenthielt. Allerdings erwartete er nicht, dass es irgendwohin führte. Ihrer beider Leben war schon kompliziert genug, und es war vermutlich besser, es dabei bewenden zu lassen.

Aber es war nett, gefragt worden zu sein.

Nach grauenvollen dreißig Minuten ließ Sam Rick Linds Frau in der Obhut ihrer Schwester mit der Information zurück, wie sie nach der Autopsie Anspruch auf den Leichnam erheben konnte.

Freddie, der bei Ginger und Amber geblieben war, während Sam mit Carla Lind gesprochen hatte, war auf der Fahrt zurück in die Stadt mit den jungen Passagieren an Bord sehr still.

Amber war eingeschlafen, während Sam sich im Haus der Linds aufgehalten hatte. Ginger starrte unentwegt aus dem Fenster.

Auf dem Weg durch den Nachmittagsverkehr ging Sam in Gedanken den Fall noch einmal ganz von vorne durch. Wer hatte einen Grund, die beiden Spieler zu töten, die das Team um die Teilnahme an der World Series gebracht hatten? Immer wieder kam Sam zurück auf das Management und den Besitzer. Wem sonst machte die Niederlage so viel aus?

Ihr Handy klingelte, und sie nahm den Anruf von Darren Tabor entgegen. »Noch immer nichts, Darren. Ich habe nicht vergessen, dass ich Ihnen eine Exklusivstory schulde.«

»Ihr Mann hatte Verbindungen zu Lexicore. Irgendein Kommentar dazu?«

»Absolut nicht.«

»Seine Leute sagen, er sei nicht im Land. Wo ist er?«

»Das weiß ich wirklich nicht.«

»Würden Sie es mir verraten, wenn Sie es wüssten?«

»Wahrscheinlich nicht.«

»Sie sind wenigstens konsequent.«

»Danke.«

»Da ist noch etwas, was ich Ihnen sagen will«, meinte Darren, »aber ich stecke da ein bisschen in einem Dilemma.«

»Ich bin ganz Ohr.«

»Sie müssen mir versprechen, dass Sie niemandem erzählen, dass Sie es von mir gehört haben.«

»Sie haben mein Wort.«

Er zögerte, dann räusperte er sich. »Der *Star* blutet finanziell aus. Es geht zügig bergab.«

»Tut mir leid, das zu hören.« Der *Star* war eine Institution in Washington, und obwohl Sam oft von ihren Kontakten mit den Medien genervt war, gehörte Darren zu den wenigen Reportern, die sie in all den Jahren fair behandelt hatten – zumindest überwiegend.

»Das Internet setzt dem Zeitungsgeschäft schon seit Jahren zu, doch seit Mr. Kopelsman gestorben ist, wird es immer schlimmer. Seine Tochter ist nicht annähernd der Geschäftstyp, der er war, und nun ist sie dabei, die Zeitung in den Ruin zu treiben.«

»Interessant«, bemerkte Sam. »Wie passt das zu dem Fall Vasquez?«

»Nach allem, was ich gehört habe, rechnete Elle mit den TV-Rechten für die World Series. Das Geld sollte das gesamte Unternehmen retten. Alles hing davon ab.«

»Tatsächlich?«

»Da das Team das Spiel verloren hat, fürchten alle um ihre Jobs. Ich eingeschlossen.«

»Das sind sehr nützliche Informationen, Darren. Detective Cruz ist gerade bei mir, und ich weiß, dass ich auf seine Diskretion zählen kann.«

»Ich verstehe. Ich will nicht glauben, dass Elle oder Ray hinter einer derartigen Sache stecken, aber das Unternehmen befindet sich in ziemlichen Schwierigkeiten, und das Erbe ihres Vaters zu schützen ist ihr das Wichtigste. Ich dachte, das sollten Sie wissen.«

»Sie sammeln weiter Punkte, Mr. Tabor.«

Darren lachte. »Es kann nie schaden, sich mit dem MPD gut zu stellen.«

»Danke noch mal. Wir bleiben in Kontakt.« Zu Freddie sagte sie: »Das war sehr aufschlussreich. Hast du mitbekommen, worum es ging?«

»Klar.«

»Das könnte der entscheidende Hinweis sein, auf den wir gewartet haben. Gibst du Ramsey von der Spurensicherung Bescheid, er soll im Kommissariat auf uns warten?«

»Ja.« Freddie erledigte den Anruf, während Sam Shelby anrief.

»Was gibt's?«, meldete Shelby sich.

»Wie ist es für Scotty heute gelaufen?«

»Soweit ich das beurteilen kann, war es ein normaler Tag. Kein Ärger mit Nathan oder sonst jemandem.«

»Das ist gut.«

»Finde ich auch.«

»Ist er da?«

»Er ist gerade drüben bei Ihrem Dad.«

»Dann ist Dad zurück vom Arzt? Haben die Ihnen irgendetwas erzählt, was los war?«

»Celia meint, sie wollen ihn für eine Nacht dabehalten, um Tests durchführen zu können, ob sich vielleicht die Kugel verschoben hat. Das soll nächste Woche stattfinden.«

Sams Magen reagierte vorhersehbar auf diese Nachricht.

»Oh Mann. Ich frage mich, was das bedeutet.«

»Schwer zu sagen, aber versuchen Sie, sich keine Sorgen zu machen, bis Sie mehr wissen. Ich weiß, das ist leichter gesagt als getan.«

»Stimmt genau. Danke, Tinker Bell. Ich werde mich bemühen, rechtzeitig zum Abendessen mit dem Jungen zu Hause zu sein.«

»Ich kann bleiben, falls Sie später kommen. Sagen Sie einfach Bescheid.«

»Mach ich.«

Nachdem Sam das Telefon eingesteckt hatte, erkundigte Freddie sich: »Was ist mit deinem Dad?«

Sie brachte ihn auf den neuesten Stand. »Was glaubst du, was bedeutet es, dass sie ihn ins Krankenhaus einweisen wollen?«

»Wahrscheinlich nur eine Vorsichtsmaßnahme.«

»Ja.« Alles, was mit ihrem Vater zu tun hatte, machte Sam schrecklich nervös. Es waren sehr lange drei Jahre gewesen, seit man bei einer routinemäßigen Verkehrskontrolle auf ihn geschossen und ihn schwer verletzt hatte. Der Täter war bis heute nicht gefasst, trotz Sams Bemühungen und denen des gesamten MPD. Skip hatte noch drei Monate bis zur Pensionierung gehabt, für die er hart gearbeitet hatte.

Statt zu angeln und zu kochen und all die Dinge zu tun, die er liebte, war er nun an den Rollstuhl gefesselt und darauf angewiesen, dass andere sich um seine Grundbedürfnisse kümmerten. Die Aussicht, dass diese Situation sich verschlimmern könnte, empfand Sam als unerträglich.

»Mach dich nicht verrückt«, riet ihr Partner ihr. Er kannte sie und wusste, dass ihr Dad ein wunder Punkt war.

Sie drehte das Radio lauter, da die Nachrichten zur vollen Stunde begannen, und hoffte, irgendetwas über die geheime Reise des Präsidenten zu hören.

Der Sprecher berichtete zunächst über den sich ausweitenden Lexicore-Skandal und darüber, dass mehrere Personen des öffentlichen Lebens, darunter der ehemalige Senator Graham O'Connor, aufgrund des Unglücks in der Fabrik in Thailand ihre geschäftlichen Verbindungen zu dem Unternehmen gekappt hatten.

Sam nahm erleichtert zur Kenntnis, dass Nicks Name im Zusammenhang mit Lexicore nicht erwähnt wurde. »Präsident Nelson überraschte die Truppen auf der Bagram Air Force Base in Afghanistan mit einem mitternächtlichen, die Moral stärkenden Besuch, der einer der letzten öffentlichen Auftritte vor der Wahl sein wird. Nelson, der sich ein Kopf-an-Kopf-Rennen mit seinem republikanischen Herausforderer Dominic Rafael liefert, verbrachte zwei Stunden bei der Truppe und traf sich mit dem afghanischen Präsidenten, ehe er noch vor Tagesanbruch wieder abreiste. Die Reise war den Medien vorab nicht bekannt gegeben worden.«

Der Nachrichtensprecher fuhr fort: »Den mitreisenden Reportern war es nicht gestattet, Artikel zu veröffentlichen, ehe die Air Force One den afghanischen Luftraum wieder sicher verlassen hatte. Senator Nick Cappuano aus Virginia, der ebenfalls Verbindungen zu Lexicore hatte, gehörte zu den Begleitern des Präsidenten. Cappuano, der zum ersten Mal in seiner kurzen, aber glänzenden Karriere kandidiert, wird als möglicher Spitzenkandidat der Demokraten in vier Jahren gehandelt.«

Überwältigt vor Erleichterung, dass er schon wieder auf dem Heimweg war, stieß Sam einen tiefen Seufzer aus.

»Spitzenkandidat«, wiederholte Freddie. »Das ist irre.«

Sam konnte an eine Kandidatur Nicks für das Amt des Präsidenten nicht denken, ohne Magenschmerzen zu bekommen.

»Ich kann es kaum erwarten, mir den Bericht über die Air Force One anzuhören«, meinte Freddie.

»Du hörst dich an wie Scotty.«

»Das ist doch auch echt cool.«

»Ja, ist es.«

»Was ist passiert?«, fragte Ginger vom Rücksitz und erinnerte Sam daran, dass sie, was die Mädchen betraf, noch ein großes Problem vor sich hatte.

»Mein Mann ist Senator und war auf einer geheim gehaltenen Reise mit dem Präsidenten in Afghanistan.«

»Wow«, meinte Ginger, klang jedoch abgestumpft und leblos. »Das ist krass. Da kann er ja froh sein.«

»Stimmt«, erwiderte Sam, »da kann er froh sein.«

Und das war sie ebenfalls, nachdem er jetzt wieder auf dem Weg nach Hause war.

17. Kapitel

Vor dem Hauptquartier fanden sie eine enorme Medienpräsenz vor.

»Was soll das?«, murmelte Sam und steuerte auf den Eingang zur Gerichtsmedizin zu. Sie fürchtete sich vor dem Tag, an dem die Reporter ihren geheimen Zugang zum Gebäude entdecken würden. Als sie mit Ginger und Amber hineinging, liefen sie Lindsey McNamara über den Weg. »Was ist denn da draußen los?«

»Die warten auf Sie«, antwortete Lindsey. »Irgendwer aus dem Motel muss den Medien die Sache mit Lind gesteckt haben. Außerdem wollen die Näheres über Nicks Geschäfte mit Lexicore erfahren.«

»Na klasse.«

»Terry hat sich darüber gestern richtig aufgeregt. Er machte sich Sorgen, welche Auswirkungen das auf Nicks Wahlkampf haben könnte.«

»Nick hofft, dass es seine Aussichten nicht dämpft, weil die meisten anderen Investoren auch nichts von der Verbindung zwischen Lexicore und der Fabrik in Thailand wussten.«

»Das hoffen wir alle«, bemerkte Lindsey und drückte freundschaftlich Sams Arm. »Wen haben Sie da bei sich?« Sie schaute zu Ginger und Amber, die zusammen mit Cruz auf Sam warteten.

»Zwei der Dienstmädchen aus dem Motel, in dem Lind gefunden wurde. Ich hatte ein komisches Gefühl bei den beiden. Deshalb gab ich vor, sie hier befragen zu müssen, um sie unauffällig dort herauszuholen.«

»Sie glauben doch nicht …« Lindsey seufzte, mitfühlend wie immer. »Die sind doch noch blutjung.«

355

»Ich weiß. Wir klären das gerade und werden ihnen Hilfe anbieten. Was gibt es Neues über Lind?«

»Genau wie bei Vasquez ein einzelner Stich in die Schlagader. Ihr Mörder weiß genau, wie er ein maximales Ergebnis erzielt.«

»Todeszeitpunkt?«

»Ich schätze, gestern am frühen Morgen. Ich lasse Ihnen meinen vollständigen Bericht schnellstmöglich zukommen.«

»Danke, Doc.«

Sam und Freddie begleiteten die Mädchen in den Konferenzraum und waren sich dabei der neugierigen Blicke der Kollegen bewusst. Die Leute waren immer begierig darauf, zu erfahren, was Sam gerade vorhatte. Heute vermutlich noch mehr als sonst, da sich ihre Auseinandersetzung mit Stahl herumgesprochen hatte.

Agent Hill, der im Konferenzraum arbeitete, sah auf, als er sie hereinkommen hörte.

»Gibt es schon etwas Neues über die Vasquez-Finanzen?«, erkundigte Sam sich und registrierte, wie er mit klugem Blick die Mädchen musterte.

»Nichts. Lieutenant Archelotta war hier, während Sie unterwegs waren, und lässt ausrichten, dass sie auch auf dem Material von den Überwachungskameras noch nichts gefunden haben. Es herrschte ein derartiges Chaos auf den Straßen, dass es in vielen Fällen schwer zu beurteilen ist, was da los war.«

»Kann ich Sie einen Moment sprechen?«, bat Sam ihn.

»Sicher.« Hill sammelte seine Arbeitssachen ein und nahm sein Jackett, das er über eine Stuhllehne gehängt hatte.

Zu Freddie sagte sie: »Ich bin gleich wieder da.«

Sie ging voran aus dem Raum und wartete, bis Hill die Tür des Konferenzzimmers geschlossen hatte.

»Was hat es mit den Kids auf sich?«, wollte er wissen.

»Nichts Gutes.« Sie fasste kurz zusammen, was sich im Motel ereignet hatte, einschließlich des Leichenfundes.

»Hat eine der beiden Frauen etwas gesehen im Zusammenhang mit Lind?«

»Dazu will ich sie gleich ausführlich befragen. In der Zwischenzeit benötige ich Ihre Hilfe bei etwas anderem – etwas, was Ihnen nicht gefallen wird.«

»Und was wäre das?«

»Sie müssen die Finanzen von Ray und Elle überprüfen, ebenso deren Privat- und Geschäftsanteile am Unternehmen.«

Ihre Bitte schien ihn wirklich zu schockieren. »Die haben nichts damit zu tun, Sam. Ich kenne ihn schon mein ganzes Leben.«

»Wie lange genau kennen Sie sie schon?«

»Fünfzehn, sechzehn Jahre? So um den Dreh. Eine lange Zeit.«

»Ich habe heute Nachmittag einen Tipp erhalten, dass der *Star* in großer finanzieller Not ist. Elle brauchte den Sieg des Teams, denn die Übertragungsrechte der World Series hätten das gesamte Unternehmen gerettet. Sie war auf diesen Sieg *angewiesen*.«

»Was wollen Sie denn damit andeuten? Dass sie Rache übt an denjenigen, die ihre Pläne durchkreuzt haben?«

»Das ist von allem, was wir bisher haben, noch am ehesten ein Motiv.«

»Die waren es nicht. Sie sind keine Mörder.«

»Sind Sie überhaupt in der Lage, das objektiv zu beurteilen, Agent Hill?«

Sam erfuhr unmittelbar auf diese Frage, wie er aussah, wenn er stinkwütend war. »Ja, bin ich, und mir gefällt diese Andeutung ganz und gar nicht.«

»Keine Andeutung, bloß eine Frage. Ich überlasse es Ihnen, die beiden unter die Lupe zu nehmen, während ich mich mit Ginger und Amber unterhalte und herauszufinden versuche, was man ihnen angetan hat und was wir dagegen unternehmen können.«

»Sam.«

Sie drehte sich noch einmal zu ihm um. »Ja?«

»Bei den Mädchen hatten Sie vermutlich den richtigen Riecher. Möglicherweise haben Sie denen das Leben gerettet.«

»Ihnen wäre auch nicht entgangen, dass da was nicht stimmt. Sie sind ein guter Polizist.« Sie öffnete die Tür zum Konferenzraum und fragte die beiden Mädchen: »Seid ihr hungrig?«

Amber sah Ginger an, damit sie für beide antwortete. »Ich könnte etwas essen«, erwiderte Ginger.

Amber nickte.

»Wie wäre es mit Pizza?«, schlug Sam vor.

Ihre Augen hellten sich auf, nicht einmal Ginger konnte das verbergen. »Das wäre toll«, sagte sie.

»Können wir auch Cola haben?«, fragte Amber.

»Auf jeden Fall.« Sam gab Freddie zwei Zwanziger. »Hol für uns auch was. Und einen Salat dazu.«

Er verdrehte die Augen über ihre Bitte und zog los, um die Pizza zu bestellen. Als er zurückkam, setzte er sich neben Sam an den Konferenztisch, den beiden Mädchen gegenüber.

»Hier kommt der Deal, Ladys«, meinte Sam. »Ich möchte wissen, ob ihr unser Mordopfer im Hotel gesehen habt, bevor es ermordet wurde. Es würde uns sehr helfen, wenn ihr uns irgendetwas über ihn sagen könntet oder über die Umstände seines Todes. Im Gegenzug für eure Hilfe und Kooperation werden wir dafür sorgen, dass ihr nie mehr in dieses Hotel zurückkehren und nichts mehr mit Bruce zu tun haben müsst.«

Ginger gab ein ungläubiges Schnauben von sich. »Und wie wollen Sie das bewerkstelligen? Der ist wahrscheinlich längst hier und wartet darauf, dass Sie uns gehen lassen, damit er uns wieder dorthin zurückbringen kann.«

»Mag ja sein, dass er hier ist, aber er wird euch garantiert nicht zurückbringen. Unsere Polizisten verhaften in diesem Augenblick jeden in dem Motel, damit wir herausfinden können, was da läuft. Ihr würdet uns die Arbeit sehr erleichtern, wenn ihr es uns einfach erzählt.«

»Was glauben Sie denn, was da vor sich ging?«, wollte Ginger wissen.

»Wenn ich raten müsste, würde ich sagen, ihr zwei seid von zu Hause weggelaufen. Vielleicht hat man euch drogenabhängig gemacht oder irgendwie in ein Netz aus Sexsklaverei und Prostitution gelockt. Bin ich nah dran?«

Ambers großen Augen nach zu urteilen, hatte Sam voll ins Schwarze getroffen.

»Woher wissen Sie das?«, flüsterte sie.

»Leider haben wir so etwas schon öfter gesehen. Wir erkennen Frauen in Not. Ich habe euch mit hierher genommen, weil ihr die beiden jüngsten Frauen wart und ich euch dort herausholen wollte, solange ich die Gelegenheit dazu hatte.«

»Wir sind nicht die jüngsten«, widersprach Ginger mit leiser Stimme.

Freddie sog scharf die Luft ein, Sam empfand tiefe Abscheu. »Wo sind sie?«

»Es gibt ein Haus«, begann Amber zögernd. »Ich weiß nicht genau, wo. Sie verbinden uns die Augen, wenn sie uns dorthin bringen.«

»Ich kann Ihnen den Weg vom Hotel aus beschreiben.« Ginger schloss die Augen. »Sie biegen vom Parkplatz links ab.« Und dann ließ sie eine Aufzählung von lauter Richtungswechseln folgen, bei der Freddie schreibend kaum mitkam.

»Das hast du dir alles mit verbundenen Augen gemerkt?«, fragte Sam.

Ginger machte die Augen wieder auf und schaute sie an. »Ich pendele seit drei Jahren zwischen dem Motel und dem Haus.«

Sam musste ihren Schock und ihr Entsetzen verbergen, denn die Mädchen brauchten ihre Hilfe, nicht ihr Mitleid. »Wie alt bist du, Ginger?«

»Ich glaube, ich bin sechzehn, aber ich erinnere mich nicht mehr genau.«

»Wir werden dir helfen, das herauszufinden. Das verspreche ich dir.«

Freddie trat vor eine Karte an der Wand und benutzte einen Textmarker, um die Lage des Hauses zu markieren.

»Schalte die Sitte und die Victim Specialists Unit ein«, wies Sam ihn an.

»Wofür soll die VSU eingeschaltet werden?«, wollte Sergeant Ramsey von ebendieser Sondereinheit für Sexualdelikte wissen, der gerade eintrat.

Beide Mädchen wirkten sichtlich eingeschüchtert von diesem großen, beeindruckenden Mann.

Sam stand auf und bedeutete ihm, mit ihr zusammen den Raum zu verlassen. Sie folgte ihm und machte die Tür hinter sich zu. »Wir haben eine Situation, bei der wir Ihre Hilfe benötigen.« Sie berichtete ihm, was sie bis jetzt über die Vorgänge in dem Motel und dem Haus wussten, zu dem Ginger sie geführt hatte, obwohl man ihr vor jeder Fahrt die Augen verbunden hatte.

Ramsey schüttelte den Kopf. »Das sind Tiere.«

»Nichts für ungut, aber können Sie eine Ihrer Kolleginnen herunterschicken, damit sie sich mit Ginger und Amber befasst?« Sam hatte in der Vergangenheit den Eindruck gehabt, dass Ramsey sie nicht besonders leiden konnte, daher wählte sie ihre Worte mit Bedacht. »Wie Sie sicher bemerkt haben, fühlen die beiden sich durch die Gegenwart von Männern eingeschüchtert.«

»Absolut. Ich werde mein Team zu dem Haus schicken, um die übrigen Kids dort herauszuholen.«

»Wir werden heute eine Menge Eltern glücklich machen.« Sam wollte sich nicht ausmalen, wie es wäre, auch nur für einen einzigen Tag nicht zu wissen, wo Scotty war, ganz zu schweigen von Jahren.

»Die werden froh sein – bis sie feststellen, dass der Teenager, den sie zurückbekommen haben, keinerlei Ähnlichkeit mehr mit dem Kind hat, das sie verloren haben«, meinte er seufzend. »Ich kümmere mich darum.«

Nachdem Ramsey gegangen war, kehrte Sam zu den Mädchen zurück.

Freddie verließ den Raum, um die Pizza vom Boten entgegenzunehmen, und kam kurz darauf mit dem Essen wieder, auf das die Mädchen sich wie Verhungernde stürzten.

Wegen der Dinge, über die sie in dem heruntergekommenen Motel gestolpert war, bekam Sam kaum etwas herunter. Sie unternahm immerhin den Versuch, sich im Beisein der beiden Mädchen nichts anmerken zu lassen.

»Keinen Hunger?«, erkundigte Freddie sich.

»Nicht mehr.«

»Ich weiß. Geht mir genauso.«

Die Begeisterung, mit der Ginger und Amber sich über die Pizza hermachten, gab Sam die Hoffnung, dass sie vielleicht doch in ein normales Leben zurückfinden könnten. Obwohl die Zeit drängte und Sam darauf brannte, gemeinsam mit Hill der Darren-Spur nachzugehen, bemühte sie sich, geduldig zu sein und sich den Mädchen gegenüber äußerst behutsam zu zeigen.

Ginger aß ein zweites Stück Pizza auf und spülte es genüsslich mit einem großen Schluck Cola hinunter. »Die Cola hat mir gefehlt.«

»Mir fehlt sie auch«, gestand Sam. »Ich war süchtig nach Cola light, doch mein Arzt meinte, ich darf sie nicht mehr trinken, weil ich mir damit den Magen ruiniere.«

»Sie dürfen überhaupt keine mehr trinken?«, wollte Amber wissen.

»Eigentlich nicht, aber hin und wieder tue ich es trotzdem.«

»Stimmt das?«, hakte Freddie streng nach, was die Mädchen zum Kichern brachte.

»Ihr seid gute Freunde«, stellte Amber fest.

»Ich bin sein Boss«, korrigierte Sam. »Er muss tun, was ich ihm sage.«

»Sie sind doch eine Frau«, entgegnete Amber. »Normalerweise sind Frauen nicht der Boss.«

»Hier schon. In vielen Berufen sind Frauen Vorgesetzte. Vielleicht bist du eines Tages auch der Boss.«

»Glauben Sie?« Amber klang sehnsuchtsvoll.

»Ich weiß es.«

»Sie wollen, dass wir Ihnen erzählen, was wir im Motel gesehen haben«, sagte Ginger.

Sam überlegte, ob das Essen sie kooperativer gemacht hatte. »Das wäre wirklich hilfreich.«

»Er kam mit einem Taxi nach dem Baseballspiel«, berichtete Ginger.

»Woher wusstet ihr von dem Spiel?«

»Bruce sah es sich im Büro an. Er war richtig wütend, als der Typ den Ball nicht fing. Er meinte, Rick würde nach dem Spiel zu uns kommen, weil er zu aufgebracht wäre, um nach Hause zu fahren.«

»Also war er schon früher dort?«

»Er kam oft. Er meinte, das sei der einzige Ort, an dem er sich entspannen könnte.«

»Was beinhaltete Entspannung für ihn?«

»High werden, vögeln, sich besaufen. All die Dinge, die er zu Hause nicht tun konnte. Behauptete er zumindest.«

»Hattest du Sex mit ihm, Ginger?«

»Viele Male.« Das gestand sie völlig emotionslos. »Ich war sein Liebling.«

Sam erinnerte sich an Linds hünenhafte Statur und versuchte ihn sich mit Ginger vorzustellen. Es machte sie ganz krank. »Hat er bezahlt, um mit dir Sex zu haben?«

»Das weiß ich nicht. Da müssen Sie Bruce fragen. Wenn ja, habe ich von dem Geld jedenfalls nie etwas gesehen.«

»War er nett dir gegenüber?«

»Netter als die meisten.«

»Gab es viele?«

»Sechs oder sieben pro Tag, wenn nicht viel los war.«

Freddie gab einen Laut des Entsetzens von sich und räusperte sich gleich darauf, um es zu kaschieren. »Wurdet ihr mal ärztlich untersucht?«

»Nein.«

Sam rang um Fassung und verspürte Lust, jemanden zu schlagen. »Hatte Rick Besucher, während du bei ihm warst?«

»Nur einen.«

»Kanntest du die Person?«

»Ich kenne ihren Namen nicht, aber die Frau hatte lange blonde Haare. Sie war wütend, und er forderte mich auf, zu gehen, um mit ihr reden zu können.«

»Kannst du sie ein bisschen genauer beschreiben?« Sam begriff, dass Ginger vermutlich die vorletzte Person war, die Rick Lind lebend gesehen hatte.

»Sie war sehr schön und dünn. Superdünn.«

»Du hast gesagt, sie roch nach Geld«, erinnerte Amber ihre Freundin.

»Stimmt. Sie trug ein elegantes Parfüm, und ihre Kleidung sah teuer aus. Edel. Ich dachte, sie ist vielleicht seine Frau.«

»Schien er sich zu freuen, sie zu sehen?«

»Nein, er war wütend darüber, dass sie auftauchte. Er meinte, sie hätte ihm nichts vorzuschreiben. Sie konterte, und ob sie ihm etwas vorzuschreiben hätte.«

»Bist du ihr vorher schon mal begegnet?«

»Nur einmal. Zu Beginn des Sommers kam sie einmal ins Motel. Er hatte ein schlechtes Spiel hinter sich, und ich hörte, wie sie ihn anschrie. Und dann hörte ich, wie sie Sex hatten.«

»Wie konntest du das mitbekommen?«

»Ich war mit einem anderen Mann im Zimmer nebenan. Die Wände sind ziemlich dünn.«

»Kannst du wiedergeben, was sie zu ihm gesagt hat?«

»Das ist ja schon lange her, aber ich erinnere mich daran, weil sie so gemein zu ihm war. Sie meinte, sie bezahle ihn, damit sie gewinnen, und sie könne es sich nicht leisten, zu verlieren. Und dass alles von dieser Saison abhinge.«

»Konntest du auch hören, was er geantwortet hat?«

»Nicht deutlich. Nur seine tiefe murmelnde Stimme, während sie herumschrie.«

Sam stand auf und ging zur Tafel, um ein Foto von Willie im Trikot abzunehmen. »Hast du diesen Mann schon mal gesehen?«

Ginger betrachtete das Foto.

»Ich kenne ihn«, meldete Amber sich zu Wort. »Er war einer meiner Stammkunden.«

Sam ließ sich nichts anmerken. »Wann hast du ihn zuletzt gesehen?«

»Am Abend nach dem Spiel.«

»Wie lange warst du mit ihm zusammen?«

»Ein paar Stunden, doch dann musste er los. Er verbrachte nie die Nacht dort.«

»Hat er darüber gesprochen, was bei dem Spiel passiert ist?«

Amber schüttelte den Kopf. »Er war nicht da, um zu reden.«

Sam atmete schwer aus und schob jedem Mädchen einen Notizblock hin. »Würdet ihr bitte alles über die Männer aufschreiben, was ihr wisst? Wie oft sie das Motel besuchten, was sie gesagt oder getan haben, welchen Sex sie bevorzugten. Kein Detail ist zu unbedeutend.«

Amber schaute zu Ginger, die nickte und ihrer Freundin einen Kugelschreiber gab.

»Während ihr euch dieser Aufgabe widmet, würde ich gern Kontakt zu euren Familien aufnehmen. Könnt ihr uns irgendwie helfen, sie zu finden?«

»Ich wurde vor drei Jahren in einer Mall in Columbia, Maryland, entführt«, gestand Ginger freimütig. »Meine Eltern heißen Justin und Deanna Moreland.« Mit ruhiger, klarer Stimme nannte sie ihre Telefonnummer.

»Daher kenne ich dich«, sagte Sam, der es jetzt wieder einfiel. »Deine Eltern haben die Suche nach dir nie aufgegeben. Erst vor Kurzem haben sie ein Foto verbreitet, das dich zeigt, wie du heute aussehen könntest. Es passte übrigens haargenau.«

»Sie suchen nach mir?«, flüsterte Ginger mit bebendem Kinn.

»Sie haben nie damit aufgehört. Deine Entführung sorgte für Schlagzeilen.«

Tränen liefen ihr übers Gesicht. Sie wischte sie weg, fast als ärgere sie sich über ihre emotionale Reaktion.

»Erinnerst du dich an deine Familie, Amber?«, fragte Sam.

»Ich bin aus Massapequa auf Long Island. Ich wurde an einer Bushaltestelle in der Stadt von meiner Mom getrennt, als ich neun war. Man hat mich verschleppt. Meine Mom heißt Allison Tattorelli, sie wird Alli genannt.«

»Erinnerst du dich an ihre Telefonnummer?«

»Ich weiß noch, dass sie mit 516 anfing. Den Rest weiß ich nicht mehr.«

»Wir werden sie finden, Schätzchen«, versicherte Sam ihr und fühlte mit den Mädchen und ihren leidenden Familien. »Ich bin in ein paar Minuten wieder da. Detective Cruz kümmert sich um euch, falls ihr etwas braucht.«

Sie erhob sich und verließ den Konferenzraum. In ihrem Büro ließ sie sich in den Sessel hinter ihrem Schreibtisch fallen und brauchte einen Moment, ehe sie ihre Emotionen im Griff hatte und Gingers Eltern anrufen konnte. Das war ein Anruf, den sie einerseits nicht schnell genug machen konnte und gleichzeitig fürchtete.

Gonzo und Hill erschienen im Türrahmen. »Alles in Ordnung?«, erkundigte Gonzo sich.

»Die Mädchen, die wir vom Motel mitgebracht haben, sind vor Jahren entführt worden.«

»Um Himmels willen«, meinte Gonzo. »Wie kann ich helfen?«

Sam reichte ihm den Zettel, auf dem sie die Informationen über Ambers Mutter notiert hatte. »Kannst du für mich die Nummer einer Allison Tattorelli in Massapequa, New York, herausfinden?«

Er nahm den Zettel. »Mach ich.«

»Was kann ich tun?«, fragte Hill.

»Finden Sie eine Verbindung zwischen dem Capitol Motor Inn und Elle Kopelsman. Eines der Mädchen hat sie mit Lind vor dessen Tod zusammen beobachtet. Das andere Mädchen war vermutlich der letzte Mensch, der Willie lebend gesehen hat.«

»Der war auch dort?«

»Er war Stammgast, genau wie Lind. Schon was Neues über die Finanzen von Elle und Ray?«

»Nichts Auffälliges, aber es ist ein kompliziertes Geflecht. In einem Punkt hatten Sie recht.«

»In welchem?«

»Die Zeitung hängt am seidenen Faden und zieht die übrigen Holdings der Familie mit in den Abgrund.«

»Sie hätte alles darangesetzt, das Vermächtnis ihres Vaters zu retten, und wäre bestimmt auch vor verzweifelten Maßnahmen nicht zurückgeschreckt.« Ein Kribbeln lief Sam über den Rücken, wie jedes Mal, wenn sie auf etwas stieß. Alle Spuren führten zu Elle Kopelsman Jestings.

»Wie könnte der Mord an den Baseballspielern, die für die Niederlage des Teams verantwortlich waren, das Vermächtnis ihres Vaters schützen?«

»Gar nicht«, erwiderte Sam und wurde sich immer sicherer, dass sie mit ihren Vermutungen recht hatte. »Aber es dürfte sie sehr wütend gemacht haben, dass die Feds entgegen aller Erwartung nicht gewonnen haben. Sie brauchte diesen Sieg unbedingt, und deshalb gab sie den beiden die Schuld daran, dass sie ihr Ziel nicht erreichte.« Sam schnippte mit den Fingern. »Die Schläger!«

»Was?«, fragte Hill, verwirrt von dem scheinbar abrupten Themenwechsel.

»Die Bodyguards haben ihr geholfen«, erklärte Sam, für die sich nun sämtliche Teile zu einem Ganzen zusammenfügten. »Wir haben auf den Videos vom falschen Teil der Stadt nach Willies Wagen gesucht. Ich muss einen Anruf machen, und dann müssen wir uns mit Ihrer Freundin Elle unterhalten. Können Sie in Erfahrung bringen, wo sie sich heute Abend aufhält?«

»Ja, ich werde meine lebenslange Freundschaft zu ihrem Mann nutzen, um diese Information für Sie zu bekommen.«

»Wenn Sie das lieber nicht tun wollen, kann ich ihn auch gerne anrufen.«

»Ich mache es.«

Als sie allein war, atmete Sam noch einmal tief durch und wählte die Nummer, die Ginger ihr gegeben hatte. Das Telefon klingelte fünfmal, bevor eine Frau sich meldete. Sam schloss die Augen, da sie sich mit Tränen füllten. Eigentlich wollte sie diese Sache möglichst emotionslos hinter sich bringen. »Mrs. Moreland?«

»Ja, die bin ich.«

»Hier spricht Lieutenant Sam Holland vom Metro Police Department in Washington, D. C. Wir haben Ihre Tochter gefunden.«

Die nächsten zwei Stunden würden wohl für immer die befriedigendsten in Sams Karriere sein. Justin und Deanna Moreland trafen siebenundfünfzig Minuten nach dem Telefonat ein, und das Wiedersehen mit ihrer Tochter gestaltete sich tränenreich und voller Umarmungen. Dabei war ein solch überwältigendes

Glück zu spüren, wie Sam es als Detective der Mordkommission nicht oft erlebte.

Die Freude der Familie brachte Sam zum Weinen, doch sie verbarg ihre Tränen nicht, weil es allen anderen um sie herum genauso erging. Selbst der Respekt einflößende Agent Hill wischte sich die eine oder andere Träne weg, während er die Wiedervereinigung der Eltern mit ihrem für immer verloren geglaubten Kind beobachtete.

Gingers harte Fassade bröckelte in dem Augenblick, als ihre Mutter den Raum betrat, und sie schien mit den Umarmungen nicht mehr aufhören zu können.

»Ich habe Ambers Mutter ausfindig gemacht«, verkündete Hill und lenkte damit Sams Aufmerksamkeit von den dramatischen Szenen ab, die sich vor ihr im Konferenzraum abspielten. Er gab ihr einen Zettel.

»Danke.« Sam rieb sich über die Wangen, nahm sich zusammen und ging in ihr Büro, um eine weitere Mutter anzurufen, die seit Jahren auf diese Nachricht wartete.

Wie schon die Morelands stieß auch Alli einen Schrei aus, als Sam ihr die Neuigkeit mitteilte. Ambers Mutter schaffte es lange genug, ihr Weinen zu unterbrechen, um Sam zu sagen, dass sie sich sofort auf den Weg nach Washington machte.

Da ihr ein langer arbeitsreicher Abend bevorstand, rief Sam zu Hause an, solange sie noch die Gelegenheit dazu hatte.

»Hallöchen«, meldete Shelby sich. »Wie läuft es?«

»Der Tag hat hier eine erstaunliche Entwicklung genommen.«

»Inwiefern?«

Sam berichtete ihr von den Ereignissen im Motel und dem Wiedersehen der vermissten Kinder mit ihren Eltern.

»Oh Sam, meine Güte! Wie wundervoll!«

»Unnötig zu erwähnen, dass ich noch eine Weile hier sein werde. Wenn Sie nach Hause müssen, kann Scotty auch bei meinem Dad übernachten.«

»Ich habe heute Abend nichts vor und bleibe gern. Machen Sie sich unseretwegen keine Sorgen. Wir kommen zurecht.«

Sam empfand Dankbarkeit und Erleichterung darüber, jemanden zu haben, dem sie Scottys vorübergehende Betreuung anvertrauen konnte. »Dafür bin ich Ihnen wirklich dankbar. Ich hoffe, das wissen Sie.«

»Natürlich weiß ich das. Es ist mir ein Vergnügen, Zeit mit ihm zu verbringen. Vermutlich liebe ich ihn fast so sehr wie Sie.«

»Er ist ja auch ein liebenswerter Kerl. Kann ich mit ihm sprechen?«

»Klar, mal sehen, ob er schon aus der Dusche heraus ist. Er hat mich zu einer Pizza zum Abendessen überredet. Dafür hat er versprochen, früher als üblich zu duschen.«

»Sie sind ziemlich gewieft.«

»Ich lerne noch. Scotty, Sam ist am Telefon und möchte dich sprechen. Hier kommt er.«

»Hi, Sam. Hast du den Mörder schon gefasst?«

»Noch nicht, aber wir glauben inzwischen zu wissen, wer es ist. Ich werde dir morgen früh alles erzählen, wenn wir uns sehen.«

»Ich fahre morgen doch trotzdem mit Mrs. L weg, oder?«

»Auf jeden Fall.«

»Sie hat heute Abend angerufen, um zu hören, ob ich im Heim übernachten will, damit ich die anderen Kinder mal wiedersehe. Ich habe ihr gesagt, dass ich erst dich frage und ihr dann morgen Bescheid gebe.«

»Das hört sich doch ganz lustig an. Wenn du dort übernachten möchtest, sehe ich keinen Grund, der dagegenspricht.«

»Wird es Nick nichts ausmachen, wenn er nach Hause kommt und ich nicht da bin?«

»Ich wette, der wird so müde sein, dass er erst mal schlafen will.«

»Stimmt wahrscheinlich.«

»Wie wäre es, wenn du morgen mit Mrs. L fährst, bei den Kids übernachtest und wir dich Sonntagnachmittag abholen? Vielleicht können wir auf dem Rückweg auf der Farm vorbeischauen und mit den O'Connors zu Abend essen.« Sie hatten eine stehende Einladung zum Sonntagsdinner, die sie aus Zeitmangel nur selten annahmen.

»Darf ich auf dem Pferd reiten?«

»Ich bin mir ziemlich sicher, das lässt sich machen.«

»Das wäre das allertollste Wochenende.«

Sam lächelte über seine nie nachlassende Begeisterung. »Shelby meint, mit Nathan und den anderen Kids ist heute alles gut gelaufen?«

»Ja. Er hat mich nicht mal angesehen. Was du zu seiner Mom gesagt hast, hat gewirkt.«

»Und die anderen Kids haben dich nicht anders als sonst behandelt?«

»Nein.«

»Das is', weil deine Mom ein knallharter Cop is', yo.«

»Sam …«

»Ich weiß, ich weiß«, sagte sie, ein Lachen unterdrückend. Der Junge war wirklich einmalig.

»Wir brauchen eine Spardose für unsere Ausdrucksweise.«

»Was zum Geier soll das sein?«

»Wir hatten eine in Richmond. Jedes Mal, wenn einer flucht oder sich unmöglich ausdrückt, muss man einen Vierteldollar in die Dose schmeißen, den ich dann behalten darf. Ich werde noch reich, indem ich mit euch zusammenlebe.«

»Sehr witzig! Da brauche ich aber eine vollständige Liste von Ausdrücken, die zählen, wenn ich schon bezahlen muss.«

»Du weißt genau, welche zählen.«

»Nee, weiß ich nicht. Du fügst der Liste ständig neue Sachen hinzu.« Hatte sie eine Unterhaltung je mehr genossen? Nicht dass sie wüsste. »Hör zu, Kumpel, ich muss wieder an die Arbeit. Benimm dich Shelby gegenüber heute Abend und morgen bei Mrs. Littlefield. Wir sehen uns dann am Sonntag und rufen dich zwischendurch an.«

»Ich werde mich benehmen. Keine Sorge.«

»Hab dich lieb.«

»Ich dich auch.«

Sam beendete das Telefonat und hielt den Apparat noch eine ganze Weile danach an ihre Brust gedrückt. Sie hegte keinerlei Zweifel daran, dass sie, die ihr ganzes Leben für die Sühne von Morden gekämpft hatte, mit Leichtigkeit jeden umbringen könnte, der es wagte, ihrem Jungen etwas anzutun. Tiefe Liebe war ihr nicht unbekannt, doch nichts ließ sich mit der Mutterliebe vergleichen.

Hill tauchte im Türrahmen auf. »Zwei Zehntausend-Dollar-Schecks von Rays und Elles gemeinsamem Konto am Tag nach dem Spiel, einen für jeden ihrer beiden Bodyguards, ausgestellt von Elle. Ihr einziges Konto, auf dem noch Geld ist.«

Sam nahm diese Information auf, griff nach dem Schreibtischtelefon und bat die Zentrale, sie mit Lieutenant Rangos Handy zu verbinden.

Der Leiter der Spurensicherung meldete sich sofort: »Rango.«

»Hier spricht Lieutenant Holland. Wie geht es im Motel voran?«

»Langsam. Das reinste DNA-Wunderland und ein Bordell erster Güte.«

»Ah, widerlich.«

»Echt.«

»Ich glaube, ich habe eine Verdächtige«, meinte Sam. »Es handelt sich um eine blonde Frau mit sehr langen Haaren, die es mit Lind in dem Zimmer getrieben hat. Und wenn ich eines über Frauen mit langen Haaren weiß, dann, dass sie welche verlieren. Ich habe bereits einiges gegen sie in der Hand, aber ein langes blondes Haar von ihr aus diesem Zimmer würde uns enorm weiterhelfen.«

»Ich werde sehen, was ich tun kann. Vielleicht finden wir DNA in den Laken, die waren ja ziemlich strapaziert.«

Sam verzog das Gesicht. »Wir nehmen, was wir kriegen können. Haltet mich auf dem Laufenden. Gute Arbeit übrigens von Ihrem Team, das Messer zu finden.«

»Gibt es darüber schon etwas Neues aus dem Labor?«

»Noch nicht, doch wir haben um Eile gebeten. Und wie geht die Untersuchung von Willies Wagen voran?«

»Wir haben Fingerabdrücke vom Lenkrad, die einer unserer Techniker sich gerade genauer ansieht.«

»Dazu könnte ich *dringend* Ergebnisse gebrauchen.«

»Mal sehen, was ich machen kann, um die Sache zu beschleunigen.«

»Danke. Wir bleiben in Verbindung.« Nachdem sie aufgelegt hatten, wandte sie sich an Hill: »Konnten Sie in Erfahrung bringen, wo sich Ihre Freundin Elle heute Abend aufhält?«

»Sie besucht zusammen mit Ray eine Wohltätigkeitsgala im Willard.«

»Möchten Sie mich zum Willard begleiten, oder wollen Sie mit der Verhaftung der Frau Ihres Freundes lieber nichts zu tun haben?«

»Ich komme mit«, erwiderte er knapp.

»Ich schaue noch mal kurz nach Cruz und den Mädchen, dann brechen wir auf.«

Als sie aufstand, erschien Malone in der Tür. »Haben Sie einen Moment, Lieutenant?«

»Ah, natürlich. Hill, ich bin gleich bei Ihnen.«

Hill verließ den Raum, und Malone trat ein. Er machte die Tür hinter sich zu.

Sam betrachtete ihren Mentor und versuchte zu ergründen, warum er anders aussah. »Was ist los?« Sofort dachte sie an Nick, verdrängte diese Sorge jedoch gleich wieder. Er war bereits auf dem Heimweg. Es ging ihm gut.

»Es waren sechsundzwanzig Kinder in dem Haus. Das jüngste war sieben. Das älteste sechzehn.«

Ekel und Abscheu überkamen Sam. »Und die Leute, die sie gefangen hielten?«

»Sechs Erwachsene, alle verhaftet. Wir kümmern uns jetzt darum, die Familien ausfindig zu machen.«

Sam seufzte und schüttelte den Kopf, verzweifelt und unendlich erleichtert zugleich.

»Eine Menge Familien werden heute noch wieder zusammenfinden, weil Sie Ihren Instinkten vertraut haben, Lieutenant.«

Sam konnte mit Komplimenten schlecht umgehen. »Ach, na ja, ich habe nur meinen Job gemacht, Sir.«

»Wieder einmal sind Sie weit über Ihre Pflicht hinausgegangen. Ich sehe eine weitere Belobigung auf Sie zukommen.«

»Danke, Captain.« Wenn sie allein waren, gaben sie sich selten derart förmlich, doch es schien der Situation angemessen.

»Wo stehen wir im Fall Vasquez?«, erkundigte Malone sich.

»Ich glaube, wir wissen jetzt, was mit Willie Vasquez und Rick Lind passiert ist.«

»Was denn?«

»Sie wurden von Elle Kopelsman Jestings umgebracht, der Frau des Teambesitzers Ray Jestings, weil sie die Niederlage in einem Spiel zu verantworten hatten und Elle um jeden Preis einen Sieg brauchte.« Sam klärte ihn über die finanziellen Probleme des *Washington Star* und darüber auf, dass Elle auf die TV-Rechte der World Series gebaut hatte, um das Unternehmen zu retten.

»Wie haben Sie ihr den Mord an Vasquez nachgewiesen?«

»Habe ich nicht – noch nicht. Aber ich glaube, sie hat ihren beiden Bodyguards jeweils zehntausend Dollar gezahlt, um Vasquez zu töten. Um Lind hat sie sich selbst gekümmert, nachdem sie ihn betrunken und high und sein Hirn mit Sex vernebelt hatte. Sie muss mit ihren Bodyguards darüber gesprochen haben, welches die beste Stelle für einen Stich ist, damit das Opfer schnellstmöglich stirbt. Daher die exakt gleichen Einstichwunden bei beiden Opfern.«

»Was für eine Art zu sterben.«

»Zwei ihrer Starspieler zu töten bedeutete auch, ihnen kein Gehalt mehr zahlen zu müssen. Das könnte ein Teil ihres Motivs gewesen sein.«

Lieutenant Archelotta klopfte an und betrat das Büro. »Wir haben da was«, sagte er und hielt einen USB-Stick hoch. »Die Bilder von der Überwachungskamera vor dem Smithsonian zeigen zwei Männer, die Willie in den Müllcontainer werfen.«

»Zeig her«, forderte Sam ihn auf, innerlich vibrierend, da sich endlich alles zu einem Gesamtbild fügte.

Als Archie den Film auf ihrem Computer abspielte, meinte Sam: »Wir haben sie. Das sind Elles Bodyguards. Ich kann sie identifizieren, denn ich bin ihnen begegnet.« Aus dem Papierwust auf ihrem Schreibtisch zog sie einen Ausdruck, zu dem auch Fotos der bulligen Zwillinge gehörten, die Elle beschützten – und offenbar auch für sie töteten. »Sie heißen Boris und Horace. Damit und mit Gingers Aussage, Elle kurz vor Rick Linds Tod in dessen Hotelzimmer gesehen zu haben, verfügen wir über ausreichend Material, um sie alle verhaften zu können.«

»Wie sieht Ihr Plan aus?«, wollte Malone wissen.

»Ich werde sie gegeneinander ausspielen, um die ganze Geschichte über Willie und das, was mit ihm passiert ist, zu bekommen. Was mit Lind geschehen ist, glaube ich ziemlich sicher zu wissen. Er war einfach nicht mehr nützlich. Danke, Archie.«

Er übergab ihr den USB-Stick, nachdem er ihn aus der Computerbuchse gezogen hatte. »War mir ein Vergnügen«, entgegnete er auf dem Weg hinaus.

»Tja, sieht aus, als hätten Sie wie üblich alles unter Kontrolle«, stellte Malone fest.

»Fast alles«, korrigierte sie ihn lächelnd.

»Kann ich noch etwas tun?«

»Machen Sie Druck im Labor wegen des blutigen Messers, das die von der Spurensicherung gefunden haben. Außerdem brauchen wir eine DNA-Probe von Elle, sobald sie hier ist.«

»Ich kümmere mich um das Labor und informiere Dr. McNamara über die Notwendigkeit der DNA-Probe.« An der Tür drehte er sich noch einmal zu ihr um. »Ist wirklich alles in Ordnung nach dem Vorfall heute Morgen?«

»Mir geht's gut. Ein paar Quetschungen, aber Stahl hat mehr abbekommen.«

»Das bedauert hier keiner. Auch nicht, dass wir ihn nicht mehr wiedersehen werden.«

»Na, das bezweifle ich.«

»Zumindest vorerst.«

»Zumindest das.«

»Ich lasse Sie mal weiterarbeiten.«

Im Konferenzraum hatte Ginger gerade die Aussage beendet, die sie benötigten.

»Die Victim Specialists Detectives übernehmen ab jetzt. Sie werden mit dir über die Leute sprechen müssen, die euch festgehalten haben«, erklärte Sam. »Außerdem müsst ihr euch weiterhin für uns zur Verfügung halten.«

»Warum?«, wollte Deanna Moreland wissen. »Hat sie denn nicht schon genug durchgemacht?«

»Sie ist eine wichtige Zeugin in einem Mordfall, unter anderem. Wir brauchen ihre Aussage vor Gericht.«

»Grundgütiger.«

Sam gab Gingers Mutter ein Zeichen, ihr hinauszufolgen, damit sie außerhalb der Hörweite der Mädchen waren. »Es wird weitere Verfahren geben, Mrs. Moreland«, informierte Sam sie dann. »Unsere Leute sind unterwegs und treiben all jene zusammen, die mit der Entführung Ihrer Tochter und zahlreicher anderer Kindern zu tun hatten.«

»Es gibt noch mehr?«, fragte die Mutter.

»Viel mehr. Und Ihre Tochter hat wesentlich dazu beigetragen, uns zu ihnen zu führen. Sie war sehr stark und hilfreich.«

»Das ist meine Sarah. Stark und hilfsbereit war sie schon immer.«

»Sie hat viel durchgemacht. Es wird lange dauern, bis sie alles verarbeitet hat. Ich weiß, es ist schwierig, aber versuchen Sie, geduldig zu sein, und erwarten Sie nicht zu viel zu früh.«

»Hat man sie …? Sie wissen schon …«

»Die Detectives von der Sondereinheit für Opfer von Sexualdelikten werden dafür sorgen, dass ihr genau die medizinische Versorgung zuteilwird, die sie benötigt.«

Das Gesicht von Gingers Mutter verkrampfte sich, als Sam ihre schlimmsten Befürchtungen mehr oder weniger bestätigte.

Als Tränen über Deannas Wangen liefen, drückte Sam ihre Hand. »Sie lebt. Das zählt erst einmal am meisten. Alles andere findet sich nach und nach.«

»Der andere Detective, Freddie. Er meinte, Sie hätten gespürt, dass dort in dem Motel etwas nicht stimmt, und die Mädchen deshalb mitgenommen. Ich werde Ihnen nie genug dafür danken können, dass Sie meine Tochter gefunden haben.«

Sam, der Zuneigungsbekundungen Fremder grundsätzlich unangenehm waren, ließ sich diesmal gern von der dankbaren Mutter umarmen. »Ich habe bloß meinen Job gemacht.«

»Sie haben heute viel mehr getan als das, Lieutenant, und unsere Familie wird Ihnen auf ewig dankbar sein. Unsere Gebete wurden erhört.«

Sam tätschelte Deannas Rücken. »Wenn ich in den nächsten Monaten noch etwas für Sie tun kann, zögern Sie nicht, sich bei mir zu melden.«

»Nochmals vielen Dank.« Deanna löste sich von ihr und wischte sich die Tränen ab. »Ich gehe jetzt lieber wieder zu ihr.«

Sam nickte und sah ihr hinterher, als sie zu ihrer Tochter zurückkehrte, die nah bei ihrem Vater saß und fest seine Hand hielt. Ginger – oder Sarah – hatte seit der Ankunft ihrer Eltern ihre harte Fassade aufgegeben, und Sam war optimistisch, dass sie aufgrund ihrer inneren Stärke in der Lage sein würde, ihr beschädigtes Leben zu reparieren.

»Lieutenant?«

Sam drehte sich um und entdeckte einen weiblichen Detective, den sie nicht kannte. Offenbar wartete die Kollegin auf sie. Sie war groß, hatte glatte dunkle Haare und die Wangenknochen eines Models. Sie beobachtete die Szene im Konferenzraum. Ihre Augen blickten hart und kompromisslos.

»Ich bin Detective Erica Lucas, VSU.«

Sam schüttelte ihr die Hand. »Freut mich, Sie kennenzulernen.«

»Netter Fang heute, Lieutenant. Sie haben diese Kids aus einem verdammten Albtraum befreit.«

Sam gefiel die geradlinige Art der Frau. »Danke. Wir wären dann so weit, die Kids für die nächsten Schritte an Sie zu übergeben.«

»Wir werden sie auf sexuelle Gewalt untersuchen und anderen unangenehmen Tests unterziehen müssen. Werden sie damit klarkommen?«

»Die Dunkelhaarige ist Sarah, wurde aber nach ihrer Entführung Ginger genannt. Die ist tough. Die andere, Amber, wirkt zerbrechlicher. Sarah gibt ihr Halt. Vielleicht wäre es ganz gut, die beiden möglichst nicht zu trennen.«

»Gut zu wissen.«

»Ambers Mutter ist auf dem Weg von New York hierher. Sie müsste in einigen Stunden eintreffen. Ich kann Ihnen die Nummer geben, dann können Sie ihr mitteilen, wo Sie sich gerade mit den Mädchen befinden, wenn sie in der Stadt landet.«

»Das wäre großartig, danke.«

»Geben Sie auf sie acht, ja? Es sind gute Kids, die die Hölle durchgemacht haben.«

»Ich werde alles in meiner Macht Stehende für sie tun.«

»Danke, Erica. Ich werde Sie ihnen vorstellen, damit Sie den Ball ins Rollen bringen können.«

18. Kapitel

Eine Stunde später hatte Sam die Mädchen mit Erica losgeschickt und ihnen versprochen, bald wieder nach ihnen zu sehen. Freddie hatte sich dankenswerterweise bereit erklärt,
noch eine Weile bei ihnen zu bleiben, während sie und Erica
miteinander warm wurden. Ihr Partner war einfach unschlag-
bar in Situationen, die viel Feingefühl erforderten, und diese
Eigenschaft wusste Sam sehr an ihm zu schätzen. Das musste
sie ihm bei nächster Gelegenheit unbedingt mal sagen.

Hill erschien im Türrahmen zu Sams Büro. »Ich habe noch
etwas. Elle ist letzte Woche von der Fairfax County Police verhaftet worden, nachdem sie bei Neiman Marcus in der Tyson
Galleria einen Wutanfall bekommen hat.«

Sams innerer Modefreak horchte auf, als sie den Namen ihrer liebsten Shoppingmall hörte. »Was ist denn passiert?«

»Offenbar wurde ihre Kreditkarte nicht akzeptiert, und da
flippte sie aus. Der Sicherheitsdienst der Mall musste die Polizei rufen. Sie bekam eine Anzeige wegen Ruhestörung, wurde
jedoch ohne Kaution wieder auf freien Fuß gesetzt. In zwei
Monaten muss sie sich vor Gericht verantworten.«

»Haben Sie ihren Kreditrahmen überprüft?«

Hill hob spöttisch eine Braue. »Mal ehrlich, Sam. Was glauben Sie?«

»Sorry«, erwiderte Sam und verkniff sich ein Grinsen. »Bitte
fahren Sie fort.«

»Sie steckt bis zum Hals in Schulden. Sämtliche ihrer Karten
sind ausgereizt. Das ganze Geld ist weg. Sie hat echte Probleme, und die Zeitung steckt ebenfalls in riesigen Schwierigkeiten, genau wie das Team.«

»Was ist mit Ray?«

»Wundersamerweise hat er seine Finanzen bei der Heirat von ihren getrennt, bis auf das eine gemeinsame Konto, von dem sie die Bodyguards bezahlt hat. Ich vermute mal, auf die getrennten Finanzen haben sie und ihr Vater bestanden, um ihr Geld zu schützen. Am Ende hat Ray damit seines geschützt. Er ist nicht annähernd so reich, wie die Kopelsmans es sind – oder besser gesagt waren –, aber mittellos ist er ganz bestimmt nicht. Abgesehen von den zwei Schecks vom gemeinsamen Konto am Tag nach dem Spiel gibt es bei seinen Konten keinerlei Auffälligkeiten.«

»Glauben Sie, er weiß von dem Finanzgrab, das sie sich geschaufelt hat?«

»Wahrscheinlich nicht. Ihre Ehe ist nicht gerade das, was ich konventionell nennen würde.«

»Wie meinen Sie das?«

»Sie macht ihr Ding, er macht seines.«

»Und die TV-Rechte an der World Series hätten all ihre Probleme gelöst.«

»Damit hätte sie zumindest dringend benötigte Zeit gewonnen.« Er reichte ihr ein weiteres Blatt Papier, das Elles Bemühungen dokumentierte, Investoren für ihr angeschlagenes Unternehmen zu finden. »Alle sprangen ab, als das Team verlor. Nachdem ich das von den Investoren gelesen habe, rief ich Bixby an, den Sicherheitschef des Teams, um mich zu erkundigen, ob in der Loge des Besitzers an jenem Abend etwas vorgefallen ist. Er meinte, Elle sei ausgerastet und musste von ihren Bodyguards beschwichtigt werden. Sie brachten sie von dort fort. Bixby fand, es sah aus, als sei es nicht das erste Mal.«

»Sie hat sich gesteigert. Warum hat Bixby davon nichts erwähnt, als Sie das erste Mal mit ihm gesprochen haben?«

»Sie ist die Frau des Besitzers. Er wollte seinen Job nicht gefährden und dachte, es sei bloß ein Wutanfall gewesen. Er meint, seine Leute hielten es nicht für allzu gravierend. Ihre Bodyguards hatten die Sache im Griff.«

»Es wird Zeit, sie zu verhaften, aber vorher müssen wir noch einmal mit Jamie Clark plaudern.« Sam bedeutete ihm, das Dezernat zu verlassen. Sie schloss ihre Bürotür ab und rief: »McBride und Tyrone! Ihr müsst noch ein Weilchen bleiben, ich brauche euch. Die Überstunden genehmige ich.«

»Geht klar, Lieutenant«, entgegnete McBride. »Worum geht's?«

»Wir treffen uns in zehn Minuten in der Lobby.«

»Wir werden dort sein.«

Hill folgte ihr die Treppe hinunter zu den Gefängniszellen. Jamie Clark befand sich in einer Zelle mit sechs anderen Frauen. Sie saß auf einem der Feldbetten, in die Ecke gedrückt, die Arme um die Beine geschlungen, als versuche sie, sich unsichtbar zu machen. Bei Sams Anblick vor der Zellentür stand sie auf und kam herüber. Auf dem Weg rempelte sie eine ihrer Mitgefangenen an.

Die Frau schubste zurück und brachte Jamie beinah zu Fall. »Pass doch auf, du Schlampe.«

»Sorry«, murmelte Jamie, sichtlich eingeschüchtert von der anderen.

»Ich habe noch eine Frage an Sie«, sagte Sam.

Jamie umfasste die Gitterstäbe mit beiden Händen. »Welche?«

»Sie erwähnten, dass Sie und Willie nach dem Spiel allein im Trainingsraum gewesen seien.«

»Das ist richtig. Wir hielten uns mindestens zwei Stunden dort auf und warteten, bis alle gegangen waren, damit er seine Sachen holen und ebenfalls aufbrechen konnte.«

»Sie meinten, Ray Jestings und Bob Minor kamen in der Zeit herein, um mit ihm zu sprechen.«

»Ja, sie waren beide kurz da.«

»Hat sonst noch jemand den Raum betreten? Ich möchte, dass Sie genau nachdenken und mir die Wahrheit sagen.«

Jamie schluckte, und ihr Blick flog zwischen Sam und Hill hin und her. »Eine weitere Person kam auch noch vorbei.«

»Wer?«

»Elle Jestings.«

Bingo, dachte Sam. Genau auf diese Antwort von Jamie hatte sie gehofft. »Und das haben Sie nicht schon eher erwähnt, weil …?«

Jamie schaute hinter sich. Die anderen Frauen hatten sich in den hinteren Teil der Zelle zurückgezogen, zweifellos wegen der Cops, mit denen sie nichts zu tun haben wollten. Jamie senkte die Stimme. »Ich … Sie wusste nicht, dass ich dort bin, und ich befürchtete, sie könnte wütend werden, wenn sie wüsste, dass ich sie gesehen habe. Willie hatte mich gebeten, ihn ein paar Minuten allein zu lassen, deshalb ging ich in mein Büro, saß dort im Dunkeln herum und behielt ihn so gut es ging im Auge. Sie kam in den Trainingsraum, machte die Tür zu und schloss ab. Dann trat sie vor Willie und ohrfeigte ihn so heftig, dass sein Kopf nach hinten flog. Ich war unfassbar wütend! Wie konnte sie das tun? Als wäre er nicht bereits genug gestraft. Der arme Kerl. Er fing an zu weinen und entschuldigte sich, doch sie schrie ihn weiter an.«

»Was hat sie gesagt?«

»Sachen wie: ›Hast du überhaupt eine Ahnung, was du getan hast?‹, und: ›Wie in aller Welt konntest du diesen Ball nicht fangen?‹ und: ›Du hast alles ruiniert. Alles!‹«

Sam hätte am liebsten ebenfalls geschrien bei der Vorstellung, wie viel Zeit Jamie ihnen hätte ersparen können, wenn sie ihnen das bei ihrem ersten Gespräch verraten hätte. »Hat er darauf etwas erwidert?«

»Nein«, antwortete Jamie kopfschüttelnd. Ihr Kinn zitterte, und ihre Augen füllten sich mit Tränen. »Er weinte nur immer weiter und entschuldigte sich ständig bei ihr. Ich wollte aus meinem Versteck kommen und ihn auffordern, damit aufzuhören, weil sie seine Entschuldigungen gar nicht verdiente. Sie war so gemein zu ihm. Ich habe es Ihnen nicht erzählt, weil ich Angst davor hatte, was sie tun würde, wenn sie erfahren würde, dass ich dort gewesen bin.«

»Hat sie Sie oder jemanden, den Sie kennen, schon vorher bedroht?«

»Nicht direkt, aber die Spieler gaben ihr alle möglichen Namen wie Ice Bitch und Eiskalte Königin. Solche Sachen. Niemand kann sie leiden, doch Ray mögen alle. Die Leute konnten nicht verstehen, was er an ihr fand.«

»Das war sehr hilfreich«, sagte Sam. »Ich brauche morgen früh eine offizielle Aussage von Ihnen über diese Begegnung zwischen Elle und Willie.«

»Bitte«, meinte Jamie, »Sie müssen mich hier herausholen.« Erneut warf sie einen Blick über die Schulter zu den Frauen, die sie genau beobachteten. »Ich habe Angst und bedaure es, dass ich Sie angelogen und Detective Gonzo getreten habe. Das hätte ich nicht tun dürfen, aber ich habe Willie und seine Kinder zu schützen versucht. Die waren alles für ihn. Ich wollte nicht, dass sie meinetwegen mit Hass auf ihn aufwachsen.«

Sam wollte ihr erklären, dass es noch andere Frauen gegeben hatte. Vermutlich würde Jamie das jedoch ohnehin früh genug erfahren. Es musste nicht von Sam kommen. Sie deutete auf eine der Wachen. »Bringen Sie Miss Clark bitte in eine Einzelzelle.«

»Warum muss ich hierbleiben?«

»Momentan sind Sie hier drin sicherer als draußen. Glauben Sie mir. Bleiben Sie noch eine Nacht, dann kümmern wir uns morgen früh um die Details.«

»Werde ich angeklagt, weil ich Sie belogen habe?«

»Wir werden sehen, wie detailliert Ihre Aussage ist, und entscheiden es dann.« Sam wartete, bis der Wachmann Jamie in eine andere Zelle gebracht hatte, bevor sie mit Hill im Schlepptau wieder nach oben ging.

383

»Woher wussten Sie, dass Elle Willie nach dem Spiel aufgesucht hat?«, fragte er.

»Wusste ich gar nicht. Ich hatte es bloß vermutet und brauchte die Bestätigung von Jamie.«

»Sie sind gut, Holland. Wirklich gut.«

»Ich weiß.«

»Und ein gesundes Ego besitzen Sie auch«, murmelte er.

»Ist das Gesündeste an mir.«

Das brachte ihn zum Lachen. Sie betraten die Lobby, wo sich der Chief gerade mit McBride und Tyrone unterhielt.

Chief Farnsworth wandte sich an Sam: »Die Medien warten auf ein Update über das jüngste Opfer und die Verhaftungen in dem Motel. Sind Sie darauf vorbereitet, ein Statement vor der Presse abzugeben?«

»Kann ich machen.« Sam fühlte sich nach der Befreiung der Mädchen und der Lösung der kniffligen Mordfälle noch beschwingt. Alles fügte sich zusammen, und das gefiel ihr.

»Das war verdammt gute Arbeit heute, Lieutenant«, lobte der Chief sie mit unübersehbarem Stolz.

»Danke, Sir. Wir stehen kurz vor einer Verhaftung im Fall Vasquez und Lind.« Sie fasste zusammen, was sie über Elle in Erfahrung gebracht hatten.

»Unfassbar«, bemerkte der Chief. »Ich kenne ihren Vater ein bisschen. Der kam mir immer wie ein aufrichtiger Kerl vor.«

»Das war er wohl auch – bis er den Fehler beging, zu sterben und sein ganzes Imperium ihr zu hinterlassen. Ich brauche Ihre Hilfe bei zwei Dingen: den Bericht über das blutige Messer, das die Spurensicherung gefunden hat, sowie über Fingerabdruckfragmente, die von der Spurensicherung analysiert werden. Beides brauche ich dringend.«

»Ich werde sehen, was ich tun kann, um die Sache zu beschleunigen.«

»Danke.« Sie sah zur Tür und erblickte dahinter die Horde von Reportern, die sich auf dem Vorplatz versammelt hatte.

»Wollen wir? Ich muss nachher noch zu einer Wohltätigkeits-gala.«

»Nach Ihnen«, sagte Farnsworth.

Hill, McBride und Tyrone begleiteten Sam und den Chief durch die Doppeltür hinaus auf den Platz. Sofort wurden sie von den Reportern bestürmt.

Sam wartete, bis die Medienvertreter sich beruhigt hatten. »Ich werde ein kurzes Statement abgeben und danach einige Fragen beantworten.« Sie machte um des Effektes willen eine Pause, damit alle zuhörten. »Um sechzehn Uhr heute wurde die Leiche des Feds-Pitchers Rick Lind im Capitol Motor Inn an der Massachusetts Avenue gefunden.«

Ein entsetztes Raunen ging durch die Menge. »Wie Mr. Vas-quez wurde auch Mr. Lind durch einen einzigen Stich in die Brust getötet, der die Aorta verletzte. In dem Motel stie-ßen die MPD-Officer auf ein Unternehmen, bei dem offenbar zahlreiche Minderjährige zur Prostitution gezwungen wurden. Durch die enge Zusammenarbeit zwischen der Spezialeinheit für Sexualdelikte und dem Sittendezernat gelang es uns, die Verbrecher dingfest zu machen und die in einem Haus fernab des Hotels gefangenen Kinder zu befreien. Alles in allem wur-den sechs Erwachsene verhaftet, und vierzig Kinder – sechs-undzwanzig aus dem Haus und vierzehn aus dem Motel – wer-den heute Abend ihren Familien zurückgegeben. Einige der Minderjährigen wurden seit Jahren vermisst.«

»Glauben Sie, die Betreiber des Sexsklavenrings haben et-was mit dem Mord an Lind zu tun?«, wollte einer der Repor-ter wissen.

»Nein, das glauben wir nicht. Wir arbeiten weiterhin daran, eine Verbindung zwischen dem Mord an Vasquez und dem an Lind herzustellen.«

»Wussten Sie von der Geschäftsbeziehung Ihres Mannes zu der Fabrik in Thailand, bei deren Brand dreihundert Arbeite-rinnen getötet wurden?«

»Ich werde weder jetzt noch zu irgendeinem anderen Zeitpunkt einen Kommentar über meinen Mann sowie seine Privatangelegenheiten oder seine Karriere abgeben.«

»Aber wussten Sie, dass er Lexicore-Aktien besaß?«

»Ich werde weder jetzt noch zu irgendeinem anderen Zeitpunkt einen Kommentar über meinen Mann sowie seine Privatangelegenheiten oder seine Karriere abgeben. Noch jemand, der das nicht verstanden hat?« Als niemand eine weitere Frage über Nick zu stellen wagte, fuhr Sam fort: »Wir gehen jetzt wieder an die Arbeit und werden Sie zu gegebener Zeit über die weiteren Entwicklungen informieren.« Diese Worte richtete sie direkt an Darren Tabor, den sie weiter hinten in der Menge ausmachte. Er nickte verständnisvoll.

»Können Sie uns sagen, was heute Morgen vor Ihrem Haus mit Lieutenant Stahl passiert ist?«

»Es steht mir nicht zu, eine laufende interne Ermittlung zu kommentieren.«

Sam trat vom Podium zurück und gab Hill, McBride und Tyrone ein Zeichen, ihr zu folgen. Auf dem Weg zurück ins Gebäude winkte Sam Jeannie zu sich. »Die Sache, um die du mich gebeten hast – ich bin dabei, und das Department gibt grünes Licht.«

»Oh«, meinte Jeannie überrascht. »Bist du dir sicher?«

»Ich bin mir sehr sicher, und ich fühle mich sehr geehrt, dass du mich gefragt hast.«

Jeannie hob skeptisch eine Braue. »Wirst du das auch noch denken, wenn ich dich zu Kleideranproben schleppe?«

»Bäh. Eine Anprobe. Mehr bekommst du nicht.«

»Nehme ich. Danke, Sam.«

Sam drückte den Arm ihres weiblichen Detectives. »Gern geschehen.«

Zurück auf dem Revier, wandte Sam sich an Jeannie und ihren Partner Will Tyrone. »Wir machen uns auf den Weg zum *W Hotel*, Eingang Fifteenth Street. Ich erwarte, dort zwei

Muskelpakete vor dem Ballsaal anzutreffen, Zwillinge namens Boris und Horace. Deren Job ist es, auf Elle Jestings aufzupassen. Euer Job ist es, die zwei wegen Mordes an Willie Vasquez zu verhaften. Beordert von unterwegs die Streifenpolizei als Verstärkung dorthin. Ich bezweifle nämlich, dass diese Schlägertypen freiwillig mitgehen. Ich will, dass sie getrennt transportiert und eingeschlossen werden. Sie dürfen nicht zusammen allein gelassen werden.«

»Wir kümmern uns darum«, versprach Jeannie mit einer Begeisterung, die sie zu einem von Sams besten Detectives machte. »Wir treffen uns dort.«

Auf dem Weg zum *W Hotel* rief Sam Charity Miller an und schilderte ihr, was sie bis jetzt gegen Elle zusammengetragen hatte.

»Und Sie glauben nicht, dass ihr Mann etwas damit zu tun hat?«

»Nein«, antwortete Sam, »nur sie und ihre Bodyguards, von denen einer Willie getötet hat. Aber sie waren beide dabei und haben ihn gemeinsam in den Müllcontainer geworfen. Das haben wir auf Video. Außerdem können wir beweisen, dass Elle jedem der beiden zehntausend Dollar bezahlt hat, damit sie die Drecksarbeit für sie erledigen. Willie hatte ihr alles kaputt gemacht, und das konnte sie ihm nicht verzeihen.«

»Das ist ziemlich dürftig ohne DNA und Laborergebnisse«, meinte Charity.

»Ich weiß. Deshalb werde ich dafür sorgen, dass die drei sich gegenseitig belasten, und kümmere mich später um die DNA.«

»Wie lautet der Plan?«

Sam schilderte ihr Schritt für Schritt, was sie vorhatte, und wartete danach auf Charitys Reaktion.

»Verhaften«, sagte die Anwältin schließlich.

»Bin schon unterwegs.«

»Sie waren sich ziemlich sicher, dass ich mitspielen würde«, stellte Charity fest.

Sam hörte, dass die Staatsanwältin amüsiert klang. »Ich bin mir absolut sicher, dass ich die Richtigen im Visier habe. Ich werde Sie auf dem Laufenden halten.«

»Sie könnten einen Hund von seinem Futternapf wegquatschen«, bemerkte Hill, nachdem sie das Gespräch beendet hatte.

»Hm, danke.« Sam rief als Nächstes Darren Tabor an.

»Was gibt es, Lieutenant?«

»Ich werde Elle Jestings und ihre Bodyguards wegen des Mordes an Willie Vasquez verhaften. Lind hat sie ganz allein umgebracht.«

»Ist das Ihr Ernst? Elle Jestings, die Herausgeberin meiner Zeitung, wird wegen Mordes verhaftet?«

»In ungefähr fünf Minuten im W.«

»Verdammt.«

»Wenn Sie sehen wollen, wie sie ins Hauptquartier gebracht wird, sollten Sie in dreißig Minuten einen Fotografen dort postiert haben.«

»Danke für den Tipp, Sam.«

»Ich halte mein Versprechen. Wir sehen uns.« Sie klappte ihr Handy zu und trat aufs Gaspedal. Sie hatte es eilig, diesen Fall endlich abzuschließen.

»Wie sieht unser Plan aus, wenn wir beim W sind?«, fragte Hill.

»Sind Sie bereit, Ray abzulenken, damit ich mir Elle vorknöpfen kann?«

»Das kann ich machen.«

»Sicher?«

»Ich sagte bereits, dass ich es tun würde.«

Sam parkte vor dem Hotel direkt neben dem Gepäckwagen.

Einer der Portiers lief ihr hinterher. »Hey, Lady! Sie können den Wagen nicht dort stehen lassen!«

Sam zeigte ihm ihre Dienstmarke, ohne ihre Schritte zu verlangsamen. »Für Sie bitte Lieutenant Lady. Das da sind übrigens meine Kollegen.« Sie zeigte zu dem Wagen, der hinter ihrem hielt. »Rühren Sie die Fahrzeuge auch nur an, werfe ich Sie ins Gefängnis.«

Der junge Mann blieb unvermittelt stehen.

»Eierknackerin«, murmelte Hill.

»Buchstäblich«, sagte Sam grinsend, noch immer entzückt von dem, was sie Stahl angetan hatte.

»Aua.«

Drinnen im Hotel wollte ein Security-Mann sie aufhalten und erhielt ebenfalls die Dienstmarkenbehandlung.

»Aus dem Weg«, befahl Sam ihm.

»Was wollen Sie hier?«

»Nichts, was mit Ihrem Hotel in Zusammenhang stünde.«

»Sie müssen vorher mit dem Manager sprechen.«

»Nein, muss ich nicht. Gehen Sie mir aus dem Weg, sonst verhafte ich Sie mit dem allergrößten Vergnügen wegen Behinderung einer Mordermittlung.« Noch während sie sprach, marschierte Sam an dem Mann vorbei und steuerte auf die Rolltreppe zu, die ins Hochparterre führte. Mit Hill, McBride, Tyrone und vier Streifenpolizisten im Schlepptau folgte sie der Musik Richtung Ballsaal.

Zwei hünenhafte, dümmlich dreinblickende Typen in schlecht sitzenden Anzügen hielten vor der Tür Wache. Beide waren kahlköpfig und muskelbepackt.

Sam zeigte auf die beiden, und Jeannie nickte.

»Kommt mit«, forderte Jeannie Tyrone und die Streifenpolizisten auf.

Zuversichtlich, dass ihre Leute mit den Bodyguards fertigwerden würden, betraten Sam und Hill den Ballsaal, in dem die High Society versammelt war. Frauen in auffallenden Abendkleidern machten die Runde mit Männern in Smokings, während Kellner Champagner und Horsd'œuvres reichten.

Auf der Bühne am anderen Ende des Saals spielte eine Swingband mit Blechbläsern einen bekannten Song.

Eine Frau in einem eleganten schwarzen Kleid trat zu ihnen. »Kann ich Ihnen helfen?«, fragte sie und unterzog Hill einer eingehenden Betrachtung.

»Wir kommen zurecht«, ließ Hill sie abblitzen.

»Es ist Abendgarderobe vorgeschrieben«, informierte die Frau ihn mit hochnäsigem Blick auf Sams Jeans.

»Wir sind nicht wegen der Gala hier«, erklärte Sam.

»Sie sitzen dort drüben«, sagte Hill und machte sich auf den Weg in die Richtung.

Sam folgte ihm. Um die unangenehm laute Musik zu übertönen, rief sie: »Woher wussten Sie das?«

»Habe ich Ihnen doch erklärt. Ich habe sie im Auge behalten.«

Sie hasste es, wenn er sich als dermaßen nützlich erwies. »Da«, meinte sie und hielt ihn am Arm fest. Sie zeigte auf Ray und Elle, die mit einigen anderen Leuten an einem Tisch saßen.

»Lassen Sie mich Ray aus dem Weg schaffen«, bat Hill sie.

Sam nickte und hielt sich zurück. Sie beobachtete, wie er zu Ray trat, der überrascht schien, seinen alten Freund hier zu sehen.

Hill deutete mit einer Kopfbewegung an, dass er Ray allein sprechen wollte.

Ray erhob sich, sagte etwas zu seiner Frau und verschwand mit Hill.

Sobald die beiden Männer die Tanzfläche überquert und durch die Doppeltür hinaus auf den Flur gegangen waren, steuerte Sam auf Elle zu.

Sie tippte der Frau auf die Schulter und genoss den Moment, in dem Elle aufschaute und sie entdeckte.

»Was wollen Sie?«, fragte Elle. »Ich bin beschäftigt.«

Sam beugte sich zu Elles Ohr herunter. »Sie sind wegen

Mordes an Willie Vasquez und Rick Lind verhaftet. Sie haben zwei Möglichkeiten. Sie können aufstehen und mit mir hinausgehen, dann werde ich Ihnen nicht vor all den Leuten Handschellen anlegen, sondern damit warten, bis wir draußen sind. Oder Sie leisten Widerstand. In dem Fall lege ich Ihnen gleich hier Handschellen an und schleppe Sie nach draußen. Ihre Entscheidung.« Während sie sprach, wich jegliche Farbe aus Elles Gesicht, als die Frau begriff.

Sie hat nie damit gerechnet, überführt zu werden, dachte Sam. Eine Eigenschaft, die sie mit allen Mördern teilte.

»Wie lautet Ihre Entscheidung?«

»Fahren Sie zur Hölle«, zischte Elle mit zusammengebissenen Zähnen. »Ich werde nirgendwo mit Ihnen hingehen. Meine Anwälte werden dafür sorgen, dass Sie Ihre Dienstmarke abgeben müssen. Haben Sie eigentlich eine Ahnung, wer ich bin?«

»Und ob ich die habe. Sie sind eine kaltblütige Mörderin und obendrein pleite. Und Sie sind verhaftet.« Sam packte ihren Arm, zerrte sie vom Stuhl, drehte sie um und legte ihr Handschellen an, bevor Elle überhaupt wusste, wie ihr geschah.

Sam informierte sie in knappem, sachlichem Ton über ihre Rechte und hatte ihre Freude daran, die um sich tretende und kreischende Elle aus dem Saal zu schleifen. Die Band hörte auf zu spielen, und die Menge teilte sich, um die beiden durchzulassen.

»Jemand muss etwas tun!«, schrie Elle. »Das ist Polizeigewalt! Lucien!«

Sam erkannte den Anwalt der O'Connors, Lucien Haverfield, der das Geschehen mit einer gewissen abgeklärten Belustigung verfolgte.

»Tu doch etwas!«, schrie Elle ihn an.

»Darf ich fragen, was Mrs. Jestings vorgeworfen wird, Lieutenant?«, erkundigte Lucien sich.

»Die Morde an Willie Vasquez und Rick Lind begangen zu haben«, erwiderte Sam, laut genug, sodass alle Umstehenden es hören konnten.

Ein kollektives erschrockenes Raunen ging durch die Menge.

»Tut mir leid, Elle«, sagte Lucien. »Für Mord bin ich nicht zuständig.«

Sam verkniff sich ein lautes Lachen angesichts seines geringschätzigen Tons. »Gehen wir, Elle. Sie sind hier fertig.«

Elle wehrte sich den ganzen Weg und kreischte dazu wie eine Furie. Sobald sie die Türen passiert hatten, versuchte sie erneut, sich aus Sams festem Griff zu befreien. »*Boris! Horace! Schafft mir dieses verdammte Miststück hier vom Leib!*«

»Die können Ihnen nicht mehr helfen«, entgegnete Sam, »denn die beiden wurden ebenfalls verhaftet.«

»Damit kommen Sie nicht durch!« Elle schäumte vor Wut, als Sam sie nun zur Rolltreppe bugsierte.

»Bin ich bereits. Wehren Sie sich nur weiter gegen mich, dann gebe ich Ihnen einen kleinen Schubs.« Sam lockerte ihren Griff, und die andere stieß einen Schrei aus, als sie auf der Rolltreppe nach vorn fiel. Für eine Sekunde ließ Sam sie gefährlich baumeln, indem sie Elle nur an den Handschellen festhielt, dann zog sie sie zurück. Während des restlichen Weges durch die Lobby blieb Elle verdächtig still.

Um die Polizeiwagen hatte sich eine Menschenmenge versammelt, und hochgehaltene Smartphones filmten, wie sie aus dem Hotel kamen. Sam hätte wetten können, dass Elle wünschte, sie würde ihre Haare heute Abend offen tragen, da sie jetzt keine Möglichkeit hatte, ihr Gesicht vor den Kameras zu verbergen. »Hinein mit Ihnen«, sagte Sam und schob die andere Frau auf den Rücksitz eines Streifenwagens.

»Nie und nimmer werden Sie damit durchkommen«, drohte Elle erneut.

Sam warf die Tür zu und ging weg. Das war gut gelaufen.

Avery führte Ray in einen Flur abseits des vollen Ballsaals.

»Was um alles in der Welt ist denn los, Avery? Was machst du überhaupt hier?«

»So etwas kann man leider niemandem schonend beibringen, Ray. Elle wird wegen Mordes verhaftet.«

Ray starrte ihn an, als ob er in einer fremden Sprache zu ihm gesprochen hätte. »Wovon redest du da? Du glaubst doch nicht etwa, dass sie etwas mit Willies …?«

»Willie und Rick Lind.«

Jetzt zeichnete sich der Schock auf Rays Gesicht ab. »Rick ist auch tot?«

»Tut mir leid, ja. Er wurde heute tot im Capitol Motor Inn aufgefunden.«

»Was hat das mit Elle zu tun?«

»Das Unternehmen steckte in großen Schwierigkeiten.«

»Wir hatten einige Probleme, aber das ist doch nun übertrieben.«

»Sie ist vollkommen bankrott. Alle Kreditkarten sind ausgereizt. Die Zeitung kann nächste Woche die Gehälter nicht mehr zahlen. Ihr Kartenhaus hing von den TV-Rechten für die World Series ab. Ihrer Ansicht nach hat Willie alles ruiniert, und Rick versäumte es, das Spiel zu retten, als er die Chance dazu hatte.«

»Sie würde die beiden deswegen nicht gleich *umbringen*. Ich gebe ja zu, dass sie nicht immer der warmherzigste Mensch auf Erden ist, aber sie ist keine Mörderin.«

»Am Tag nach dem Spiel wurden von eurem gemeinsamen Konto Schecks in Höhe von je zehntausend Dollar für Boris und Horace ausgestellt. Kannst du mir verraten, wofür das Geld war?«

»Ich habe keine Ahnung.«

Avery ließ diese Antwort für sich sprechen und las in Rays Miene, dass ihn die Erkenntnis wie ein Vorschlaghammer traf. »Wir glauben, dass sie ihren Bodyguards je zehntausend Dollar

393

bezahlt hat, um Willie zu töten. Um Lind hat sie sich selbst gekümmert.«

»Warum? Warum hat sie das nicht auch von den beiden erledigen lassen?«

»Weil das mit Lind eine persönliche Angelegenheit war.«

»Persönlich? Was heißt das?«

Erneut ließ Avery sein Schweigen für sich sprechen und einen Moment verstreichen, in dem Ray die Wahrheit dämmerte.

»Nein. Elle und Rick Lind? Ach komm schon! Das ist nicht wahr«, murmelte Ray. »Das glaube ich nicht.«

»Tut mir leid, Ray, aber wir können es beweisen.«

»Wie?«

»Wir haben eine Zeugin, die sie in Linds Zimmer gesehen hat. Die hat zuvor schon einmal gehört, wie die beiden Sex hatten. Vermutlich liefert die forensische Untersuchung in diesem Augenblick die entsprechenden Beweise dafür, dass die zwei in dem Zimmer Sex hatten, in dem Lind ermordet wurde.«

Ray schlug die Hand vor den Mund und wandte sich ab, völlig niedergeschmettert von diesen Neuigkeiten. »Gott, ich war ein solcher Idiot.«

Avery legte seinem Freund die Hand auf die Schulter. »Es tut mir schrecklich leid.«

Ray schüttelte ihn ab. »Ich will dein Mitleid nicht.«

»Es ist kein Mitleid.«

»Du konntest sie nie leiden, oder?«

»Das habe ich nie gesagt.«

»Brauchtest du auch gar nicht. Meine Mutter prophezeite mir, ich würde es bereuen, Elle zu heiraten. Die Leute glaubten, ich hätte es auf ihr Geld abgesehen. Aber darum ging es mir nie. Ich habe sie geliebt.«

»Das weiß ich.«

»Ich würde jetzt gern nach Hause fahren.«

»Es steht dir frei, zu gehen.«

Ray ging, drehte sich dann aber noch einmal zu Ray um. »Danke, dass ihr Willie Gerechtigkeit widerfahren lasst. Ich wünschte wirklich, er hätte diesen Ball gefangen, doch natürlich hat er es nicht verdient, für diesen Patzer zu sterben.«

»Nein, hat er nicht.«

Ray nickte und verschwand.

Avery schaute ihm hinterher, traurig wegen seines Freundes, aber auch deswegen, weil ein weiterer Fall zum Abschluss kam. Wer wusste schon, wann er das nächste Mal in den Genuss kam, dem aufregenden weiblichen Lieutenant zu begegnen, der ihn in den vergangenen Monaten so häufig beschäftigt hatte?

Auf dem Weg zur Rolltreppe wurde ihm klar, dass er nie von ihr bekommen würde, was er wollte. Das musste er akzeptieren. Mit diesem Gedanken im Hinterkopf schickte er Shelby eine SMS und fragte sie, ob sie morgen Zeit für ein gemeinsames Mittagessen habe.

Elle drehte völlig durch, als sie Darren und einen Fotografen vom *Star* vor dem Hauptquartier entdeckte, die ihre Ankunft dokumentieren wollten.

»Ihr seid alle beide gefeuert! Wagt es bloß nicht, morgen zur Arbeit zu erscheinen!«

Der Fotograf drückte auf den Auslöser, um diesen Ausbruch im Bild festzuhalten, während Darren sich zu der Schimpftirade seiner Zeitungsverlegerin ausführlich Notizen machte.

Sam ließ sich Zeit damit, Elle, die sich von Neuem wehrte, ins Gebäude zu bringen.

Eine Stunde später hatten Elle und ihre Bodyguards die polizeiliche Aufnahme ihrer Personalien durchlaufen und warteten jeweils in einem eigenen Verhörraum. Sam, Hill, Cruz, Malone und Charity Miller beobachteten sie durch die Spiegelscheibe. Horace schien nervös zu sein, Boris wirkte gelangweilt, und Elle war nach wie vor wütend. Sie lief rastlos von einem Ende des Zimmers zum anderen.

Da sie mittlerweile seit fast fünfzehn Stunden arbeiteten, spürte Sam die einsetzende Müdigkeit und schlug deshalb vor, dass sie sich die Verhöre teilten. Sie bat Hill, Boris zu übernehmen. Cruz sollte mit Horace sprechen, während sie zu Elle hineingehen wollte.

Lieutenant Rango trat zu ihnen. »Wir haben in Linds Zimmer einige von den blonden Haaren gefunden, die du haben wolltest, Sam.« Er gab ihr die Beweismitteltüte.

»Ausgezeichnet! Charity, ich brauche eine richterliche Anordnung für eine DNA-Probe von Elle.«

»Die besorge ich Ihnen.«

»Und als Extra haben wir benutzte Kondome unter Linds Bett gefunden.« Rango hielt eine zweite kleine Klarsichttüte hoch. »Vermutlich werden wir mindestens eines davon ihr zuordnen können.«

»Reizend«, bemerkte Sam. »Bring sie bitte schnellstmöglich ins Labor und mach dort Dampf.«

»Bin schon unterwegs.«

»Danke, Rango. Gute Arbeit. Cruz, sagst du Lindsey Bescheid, dass wir fast bereit sind für die DNA-Probe?«

»Mach ich.«

»Schon was wegen des Messers aus dem Labor gehört?«, erkundigte Sam sich.

»Die haben noch daran gearbeitet, als ich vorhin anrief«, meldete Malone sich zu Wort.

»Gut. Packen wir's an«, sagte Sam.

Alle verließen daraufhin den Beobachtungsraum, nur Charity und Malone blieben dort zurück.

»Hill«, wandte Sam sich auf dem Flur an ihn.

Er drehte sich zu ihr um.

»Ist alles in Ordnung mit Ihnen?«

»Ja, bestens«, erwiderte er. »Ich habe bloß gerade bei der

Verhaftung der Frau meines Freundes geholfen, den ich seit meiner Kindheit kenne. Hab mich nie besser gefühlt.«

»Es tut mir leid, dass sie es war. Ray muss doch klar sein, dass Ihnen das kein Vergnügen bereitet hat.«

»Ja sicher, er wird mir bestimmt schnell verzeihen, dass ich seine Frau für den Rest ihres Lebens hinter Gitter gebracht habe.« Er schüttelte den Kopf. »Sorry, ich wollte es nicht an Ihnen auslassen. Sie ist diejenige, auf die ich sauer bin. Sie hatte doch alles, verdammt noch mal.«

»Aber sie kannte nichts anderes als ein privilegiertes Leben in Reichtum. Als ihr das genommen wurde, rächte sie sich an denen, die sie dafür verantwortlich hielt. Nicht im Traum dachte sie daran, man könnte sie der Taten überführen.«

»Ray tut mir leid«, meinte Hill. »Er ist ein hart arbeitender Mann, der sich sehr für das Team engagiert hat. Wer weiß, was diese Geschichte mit ihm macht.«

»Das ist im Augenblick schwer zu sagen. Ich bin mir jedoch sicher, dass es für ihn gut ausgehen wird. Die Leute werden ihm nicht die Schuld dafür geben, was sie getan hat. Bringen wir es also hinter uns, damit wir endlich hier rauskommen.«

Sie gingen zu Cruz, der am Ende des Flurs wartete, dann betraten sie gleichzeitig jeder einen der Verhörräume.

»Ich werde kein Wort zu Ihnen sagen«, verkündete Elle bei Sams Eintreten.

»Es reicht auch, wenn Sie erst einmal zuhören. Boris und Horace haben uns alles erzählt.«

»Die würden es nicht wagen, mit Ihnen über mich zu sprechen!«

»Ach nein? Komisch, wie gesprächig Ihre Bodyguards wurden, als wir ihnen erklärten, ihnen stünde ein Leben hinter Gittern bevor, wenn sie uns nicht mit einer belastenden Aussage gegen Sie helfen würden. Da sprudelte alles aus ihnen heraus – wie wütend Sie auf Willie waren und wie Sie zu ihnen sagten, es müsse etwas gegen ihn unternommen werden und er dürfe

Sie nicht ungestraft ruinieren.« Sam spekulierte einfach drauflos, doch Elles Reaktion nach zu urteilen, traf sie damit ziemlich genau ins Schwarze.

Sie fügte hinzu: »Die haben uns außerdem geschildert, wie Sie Willie zu dem heruntergekommenen Motel gelotst haben, indem Sie ihn erpressten, weil Sie Informationen darüber hatten, dass er dort Zeit mit Minderjährigen verbrachte. Woher wussten Sie das? Hat Ihr Geliebter Rick Ihnen verraten, dass er Willie dort mal gesehen hat? Haben Sie ihm damit gedroht, seine Frau anzurufen? Haben Sie ihn auf diese Weise dorthin gelockt?«

Ohne auf die Antwort zu warten, fuhr Sam fort: »Es spielt jetzt gar keine Rolle, wie Sie ihn dorthin bekommen haben. Boris und Horace kümmerten sich jedenfalls um ihn, sobald er da war, nicht wahr? Sie steckten ihn in ein Zimmer mit Amber, in der Hoffnung, ihn mit Sex zu zerstreuen, bevor sie ihn an einem Ort umbrachten, ihn an einem anderen ablegten und seinen Wagen wiederum woanders stehen ließen und weitgehend zerstörten. Benutzten die zwei Willies eigene Baseballschläger, um das Auto zu zertrümmern, das er so liebte? Das wäre irgendwie ausgleichende Gerechtigkeit, oder? Sie müssen aber wirklich wütend auf Willie gewesen sein, wenn Sie Ihr restliches Geld darauf verwendet haben, dass Boris und Horace die Drecksarbeit für Sie machen.«

»Sie haben keine Ahnung, was Sie da reden«, erwiderte Elle, schon weniger energisch, nachdem Sam ihr den möglichen Ablauf des Geschehens geschildert hatte.

»Rick war eine persönliche Angelegenheit, da Sie nebenbei mit ihm vögelten. Sie dachten, Sie könnten sich auf ihn verlassen, was den Erfolg in dieser Saison betraf. Doch auch er versagte. Dabei hätte er nur drei Batter abwehren müssen. *Drei mickrige Batter*, und die Feds wären in der World Series gewesen. Dann hätten Sie das dringend benötigte Geld bekommen, mit dem Sie das Imperium Ihres Vaters hätten retten können.

Aber es funktionierte nicht. Einer der besten Pitcher im Baseball kriegte es nicht hin und machte Ihnen einen Strich durch die Rechnung.«

Elle verschränkte die Arme und hob trotzig das Kinn. »Ich will einen Anwalt.«

»Kein Problem. Wen sollen wir für Sie anrufen?«

Sie nannte eine der Top-Anwaltskanzleien Washingtons. »Sagen Sie denen, jemand soll noch heute Abend herkommen und mich hier herausholen.«

Sam verzichtete darauf, ihr zu erläutern, dass sie auf keinen Fall so bald hier herauskommen würde. Das würde ihr schon früh genug dämmern. »Ich werde anrufen. Um diese Zeit an einem Freitagabend sind die bestimmt sofort bereit.« Damit verließ Sam das Zimmer und ließ die Tür hinter sich zufallen. Ein Schutzpolizist hielt davor Wache. »Niemand geht da rein oder raus, ohne dass ich darüber informiert werde.«

»Ja, Ma'am, Lieutenant.«

Sam betrat den Beobachtungsraum, um zu sehen, wie Cruz und Hill mit den Bodyguards vorankamen.

Horace war in Tränen ausgebrochen und schluchzte laut, während Cruz ihm das gleiche Szenario schilderte, das Sam Elle ausgemalt hatte.

»Miss Elle«, stieß Horace zwischen den Schluchzern hervor. »Sie hat gesagt, Willie muss verschwinden. Er hätte alles kaputt gemacht. Warum sollte er damit davonkommen? Ich und Boris wollten es nicht tun, doch Miss Elle meinte, wir müssten oder wir würden gefeuert. Wir wollten aber nicht gefeuert werden. Also haben wir es genau so gemacht, wie sie es uns gesagt hat. Wir haben bloß getan, was man uns aufgetragen hat.«

»Gute Arbeit, Partner«, flüsterte Sam stolz, nachdem Cruz auf seine sanfte Art ein Geständnis aus Horace herausgeholt hatte.

Freddie schob einen Notizblock über den Tisch. »Schreiben Sie alles ganz genau auf.«

Horace trocknete sich die Tränen und griff mit der linken Hand nach dem Kugelschreiber. Wie Lindsey und Byron bereits vermutet hatten, handelte es sich bei dem Mörder um einen Linkshänder.

Im Raum daneben bearbeitete Hill den anderen Bodyguard Boris. »Elle hat uns gestanden, was Sie getan haben. Sie meinte, es sei Ihre Idee gewesen, Willie umzubringen.«

»Sie hat *was* gesagt? Es war nicht meine Idee!«

»Das hat sie aber behauptet.«

»Das verstehe ich nicht. Warum sollte sie mir die Schuld geben? Ich hab nur das gemacht, was sie mir aufgetragen hat. Ich mach immer das, was sie mir sagt.«

»Haben Sie vorher schon für sie gemordet?«

»Nein! Ich habe noch nie jemanden umgebracht. Es machte mich ganz krank, Willie das anzutun. Er war kein schlechter Kerl. Aber Miss Elle ... sie meinte, er müsse weg. Wir könnten ihn nicht alles ungestraft ruinieren lassen.«

Hill schob ihm einen Block zu. »Schreiben Sie es auf. Exakt so, wie es sich zugetragen hat.«

»Ausgezeichnet«, murmelte Sam. Alles fügte sich zusammen.

»Wir haben genug, um alle des Mordes an Willie anzuklagen«, meinte Charity. »Aber ich will die Ergebnisse des DNA-Tests, bevor wir Elle des Mordes an Lind anklagen.« Sie gab Sam die richterliche Verfügung.

Daraufhin nahm Sam den Hörer vom Wandapparat und wählte die Nummer der Gerichtsmedizin.

Byron Tomlinson meldete sich.

»Hier spricht Holland. Wir haben die richterliche Anordnung. Können Sie herunterkommen und den Abstrich für mich machen?«

»Schon unterwegs.«

»Danke.«

Während sie auf Tomlinson wartete, ging Sam in ihr Büro, um die Telefonnummer der Anwaltskanzlei herauszusuchen, nach der Elle verlangt hatte. Nachdem sie eine Nachricht auf dem Anrufbeantworter hinterlassen hatte, checkte sie ihren eigenen Posteingang. Sie war glücklich, dass eine SMS von Nick darunter war.

Lächelnd las sie die Nachricht mehrmals. Es kam ihr vor wie eine Ewigkeit, seit sie zuletzt mit ihm gesprochen hatte. Sie konnte es nicht erwarten, seine Stimme zu hören und wieder in seinen starken Armen zu liegen. Die Vorfreude löste einen dringend benötigten Adrenalinkick aus.

Ihr Schreibtischtelefon klingelte, gerade als sie aufstand, um in den Beobachtungsraum zurückzukehren.

»Hier spricht Tim Russo. Sie hatten wegen Elle Jestings angerufen.«

»Ja, danke für Ihren Rückruf. Sie wurde wegen Mordverdachts verhaftet und verlangte nach einem Anwalt aus Ihrer Kanzlei.«

Nach einer langen Pause antwortete er: »Ich fürchte, das wird nicht möglich sein. Gegen Mrs. Jestings bestehen Forderungen von unserer Seite in Höhe von fünfzigtausend Dollar. Wir sehen uns außerstande, für sie tätig zu werden, solange der ausstehende Betrag nicht beglichen wurde.«

Als Sam sich ausmalte, wie diese Neuigkeit bei Elle ankommen würde, musste sie grinsen. »Ich werde es ihr ausrichten. Danke noch mal für Ihren Rückruf.«

»Gern geschehen.«

Sam stand auf und ging auf direktem Weg in den Verhörraum, in dem Elle festgehalten wurde. »Ich habe soeben mit Tim Russo telefoniert.«

»Ist er unterwegs?«

»Ich fürchte nicht. Er meinte, es seien noch Rechnungen in Höhe von fünfzigtausend offen. Solange die nicht bezahlt sind, wird die Kanzlei nicht für Sie tätig werden.«

»Das kann nicht Ihr Ernst sein«, erwiderte Elle mit vor Zorn gerötetem Gesicht. »Die waren vierzig Jahre lang die Anwälte meines Vaters! Die würden es nie und nimmer wagen, *Nein* zu mir zu sagen!«

»Ich glaube aber, dass sie genau das getan haben. Soll ich Ihnen einen Pflichtverteidiger besorgen?«

In diesem Moment schien es Elle zu dämmern, dass sie verloren hatte. Als sie sich auf den Stuhl fallen ließ, bauschte ihr Seidenkleid sich um sie, ehe der Stoff auf ihre Beine herabsank. »Dann bleibt mir wohl nichts anderes übrig. Besorgen Sie mir einen.«

»Sehr gut.«

»Sie müssen das alles nicht dermaßen genießen.«

»An einem Mord genieße ich gar nichts, außer die Täter zu fassen und sie lebenslang wegzusperren. Dieser Teil macht mir sehr viel Spaß. Sie können es sich übrigens bequem machen, Mrs. Jestings. Sie werden nämlich noch eine ganze Weile hier sein.«

Als die Resultate der DNA-Analyse aus dem Labor sowie der Bericht über das Messer kamen, war es bereits nach vier Uhr morgens. An dem Messer befanden sich tatsächlich Willies Blut und Horaces Fingerabdrücke, während Boris' Fingerabdrücke am Lenkrad von Willies Wagen sichergestellt worden waren. Sam, Hill und Cruz verbrachten die nächsten drei Stunden damit, ihre Berichte zu tippen.

Um acht Uhr rief Sam Carmen Vasquez und Carla Lind an, um sie über die Verhaftungen der mutmaßlichen Mörder ihrer Ehemänner zu informieren. Es mochte ein bisschen Feigheit dahinterstecken, jedenfalls verschwieg Sam ihnen die Untreue beider Männer. Die Frauen trauerten noch über die plötzlichen Verluste, und es wäre einfach zu viel gewesen, ihnen zum jetzigen Zeitpunkt die ganze Geschichte zu erzählen. Sie würden es noch früh genug erfahren.

Nachdem Sam den Medien eine kurze Erklärung zu den Verhaftungen gegeben hatte, wollte sie endlich nach Hause.

Doch da fiel ihr ein, dass sie noch gar keinen Bericht über Stahls Angriff auf sie geschrieben hatte. Dafür brauchte sie eine weitere Stunde. Anschließend brannten ihre Augen vor Erschöpfung. Obwohl sie Scotty unbedingt noch sehen wollte, bevor er um zehn mit Mrs. Littlefield aufbrach, schaute sie zuerst bei ihrem Dad herein, um ihn über den neuesten Stand der Ermittlungen zu unterrichten und zu erfahren, was bei seinem Arztbesuch herausgekommen war.

»Seid ihr Wahnsinnigen schon auf?«, rief sie beim Betreten des Hauses und fand ihren Dad und Celia am Küchentisch sitzend vor. »Was ist los?«

»Warst du die ganze Nacht wach, Schätzchen?«

»Ich komme gerade nach Hause, aber wir haben die Fälle aufgeklärt.«

Celia hielt die Titelseite des *Star* hoch, auf der die Schlagzeile prangte: Star-*Verlegerin Elle Kopelsman Jestings des Mordes an Vasquez und Lind beschuldigt.* Darunter war auf einem Foto zu sehen, wie Sam die Verdächtige ins Hauptquartier schleppte.

»Ich kann nicht glauben, dass sie es war«, meinte Skip. »Ihr Dad muss sich im Grab umdrehen.«

»Der dreht sich dort vermutlich schon eine Weile, während Elle das Unternehmen zugrunde gerichtet hat.«

»Möchtest du Kaffee?«, erkundigte Celia sich.

»Nein danke. Ich lege mich gleich aufs Ohr.« Sie setzte sich für einen Moment. »Ich habe gehört, du sollst dich einigen Tests unterziehen«, wandte sie sich an ihren Vater. »Was hat es damit auf sich?«

»Die glauben, die Kugel könnte wandern«, erklärte Celia grimmig.

»Was bedeutet das?«

»Dass sie möglicherweise rausmuss.«

»Es hieß doch, das sei zu gefährlich.«

»Ist es auch nach wie vor«, antwortete Celia. »Allerdings

könnte es noch gefährlicher sein, sie nicht herauszuholen und stattdessen wandern zu lassen.«

Sams erschöpfter Geist versuchte die Worte ihrer Stiefmutter zu verarbeiten. »Wenn sie die Kugel herausoperieren, wird er dann in den Extremitäten wieder etwas fühlen?«

»Das wissen sie nicht«, meldete Skip sich zu Wort.

»Vielleicht aber schon?«, hakte Sam hoffnungsvoll nach.

»Sie wissen nicht, was zu erwarten ist«, betonte ihr Dad. »Es ist ein sehr ungewöhnlicher Fall. War es von Anfang an.«

»Wann gehst du ins Krankenhaus?«

»Nächste Woche. Aber erst nach der Wahl, keine Sorge.«

»Nimm bei deiner Planung auf uns keine Rücksicht. Tu, was das Beste für dich ist.«

»Bis dahin wird es gehen, mein Mädchen«, versicherte Skip ihr. »Ich will ja schließlich erleben, wie mein Schwiegersohn gewählt wird, bevor ich ihn für zwei Tage aus dem Rampenlicht verdränge.«

»Bist du dir sicher, dass es gut ist, bis dahin zu warten?«

»Ist es«, sagte er. »Es wird alles gut laufen. Ich will nicht, dass du dir Sorgen machst. Und jetzt komm, gib deinem alten Dad einen Kuss und geh ins Bett. Du klappst ja fast zusammen vor Erschöpfung.«

Das konnte Sam nicht bestreiten, deshalb erhob sie sich und kam seiner Aufforderung nach. Sie umarmte ihn extra lange, dann gab sie Celia einen Kuss auf die Wange. »Haltet mich auf dem Laufenden.«

»Das weißt du doch, Schätzchen.«

Sam verließ das Gebäude und legte die kurze Strecke bis zu ihrem eigenen Haus zurück, wo sie Scotty beim Frühstück mit Shelby vorfand. Seinem mit Schokolade beschmierten Gesicht nach zu urteilen, hatte Shelby ihm Chocolate-Chip-Pfannkuchen gemacht.

»Sam!«, begrüßte der Junge sie freudig. »Du bist zu Hause. Hast du herausgefunden, wer Willie getötet hat?«

Sam beugte sich herunter und gab ihm einen Kuss auf die Stirn. »Na klar. Drei Leute sitzen jetzt im Gefängnis.«

»Ich hoffe, die kommen nie wieder heraus.«

»Das bezweifle ich«, erwiderte Sam. »Mrs. L wird in ein paar Minuten hier sein. Du musst dir noch das Gesicht waschen und die Zähne putzen.«

»Okay!«

»Hol auch deine Reisetasche!«, rief Shelby ihm hinterher.

Sam setzte sich auf den frei gewordenen Platz und biss von einem Pfannkuchen ab, den sie sich von dem Stapel auf dem Tisch genommen hatte. »Vielen Dank, dass Sie über Nacht geblieben sind.«

»Das tue ich doch gern. Wann immer Sie mich brauchen.«

»Es war eine große Hilfe.«

»Ich bin gerne mit ihm zusammen. Er ist wunderbar.«

Sam lächelte. »Ja, das ist er.«

»Sie sehen geschafft aus.«

»Ich könnte etwas Schlaf gebrauchen.«

»Um wie viel Uhr kommt denn Ihr Ehemann nach Hause?«

»Das weiß ich nicht genau. Er meinte, irgendwann heute Morgen.«

»Ich werde von hier verschwinden, damit Sie beide Zeit für sich allein haben.«

»Da wir wahrscheinlich den Großteil davon bewusstlos sein werden, müssen Sie sich meinetwegen nicht beeilen«, erwiderte Sam.

»Ich muss heute noch kurz zu einer Hochzeit, und morgen habe ich ein heißes Date.« Shelby grinste von einem Ohr zum anderen. »Dafür muss ich mir noch die Nägel machen lassen und die Haare tönen.«

»Ah, hat ein gewisser FBI-Agent endlich angerufen?«

»Ja, hat er. Er wollte eigentlich heute mit mir essen gehen, aber ich wollte nicht den Eindruck erwecken, ich sei leicht zu haben.«

Sam lachte über diese Logik. »Gut. Ich freue mich, dass Sie von ihm gehört haben. Er ist ein netter Kerl. Sie hätten es schlechter treffen können.«

»Er sieht jedenfalls ziemlich gut aus.«

»Wenn Sie das sagen.«

Shelby lachte und stand vom Tisch auf, um rasch noch die Küche aufzuräumen. »Warum mag Nick ihn nicht?«

Verblüfft von der Frage, suchte Sam nach einer Antwort, die es nicht erforderte, die Wahrheit preiszugeben. »Wer weiß? Männer sind nun mal komisch.«

Glücklicherweise vertiefte Shelby das Thema nicht, sondern plauderte über ihre Nacht mit Scotty, während sie den Geschirrspüler einräumte.

Sam zwang sich, wach zu bleiben, bis Mrs. Littlefield eintraf, um Scotty für ihren gemeinsamen Ausflug abzuholen.

Er umarmte Sam fest, ehe er aufbrach. »Sag Nick, dass wir uns morgen sehen.«

»Mach ich, Kumpel. Wir holen dich am Nachmittag ab. Amüsier dich gut.«

»Das werden wir«, sagte Mrs. Littlefield und schob Scotty zur Tür hinaus, die beiden Bewacher vom Secret Service im Schlepptau.

Kurz darauf brach auch Shelby auf, und Sam trottete die Treppe hinauf. Unter der Dusche wäre sie beinah im Stehen eingeschlafen. Als sie sich die Haare kämmte, sah sie zum ersten Mal ihren verletzten Hals im Spiegel. »Oh Gott«, murmelte sie, während sie die blau verfärbten Quetschungen inspizierte.

Sie war froh, zu wissen, dass es ihren Erzfeind schlimmer erwischt hatte. Trotzdem würde Nick ausflippen, wenn er ihre neueste Sammlung blauer Flecken entdeckte.

Woher hatte er überhaupt von ihrer Auseinandersetzung mit Stahl gewusst?

»Secret Service«, sagte sie leise zu ihrem Spiegelbild. Natürlich hatten die einen direkten Draht zur Air Force One und informierten ihn darüber, was während seiner Abwesenheit geschah. Wahrscheinlich hatte er sich sehr darüber aufgeregt, dass sie angegriffen worden war, während er viel zu weit weg war, um irgendetwas zu tun. Was wiederum ihr zu schaffen machte, denn Sam wollte nicht der Grund für seine Besorgnis sein.

Sie trocknete sich die Haare, band sie zu einem lockeren Pferdeschwanz zusammen und ging nackt ins Schlafzimmer. Mit lustvoller Sehnsucht betrachtete sie das große Bett. Dann dachte sie an den Dachboden und beschloss, dass sie dort oben sein wollte, wenn er nach Hause kam.

Noch immer nackt, stieg sie die Stufen ins obere Stockwerk hinauf, legte sich mit dem Gesicht nach unten auf den Doppelliegestuhl und zog eine leichte Decke über sich. Lächelnd schlief sie ein, in dem Wissen, dass sie beim Aufwachen das attraktive Gesicht ihres Mannes sehen und einen ganzen Tag mit ihm verbringen würde. Sie konnte es kaum erwarten, ihn endlich wiederzusehen und ihm alles zu berichten, was während seiner Abwesenheit passiert war.

Nick ließ seine Reisetasche im Hausflur auf den Boden fallen und legte seinen Kleidersack über die Sofalehne. Er würde sich später darum kümmern. Er kickte seine Schuhe fort und lief auf Socken die Treppe hinauf, um endlich seine Frau wiederzusehen, auch wenn sie tief und fest schlief. Das würde schon genügen. Im Schlafzimmer fand er das Bett jedoch zu seiner Überraschung leer vor, und durch die offenen Jalousien schien die Vormittagssonne herein.

»Wo steckt sie?«

Und dann dämmerte es ihm. Grinsend nahm er auf dem Weg zum Loft jeweils zwei Stufen auf einmal. Da war sie. Sam lag zusammengerollt auf der Seite, und die heruntergerutschte Decke entblößte ihre nackte Schulter, den anmutigen Bogen ihres Rückens und ihren wundervollen Po.

Nick leckte sich die plötzlich trockenen Lippen und zog sich rasch aus. Ganz untypisch für ihn, ließ er seine Sachen auf einem Haufen auf dem Boden liegen. Er hatte im Flugzeug schon geduscht und sich rasiert, damit er daheim nichts weiter zu tun hatte und sich gleich an seine wunderschöne Frau kuscheln konnte.

Auf dem Rückflug hatte er mit Scotty telefoniert, daher wusste er, dass Sam die ganze Nacht durchgearbeitet und die Fälle Vasquez und Lind abgeschlossen hatte. Seine Bewacher vom Secret Service hatten ihm von der Verhaftung Elle Jestings' und ihrer Bodyguards berichtet.

Nick schmiegte sich an ihren warmen Körper und deckte sie beide zu. Er schlang den Arm um sie und atmete den vertrauten Duft ein.

Sie murmelte im Schlaf und legte ihre Hand auf seine. Offenbar war sie sich sogar schlafend seiner Gegenwart bewusst.

Er begehrte sie heftig, würde sie jedoch nach so langem Schlafentzug auf keinen Fall aufwecken. Im Augenblick genügte es, sie einfach zu halten, ihren Herzschlag unter seiner Hand zu spüren, die auf ihrer Brust lag, und das einzigartige Gefühl ihres nackten Körpers zu genießen.

Die Reise war lang und aufreibend gewesen. Er hatte nur sporadisch geschlafen, besonders nach der Unterhaltung mit dem Präsidenten. Er hatte sich verschiedene Szenarien ausgemalt, ohne wirklich die Möglichkeit zu sehen, wie das Angebot des Präsidenten in sein Leben und das seiner Familie passen konnte.

Nun drehte Sam sich um und öffnete die erstaunlichen blauen Augen. »Du bist zu Hause.« Ihre Stimme klang heiser vom Schlaf und unfassbar sexy. »Ich hab dich schrecklich vermisst. Es war schlimm, dass ich nicht einmal mit dir sprechen konnte.«

»Ich fand es auch schlimm. Es war sehr beunruhigend, so weit von euch entfernt zu sein, bei all dem, was in letzter Zeit los war. Ich konnte es kaum erwarten, nach Hause zu kommen – vor allem, nachdem ich von dieser Sache mit Stahl erfahren hatte.«

»Der Secret Service hat mich also verpetzt, was?«

»Ja«, gestand er amüsiert. »Haben sie.«

»Solche Plaudertaschen. Noch ein Grund, um die möglichst weit von mir fernzuhalten. War es cool, mit der Air Force One zu fliegen?«

»Es war eine beeindruckende Erfahrung. Ich wünschte, du und Scotty hättet bei mir sein können.«

»Hat sicher Spaß gemacht, in nur zwei Tagen ans andere Ende der Welt und zurück zu fliegen. Da ich nicht selbst in den Genuss gekommen bin, muss ich dir wohl glauben.«

Er küsste sie lächelnd, denn er wusste, wie sehr sie fliegen hasste. »Schlaf wieder ein. Wir haben noch den ganzen Tag für uns.«

»Kein Wahlkampf heute?«

»Erst morgen Abend wieder.«

»Zwei ganze Tage zusammen …« Sam seufzte zufrieden. »Das ist himmlisch.« Noch während sie das sagte, schob sie ihren Schenkel zwischen seine Beine und ließ ihre Hand von seiner Brust abwärts wandern. Sie strich über seinen Bauch und glitt von dort weiter hinab, um seine Erektion mit ihren Fingern zu umschließen.

»Babe … was machst du da?«

»Ich begrüße meinen Mann, den ich schrecklich liebe und schrecklich vermisst habe.«

»Mir gefällt deine Begrüßung zwar, aber du bist doch noch zu müde.«

Sie streichelte und liebkoste ihn, bis er glaubte, es nicht länger aushalten zu können. »Dafür bin ich nie zu müde.«

So schwer es ihm auch fiel, sie zu stoppen: Er wollte in ihr sein, wenn er die Selbstbeherrschung nicht länger aufrechterhalten konnte. »Warte. Lass es uns zusammen tun.«

Sie drehte sich auf den Rücken und hieß ihn mit ausgebreiteten Armen willkommen.

Er legte sich auf sie und hätte am liebsten jeden Zentimeter ihrer zarten Haut geküsst, doch nach den Tagen der Trennung hatten sie es beide eilig.

»Schnell«, flüsterte sie und fachte seine Begierde damit weiter an.

Geschmeidig drang er in sie ein und hielt inne, um das wunderbare Gefühl, mit seiner Liebe vereint zu sein, ganz auszukosten. »Samantha«, flüsterte er, ihren Hals küssend, was sie erschauern ließ. »Ich liebe dich so sehr. Ich konnte es nicht erwarten, nach Hause zu kommen.«

»Ich konnte es auch nicht erwarten. Was ist los mit uns, dass wir es nicht einmal aushalten, für zwei Tage getrennt zu sein?«

»Mit uns ist alles in Ordnung. Wir sind nur schwer ineinander verliebt.«

Sie sah ihn lächelnd an. Mit den Fingern beschrieb sie sanfte kreisende Bewegungen auf seinem Rücken und umfasste schließlich seinen Po, um ihn fest an sich zu drücken. Als sie mit einem heiseren Schrei zum Orgasmus kam, leitete sie damit auch prompt Nicks Höhepunkt ein.

»Wow, Baby«, murmelte er. »Du bist unglaublich. Ich kann nicht genug von dir bekommen.«

Sie schlang die Beine um ihn und hielt ihn auf diese Weise tief in sich gefangen. Nach langem zufriedenem Schweigen sagte sie: »Während du fort warst, hatte ich eine weitere dieser Ein-Tag-Perioden.«

»Ach, Liebes. Mist.«

Sie tat es mit einem Schulterzucken ab, doch er wusste, dass es ihr naheging. »Wir müssen es eben weiter probieren.«

»Das fällt mir nicht schwer«, erwiderte er, drängte sich an sie und küsste sie. »In den nächsten Monaten wird es passieren. Wir sind eine Einheit.«

»Vielleicht. Vielleicht auch nicht. Es ist in Ordnung, in jedem Fall. Ehrlich.«

»Ich bin froh, dich das sagen zu hören.«

»Dass Scotty bei uns ist, hilft mir. Ich habe nicht mehr wie früher diese drängende Sehnsucht nach einem Baby. Ihn meinen Sohn nennen zu können macht mich schon überglücklich.«

»So sehe ich das auch. Wir können glücklich sein mit dem, was wir haben.« Er zog sich aus ihr zurück und drehte sich mit ihr zusammen auf den Rücken.

Den Kopf auf seine Brust gebettet, strich sie über seinen Bauch und berichtete ihm alles, was während seiner Abwesenheit geschehen war. Erstaunt hörte Nick von der Situation ihres Vaters und der wandernden Kugel.

»Er meint, dass es keinen Grund zur Sorge gibt, doch ich weiß nicht … Es hört sich nicht ungefährlich an«, sagte Sam.

»Aber er hat recht. Wir sollten uns erst Sorgen machen, wenn Anlass dazu besteht.«

»Ich versuche es.«

Um sie von den Ängsten um ihren Dad schnell abzulenken, damit sie schlafen konnte, meinte Nick: »Erzähl mir von den Mädchen, die du aus diesem Motel gerettet hast. Ich hörte auf dem Rückflug in den Nachrichten davon.«

»Das war das Verrückteste überhaupt! Ich hatte mal wieder so ein Gefühl. Ich kann es nicht einmal genau erklären, jedenfalls spürte ich, dass da etwas ganz und gar nicht stimmte.« Und dann erzählte sie ihm, wie sie Ginger und Amber befreit hatte, wie Ginger die Polizei zu dem Haus geführt hatte, in dem Dutzende anderer vermisster Kinder gefangen gehalten wurden, und von der tränenreichen Wiedervereinigung zwischen Ginger – die, wie sich herausgestellt hatte, Sarah hieß – und ihren Eltern.

»Ich erinnere mich an die Geschichte um Sarahs Verschwinden«, entgegnete Nick. »Das hat hier für ziemlich viele Schlagzeilen gesorgt.«

»Dabei war sie die ganze Zeit bloß eine Stunde weit weg von ihrem Zuhause. Ihre Eltern waren überglücklich und erleichtert. Aber jetzt haben sie noch einen langen Weg vor sich, um ihr die Hilfe zukommen zu lassen, die sie braucht.«

»Das ist wirklich wunderbar, Babe. Ich bin stolz darauf, was du für diese Mädchen getan hast.«

»Danke. Alle im Hauptquartier machen eine große Sache daraus.«

»Zu Recht. Du hättest das Motel ja auch einfach verlassen können, dann wäre der Albtraum der Mädchen weitergegangen, und niemand hätte gewusst, was dort vor sich geht. Du hast sie alle gerettet, indem du deinem Instinkt gefolgt bist.«

»Ich erzähle das auch nur dir, weil es arrogant klingt … Aber wenn solche Dinge geschehen, weiß ich, dass ich genau das tue, wofür ich auf diese Erde gekommen bin. Verstehst du, was ich meine?«

»Absolut«, antwortete er und fühlte sich in seiner Entscheidung bestätigt. Doch wem wollte er etwas vormachen? Es hatte nie eine Entscheidung gebraucht. Sam definierte sich über ihren Job, und der gab ihrem Leben erst eine Bedeutung. Er würde sie nie darum bitten, das für ihn aufzugeben.

Sie gähnte herzhaft. »Ich kann nicht länger wach bleiben.«

»Das muss du auch nicht, Baby. Ich werde da sein, wenn du aufwachst, und dann werden wir jede Menge Zeit miteinander verbringen können.«

»Können wir hier oben in unserem Loft bleiben und es erst verlassen, wenn wir Scotty abholen?«

»Nichts lieber als das.«

»Was gibt es Neues von dieser Lexicore-Sache?«

»Du sollst schlafen.«

»Und das werde ich, nachdem du mir gesagt hast, was los ist.«

»Es stellte sich heraus, dass die meisten Investoren nichts von Lexicores Verbindung zu der Fabrik in Thailand wussten.

Wir haben keine nennenswerten Veränderungen in den Umfragewerten bemerkt, seit bekannt wurde, dass ich Aktionär war.«

»Das ist gut.«

»Das habe ich alles Graham zu verdanken. Er hat es perfekt gemanagt. Wie immer lag er mit seinem Instinkt genau richtig.«

»Da bin ich froh. Du hast es verdient, gewählt zu werden. Du hast so hart dafür gearbeitet.« Sie entspannte sich in seinen Armen. Als ihr Atem ruhig und gleichmäßig ging, glaubte er schon, sie sei wieder eingeschlummert. »Nick?«

»Hm?«

»Erinnerst du dich an diese Sache, über die wir gesprochen haben? Die wir mal zusammen ausprobieren wollen?«

Seine erst kürzlich befriedigte Lust erwachte prompt von Neuem, als er begriff, was sie meinte. »Was ist damit?«

»Ich will es tun. Ich will alles, was es gibt, mit dir tun.«

Er drückte sie an sich und küsste sie auf die Stirn. »Dazu kommen wir noch, Babe. Wir werden das alles tun. Das verspreche ich dir.«

»Gut«, erwiderte sie und gähnte erneut. »Hast du auf deiner Reise auch die Gelegenheit gehabt, Zeit mit dem Präsidenten zu verbringen?«

»Wir haben einen Drink zusammen genommen, mitten in der Nacht in der Air Force One. Es war unglaublich.«

»Das ist cool. Ist sonst noch was gewesen, während du unterwegs warst?«

»Nein, Schatz. Nichts weiter. Schlaf jetzt. Ich halte dich.«

Epilog

Sam, Nick und Scotty schauten sich die Wahlergebnisse in einer Hotelsuite gegenüber vom Greater Richmond Convention Center an. Die Suite war voller Familienangehöriger, Freunde und Wahlkampfhelfer, die einen klaren Sieg Nicks bei seiner ersten offiziellen Wahl erwarteten.

Graham plauderte mit den Leuten ganz wie der erfahrene Politiker, der er war, und genoss jeden Moment des großen Abends seines Ziehsohnes. In seiner »Arbeitskleidung« folgte Scotty Graham auf Schritt und Tritt, verteilte Zigarren und schüttelte Hände.

»Sieh dir an, wie der nächste Senator Cappuano schon mal übt«, sagte Sam zu Nick. Sie saßen zusammen vor dem Fernseher und verfolgten die Berichterstattung, während sie auf die ersten Ergebnisse aus Virginia warteten.

Nick beobachtete amüsiert, wie Scotty Mike Zorn, dem Gouverneur von Virginia, und dessen Frau Judy die Hand schüttelte. Beide schienen dem Charme des Jungen zu erliegen. Sie waren auf einen Sprung vorbeigekommen und warteten nun ab, ob Mike wiedergewählt worden war.

»Der Junge ist ein echtes Naturtalent«, stellte Nick fest.

Sam nahm seine Hand und verschränkte ihre Finger mit seinen. »Genau wie sein Dad.«

»Ich bin froh, wenn es gelaufen ist«, erwiderte er mit sorgenvollem Blick zum Fernseher.

»Die hast du im Sack, Senator. Wahrscheinlich muss man bei den vielen Stimmen, die du bekommst, eine ganz neue Zählmethode einführen.«

»Ach, halt den Mund«, entgegnete er scherzend.

»Bring mich doch zum Schweigen.«

»Das werde ich auch. Später.«

»Nichts als leere Versprechungen«, meinte Sam. »Ich habe übrigens gerade eine SMS von Trace bekommen. Sie bringen Brooke heute Abend zu ihrer neuen Schule. Ich nehme an, es wurde hässlich, als sie es ihr eröffnet haben.«

»Na ja, hoffen wir mal, dass es mit ein bisschen Abstand bald besser wird für alle.«

»Ich wünsche es ihnen.«

In dem Moment kam Graham zu ihnen. In seinen blauen Augen spiegelten sich Begeisterung und Vorfreude wider. An einem Abend wie diesem war er in seinem Element, und das genoss er sichtlich. Schon den ganzen Tag über war er Nick kaum von der Seite gewichen und hatte den Kandidaten an seinem ersten offiziellen Wahltag aufgemuntert.

»Kann ich den zukünftigen Senator kurz sprechen?«, fragte er.

»Nenn ihn nicht so. Das bringt Unglück«, meinte Scotty, der hinter Graham stand.

»Genau, sag's ihm, Scotty«, wandte Nick sich an den Jungen.

»Ich sage doch nur, wie es ist«, verteidigte Graham sich.

Nick drückte Sams Finger und ließ sie los. »Bin gleich wieder da, Babe.«

»Ich werde ihn bloß eine Minute in Anspruch nehmen«, versprach Graham ihr.

Sam streckte die Hand nach Scotty aus. »Komm, setz dich zu mir.«

Während sich die beiden Männer entfernten, ließ Scotty sich neben sie auf das Sofa plumpsen und verfolgte die Wahlergebnisse. »Ich wünschte, die Wahl wäre gelaufen.«

Sam lachte. »Der Apfel fällt nicht weit vom Stamm.«

»Was bedeutet das?«

»Dass du genau wie Nick bist. Er hat vor zwei Minuten dasselbe gesagt.«

»Ist doch nicht schlecht, wie Nick zu sein.«

»Nein, es ist sogar sehr gut.«

»Das ist alles ziemlich cool, oder?«

»Verdammt cool. Aber ich muss zugeben, dass ich froh bin, wenn dieser Wahlkampf offiziell vorbei ist und wir langsam wieder ein normales Leben führen können.«

»Unser Leben wird nie normal sein.«

Amüsiert sagte sie: »Das ist dir auch schon aufgefallen, was?«

»Ja. Bin schnell dahintergekommen, dass ich mich mit euch als Eltern nie langweilen werde.«

»Na, danke …«

Sein Lächeln war charmant und übermütig, doch dann verschwand es, und Sam erkannte, dass ihn etwas beschäftigte.

»Kann ich dich etwas fragen?«, erkundigte er sich schließlich.

»Alles.«

»Ich habe gehört, wie ihr darüber geredet habt, dass Grandpa Skip nächste Woche ins Krankenhaus muss. Was fehlt ihm?«

Sam zuckte innerlich zusammen. »Tut mir leid, dass du auf diese Weise davon erfahren hast. Es ist möglich, dass sich die Kugel, die seine Lähmung verursacht hat, ein wenig bewegt hat. Man wird also einige Tests durchführen, um die Situation besser einschätzen zu können. Da er ohnehin angegriffen ist, wollen sie ihn zur Beobachtung dabehalten. Es ist allerdings nichts, weswegen du dir Sorgen machen müsstest.« Sie sah, wie er diese Informationen zu verarbeiten versuchte.

»Ist es möglich, dass er eines Tages wieder gehen kann?«

»Oh, Schatz, ich glaube nicht, dass uns dieses Glück jemals zuteilwerden wird.«

»Das wäre echt der Hammer.«

»Ja, wäre es. Ich wünschte, du hättest ihn kennengelernt, bevor er verwundet wurde. Er war unfassbar groß und stark und so voller Leben.«

»Ist er immer noch.«

Durch diese schlichten Worte zu Tränen gerührt, streckte Sam die Arme nach ihm aus. »Das ist nett von dir.« Sie umarmte ihn einmal fest und ließ ihn wieder los.

»Jedenfalls ist es schön, wieder einen Grandpa zu haben.«

»Er findet dich auch großartig.«

»Ja, wirklich?«

»Natürlich. Was kann man denn an dir nicht mögen, Scotty Cappuano?«

Scotty strahlte wieder. »Gar nichts.«

»Du sagst es, Mister.«

Nick folgte Graham in eines der beiden Schlafzimmer der Suite. Sie ließen die Tür offen, um hören zu können, ob es neue Nachrichten gab.

»Ich wollte dir nur mitteilen, dass ich stolz darauf bin, wie du deinen Wahlkampf geführt hast. Ich freue mich auf die nächsten sieben Jahre – und jetzt sag bloß nicht, eine solche Bemerkung bringe Unglück. Wir wissen beide, dass du gewinnen wirst.«

»Danke für all deine Hilfe. Ohne dich wäre ich nie so weit gekommen.«

»Auf diesen Lexicore-Schnitzer hättest du verzichten können«, erwiderte Graham düster.

»Mehr war es ja letztlich nicht: bloß ein Schnitzer. Dank deiner Erklärung vor den Medien wurde keine große Sache daraus.«

»Das war das Mindeste, was ich für dich tun konnte, nachdem ich dir diesen Schlamassel ja erst eingebrockt habe. Allerdings fühle ich mich schrecklich, weil du viel Geld verloren hast. Ich werde einen Weg finden, um es wiedergutzumachen.«

»Denk nicht mehr daran. Ich habe immer noch mehr als die Hälfte von dem, was John mir hinterlassen hat, und davor war ich auch nicht gerade ein Almosenempfänger.«

»Stimmt.« Graham rückte Nicks Krawatte gerade und wischte ein paar Fusseln von seinem Anzug. »Er wäre stolz auf dich, den besten Freund, den er je hatte. Er wäre begeistert.«

»Ich wünschte nur, er hätte nicht sterben müssen, damit das möglich wird.«

»Er würde uns beiden sagen, wir sollten aufhören, seinetwegen Trübsal zu blasen, und stattdessen den Augenblick genießen. Denn darin war er gut – den Moment ganz auszukosten.«

»Ja, das war er.« Vielleicht einen Tick zu gut, dachte Nick, behielt das aus Respekt vor seinem verstorbenen Freund und dessen Vater jedoch für sich. »Neulich nachts im Flugzeug hatte ich mit Nelson eine interessante Unterhaltung.«

»Inwiefern interessant?«

»Das muss aber unter uns bleiben.«

»Selbstverständlich.«

Nick berichtete ihm von der Diagnose des Vizepräsidenten und dessen Rücktrittsplänen nach der Wahl.

»Oh Gott, das ist schrecklich.« Graham stutzte. »Er hat dich gebeten, Gooding zu ersetzen, oder?«

»Kann sein.«

Graham machte große Augen. »Du nimmst mich auf den Arm, was? Das ist fantastisch!«

»Bevor du ganz aus dem Häuschen gerätst, sage ich dir lieber gleich, dass ich es nicht machen werde.«

»Nein ...«

»Doch.«

»Aber warum? Damit wärst du in vier Jahren der sichere Amtsnachfolger!«

»Ich weiß.«

»Also warum zum Henker lehnst du so ein Angebot ab?«

Nick schaute zur offenen Tür, durch die er Sam und Scotty sehen konnte, die die Köpfe zusammengesteckt hatten und sich unterhielten. Sam trug ihr lockiges langes Haar heute offen, so wie er es am liebsten mochte. Sie hatte sich für ein schwarzes Seidenkleid entschieden, in dem sie irgendwie zugleich sexy und sittsam aussah. Der Diamantschlüssel, den sie von ihm zur Hochzeit bekommen hatte, ruhte an einer Kette knapp oberhalb ihrer vollen Brüste, und ihr Verlobungsring funkelte, als sie Scotty über die Haare strich.

Nick sah wieder seinen Freund und Mentor an, der seinem Blick zu Sam und Scotty gefolgt war. »Ich kann sie nicht darum bitten, ihre Karriere für mich aufzugeben, Graham. Und sie kann nicht die Frau des Vizepräsidenten sein und weiterhin Mörder jagen. Aber das ist nun mal ihr Leben. Ich könnte sie ebenso gut bitten, mit dem Atmen aufzuhören. Es geht einfach nicht.«

»Da ließe sich doch sicherlich irgendein Arrangement finden.«

»Was denn für eines?«, fragte Nick lächelnd.

»Das weiß ich jetzt auch nicht. Irgendeines.« Graham wirkte, als würde er jeden Moment in Tränen ausbrechen.

»Ich hatte eine schlaflose Nacht in der Air Force One, während ich über die verschiedenen Szenarien nachdachte. Es lief jedoch immer auf das Gleiche hinaus: Es ist nicht der richtige Zeitpunkt – weder für sie noch für mich.«

»Doch, für dich ist es das«, widersprach Graham.

»Wenn es nicht der richtige Zeitpunkt für sie ist, dann auch nicht für mich.«

»Wie hat sie reagiert, als du es ihr erzählt hast?«

»Ich habe es ihr nicht erzählt.«

»Nick … Ach komm schon! Du musst es ihr wenigstens sagen. Woher willst du denn wissen, was sie dazu meint, wenn du es ihr nicht einmal verrätst?«

»Ich habe keinen Zweifel daran, dass sie den Job, den sie liebt, aufgeben würde, wenn ich sie darum bitte. Den Job, der sie geprägt hat. Ich habe außerdem keinen Zweifel daran, dass sie jede Minute ihres neuen Lebens im goldenen Käfig hassen würde, ständig umgeben vom Secret Service. Ich bin ehrlich überrascht, dass sie keinen der Bewacher, die mir und Scotty in den vergangenen Monaten gefolgt sind, umgebracht hat. Nein, das wäre kein Leben für sie.«

»Sie wusste, worauf sie sich einließ«, konterte Graham ein wenig gereizt.

»Keiner von uns beiden hätte ahnen können, was das vergangene Jahr bringen würde. Jetzt, wo der Wahlkampf vorbei ist, freuen wir uns auf etwas entspanntere Zeiten mit unserem Sohn. Wir brauchen dringend Ruhe und Frieden. Das letzte Jahr war geradezu unwirklich.«

Graham verzog leicht schmollend den Mund und schaute zu Boden. »Das haut mich echt aus den Socken.«

Als Nick daraufhin lachen musste, weckte er damit Sams Aufmerksamkeit im angrenzenden Zimmer. Er erwiderte ihr Lächeln. »Tut mir leid. Ich hätte es dir wohl besser nicht erzählen sollen.«

»Ach was, ist schon in Ordnung. Ich werde es überleben. Irgendwie.«

»Du wirst aber nichts verraten, oder?«

»Du weißt, dass du mir vertrauen kannst.«

Im Nebenzimmer brach Jubel aus. Grahams breites Grinsen war wieder da, als er jetzt Nick ansah. »Tja, ich glaube, man darf dir gratulieren, gewählter Senator Cappuano.«

Nick ließ sich die Hand schütteln und umarmte Graham. »Klingt gut, oder?«

»Und wie. Mach mich weiterhin stolz, mein Sohn.«

»Immer.«

»Deine reizende Frau hält Ausschau nach dir, also werde ich mich mal daranmachen, den Champagner auszuschenken.«

Auf dem Weg aus dem Zimmer kam Graham Sam entgegen. Er umarmte und küsste sie. »Herzlichen Glückwunsch, Mrs. C.«

»Danke, Graham«, meinte sie. »Wir kommen auch gleich wieder raus.«

»Lasst euch Zeit. Es ist euer großer Abend. Wir werden auf euch warten.«

Sam schloss die Tür und sah Nick vor Glück strahlend an. »Du hast es geschafft!«

»Habe ich auch eben gehört.« Der Jubel aus dem Nebenraum war ohrenbetäubend. »Komm her.« Mit dem Zeigefinger bedeutete er ihr, näher zu kommen, und beobachtete, wie sie auf ihn zuging. Er liebte ihre Bewegungen, ihr Aussehen, alles an ihr.

Sie schob die Arme unter sein Jackett. »Ich gratuliere dir, Babe. Ich könnte nicht stolzer auf dich sein.«

»Danke. Es bedeutet mir viel, dass du das sagst.«

»Deine dich verehrenden Fans warten auf dich.«

»Die können noch eine Minute länger warten«, erwiderte er und hielt sie fest.

»Ich wette, die küssen sich da drin!«, hörten sie Scotty vor der Tür sagen, und seine neuen Eltern mussten lachen.

»Na, wenn man uns dessen ohnehin bezichtigt«, meinte Nick und schaute ihr in die Augen. »Wie wäre es?«

»Warum nicht? Ich habe noch nie einen gewählten Senator geküsst.«

Lächelnd presste er seine Lippen auf ihre und küsste Sam voller Liebe und Zuversicht. Nick war sich sicher, dass er alles hatte, was er je brauchen würde, solange er sie hatte und den Sohn, den sie beide liebten.

– ENDE –

Nach dem Epilog

Der Jubel der Menge im Ballsaal war derartig laut gewesen, dass Nick die Ohren noch zwei Stunden später klingelten, als er mit Sam nach der Feier mit dem Wahlkampfteam längst wieder in seine Suite zurückgekehrt war. Es war ein großartiger Abend gewesen, die Krönung eines monatelangen, äußerst strapaziösen Wahlkampfes, der ihn auf unzählige Reisen kreuz und quer durch Virginia geführt hatte.

Aber für diesen Abend, an dem die Wahl zu Nicks Gunsten ausgefallen war, hatten sich die Strapazen gelohnt. Nicht dass irgendwer über den Ausgang der Wahl überrascht gewesen wäre, denn Nick hatte in den Umfragen stets vorne gelegen. Er jedoch hatte gar nichts als selbstverständlich betrachtet. Das war einfach nicht seine Art. Stattdessen hatte er diesen Wahlkampf geführt, als ob er etwas beweisen musste – was seiner Ansicht nach auch zutraf.

Fast ein Jahr nach dem Mord an seinem besten Freund und Boss kam Nick sich immer noch wie ein Betrüger und Ersatzdarsteller vor, der eine Rolle spielen musste, bis der Star in alter Form wieder auftauchte. Nur dass der Star nicht mehr zurückkommen würde. Die Rolle gehörte nun offiziell Nick, und er musste sie ausfüllen.

Da er wie so oft an Schlaflosigkeit litt, dachte Nick an das Gespräch mit Graham. In der Dunkelheit musste er bei der Erinnerung an die gequälte Miene des Freundes lächeln, als er ihm von Präsident Nelsons Angebot erzählt hatte. Er hatte genau gewusst, wie Graham reagieren würde.

Trotz der Versicherungen seines Mentors, es könne schon irgendetwas arrangiert werden, fühlte Nick sich wohl mit seiner Entscheidung, Nelsons Angebot, der neue Vizepräsident zu werden, abzulehnen. Und er war auch im Reinen mit sich, was den Punkt anging, seiner Frau nichts davon zu sagen. Sam würde ihn ermutigen, jede sich bietende Chance wahrzunehmen, selbst wenn sie dafür ihr eigenes Glück opfern müsste.

Aber das würde er nie von ihr verlangen. Dafür liebte er sie einfach viel zu sehr. Er strich über ihren nackten Rücken, während sie friedlich und an ihn gekuschelt schlief. Nick war glücklich, für sie da zu sein.

Sie murmelte im Schlaf und bewegte die Hand von seiner Brust hinunter zu seinem Bauch, was eine prompte und vorhersehbare Reaktion auslöste. »Warum bist du immer noch wach?«

»Weil diese wahnsinnig aufregende Frau nackt in meinen Armen schläft. Wie soll ich denn da schlafen?«

Sam ließ ihre Finger weiter nach unten wandern und umschloss seine Erektion. »Ich dachte, darum hätten wir uns bereits gekümmert.«

»Er kriegt einfach nie genug von dir.«

»Worüber denkst du wirklich nach?«, hakte sie nach.

»Über die aufregende nackte Frau.«

»Nick ...«

»Über vieles. Den Wahlkampf, die Wahl, die nächsten sieben Jahre, Scotty, dich. Über dich immer.«

»Was ist mit mir?«

»Ich möchte dir noch einmal für deine Unterstützung während meines Wahlkampfes danken. Ursprünglich hatte ich dir versprochen, dass ich ein Jahr im Senat sein würde, und jetzt stehen uns sieben weitere bevor.«

Sie bewegte sich, sodass sie jetzt auf ihm lag.

Er schlang die Arme um sie und genoss es, ihre warme nackte Haut an seiner zu spüren.

»Habe ich dir eigentlich schon gesagt, wie stolz ich auf dich bin, mein Ehemann, der Senator?«, fragte sie.

»Ja, ich glaube schon.«

»Ich weiß nicht, ob du eine Vorstellung davon hast, wie stolz ich tatsächlich auf dich bin. Jeden Tag bei der Arbeit sagen die Leute zu mir: ›Sie sind die Frau des Senators.‹ Ich tue dann immer so, als wäre ich genervt, doch in Wirklichkeit bin ich stolz. Es ist wunderbar, wie du nach Johns Tod eingesprungen bist und den Mitarbeiterstab motiviert hast, seine Arbeit fortzuführen. Ich glaube nicht, dass jemand anderes als du das zu jenem Zeitpunkt geschafft hätte. Alle waren am Boden zerstört, und du hast sie mit deiner ruhigen Stärke wieder zusammengeführt. Und wir bauen auf diese Stärke, mehr als dir bewusst ist.«

»Du machst mich ganz verlegen, Samantha, und ich fürchte, du misst mir da zu viel Bedeutung bei.«

»Ich messe dem, was du für mich tust, nicht mal annähernd genug Bedeutung bei. Bis du mir über den Weg gelaufen bist, war ich total neben der Spur.«

»Du warst alles Mögliche, sexy vor allem, aber ganz sicher nicht neben der Spur.«

»Doch, im Innern schon. Mein Leben war außer Kontrolle. Ich war schwer mitgenommen von der Verwundung meines Dads, den Fehlgeburten, der Scheidung von Peter, dem übel ausgegangenen Johnson-Fall. Von allem. Aber in dem Augenblick, als ich dich in Johns Apartment an jenem schrecklichen Tag wiedersah, fühlte ich mich sofort besser. Ruhiger. In der Lage, allem gewachsen zu sein, was sich mir in den Weg stellen würde, weil du wieder in meinem Leben aufgetaucht warst. Ich hatte seit der Nacht unserer ersten Begegnung so oft an dich gedacht. Und als ich dann erfuhr, dass du auch an mich gedacht hast ...«

»Ich war besessen von dir. Ich wusste immer, dass du die Richtige für mich bist.«

Sie verblüffte ihn, indem sie sich nun aufrichtete und ihn langsam in sich aufnahm.

Nick sog scharf die Luft ein, umfasste ihre Hüften und streckte sich ihr entgegen, um tiefer in sie eindringen zu können.

»Und jetzt können wir das tun, jeden Tag, für den Rest unseres Lebens.«

»Sonntags zweimal«, fügte er grinsend hinzu.

Sie erwiderte sein Lächeln und beugte sich herunter, um ihn zu küssen. »Sonntags dreimal.«

»Was immer du willst, Babe.«

Danksagung

Als ich 2009/2010 *Mörderische Sühne* schrieb, hatte ich keine Vorstellung davon, wie diese Serie bei den Lesern ankommen würde. Ich kann kaum glauben, dass wir schon bei Buch Nummer sechs und immer noch gut in Form sind. Es macht so viel Freude, über Sam und Nick zu schreiben – und über ihren wunderbaren Sohn Scotty. Jeden Tag von LeserInnen zu hören, dass sie mehr, mehr, *mehr* wollen, motivierte mich enorm bei der Arbeit an *Unbarmherzig ist die Nacht*. Ich habe noch viel mehr auf Lager für die Cappuanos, ihre Freunde und Familie, und ich hoffe, ihr begleitet sie weiter auf ihrem turbulenten Weg.

Mein Dank geht wie immer an die vielen Menschen, die mich unterstützen, besonders an das »Team Jack«, bestehend aus Julie Cupp, Lisa Cafferty, Holly Sullivan, Isabel Sullivan, Nikki Colquhoun und Cheryl Serra. Die kümmern sich gut um mich, und ich bin ihnen dankbar dafür, dass sie mich bei Verstand halten. Julie ist mir außerdem eine große Hilfe bei den Details über Washington, D. C. Meine Agentin Kevan Lyon ist eine wunderbare Unterstützerin und Freundin. Allen bei Carina Press und Harlequin, die an dieser Serie gearbeitet haben, einschließlich meiner neuen Lektorin Alissa Davis – danke für eure Begeisterung. Ein riesiges Dankeschön auch an meine treuen Testleserinnen Ronlyn Howe, Kara Conrad und Anne Woodall: Ohne euch und euer tolles Feedback würde ich es nicht schaffen, Ladys!

Besonderer Dank geht an meine Leserin und Freundin Stephanie Behill für ihre Hilfe bei den Übersetzungen ins Spanische und an den Finanzberater Joseph A. Medeiros, CFP,

CLU, ChFC, AIF, der mir mit Informationen über den Kauf und Verkauf von Aktien geholfen hat.

Jedes Mal, wenn ich ein Buch der Serie schreibe, kann ich mir der Unterstützung durch Police Detective Captain Russ Hayes aus Newport, Rhode Island, sicher sein, was sehr angenehm ist. Wieder einmal vielen Dank, Russ, dass du dafür sorgst, dass ich ehrlich bleibe, und mir dabei hilfst, die investigativen und polizeilichen Aspekte der Story möglichst lebensnah darzustellen – und unterhaltsam!

Vielen, vielen Dank an meine Familie – Dan, Emily und Jake –, die mich erträgt, wenn ich eine Deadline habe, und an meine vierbeinigen Bürofreunde Brandy und Louie, die mir den ganzen Tag Gesellschaft leisten.

Zum Schluss meinen allerherzlichsten Dank an meine wundervollen LeserInnen, die mir dieses fantastische Leben erst ermöglichen. Jeden Tag bin ich jedem einzelnen von euch dankbar. Dank eurer Unterstützung ist *Unbarmherzig ist die Nacht* das erste Buch der Serie geworden, das es auf die Bestsellerliste der *New York Times* geschafft hat!

Wollt ihr mit anderen Fans chatten, die *Unbarmherzig ist die Nacht* gelesen haben? Dann beteiligt euch an der Lesegruppe unter facebook.com/groups/FatalMistake/ und unter facebook.com/groups/FatalSeries. Tragt euch außerdem in meine Verteilerliste unter marieforce.com ein, um benachrichtigt zu werden, sobald neue Bücher erhältlich sind.

xoxo

Marie

Informationen zu unserem Verlagsprogramm, Anmeldung zum Newsletter und vieles mehr finden Sie unter:

www.harpercollins.de

Marie Force
Mörderische Sühne

Ihr letzter Fall endete in einer Katastrophe. Doch die aktuelle Mordermittlung könnte Detective Sergeant Samantha Holland helfen, ihren Ruf wiederherzustellen: Ein bekannter Senator wurde brutal in seinem Bett umgebracht. War es ein politisch motiviertes Verbrechen oder ein grausamer Racheakt? Der wichtigste Zeuge ist für Samantha kein Unbekannter. Nick Cappuano war nicht nur der beste Freund des Toten, sondern auch ihr Liebhaber. Samantha lässt sich auf ein gefährliches Spiel ein, dass sie nicht nur ihre Karriere kosten könnte …

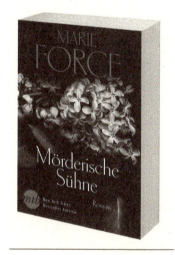

ISBN: 978-3-95649-692-9
9,99 € (D)

Marie Force
Verhängnis der Begierde

Richtig feiern kann Samantha Holland ihre Beförderung nicht. Denn schon wird sie zum nächsten Tatort gerufen: Ein Familienvater hat seine Frau erschossen und seine Kinder brutal erschlagen. Was muss vorgefallen sein, um einen Mann zu solch einer Grausamkeit zu treiben? Noch schockierender ist für Samantha allerdings eine Entdeckung im Schlafzimmer des Täters, die sie selbst betrifft. Bevor sie den Hinweisen nachgehen kann, geschieht ein weiterer Mord in ihrem direkten Umfeld. Das Opfer ist der Mentor ihres Freundes Nick Cappuano ...

ISBN: 978-3-95649-695-0
9,99 € (D)

Marie Force
Jenseits der Sünde

Frisch verlobt mit Nick Cappuano, tritt Samantha den Dienst wieder an. Das erste Verbrechen lässt nicht lange auf sich warten. Eine junge Frau, die als Reinigungskraft im Kapitol gearbeitet hat, wurde ermordet. Neben der Leiche steht völlig aufgelöst Senator Henry Lightfeather, ein guter Freund von Nick. Der verheiratete Politiker hatte eine Affäre mit dem Opfer und ist der Hauptverdächtige. Samanthas brisante Ermittlungen sorgen nicht nur für Spannungen mit Nick, sie stören auch höchste Regierungskreise.

ISBN: 978-3-95649-673-8
9,99 € (D)

Marie Force
Wenn die Rache erwacht

Direkt nach der Hochzeitsreise mit Nick Cappuano wartet ein eiskalter Doppelmord auf Lieutenant Samantha Holland – und das ist erst der Auftakt einer blutigen Serie, die ganz Washington, D.C. in Panik versetzt. Denn offenbar wählt der Killer seine Opfer rein zufällig. Als Samantha unter den Hochzeitsglückwünschen eine Todesdrohung entdeckt, fürchtet sie, dass sie selbst das fehlende Puzzlestück in dem tödlichen Rätsel ist …

ISBN: 978-3-95649-765-0
9,99 € (D)